国学经典
名句珍藏

中国诗词名句解析

天人／主编

内蒙古出版集团
内蒙古人民出版社

图书在版编目(CIP)数据

中国诗词名句解析 / 天人主编. -呼和浩特:内蒙古人民出版社, 2016.5

(国学经典名句珍藏)

ISBN 978-7-204-14025-1

Ⅰ. ①中… Ⅱ. ①天… Ⅲ. ①古典诗词-名句-诗歌欣赏-中国 Ⅳ. ①I207.22

中国版本图书馆 CIP 数据核字(2016)第 108554 号

中国诗词名句解析

主　　编　天　人
责任编辑　罗　婧
责任校对　陈宇琪
责任监印　王丽燕
封面设计　宋双成
出版发行　内蒙古人民出版社
地　　址　呼和浩特市新城区中山东路 8 号波士名人国际 B 座 5 楼
网　　址　http://www.nmgrmcbs.com
印　　刷　内蒙古爱信达教育印务有限责任公司
开　　本　680mm×960mm　1/16
印　　张　18.5
字　　数　360 千
版　　次　2016 年 7 月第 1 版
印　　次　2016 年 7 月第 1 次印刷
印　　数　1-3000 册
书　　号　ISBN 978-7-204-14025-1/I · 2704
定　　价　34.00 元

前言

诗歌是我国最早的文学形式之一，也是最重要的文学形式之一。

历代均有诗歌佳作产生，在春秋战国时代就有《诗经》《楚辞》等经典之作。至魏晋，诗之体例已相当完善，产生了许多流芳百世的大诗人，如曹氏父子、陶渊明、阮籍、嵇康等。唐宋之际，我国的诗词达到了辉煌的鼎盛期，故有“唐诗宋词”之说。诸如李白、杜甫、王维、孟浩然、白居易、刘禹锡、李商隐、苏轼、陆游等大家数不胜数。明清虽以小说为文学之最高成就，然散文、诗歌等文学样式仍然并行发展，诗歌仍不失为明清时期文坛的一朵奇葩。

历代诗作无疑是我国艺苑中的瑰宝，人民智慧的结晶。至今许多名诗佳句仍被广为传诵，成为我国人民智慧之源泉。

本书专门辑录千百年来脍炙人口的诗词佳句，以便让广大读者欣赏、领悟我国历代诗词之精华。

为了读者阅读理解之便，每一名句之后都附有出处、解析与原诗。

由于篇幅所限，本书所选诗词名句也仅仅是沧海一粟。书中如有不当及错漏之处，还望批评指正，不胜感谢。

编　者

目录

A

B

C

D

E

F

G

H

J

K

L

M

N

P

Q

R

S

T

W

X

Y

Z

爱此凉夜佳，不觉衣露湿。

【出处】清·戚学标·月下有怀。

【解析】夏季的夜晚，风清月朗清凉宁静，诗人深深陶醉在这良辰美景之中，丝毫没有觉察到衣衫早已为露水所沾湿。

爱他临水三间屋，十里荷花红到门。

【出处】清·任锦心·真州西城观荷。

【解析】喜爱这临水而筑的三间小屋，那连绵不尽的红色荷花一直开到门前。

安得广厦千万间，大庇天下寒士俱欢颜，风雨不动安如山。

【出处】唐·杜甫·茅屋为秋风所破歌。

【解析】怎么才能得到千万间宽敞坚固的房屋，庇佑天下所有无处容身的穷人，即使再大的风雨袭来，也能安稳不动屹立如山。杜甫身处在风雨飘摇的茅屋之下，心中想到的却是天下许许多多无家可归的黎民百姓。他借景抒情，在感慨自己生活困窘的同时，推己及人，进而舍己为人，表达了对太平盛世的强烈憧憬，以及为了实现这一理想甘愿牺牲自己的崇高精神。

【原诗】八月秋高风怒号，卷我屋上三重茅。茅飞渡江洒江郊，高者挂罥长林梢，下者飘转沉塘坳。南村群童欺我老无力，忍能对面为盗贼。公然抱茅入竹去，唇焦口燥呼不得，归来倚杖自叹息！俄顷风定云墨色，秋天漠漠向昏黑。布衾多年冷似铁，娇儿恶卧踏里裂。床头屋漏无干处，雨脚如麻未断绝。自经丧乱少睡眠，长夜沾湿何由彻！安得广厦千万间，大庇天下寒士俱欢颜，风雨不动安如山！呜呼！何时眼前突兀见此屋，吾庐独破受冻死亦足！

安危大臣在，不必泪长流。

【出处】唐·杜甫·去蜀。

【解析】去蜀：杜甫晚年曾经在好友剑南节度使严武的幕府中做参谋。公元765年四月，严武病逝后，杜甫不仅失去了挚友，而且连生计也没有了着落，自觉无所寄托，因此决定离开成都。潇湘：两条河名，都在湖南境内，这里泛指湖南。黄发：头发变黄，表示年纪衰老。随白鸥：比喻到处漂泊。杜甫一生忧国忧民，认为天下兴亡匹夫有责，但他却一生潦倒，壮志未酬。“安危大臣在，不必泪长流”这两句表面上是自我安慰，实际上却是抒发对现实政治的不满，对自己一生际遇的感慨。

【原诗】

五载客蜀郡，一年居梓州。
如何关塞阻，转作潇湘游。

世事已黄发，残生随白鸥。
安危大臣在，不必泪长流。

八月长江去浪平，片帆一道带风轻。

【出处】唐·崔峒·清江曲内一绝。

【解析】原诗写八月长江的景色。八月的江水风平浪静，小船在江中顺风而下。后两句着重描写了长江烟波浩渺，水天一色的迷人景观。

【原诗】 八月长江去浪平，片帆一道带风轻。
极目不分天水色，南山南是岳阳城。

把酒不能饮，苦泪滴酒觞。

【出处】宋·陆游·江上对酒作。

【解析】陆游在漂泊流离之际，偶遇挚友，于是邀朋友江上小酌。看着行色匆匆的朋友，又联想起自己一生壮志未酬的坎坷，顿时感慨万千，举起满杯美酒，却再也不能下咽，愁苦的泪水不禁滴落在酒杯中。

白发悲花落，青云羡鸟飞。

【出处】唐·岑参·寄左省杜拾遗。

【解析】自己满头的白发，就像落花般飘坠；真羡慕你青云直上，有如鸟儿般自在飞翔。青云：平步青云，喻官场得意。杜拾遗：指杜甫，当时杜甫正担任左拾遗的官职。“白发悲花落”是作者岑参感伤自己年老力衰，再无机会展现自己的才华，实现鸿鹄之志；“青云羡鸟飞”则是羡慕并且祝福杜甫仕途得意，平步青云，希望他能大展宏图报效国家。

【原诗】 联步趋丹陛，分曹限紫微。
晓随天仗入，暮惹御香归。
白发悲花落，青云羡鸟飞。
圣朝无阙事，自觉谏书稀。

白发三千丈，缘愁似个长。

【出处】唐·李白·秋浦歌。

【解析】愁苦容易使人早生华发，而诗人的白发有三千丈长，那都是因愁而生，因愁而长的。“白发三千丈”除了用来形容深长的离愁以外，当人为情所苦，或为事业烦心时，也常用这句诗来形容内心深深的痛苦。“白发三千丈”是李白的一种夸张手笔，千百年来作为夸张笔法的典范被人们引用。三千丈的白发在现实世界是不可能存在的，但在艺术上却可以被人接受，因为它表现的是诗人心中的苦楚愁思，寥寥几笔就生动形象地展现了李白怀才不遇、极度抑郁失望的内心世界。

【原诗】　　白发三千丈，缘愁似个长！
不知明镜里，何处得秋霜？

白发未除豪气在。

【出处】宋·陆游·度浮桥至南台。

【解析】作者虽满头白发未改，但胸中豪情壮志仍在。诗句充分表现了陆游虽然年事已高，但老而不衰，壮心不已。现今常用“白发未除豪气在”这句诗，来形容那些年事已高，却仍具有满腔豪情的人。这句诗也可用来鼓励缺乏雄心壮志的年轻人，应当向老而弥坚的人学习，力求上进，做一番有意义的大事业！

【原诗】　　客中多病废登临，闻说南台试一寻；
九轨徐行怒涛上，千般横系大江心。
寺楼钟鼓催昏晓，墟落云烟自古今；
白发未除豪气在，醉吹横笛坐榕阴。

白发无情侵老境，青灯有味似儿时。

【出处】宋·陆游·秋夜读书每以二鼓尽为节。

【解析】寒夜里孤独地在灯下看书，望着昏黄的灯光不禁感叹满头的白发，光阴无情地催人老去；此时此刻只有眼前的青灯散发出的温暖光辉，令人仿佛又感受到了儿时挑灯苦读的情景。“青灯有味似儿时”常被写成“青灯有味是儿时”。这句诗长期以来深受年长之人所喜爱，回想儿时的欢乐往事，有着无限的甜蜜滋味；而抚今追昔之余，却又不禁油然而生“时不我与”的慨叹。

【原诗】　　腐儒碌碌叹无奇，独喜遗编不我欺；
白发无情侵老境，青灯有味似儿时；
高梧策策传寒意，叠鼓冬冬迫睡期；
秋夜渐长饥作祟，一杯山药进琼糜。

白骨露于野，千里无鸡鸣。

【出处】东汉·曹操·蒿里行。

【解析】东汉末，陇西豪强董卓篡夺了汉朝的军政大权。各地军阀，推举北方豪强袁绍为盟主，联合起来讨伐董卓。曹操也参加了当时的讨董联军。但当时各地军阀各怀异心，勾心斗角，争权夺利，无意讨董。《蒿里行》一诗反映了这种军阀连年混战给人民带来的严重灾难，表现了曹操渴望国家统一的心情。

后四句意思是:遍野白骨无人过问,千里焦土荒无人烟,听不见鸡鸣。“白骨露于野,千里无鸡鸣”这两句诗,常用来描写战争的残酷,军阀混战杀人盈野,给老百姓带来严重灾难。

【原诗】关东有义士,兴兵讨群凶。初期会盟津,乃心在咸阳。军合力不齐,踌躇而雁行。势力使人争,嗣还自相戕。淮南弟称号,刻玺于北方。铠甲生虮虱,百姓以死亡。白骨露于野,千里无鸡鸣。生民百遗一,念之断人肠。

白日放歌须纵酒,青春作伴好还乡。

【出处】唐·杜甫·闻官军收河南河北。

【解析】青春:这里是指明媚的春光。为了庆祝收复失地,我们要放声地歌唱,尽情地喝酒,并希望趁着这春光明媚、鸟语花香的时候,收拾行囊,以便早日回到故乡。这两句诗描写在战乱中饱经忧患流离失所的人们,忽然听到政府军队取得胜利,收复失地时的欢欣喜悦,意象极为明快、可爱。

【原诗】

剑外忽传收蓟北,初闻涕泪满衣裳;
却看妻子愁何在,漫卷诗书喜欲狂!
白日放歌须纵酒,青春作伴好还乡;
即从巴峡穿巫峡,便下襄阳向洛阳。

白日依山尽,黄河入海流;
欲穷千里目,更上一层楼。

【出处】唐·王之涣·登鹳雀楼。

【解析】一轮落日在连绵的群山中徐徐西沉,波涛滚滚的黄河奔流入海;若是想要看到千里以外黄河入海的壮观景象,还得要再登上更高的一层楼。第一句诗描写山的高峻;第二句诗形容河的壮伟;第三、四句诗则由写景转向说理,生动形象地表明,要想看得更远,只有站得更高。“欲穷千里目,更上一层楼”常用来说明人生道路永无尽头,应当继续不断地努力上进。人们常用这两句诗来鼓励别人立下更远大的目标,借此鞭策自己不断地追求进步。

【原诗】

白日依山尽,黄河入海流;
欲穷千里目,更上一层楼。

白头纵作花园主,醉折花枝是别人。

【出处】唐·雍陶·劝行乐。

【解析】青春年华应当好好珍惜,若是一心争名夺利,熬到头发都白了,即使真有一天富贵发达做了花园主人,到那时,在花园里畅饮醉酒、折花为戏的人恐怕已是别人了。作者劝人要珍惜光阴,青春苦短应当及时行乐才对。“白头纵作花园主，醉折花枝是别人”与“有花堪折直须折，莫待无花空折枝”的意境十分相似。

【原诗】　　老去风光不属身，黄金莫惜买青春；
白头纵作花园主，醉折花枝是别人。

白云满地无人扫。

【出处】宋·魏野·寻隐者不遇。

【解析】仿佛满地都是缭绕的白云，却没有一个人来打扫。诗人寥寥几笔既勾勒出隐者居住的高山之巅，远离尘嚣，与白云为伴，清风为伍的迷人景致，也借景抒情，表现了隐者超然脱俗的胸怀。“白云满地无人扫”这句诗，充分显露出隐者清逸高妙的情趣，令人无限神往。

【原诗】　　寻真误入蓬莱岛，香风不动松花老；
采芝何处未归来，白云满地无人扫。

百草千花寒食路，香车系在谁家树？

【出处】五代·冯延巳·鹊踏枝。

【解析】在这寒食节的日子里，百草千花开满整条道路；而那美丽的香车，又是系放在谁家的树下呢？原词描写伊人在外游荡，不知又停留在哪里，忘了回来；词中充满着幽怨的意味。寒食：节气名，大约在清明节前后。有人认为这首词的作者是欧阳修。“百草千花寒食路”可用来形容清明时节，郊外野路上花草盛开的美丽景象。“香车系在谁家树”可用来隐讽伊人不知又在何处逗留。

【原词】几日行云何处去？忘了（或作“忘却”）归来，不道春将暮。百草千花寒食路，香车系在谁家树？泪眼倚楼频独语，双燕来时（“来时”或作“飞来”），陌上相逢否？撩乱春愁如柳絮，依依（“依依”或作“悠悠”）梦里无寻处。

百年那得更百年，今日还须爱今日。

【出处】明·王世贞·梦中得“百年那得更百年，今日还须爱今日”句，因戏成短歌。

【解析】作者王世贞自称这两句诗是他在梦中偶得，意为：人生即使有百年光阴，可是百年一过，又怎能再有另一个百年呢？光阴匆匆去，岁月不留人，我们既然拥有今日，就该好好爱惜。“百年那得更百年，今日还须爱今日”这两句诗是在劝人珍惜可贵的光阴，莫等岁月流逝，才空自叹息。

【原诗】化人宫中百事无，道书一卷酒一壶；枝头黄鸟听作曲，西山白云看作图。朝爱朝暾上东岫，夕映夕阳映东牖；任他故人不通谒，任他朝事不挂口。

偶然案头余酒杯，偶然蹑履山僧来；自斟自醉当自去，礼岂设为我辈哉！昨夜懵腾意超忽，寐时得语醒时述：百年那得更百年，今日还须爱今日。纵能拂衣归故山，农耕社剧亦不闲；何如且会此中趣，别有生涯天地间。

百年世事不胜悲。

【出处】唐·杜甫·秋兴八首之四。

【解析】这句诗语译是：百年来的纷扰世事，实在令人悲痛万分，愤恨不已。唐朝自从玄宗天宝以后，内忧外患侵扰不已，杜甫有感于国家多难，于是写下这首诗。后人常用“百年世事不胜悲”这句诗，来感叹世事不堪回首，借此抒发忧国忧民的悲愤之情。

【原诗】

闻道长安似弈棋，百年世事不胜悲；
王侯第宅皆新主，文武衣冠异昔时。
直北关山金鼓振，征西车马羽书驰；
鱼龙寂寞秋江冷，故国平居有所思。

百无一用是书生。

【出处】清·黄景仁·杂感。

【解析】诗人感叹在千百种职业之中，唯一毫无用处的是书生。读书人虽有满肚子的学问，只可惜有志难伸，空有一腔豪情，却完全没处发挥。此句诗充分显露出失意的读书人，在现实社会中无力实现志向的困窘和无奈。“百无一用是书生”可用来当作读书人的自我解嘲；也可用来责备读书人眼高手低，志大才疏。

【原诗】

仙佛茫茫两未成，只知独夜不平鸣；
风蓬飘尽悲歌气，泥絮沾来薄幸名。
十有九人堪白眼，百无一用是书生；
莫因诗卷愁成谶，春鸟秋虫自作声。

爆竹声中一岁除。

【出处】宋·王安石·元日。

【解析】这首诗抒发作者冲破重重阻力，变法取得初步成功后的心情。除：却掉，过去。屠苏：指屠苏草泡的酒。旧时风俗，旧历年全家要欢饮屠苏酒。曈曈：清晨朝阳初升照得大地由暗变亮的情景。桃符：旧时习俗，春节前在桃木板上画神荼、郁垒二神，挂在门上，用以避邪，叫作桃符。原诗意思是：在爆竹声中一年过去了，春风送暖，万象更新，人们兴高采烈，全家围坐在一起欢饮屠苏美酒。朝霞照亮了千门万户，好像披红挂彩；人们争先恐后地换上新的桃符，辞旧迎新。“爆竹声中一岁除”这句诗用来表现春节或元旦时，人们送旧迎新、欢度佳节，庆贺本年取得的成绩，并希望来年更上一层楼的喜悦心情。

【原诗】　爆竹声中一岁除，春风送暖入屠苏；
千门万户曈曈日，总把新桃换旧符。

北望燕云不尽头，大江东去水悠悠。

【出处】宋·汪元量·湖州歌。

【解析】原诗是南宋灭亡后，诗人作为俘虏被押送到燕山一带去的途中所作。燕云：宋代曾设置燕山府路及云中府路，包括今河北、山西二省北部的地区，简称燕云。北望燕云时诗人感慨此次北去，前途未卜，吉凶未定。而江水悠悠东去，则象征南宋国运已衰，昔日的繁华一去不复返了。

【原诗】　北望燕云不尽头，大江东去水悠悠；
夕阳一片寒鸦外，自断东南四百州。

本待将心托明月，谁知明月照沟渠。

【出处】明·凌濛初·拍案惊奇·卷卅六。

【解析】本来想把心意托付给明月希望由明月转达给我的心上人，谁知明月却无情地映照着路旁的沟渠。常用来表示落花有意，流水无情的哀怨心境，空将一片痴情付托，却得不到半点柔情的慰藉，脉脉此情，向谁诉说呢？也常用来表示：一番好意被忽视冷落，甚至被歪曲误会的伤感与悲痛，满腔的委屈与不平，无从倾吐，只有独自叹息而已。

【原诗】原诗只此二句，无题。一般常写作“我本有心向明月，奈何明月照沟渠”。

碧户朱门杨柳岸，不知归日是何年？

【出处】宋·道璨·西湖除夜。

【解析】一想起西湖岸边杨柳低垂，红门绿瓦草木葱茏的美好景致，诗人的思乡之情便油然而生，不禁感叹道：什么时候才能够踏上归乡的旅程？

碧涧流红叶，青林点白云。

【出处】宋·林逋·宿洞霄宫。

【解析】洞霄宫在今浙江余杭区大涤洞，是著名的游览胜地，风光旖旎，景色迷人。这首诗就是林逋在游览时写下的名句，历来被看作是写景状物的佳句。这句作者用碧、红、青、白强烈的对比、映衬将景致写得明亮绚烂。

【原诗】　秋山不可尽，秋思亦无垠。

碧涧流红叶，青林点白云。
凉阴一鸟下，落日乱蝉分。
此夜芭蕉雨，何人枕上闻？

碧云天，黄叶地，西风紧，北雁南飞。

【出处】元·王实甫·西厢记·正宫端正好。

【解析】碧绿的云天，黄叶落满大地，西风紧吹，北雁纷纷向南飞去。伊人即将远去，面对这萧条肃杀的情景，更添无限感伤的情绪。这是《西厢记》里的名句，借秋日的萧索凄凉来描写离情别绪。

【原词】碧云天，黄叶地，西风紧，北雁南飞。晓来谁染霜林醉，总是离人泪。

边城暮雨雁飞低，芦笋初生渐欲齐。

【出处】唐·张籍·凉州词。

【解析】“边城暮雨雁飞低，芦笋初生渐欲齐”，一句远景，一句近景，写边塞城镇周围的气氛。黄昏时分，阴雨连绵，雁儿在暮雨中低飞，河边芦苇发芽似笋，抽枝吐叶，争着向上生长，富有朝气。远景写得阴沉抑郁，近景则色彩鲜明，情调昂扬，和远景的幽暗低沉正好形成强烈的对比。两句一抑一扬，一暗一明，互相补衬，相得益彰。这首《凉州词》用浓厚的色彩描绘西北边塞风光，它宛如一幅风景油画，远近景的结构、层次分明，明暗的对比强烈。

【原诗】
边城暮雨雁飞低，芦笋初生渐欲齐。
无数铃声遥过碛，应驮白练到安西。

便做春江都是泪，流不尽，许多愁！

【出处】宋·秦观·江城子。

【解析】诗人用夸张的手法说道：即使一江的春水都化做我的眼泪，也流不尽内心无限的忧愁。“便做春江都是泪，流不尽，许多愁”这几句词，常用来形容一个人愁苦到极点的心态。

【原诗】西城杨柳弄春柔，动离忧，泪难收；犹记多情，曾为系归舟。碧野朱桥当日事，人不见，水空流！韶华不为少年留，恨悠悠，几时休？飞絮落花时候一登楼，便做春江都是泪，流不尽，许多愁！

遍身罗绮者，不是养蚕人。

【出处】宋·佚名·蚕妇吟。

【解析】这首诗借一位养蚕妇人的伤心感叹，展现了封建社会贫富悬殊两极分化的残酷现实,并表达了作者对不劳而获者的蔑视和对贫苦农民的同情。这两句诗语译是:蚕妇昨日进城去,回来后不禁伤心落泪;因为那些满身穿着绫罗绸缎的人,没有一个是养蚕之人。“遍身罗绮者,不是养蚕人”描写农民的心声血泪,令人同情心酸。与“为谁辛苦为谁忙”的意境相同,同样都表达了劳动人民内心的苦痛与不平。

【原诗】 昨日入城市,归来泪满巾。
遍身罗绮者,不是养蚕人!

表里山河犹往日,变迁朝市已多年。

【出处】明·马中锡·晚渡咸阳。

【解析】江山依旧看起来还像往日一般,但朝代变迁却已有很多年了。表达了诗人对朝代更替社会变迁的感慨。

别时容易见时难。

【出处】五代·李煜·浪淘沙。

【解析】人生际遇就是如此的无奈,别离的时候总是很容易,但要再度相见,那就太难了!人海浮沉,江湖奔波,尤其是在战乱时候,知心好友一旦分离,总不免会有“别时容易见时难”的痛楚。这首词假托为别情,实际上表达的是李煜对故国的思念之情。

【原词】帘外雨潺潺,春意阑珊,罗衾不耐五更寒。梦里不知身是客,一晌贪欢。独自莫凭栏!无限江山,别时容易见时难。流水落花春去也!天上人间。

鬓华虽改心无改。

【出处】宋·欧阳修·采桑子。

【解析】原诗是说作者年纪已老,满头白发更是令他大吃一惊;但是那一颗雄心还在,满怀的壮志豪情依旧不减当年。鬓华:指两边的鬓发变得花白。原诗中的觥:读作功,指酒器、酒杯。

【原词】十年前是尊前客,月白风清,忧患凋零,老去光阴速可惊。鬓华虽改心无改,试把金觥,旧曲重听,犹似当年醉里声。

鬓虽残,心未死。

【出处】宋·陆游·夜游宫(记梦·寄师伯浑)。

【解析】这句词的意思是,虽然年华老去,鬓发斑白,而满怀的雄心豪气却依然不曾稍减。陆游作这首词的时候,虽然是赋闲家居,年纪已老,雄心却依然还在，衷心不忘效命疆场，为国家建功立业。年纪已老的爱国志士，常用“鬓虽残，心未死”这两句词来表示他们的报国热忱始终如一。

【原词】雪晓清笳乱起，梦游处、不知何地？铁骑无声望似水。想关河，雁门西，青海际。睡觉寒灯里，漏声断、月斜窗纸。自许封侯在万里。有谁知？鬓虽残，心未死。

拨云寻古道，倚树听流泉。

【出处】唐·李白·寻雍尊师隐居。

【解析】在山林中行走，拨开云雾来寻找古老的山道；走一走便停下来倚靠在树旁，静静地听着山上流泉的声音。凡是爱好游山玩水或是寻幽访胜的人，在满是云雾流泉的山林里行走，就能体会到这首诗中的闲静幽趣。

【原诗】群峭碧摩天，逍遥不计年；拨云寻古道，倚树听流泉。
花暖青牛卧，松高白鹤眠；语来江色暮，独自下寒烟。

不爱江山爱美人。

【出处】清·陈于王·题桃花扇传奇。

【解析】孔尚任的《桃花扇传奇》，共有四十出戏，是描写明末亡国遗事，主角是江南名士侯方域与秦淮名妓李香君。这首诗是在讽刺福王的昏庸。“不爱江山爱美人”常用来讽刺当政者只知爱恋美人而不顾国事。

【原诗】玉树歌残迹已陈，南朝宫殿柳条新；
福王少小风流惯，不爱江山爱美人。

不薄今人爱古人。

【出处】唐·杜甫·戏为六绝句。

【解析】一般文人总自命清高，轻视别人的成就。“不薄今人爱古人”杜甫在这句诗中，表现出他的博大宽厚胸襟：“既爱今人，也爱古人。”

【原诗】不薄今人爱古人，清词丽句必为邻；
窃攀屈宋宜方驾，恐与齐梁作后尘。

不才明主弃，多病故人疏。

【出处】唐·孟浩然·岁暮归南山。

【解析】由于缺乏真才实学，因此圣明的君主不愿意用我；再加上体弱多病，往日的故人友好，也逐渐与我疏远了。“不才明主弃”常用来感叹一个人不受上司的重视。作者孟浩然借这两句诗来抒发自己怀才不遇的落寞与现实人情的可鄙。据说唐玄宗在无意中看到这两句诗，十分不高兴，便说：“吾未尝弃卿，何诬之甚也？”以后就真的不再重用孟浩然了。

【原诗】　北阙休上书，南山归敝庐；
不才明主弃，多病故人疏。
白发催人老，青阳逼岁除；
永怀愁不寐，松月夜窗虚。

不逢大匠材难用。

【出处】清·袁枚·大树。

【解析】作者以大树比喻才华卓越的人。那些有伟大才能的人，若是遇不到有远大眼光的人，就不容易受到重视，就像那些大树一样，若是遇不到能工巧匠，再优质的木材也不会受到重用。“不逢大匠材难用”常用来形容那些才华卓越的人，若是得不到伯乐的赏识，往往一生失意落魄。作者以大才自比，寓意深刻，更明白显出他怀才不遇的感叹。

【原诗】　繁枝高拂九宵霜，荫屋常生夏日凉。
叶落每横千亩雪，花开曾作六朝香。
不逢大匠材难用，肯住深山寿更长。
奇树有人问名字，为言南国老甘棠。

不管烟波与风雨，载将离恨过江南。

【出处】宋·郑文宝·柳枝词。

【解析】那满载游人的美丽画舫，不管江上的烟波风雨如何惹人愁思，还是载着人们的满怀离恨经过江南。这两句诗描写离恨别愁，以烟波、风雨相衬，更添幽幽的愁情。后代许多描写离恨的名句，都是由这两句诗演变而来。如苏轼《虞美人》的“无情汴水自东流，只载离恨向西州”；陈与义《虞美人》的“明朝酒醒大江流，满载一船离恨向衡州”。

【原诗】　亭亭画舸系春潭，直到行人酒半酣；
不管烟波与风雨，载将离恨过江南。
（“春潭”或作“寒潭”，“直到”或作“只向”）

不恨古人吾不见，恨古人不见吾狂耳。

【出处】宋·辛弃疾·贺新郎（邑中园亭，仆皆为赋此词，一日，独坐停云，水声山色，竞来相娱。意溪山欲援例者，遂作数语，庶几仿佛渊明思亲友之意云）。

【解析】我一点也不遗憾自己不曾亲眼见到古人的神采英姿，而只遗憾古人来不及看到我的张狂傲气。辛弃疾的这句词狂人狂语，颇有志吞千古笑傲江湖的气概,很得年轻气盛的人的欣赏。《南史张融传》记载:“融常叹曰:‘不恨我不见古人,所恨古人又不见我’。”辛弃疾据此轻化而成“不恨古人吾不见,恨古人不见吾狂耳”。

【原词】甚矣吾衰矣!怅平生,交游零落,只今余几?白发空垂三千丈,一笑人间万事,问何物能令公喜?我见青山多妩媚,料青山见我应如是。情与貌,略相似。一尊搔首东窗里,想渊明停云诗就,此时风味。江左沈酣求名者,岂识浊醪妙理?回首叫,云飞风起。不恨古人吾不见,恨古人不见吾狂耳!知我者,二三子。

不恨年华去也,只恐少年心事,强半为销磨。

【出处】民国·梁启超·水调歌头。

【解析】我不怨恨年华的逝去,只担心年轻时候的雄心壮志,大半被无情的岁月消磨殆尽。历经几回人世沧桑,不免担心自己当年的豪情壮志会随着年华的消逝而逐渐减退,充分流露出作者自我戒惕的心境。梁启超一生轰轰烈烈,无时无刻不在为天下苍生着想,这首词深刻地表现出他的忧国情怀。

【原词】拍碎双玉斗,慷慨一何多!满腔都是血泪,无处着悲歌。三百年来王气,满自山河依旧,人事竟如何?百户尚牛酒,四塞已干戈。千金剑,万言策,两蹉跎。醉中呵壁自语,醒后一滂沱。不恨年华去也,只恐少年心事,强半为销磨。愿替众生病,稽首礼维摩。

不见采莲人,但闻花中语。

【出处】明·瞿时行,采莲曲。

【解析】水中荷花繁茂看不见采莲的人,却隐隐听到人们的欢声笑语不断传来。

不觉碧山暮,秋云暗几重。

【出处】唐·李白·听蜀僧濬弹琴。

【解析】不知不觉中,碧绿的山野又到了黄昏的时候;那天空的秋云,暗沉沉地不知有多少重。原诗是说作者在山中听蜀僧弹琴,那有如流水般的琴声把人的一腔烦恼全都冲得不知去向;由于听得入神,不知不觉,天色已经暗了下来。

【原诗】

蜀僧抱绿绮,西下峨眉峰;
为我一挥手,如听万壑松。
客心洗流水,余响入霜钟;
不觉碧山暮,秋云暗几重。

不露文章世已惊。

【出处】唐·杜甫·古柏行。

【解析】露:发表。杜甫以这句诗赞美孔明,说他不必发表文章,世人就为他卓越的才华所震惊。"不露文章世已惊"这句诗,现今多用来形容某人超群的才华,不用宣扬足以震惊世人。

【原诗】孔明庙前有老柏,柯如青铜根如石;霜皮溜雨四十围,黛色参天二千尺。君臣已与时际会,树木犹为人爱惜。云来气接巫峡长,月出寒通雪山白。忆昨路绕锦亭东。先主武侯同閟宫;崔嵬枝干郊原古,窈窕丹青户牖空。落落盘踞虽得地,冥冥孤高多烈风;扶持自是神明力,正直原因造化功。大厦如倾要梁栋,万年回首丘山重;不露文章世已惊,未辞剪伐谁能送?苦心岂免容蝼蚁,香叶终经宿鸾凤;志士幽人莫怨嗟,古来材大难为用!

不识庐山真面目,只缘身在此山中。

【出处】宋·苏轼·题西林壁。

【解析】原诗中的横看:正面看。岭:不很高的山,形状长而平。峰:山的顶端,形状尖而高。缘:因为,由于。西林:西林寺,在今江西省庐山上。原诗的意思是:正面望去高岭横亘绵延,侧面一看却成了险峻挺拔的奇峰。从远近、高低不同的角度来看,庐山更是千姿万态。为什么很难看清庐山的真面目?只因为自己身在深山之中。这首诗描写了庐山的秀丽多姿和作者自己从观望山景中所得到的启发,意在说明观察事物如果不是处在错综复杂的事物之外,就不能真正认识事物的本来面目。"只缘身在此山中"最能描写出"当局者迷"的情境,于写景之中见哲理是这首诗的最大特点。

【原诗】

横看成岭侧成峰,远近高低各不同。
不识庐山真面目,只缘身在此山中。

不是花中偏爱菊,此花开尽更无花。

【出处】唐·元稹·菊花。

【解析】在所有的花里面,并不是我特别偏爱菊花,而是因为等到菊花开过,就再也没有别的花开了。"不是花中偏爱菊,此花开尽更无花"这两句诗历来是赞美菊花的名句。菊性耐寒,傲霜的秋菊隐隐象征着有志者的气节操守,常被诗人吟咏借以寄托自己的高尚品格。

【原诗】

秋丛绕舍似陶家,遍绕篱边日渐斜;
不是花中偏爱菊,此花开尽更无花。

不是一番寒彻骨,怎得梅花扑鼻香?

【出处】唐·裴休·宛陵录·上堂开示颂。

【解析】要不是在绽放之前就经历一番如此透彻心骨的寒冷,又怎能有梅花扑鼻的芳香呢?“不是一番寒彻骨,怎得梅花扑鼻香”这两句诗常用来勉励人:要吃得苦中苦,方为人上人;经得起严格的锻炼折磨,然后才有苦尽甘来的特殊成就。

【原诗】　　尘劳迥脱事非常,紧把绳头做一场;
　　不是一番寒彻骨,怎得梅花扑鼻香?

不畏浮云遮望眼,自缘身在最高层。

【出处】宋·王安石·登飞来峰。

【解析】飞来山:即飞来峰,在今浙江省杭州西湖西北灵隐寺前。寻:古代长度单位,一寻等于八尺。缘:因为。原诗意思是:高高的飞来山上耸立着千丈高塔,听人说地面晨鸡初鸣时,在塔上便可看到红日高升。登上去就不用担心浮云遮住远望的视线,那是因为我站在塔的最高处。全诗表现了王安石高瞻远瞩的思想境界和不怕困难、勇往直前的精神。王安石提倡变法,导致激烈的新旧党争。在当时,反对他的人很多,他的压力非常大。但王安石借此诗说明:只要宋神宗信任他,就不必害怕反对者阻挠他实行新法了。“不畏浮云遮望眼,自缘身在最高层”这两句诗指:站得高才能看得远。现在又用来比喻掌握住了正确的观点和思想方法,就能透过现象看到本质,不会被纷繁的假象所迷惑。

【原诗】　　飞来山上千寻塔,闻说鸡鸣见日升。
　　不畏浮云遮望眼,自缘身在最高层。

不信芳春厌老人,老人几度送余春,惜春行乐莫辞频。

【出处】宋·贺铸·浣溪沙。

【解析】我不相信明媚的春天会真的讨厌老人,其实韶华已逝的老人,还能拥有几个春天呢?因此美好的春光要好好珍惜,更应该及时行乐,不要嫌欢乐事太多啊!表现了老年人对余春的眷恋,劝人珍惜春光及时行乐。“不信芳春厌老人”这句词,常用来形容一些性情率直真诚的老人。

【原词】不信芳春厌老人,老人几度送余春?惜春行乐莫辞频。巧笑艳歌皆我意,恼花颠酒拼君瞋,物情惟有醉中真。

不信青春唤不回。

【出处】民国·于右任·壬子元日。

【解析】作者意兴风发,豪气万千。“不信青春唤不回”是表示老人壮志犹在不服老的心境；也可表示天下事只要尚有可为，便绝不轻易服输放弃。人生最值得珍惜的，就是满腔豪情与一颗依旧年轻的心，不论年长与年少，拥有这样积极的心态才拥有真正的青春。

【原诗】　　不信青春唤不回，不容青史尽成灰；
　　　　　　低徊海上成功宴，万里江山酒一杯。

不要人夸好颜色，只留正气满乾坤。

【出处】元·王冕·题墨梅。

【解析】世人将“松竹梅”合称为“岁寒三友”，常用它们来比拟正人君子的气节操守。作者认为他所画的梅花，并不要求别人夸赞它的颜色艳丽美好，只希望它的风姿傲骨能够为人保留一份浩然的正气。

【原诗】　　我家洗砚池头树，个个花开淡墨痕；
　　　　　　不要人夸好颜色，只留正气满乾坤。

不愿千金万户侯，凯歌但愿早回头。

【出处】明·于谦·出塞。

【解析】我率兵征战出生入死，不是为名利做高官，而是希望早日平定胡虏，边关太平，高奏凯歌重回故乡。

不知何处吹芦管，一夜征人尽望乡。

【出处】唐·李益·夜上受降城闻笛。

【解析】漂泊异乡的人，在那凄清的夜晚，听到幽怨的笛声，最容易激起满怀乡愁。原诗语译如下：在沙白似雪、月色凄冷如霜的深夜里，不知在什么地方有人吹奏着芦笛，使连年征战的士兵个个听得哀愁万分，整夜思念着故乡。原诗描写征人的思乡情怀，也是描写人们心中对连年征战的厌倦。

【原诗】　　同乐峰前沙似雪，受降城外月如霜；
　　　　　　不知何处吹芦管，一夜征人尽望乡！

不醉多愁醉多病，几回爱酒又停杯。

【出处】宋·李觏·索酒。

【解析】不因多愁而苦，只因多病而烦恼；曾经几次想开怀畅饮，想想多病的身体，不得不又放下手中的酒杯。这两句诗表现了作者对人生无常、生老病死的感慨，是他当时无可奈何的心境的写照。

采得百花成蜜后,为谁辛苦为谁甜?

【出处】唐·罗隐·蜂。

【解析】当你们费尽心血采得百花回来酿成蜂蜜后,自己却不能享受,全都被人们拿走了。蜜蜂啊!你到底是在为谁辛苦,为谁把蜜酿甜呢?作者借蜜蜂采花成蜜白忙一场,来比喻农民心血成果惨遭剥夺。“为谁辛苦为谁甜”现今多写成“为谁辛苦为谁忙”,常用来感叹自己的心血付诸流水,和对自己辛苦所得被剥削的不满与愤怒;有时也用来表示满怀希望,结果成空,到最后不知目的何在的惆怅与凄苦。

【原诗】 不论平地与山尖,无限风光尽被占;
采得百花成蜜后,为谁辛苦为谁甜?

采菊东篱下,悠然见南山。

【出处】东晋·陶渊明·饮酒。

【解析】傍晚时分,在花圃的篱笆下,悠然地采摘菊花,一抬头,就能远远望见南山。陶渊明此诗千百年来为人所赞赏。诗中表达了诗人超然物外的思想情趣。“采菊东篱下,悠然见南山”一语被王国维评为,“无我之境,以物观物,故不知何者为我,何者为物”。原诗中的何能尔:何以能做到这样?心远地自偏:意思是说,只要心远离尘俗,便会觉得所住的地方远隔尘世了。

【原诗】 结庐在人境,而无车马喧;
问君何能尔,心远地自偏。
采菊东篱下,悠然见南山;
山气日夕佳,飞鸟相与还。
此中有真意,欲辩已忘言。

草草杯盘供笑语,昏昏灯火话平生。

【出处】宋·王安石·示长安君。

【解析】酒菜虽然简单,只有几碟小菜,一壶水酒,但人们却毫不计较,依然在桌上谈笑风生,说古论今,直到天色已晚,还借着昏黄的灯光互诉平生。

草肥凉露白,树薄晓风清。

【出处】元·袁桷·上京杂咏。

【解析】夏季的北方,草木茂盛,清晨草尖上还挂着晶莹的露珠;树叶稀少的时候,便觉晨风十分清新。诗人借这两句生动形象地勾画出了北方夏季的早晨清风习习,草木丰美的迷人景色。

草枯鹰眼疾，雪尽马蹄轻。

【出处】唐·王维·观猎。

【解析】鹰：指猎鹰。平原上的野草都已干枯萎缩，猎物无从躲避，正是狩猎的好时节，猎鹰追猎物时，眼光特别的锐利；高山上的积雪已完全融化，马儿奔跑起来格外的轻快。原诗是描写狩猎归来时胜利快乐的心情，“草枯鹰眼疾，雪尽马蹄轻”这两句是狩猎时人们驰骋追逐场面的生动写照。这两句长期以来被人们视作边塞诗歌中的名句佳作。

【原诗】风劲角弓鸣，将军猎渭城；草枯鹰眼疾，雪尽马蹄轻。忽过新丰市，还归细柳营；回看射雕处，千里暮云平。

草色遥看近却无。

【出处】唐·韩愈·早春呈水部张十八员外。

【解析】这首诗描写早春雨后的景致，洋溢着一片活泼生机。“草色遥看近却无”描写初春新绿，若隐若现，诗中荡漾着盎然春意，极为生动自然。

【原诗】 天街小雨润如酥，草色遥看近却无；
最是一年春好处，绝胜烟柳满皇都。

曾经沧海难为水，除却巫山不是云。

【出处】唐·元稹·离思。

【解析】曾经经历过沧海的大水后，再看到其他地方的水，就会认为那些水很难算作是壮阔可观；看过巫山的云，就会觉得除了巫山的云以外，其他地方的云都不能算作是秀丽好看的云。元稹这两句诗是描写自己对过去情人的痴情迷恋，难以忘怀。即使再美丽的女子，在他眼中看起来，也比不上他心目中的那位意中人。所以在下面他接着说：“取次花丛懒回顾，半缘修道半缘君。”“云”“水”在此可当作所追求、向往的理想或目标。对伊人一往情深或是难忘旧情的人，都常用“曾经沧海难为水，除却巫山不是云”这两句诗来形容。孟子曾讲过这样一段话：“孔子登东山而小鲁，登泰山而小天下。故观于海者难为水，游于圣人之门者难为言。”可与这首诗互相对照。

【原诗】 曾经沧海难为水，除却巫山不是云；
取次花丛懒回顾，半缘修道半缘君。

柴门草径尽梅苔，不放红尘俗子来。

【出处】宋·杨万里·送简寿王主簿之官临桂。

【解析】因为不屑与庸人为伍，不放凡夫俗子进来，所以人迹罕至，柴门前的小径上都长满了青苔。表现了诗人的铮铮傲骨和超凡脱俗的志趣与情怀。

柴门闻犬吠，风雪夜归人。

【出处】唐·刘长卿·逢雪宿芙蓉山。

【解析】天色已经暗了下来，苍茫的山峰看起来是那么的遥远；柴门内的狗不停地叫着，似乎是在欢迎那风雪夜归来的人。天寒地冻，远山苍茫，显露出一股凄清、寂寥的韵味。在一片寂静中，突听犬吠声声，仿佛是死寂中乍见活泼生机，倍觉亲切、温暖。

【原诗】　日暮苍山远，天寒白屋贫；
柴门闻犬吠，风雪夜归人。

禅心已作沾泥絮，不逐春风上下狂。

【出处】宋·道潜·口占绝句。

【解析】我这修禅学道的心，已经平静无波，就像落地沾满尘泥的柳絮，再也不会追随春风上下轻狂飞舞了。本诗作者道潜字参寥，是苏轼的好友。道潜从钱塘到徐州拜访苏轼，苏轼令妓女向他求诗为乐，道潜随口念出这首诗，满座为之震惊，这两句诗尤为苏轼所欣赏。

【原诗】　寄语东山窈窕娘，好将幽梦恼襄王；
禅心已作沾泥絮，不逐春风上下狂。

蝉噪林逾静，鸟鸣山更幽。

【出处】南北朝·王籍·入若耶溪。

【解析】蝉儿的叫声越喧哗，森林就显得越发静寂；鸟儿的鸣叫声越响亮，山野就显得更加清幽。王籍这两句诗描写山林的幽静，以噪写静，以鸣衬幽，最为传神，也最为有名。蝉越噪，鸟越鸣，就表示越无人影，人迹罕至的山林中，只有大自然的声音，当然使人觉得格外幽静了。

【原诗】　艅艎何泛泛，空水共悠悠；
阴霞生远岫，阳景逐回流。
蝉噪林逾静，鸟鸣山更幽；
此地动归念，长年悲倦游。

长安一片月，万户捣衣声。

【出处】唐·李白·子夜吴歌·秋歌。

【解析】明朗的月夜，长安城中到处都传来捣衣服的声音。捣：古代妇女洗衣都用木棒，一面洗，一面打，叫作“捣衣”。现在较偏远的乡村还是有人在溪边捣衣。原诗是描写深闺妇女思念远方戍边征战的丈夫；盼望停止征战，亲人早日归来。如果单独看这两句诗，在美丽的月光下，家家传来捣衣声，画面宁静祥和而动人。

【原诗】长安一片月，万户捣衣声。
秋风吹不尽，总是玉关情。
何日平胡虏？良人罢远征。

长风破浪会有时，直挂云帆济沧海。

【出处】唐·李白·行路难。

【解析】相信有一天，我会乘长风，破恶浪，经过重重险阻，高挂云帆横渡沧海，达到理想的彼岸。李白的《行路难》共三首，都意在表达他本人人生道路的艰难和坎坷。全诗充分显示了黑暗污浊的政治现实对诗人的宏大理想抱负的阻遏，反映了由此而引起的诗人内心的强烈苦闷和不平。也反映了诗人的倔强、自信和他对理想的执着追求，展示了诗人力图从苦痛中挣脱出来的坚强意志。

【原诗】金樽清酒斗十千，玉盘珍馐直万钱。
停杯投箸不能食，拔剑四顾心茫然。
欲渡黄河冰塞川，将登太行雪满山。
闲来垂钓碧溪上，忽复乘舟梦日边。
行路难，行路难，多歧路，今安在？
长风破浪会有时，直挂云帆济沧海。

长沟流月去无声，杏花疏影里，吹笛到天明。

【出处】宋·陈与义·临江仙(夜登小阁，忆洛中旧游)。

【解析】这首词作于1138年，是作者经历了仕途沉浮荣衰，在称病辞官之后，回首往事感慨不已而写下的。月光映照着桥下的流水，流水悄然无声地流淌；回想当年，大家欢聚一堂，在杏花稀疏的影子下，一直吹笛到天明。原词是描写诗人追忆二十年前的欢乐往事。"长沟流月去无声"感叹岁月悄悄地逝去，是那样的无情。"杏花疏影里，吹笛到天明"描写花前月下，欢乐相聚，就在那笛声里，美好的一天就消失无踪了。

【原诗】忆昔午桥上饮，坐中多是豪英，长沟流月去无声，杏花疏影里，吹笛到天明。二十余年如一梦，此身虽在堪惊。闲登小阁看新晴，古今多少事，渔唱起三更。

长恨人心不如水，等闲平地起波澜。

【出处】唐·刘禹锡·竹枝词之七。

【解析】总是愤恨人心不如流水，流水只有在碰到山石阻挡时才会产生波澜；而人心即使在普通的平地上，也会莫名其妙地兴起大风波。“长恨人心不如水，等闲平地起波澜”两句诗，常用来形容人心的难测。

【原诗】 瞿塘嘈嘈十二滩，此中道路古为难；
长恨人心不如水，等闲平地起波澜。

长桥带修竹，野水抱人家。

【出处】清·王士祯·送彭有斯孝廉归仪真因怀纪伯紫。

【解析】长桥小径两侧生长着碧绿修长的竹子，潺潺的流水环绕着人家。

长亭外，古道边，芳草碧连天。

【出处】民国·李叔同·送别。

【解析】长亭外的古道两旁长满了茂密的芳草，碧绿芳草随古道一直伸展向天边。这是李叔同《送别歌》的前三句，曲调极为优美动听，歌词也是人所共知。这三句词描写长亭送别的景色，借连天的芳草幽长古道，衬托出离情的绵延深长。

【原诗】长亭外，古道边，芳草碧连天，晚风拂柳笛声残，夕阳山外山。天之涯，海之角，知交半零落。一瓢浊酒尽余欢，今宵别梦寒。长亭外，古道边，芳草碧连天，晚风拂柳笛声残，夕阳山外山。

长于春梦几多时？散似秋云无觅处。

【出处】宋·晏殊·木兰花。

【解析】这两句词似乎是从白居易的“来如春梦不多时，去似朝云无觅处”演变而来，词中洋溢着一种缥缈迷离，似真似幻的意味，令人神伤心碎。人生在世，纵使能比春梦来得长些，但又能维持多久呢？一旦彼此分散，就像那秋天的飘云，不知如何寻觅。

【原词】燕鸿过后莺归去，细算浮生千万绪；长于春梦几多时？散似秋云无觅处。闻琴解佩神仙侣，挽断罗衣留不住。劝君莫作独醒人，烂醉花间应有数。

常居异土兮心内伤，愿为黄鹄兮归故乡！

【出处】汉·乌孙公主·悲愁歌。

【解析】常居异域，内心非常忧伤，真愿自己能变作鸿雁飞回故乡。

嫦娥应悔偷灵药，碧海青天夜夜心。

【出处】唐·李商隐·嫦娥。

【解析】嫦娥：嫦娥为羿妻，羿从西王母那里得到不死之药，嫦娥窃食之，飞奔月宫。云母屏风:汉成帝封妃子赵飞燕为皇后,飞燕妹子在昭阳宫,送飞燕云母屏风。有人认为此诗是悼亡诗,并非咏叹月里嫦娥的寂寞。究竟诗人何所指,现在很难探究。"嫦娥应悔偷灵药,碧海青天夜夜心"从字面来看,是描写嫦娥后悔偷吃灵药,与世人隔绝的凄苦心情。

【原诗】 云母屏风烛影深,长河渐落晓星沉;
嫦娥应悔偷灵药,碧海青天夜夜心。

怅望千秋一洒泪,萧条异代不同时。

【出处】唐·杜甫·咏怀古迹之二。

【解析】千年后的我在这里惆怅地追忆他,不禁洒下一把同情的眼泪。尽管我们身处不同的时代,却有同样的悲哀坎坷的身世。原诗是在悼念战国时楚国诗人宋玉,作者因追忆前人悲凉的际遇,感叹自己的落魄失意,不禁黯然神伤,流下伤心的眼泪。"怅望千秋一洒泪"常用来表示对古圣先贤身世飘零的追怀感伤。

【原诗】摇落深知宋玉悲,风流儒雅亦吾师。怅望千秋一洒泪,萧条异代不同时!江山故宅空文藻,云雨荒台岂梦思?最是楚宫俱泯灭,舟人指点到今疑。

车辚辚,马萧萧,行人弓箭各在腰。

【出处】唐·杜甫·兵车行。

【解析】行:乐府歌曲体裁之一,在诗歌里就是代表"歌"。兵车行:就是兵车歌。兵车行的体裁是由杜甫首创的。语译这三句诗是:兵车行走的时候,发出辚辚的声音;拉车的战马,不停地萧萧嘶鸣;随车出征的士兵们,都把弓箭佩挂在自己的腰上。这几句诗是描写兵车队伍即将出发的情形。揭露了统治者穷兵黩武,连年征战,给人民带来的巨大痛苦。

【原诗】车辚辚,马萧萧,行人弓箭各在腰;爷娘妻子走相送,尘埃不见咸阳桥,牵衣顿足拦道哭,哭声直上干云霄。道旁过者问行人,行人但云点行频。或从十五北防河,便至四十西营田,去时里正与裹头,归来头白还戍边。边庭流血成海水,武皇开边意未已。君不闻汉家山东二百州,千村万落生荆杞;纵有健妇把锄犁,禾生陇亩无东西。况复秦兵耐苦战,被驱不异犬与鸡。长者虽有问,役夫敢申恨?且如今年冬,未休关西卒。县官急索租,租税从何出?信知生男恶,反是生女好;生女犹得嫁比邻,生男埋没随百草。君不见青海头,古来白骨无人收,新鬼烦冤旧鬼哭,天阴雨湿声啾啾!

沉恨细思,不如桃杏,犹解嫁东风。

【出处】宋·张先·一丛花。

【解析】满怀幽恨，仔细地思量，自己实在是比不上桃杏；因为那片片桃花杏花，还可以自在地与东风为伴，而我呢？原词描写春日恋情，感叹伊人一去，音讯全无，不禁怨恨自己不能像桃花、杏花一样，自在逍遥地随嫁东风，与情郎相依相随。原词中隐含无穷幽恨，读来令人为之感叹不已。

【原词】伤高怀远几时穷？无物似情浓。离愁正引千丝乱，更东陌，飞絮蒙蒙。嘶骑渐遥，征尘不断，何处认郎踪？双鸳池沼水溶溶，南北小桡通。梯横画阁黄昏后，又还是，斜月帘栊。沉恨细思，不如桃杏，犹解嫁东风。

沉思前事，似梦里，泪暗滴。

【出处】宋·周邦彦·兰陵王。

【解析】回忆往事，眼前又浮现过去的欢乐情景，就像身在梦里，忍不住流下伤心的眼泪。往事不堪回首，想起如梦的旧事，内心无限感伤凄苦。

【原词】柳阴直，烟里丝丝弄碧。隋堤上，曾见几番，拂水飘绵送行色。登临望故国，谁识京华倦客？长亭路，应折柔条过千尺。闲寻旧踪迹，又酒趁哀弦，灯照离席。梨花榆火催寒食。愁一箭风快，半篙波暖，回头迢递便数驿，望人在天北。凄恻，恨堆积！渐别浦萦回，津堠岑寂，斜阳冉冉春无极。念月榭携手，露桥闻笛。沉思前事，似梦里，泪暗滴。

沉舟侧畔千帆过，病树前头万木春。

【出处】唐·刘禹锡·酬乐天扬州初逢席上见赠。

【解析】沉船旁边成千上万的船只扬帆驶过，枯树前头一望无际的树木枝青叶绿，欣欣向荣。刘禹锡是唐朝时相当著名的诗人，也是王叔文、柳宗元政治革新集团的重要成员，参与了削夺宦官兵权、裁抑藩镇势力的政治革新运动。革新运动失败后，他被贬为朗州（今湖南常德）司马，长期过着凄凉生活，但他丝毫没有屈服。有一次在扬州同诗人白居易（字乐天）相遇，两人一起饮酒，白居易写了一首诗赠他，诗中流露出对刘禹锡的命运感到悲观的情绪。为此，刘禹锡写下这首律诗答复他，表达自己的乐观精神。现今常用“沉舟侧畔千帆过，病树前头万木春”这两句诗，来比喻在自然和社会发展中，没落、腐朽事物的存在不足为奇，丝毫不能阻挡历史车轮的前进；进步的、新生的事物是在没落腐朽的废墟旁，蓬勃发展起来的。

【原诗】

巴山楚水凄凉地，二十三年弃置身。
怀旧空吟闻笛赋，到乡翻似烂柯人。
沉舟侧畔千帆过，病树前头万木春。
今日听君歌一曲，暂凭杯酒长精神。

诚知此恨人人有，贫贱夫妻百事哀。

【出处】唐·元稹·遣悲怀之二。

【解析】我确实知道这种生离死别的遗恨是人人都有的，只是想起当时夫妻贫贱相依的情景，实在是每一件事都令人觉得愁苦哀痛啊！原诗是元稹悼念原配妻子所作，平易浅近，感人至深。此恨：也可解释作贫贱夫妻百事哀的怨恨。家庭贫贱，常多不如意事；夫妻相处不易，百事莫不令人哀愁。后一句常被用来形容贫贱夫妻的多灾多难。

【原诗】昔日戏言身后事，今朝都到眼前来。衣裳已施行看尽，针线犹存未忍开！尚想旧情怜婢仆，也曾因梦送钱财。诚知此恨人人有，贫贱夫妻百事哀！

池塘生春草，园柳变鸣禽。

【出处】南北朝·谢灵运·登池上楼。

【解析】随着春天来到，池塘里又长出了嫩嫩的青草；岸边柳树上鸣叫的鸟儿也换了模样。这两句诗描写满园春色，风光明丽可爱，写出了春天来临的时候，草出莺飞生机盎然的美好景色，是谢灵运的名句。原诗则颇有一种触景伤情的意味。

【原诗】潜虬媚幽姿，飞鸿响远音；薄霄愧云浮，栖川怍渊沉。进德智所拙，退耕力不任；徇禄反穷海，卧疴对空床。衾枕昧节候，褰开暂窥临；倾耳聆波澜，举目眺岖嵚。初景革绪风，新阳改故阴；池塘生春草，园柳变鸣禽。祁祁伤豳歌，萋萋感楚吟；索居易永久，离群难处心；持操岂独古，无闷征在今。

踟蹰历阳道，乡思满南枝。

【出处】唐·储嗣宗·早春。

【解析】我徘徊在前往历阳的路上，看到早春向阳的树枝生出新绿，春意盎然，想起家乡的春天，不禁勾起满怀的乡愁。

尺纸从头彻尾空，忆人全在不言中。

【出处】清·郭晖远之妻·寄夫。

【解析】据《随园诗话》的记载：有一位名叫郭晖远的人，有一次寄信回家，不小心寄了一张白纸，他的妻子接到这张白纸以后，以为丈夫别有深意，就写下这首诗来回答他。原诗语译如下：我在碧绿的纱窗下，拆开了你的来信，只见一尺长的信纸内，从头到尾都是一片空白；我想这应该是你满怀离情别恨，一片相思深情，情到深处，一切尽在不言中。有时候，“不尽之情，喻于言外”，静默无语更能表现那份深情，那份美感。

【原诗】　　碧纱窗下启缄封，尺纸从头彻尾空；
应是仙郎怀别恨，忆人全在不言中。

赤日炎炎似火烧，野田禾稻半枯焦。

【出处】明·施耐庵·水浒传·第十五回。

【解析】鲜红的太阳，灼热得有如燃烧中的烈焰，由于干旱，田野中的稻苗已有一半被烤得枯黄了。这两句诗是形容夏日炎阳的炙热无情，不仅秧苗干枯，连农民的眼泪仿佛也被蒸干了。原诗颇能反映出百姓的疾苦，并对当时贫富不均的现象加以讽刺。

【原诗】　　赤日炎炎似火烧，野田禾稻半枯焦；
农夫心内如汤煮，公子王孙把扇摇。

抽刀断水水更流，举杯消愁愁更愁。

【出处】唐·李白·宣州谢朓楼饯别校书叔云。

【解析】原诗中的蓬莱文章：东汉时京城里校书处东观藏书极多，当时学者称东观为"老氏藏室，道家蓬莱。"诗中借蓬莱的比喻来称呼做校书郎的叔云。建安骨：建安是东汉末年献帝的年号。当时曹操父子及建安七子的诗文，刚健清新，后人称为"建安风骨"。小谢：谢朓。谢朓出生在名诗人谢灵运之后，故称小谢。诗人在这首诗里深刻地抒写了自己怀才不遇的苦闷。诗意豪迈，词语慷慨。"抽刀断水水更流，举杯消愁愁更愁"写尽了无限苦闷，这两句诗形象生动，传唱千古。现今常用"抽刀断水水更流，举杯消愁愁更愁"来表示满怀失意愁闷，无从解脱。

【原诗】弃我去者，昨日之日不可留；乱我心者，今日之日多烦忧。长风万里送秋雁，对此可以酣高楼。蓬莱文章建安骨，中间小谢又清发。俱怀逸兴壮思飞，欲上青天览明月。抽刀断水水更流，举杯消愁愁更愁，人生在世不称意，明朝散发弄扁舟。

惆怅南朝事，长江独至今。

【出处】唐·刘长卿·秋日登吴公台上寺远眺。

【解析】我在这座台上，感伤着南朝时候的旧事，如今朝代更替，世事变迁，只有这条长江还依旧不变，流淌至今！

出门一笑大江横。

【出处】宋·黄庭坚·王充道送水仙花五十枝欣然会心为之作咏。

【解析】走出大门，只见浩浩江水横在眼前，如此开阔壮观令人心旷神怡，不禁发出会心的一笑。“出门一笑大江横”描写了顿悟真理的畅快，也有着海阔天空的豪情逸兴。现今常用“出门一笑大江横”这句诗，来劝人凡事达观，若能敞开胸怀，便不会整天为小事而烦恼忧心了。

【原诗】
凌波仙子生尘袜，水上轻盈步微月；
是谁招此断肠魂，种作寒花寄愁绝。
含香体素欲倾城，山矾是弟梅是兄；
坐对真成被花恼，出门一笑大江横。

出师未捷身先死，长使英雄泪满襟。

【出处】唐·杜甫·蜀相。

【解析】一想到诸葛亮一生雄才大略但还是伐魏不成，病死在军中，真让人黯然伤神长泪满襟。原诗中的丞相：指诸葛亮。锦官城：成都城的别称。柏森森：诸葛亮祠堂前繁茂的大柏树，相传为诸葛亮手植。三顾：诸葛亮隐居隆中（今湖北襄阳县西），刘备曾三次拜访他，商量天下大事，人称“三顾茅庐”。“出师未捷身先死”：公元234年，诸葛亮出师伐魏，病死在五丈原（今陕西郡县西南）军中。杜甫咏史诗有许多传诵千古的佳句。“出师未捷身先死，长使英雄泪满襟”读来令人无限哀痛。据说宋朝大将宗泽痛心半壁河山为金人占据，抗金救国事业未竟而病逝，死前曾吟杜甫此两句诗。可见千载英雄有同样的伤心泪，杜甫两句诗可谓写尽了此种壮志未酬的悲愤心情。

【原诗】
丞相祠堂何处寻？锦官城外柏森森；
映阶碧草自春色，隔叶黄鹂空好音。
三顾频烦天下计，两朝开济老臣心。
出师未捷身先死，长使英雄泪满襟。

出师一表真名世，千载谁堪伯仲间？

【出处】宋·陆游·书愤。

【解析】诸葛亮因《出师表》而名留千古，千百年来，又有谁能与他相提并论呢？这两句诗充分显露了陆游对诸葛亮的尊崇。原诗感叹国家多难，因此作者陆游盼望有如孔明这样的绝代奇才能早日出现，力挽狂澜救国家于危难之间。

【原诗】早岁那知世事艰？中原北望气如山；楼船夜雨瓜洲渡，铁马秋风大散关。塞上长城空自许，镜中衰鬓已先斑；出师一表真名世，千载谁堪伯仲间？

出有日，还无期，结巾带，长相思。

【出处】汉·苏伯玉妻·盘中诗。

【解析】我还记得你出门的日期，可是你并没有言明归期，我只有编结巾带,来排遣相思之苦。

初生欲缺虚惆怅,未必圆时即有情。

【出处】唐·李商隐·月。

【解析】人们望着不圆的初月,与十五后欲缺的残月,常常会为月亮的残缺而感到惆怅。其实这只是空自惆怅而已,因为月亮即使在最圆满的时候,也未必就对人有情啊!初生:指月初刚刚出来的上弦月;欲缺:是指十五月圆后开始残缺的下弦月。人们的情绪往往随着月的圆缺而有所变化。但作者李商隐却持不同的看法,他认为不必为月缺而惆怅,也不必为月圆而欣喜。“未必圆时即有情”这句诗中,暗喻人的团圆相聚也未必有情,作者借此抒发了内心深长的感叹。

【原诗】

过水穿楼触处明,藏人带树远含清;
初生欲缺虚惆怅,未必圆时即有情。

除却天边月,没人知!

【出处】唐·韦庄·女冠子。

【解析】除了天边的一轮明月,没有人了解我为你相思欲断魂的痛苦。原词是描写女子因伊人不明白自己的深情浓意,不禁怨恨情人的漠不关心。“除却天边月,没人知”常用来表示不为人知的愁闷;也可用来表示寻不到意中人的寂寞痛苦。

【原诗】四月十七,正是去年今日,别君时,忍泪佯低面,含羞半敛眉。不知魂已断,空有梦相随;除却天边月,没人知!

锄禾日当午,汗滴禾下土;谁知盘中餐,粒粒皆辛苦。

【出处】唐·李绅·悯农诗。

【解析】正午烈日当空,农夫们仍在稻田里不停地忙着锄草,一身的汗水,全都滴落在稻禾下的泥土上;当人们用餐的时候,又有谁会想到那碗盘里一粒粒的白米,全是农夫们辛苦耕耘流汗出力所换来的呢?李绅是唐朝新乐府运动的倡导者之一,他的诗文针砭时事“为时而著,为事而作”。有鲜明的现实主义色彩。作者一方面怜悯农夫的辛苦,一方面讽刺那些不劳而获的人,从来就没想过一粒粒的米饭,全都是农民血汗和苦力所换来的果实。“谁知盘中餐”的“谁知”,是感叹,是讽刺,也是责备,富贵子弟饱食终日,不知农事的辛苦,实在是令人心痛不已。

【原诗】仅四句。

楚虽三户，亡秦必楚。

【出处】汉·司马迁·史记·楚人谣。

【解析】楚国虽然仅存三户人家，但是将来灭亡秦国的，必定是楚人。

处处绿波通酒巷，女郎多在采菱舟。

【出处】宋·张良臣·送人游姑苏。

【解析】到处都有水道通向卖酒的巷子，采菱的船上，多的是美貌的采菱少女。

处世若大梦，胡为劳其生？

【出处】唐·李白·春日醉起言志。

【解析】人生在世就像是大梦一场，何必一生操心劳苦，奔波劳碌呢？李白醉酒醒来，借此诗抒发自己对人生的感慨。月下饮酒高歌，花鸟为伴，可以忘忧，可以解愁，人生何必太过操劳忧苦呢？

【原诗】

处世若大梦，胡为劳其生？
所以终日醉，颓然卧前楹。
觉来盼庭前，一鸟花间鸣；
借问此何日，春风语流莺。
感之欲叹息，对酒还自倾；
浩毋待明月，曲尽已忘情。

窗前瀑布寒，林外夕阳薄。

【出处】元·元英·山中。

【解析】窗前的瀑布微带寒意，树林外的夕阳依山将尽。

床前明月光，疑是地上霜；举头望明月，低头思故乡。

【出处】唐·李白·静夜思。

【解析】这首诗描写诗人秋夜望月的思乡情意，语意浅显，感人至深，被后人广为传诵。这四句诗语译如下：秋天的晚上，明亮的月光照在我的床前，我还以为是地上的寒霜；抬起头来凝望着天边的月亮，不禁又低下头来思念起故乡。漂泊异乡的游子，在明月高照的夜晚，常喜欢吟诵这首诗，思乡情怀不觉油然而生。

【原诗】原诗仅此四句。

床头一壶酒，能更几回眠。

【出处】唐·高适·醉后赠张旭。

【解析】借酒消愁，总是将一壶酒放在床头，但试问你能够有几次安睡呢？

吹落杨花春事了，小池新绿雨添痕。

【出处】宋·俞桂·即事。

【解析】杨花被风吹落之后，春天就过去了，小池之水，一片碧绿，小雨打在上面，留下许多痕迹。

垂杨密密拂行装，芳草萋萋碍行路。

【出处】清·黄景仁·短歌别华峰。

【解析】低垂的杨柳，轻拂着行人的衣服；萋萋丛生的芳草，阻挡着行人的去路。诗人借垂杨芳草阻碍行路，来描写离情的依依难舍。

【原诗】

前年送我吴陵道，三山潮落吴枫老；
今年送我黄山游，春江花月征人愁。
啼鹃声声唤春去，离心催挂天边树；
垂杨密密拂行装，芳草萋萋碍行路。
嗟予作客无已时，波声拍沈长相思；
鸡鸣喔喔风雨晦；此恨别久君自知。

春蚕到死丝方尽，蜡炬成灰泪始干。

【出处】唐·李商隐·无题。

【解析】"春蚕到死丝方尽"："丝"与"思"谐音，意思是说，要停止相思，除非自己已身死，像蚕儿吐丝，直到蚕儿死了，才不再吐丝。"蜡炬成灰泪始干"：蜡烛燃烧时流下的蜡脂，叫做"蜡泪"，蜡炬烧尽了，蜡泪就不流了。意思是说，相思的眼泪要到死时才能停止。晓镜：这里指早起照镜。蓬山：指蓬莱山，仙人所居。这里指对方的住处。青鸟：汉武故事里说，西王母会汉武帝，有青鸟先到殿前。后人就以"青鸟"为使者的代称。"春蚕到死丝方尽，蜡炬成灰泪始干"两句诗写出相思之苦，并表达出至死方休的坚贞爱情。这句诗也可以形容对子女、亲友或国家的终生奉献，牺牲自己，成就他人，这是人间至高无上的真爱。李商隐有一部分诗称为"无题诗"写得很隐晦，内容或写爱情，或另有寄托，由于年代久远，资料不足，各家解释不一。

【原诗】相见时难别亦难，东风无力百花残；春蚕到死丝方尽，蜡炬成灰泪始干。晓镜但愁云鬓改，夜吟应觉月光寒，蓬莱（"蓬莱"或作"蓬山"）此去无多路，青鸟殷勤为探看。

春城无处不飞花。

【出处】唐·韩翃·寒食。

【解析】寒食是我国古代的一个传统节日，一般在冬至之后105天，清明之前两天(一说一天)。正是春暖花开,大地复苏的时候。这句诗语译为:春天的京城里,没有一个地方不飘飞着美丽的花朵。这是描写春天的美丽风光,到处都绽放着迷人的花朵,也可用来比喻相同的“景物”或“事”到处都是。“春城无处不飞花”这句诗中流露着一种自在逍遥的意味,别有一番迷人的美感。

【原诗】　春城无处不飞花,寒食东风御柳斜;
日暮汉宫传蜡烛,轻烟散入五侯家。

春到人间草木知。

【出处】宋·张栻·立春偶成。

【解析】草木知:是说春到人间,草木立刻变绿,仿佛知道春天已经来到了。这句诗描写春天来临时,草木翠绿的可爱景象,也常用来比喻一件事情早就被某些人知道了。

【原诗】　律回岁晚冰霜少,春到人间草木知;
便觉眼前生意满,东风吹水绿参差。

春风不解禁杨花,濛濛乱扑行人面。

【出处】宋·晏殊·踏莎行。

【解析】春风不懂得约束满树的杨花,任凭它随风摆荡,洒下杨花万点,一片迷濛,纷乱地扑打在行人的脸上。这两句词描写春日杨花柳絮,被风吹扑在行人脸上,风光柔媚,景象热闹可爱。不过原词却充满幽怨之意,似乎在借万点杨花扑打行人以比喻小人的众多与轻狂。

【原词】小径红稀,芳郊绿遍,高台树色阴阴见,春风不解禁杨花,濛濛乱扑行人面。翠叶藏莺,朱帘隔燕,炉香静逐游丝转。一场愁梦酒醒时,斜阳却照深深院。

春风不相识,何事入罗帏?

【出处】唐·李白·春思。

【解析】这首诗写一个秦地妇女怀念远行的丈夫,感情真挚动人,末两句诗“春风不相识,何事入罗帏”语意天真巧妙。原诗中的燕:古时燕国地方,今河北、辽宁一带。诗中用“燕草”来喻指那个秦妇所思念的丈夫,他很可能是从军到燕地去戍守边防。秦:指古时秦国地方,今陕西一带。怀归:思念家乡的父母妻儿。罗帏:丝织的帷幕。古时人家堂前所挂的帷幕。望风怀想,倍增思妇怀念征夫的情怀。现今人们引用此两句诗,或从字面上来取义,表示对于意外的幸福感到惊喜。

【原诗】　燕草如碧丝,秦桑低绿枝。

当君怀归日，是妾断肠时。
春风不相识，何事入罗帏？

春风更比路人忙。

【出处】元·高克恭·过信州。

【解析】春风轻拂，红花满地，生机盎然，仿佛比匆匆走过的行人还要忙碌。这句诗描写春日景色的清新可爱。

【原诗】 二千里地佳山水，无数海棠官道旁；
风送落红搀身过，春风更比路人忙。

春风十里扬州路，卷上珠帘总不如。

【出处】唐·杜牧·赠别。

【解析】春风轻柔地吹着扬州路，即使把沿路一家家的珠帘卷起来看看，总觉得所有帘内的女人都比不上她。这两句诗是描写对情人的痴迷眷恋，与元稹"曾经沧海难为水，除却巫山不是云"两句诗的意境颇为相似。

【原诗】 娉娉袅袅十三余，豆蔻梢头二月初；
春风十里扬州路，卷上珠帘总不如。

春风又绿江南岸，明月何时照我还。

【出处】宋·王安石·泊船瓜洲。

【解析】春风又使江南变得一片新绿，然而明月什么时候才能照着我回到那美丽的地方呢？绿：在此处作动词用，指"吹绿"。这是一首王安石怀念江南金陵的诗，他曾在金陵的钟山住过。"春风又绿江南岸"是为人们传诵最多的名句。传说王安石最初是用"到"字，后来改为"过""入""满"，最后才定为"绿"。

【原诗】 京口瓜洲一水间，钟山只隔数重山；
春风又绿江南岸，明月何时照我还？

春风知别苦，不遣柳条青。

【出处】唐·李白·劳劳亭。

【解析】劳劳亭：是古人送别的地方，通常此亭附近都栽有柳树，因此古人送别都有折柳相赠的习俗。天下最令人伤心的地方，就是送别的劳劳亭。那轻柔的春风一定也知道离别的痛苦，所以才不会使柳条又变成青色。"春风知别苦，不遣柳条青"，两句诗中明显流露出诗人不忍与故友分别的悲悯情怀。

【原诗】 天下伤心处，劳劳送客亭；
春风知别苦，不遣柳条青。

春归何处？寂寞无行路。

【出处】宋·黄庭坚·清平乐。

【解析】原诗中的"寂寞无行路"：春天静悄悄地走了，没有留下行踪。问取黄鹂：向黄鹂打听。黄鹂鸣于春夏之间，也许它知道春的去处。这首词大意是：春光回到哪里去了？静悄悄地离去，没有留下行踪。如果有人知道春光去了哪里，就请他把春光叫回来和大家重聚在一起罢。春去无踪，有谁知道春的去向？除非去向黄鹂打听，但只听它在枝头上啼叫半天，谁也不知道鸣叫些什么。一阵风吹来，它又飞向蔷薇花那边去了。作者黄庭坚借这首词表达他自己伤春、惜春的情怀。原词的词句优美，意境深远，十分耐人寻味。

【原词】春归何处？寂寞无行路。若有人知春去处，唤取归来同住。春无踪迹谁知？除非问取黄鹏。百啭无人能解，因风飞过蔷薇。

春江水暖鸭先知。

【出处】宋·苏轼·惠崇春江晚景。

【解析】诗题中惠崇：北宋时期著名的僧人画家。他的专长是画水鸟。苏轼特为他的《春江晚景图》题了两首诗，此其一。原诗中的蒌蒿：是春天生长的一种野菜。芦芽：芦笋。河豚：一种味道鲜美但含有毒质的鱼。河豚欲上时：河豚每年春季溯江而上的时节。"春江水暖鸭先知"意思是：鸭子常在水中，春天来了水开始变暖，它就首先感觉到。

【原诗】

竹外桃花三两枝，春江水暖鸭先知。
蒌蒿满地芦芽短，正是河豚欲上时。

春韭满园随意剪，腊醅半瓮邀人酌。

【出处】清·郑板桥·田家四时苦乐歌。

【解析】这两句词语译是：春天的菜园里，成熟的韭菜满园都是，可以任意剪取；冬天酿的好酒还剩下半瓮，心情高兴时就邀请三五好友来共饮。春天欣欣向荣，生活悠闲舒适，呈现一片安祥和乐的景象。这两句词常用来描写农家生活的清闲情趣。郑板桥的"田家四时苦乐歌"描写农家一年四季不同的甘苦，一共有四首，用的词牌是"满江红"。

【原词】细雨轻雷，惊蛰后和风动土。正父老催人早作，东畲南圃。夜月荷锄村犬吠，晨星叱犊山沉雾。到五更惊起是荒鸡，田家苦。疏篱外，桃花灼；池塘上，杨丝弱。渐茅檐日暖，小姑衣薄。春韭满园随意剪，腊醅半瓮邀人酌。喜白头人醉白头扶，田家乐。麦浪翻风，又早是秧针半吐。看垄上鸣槔滑滑，倾银泼乳。脱笠雨梳头顶发，耘苗汗滴禾根土。更养蚕忙杀采桑娘，田家苦。风荡荡，摇新箬；声淅淅，飘新箨。正青蒲水面，红榴屋角。原上摘瓜童子笑，池边濯足斜阳落。晚风前个个说荒唐，田家乐。云淡风高，送鸿雁一声凄楚。最怕是打场天气，秋阴秋雨，霜穗未储终岁食，县符已索逃租户。更爪牙常例急于官，田家苦。紫蟹熟，红菱剥，桄桔响，村歌作。听喧填社鼓，漫山动郭。挟瑟灵巫传吉兆，扶藜老子持康爵。祝年年多似此丰穰，田家乐。老树搓丫，撼四壁寒声正怒。扫不尽牛溲满地，粪渣当户。茅舍日斜云酿雪，长堤路断风吹雨。尽村舂夜火到天明，田家苦。草为榻，芦为幕；土为铿，瓢为杓。砍松枝带雪，烹葵煮藿。秋酒酿成欢里舍，官租完了离城郭。笑山妻涂粉过新年，田家乐。

春来遍是桃花水，不辨仙湖何处寻。

【出处】唐・王维・桃源行。

【解析】到了春天的时候，到处都是开了花的桃树，不知去何处寻找那仙境般的桃花源？

春来十日无人见，一树寒梅已着花。

【出处】明・王鏊・乙亥新正十日过陈湖二绝。

【解析】春天来临已有很久，尚无人察觉，只有寒梅闻讯开满一树的花。

春兰兮秋菊，长无绝兮终古。

【出处】战国・屈原・招魂。

【解析】春天的兰花，秋天的菊花，馨香历代，永被世人所崇敬。

春秋多佳日，登高赋新诗。

【出处】晋・陶渊明・移居诗。

【解析】春秋季节有很多天气晴朗的日子，每到这时好友们时常结伴登高赋写新诗。原诗描写农事余暇与朋友流连于诗酒的快乐。这两句诗是说诗人爱好登高作诗，文人雅兴，彼此烘托，两相并美。

【原诗】春秋多佳日，登高赋新诗；过门更相呼，有酒斟酌之。农务各自归，闲暇辄相思；相思辄披衣，言笑无厌时。此理将不胜？无为忽去兹；衣食当须纪，力耕不吾欺。

春色满园关不住，一枝红杏出墙来。

【出处】宋・叶绍翁・游园不值。

【解析】诗题中不值：没遇到所要访问的人，这里指没进园去。原诗中的屐：木头鞋，底上有齿。小扣：轻敲。柴扉：篱笆一类的简陋小门。原诗意思是：作者春游访友，但很可惜朋友不在，久扣柴门不开，回顾来时路上的足迹，觉得遗憾万分，正要离开，却偶一抬头，看见一枝红杏伸出墙头，色彩艳丽，春意盎然，十分喜人。

【原诗】　　应怜屐齿印苍苔，小扣柴扉久不开；
　　春色满园关不住，一枝红杏出墙来。

春色恼人眠不得，月移花影上栏干。

【出处】宋·王安石·夜直(或题作:春夜)。

【解析】春天的夜晚美得令人难以入睡，月光移动，把花的影子照在栏杆上。夜直:就是夜值，晚上值班。这两句诗是描写月下花影，无边春色，迷人的景致，使人久久不能成眠。尤其是“恼”字用得极为精妙，生动地表现出春色浓郁和诗人愉快的心情。

【原诗】　　金炉香烬漏声残，翦翦轻风阵阵寒；
　　春色恼人眠不得，月移花影上栏干。

春色三分，二分尘土，一分流水。

【出处】宋·苏轼·水龙吟·次韵章质夫杨花词。

【解析】这首词描写杨花，并以杨花代表春色。这三句词语译是:美丽的春色渐渐逝去，就像这飘落的杨花，大部分被尘土埋葬，小部分随流水而去。作者感叹春色逝去，惜春之情不觉油然而生。

【原词】似花还似非花，也无人惜从教坠。抛家傍路，思量却是，无情有思。萦损柔肠，困酣娇眼，欲开还闭。梦随风万里，寻郎去处，又还被、莺呼起。不恨此花飞尽，恨西园，落红难缀。晓来雨过，遗踪何在？一池萍碎。春色三分，二分尘土，一分流水。细看来，不是杨花，点点是、离人泪。

春水船如天上坐，老年花似雾中看。

【出处】唐·杜甫·小寒食舟中作。

【解析】在春天水涨时行船，船就如在天际一般高。年老眼花，视线朦胧，看两岸的花就好像在雾中一样。

春溪嫩水清无渣，春洲细草碧无瑕。

【出处】宋·杨万里·安乐坊牧童。

【解析】春天小溪里的水，清澈见底；春天沙洲上的细草，绿油油地没有一点瑕疵。

春宵一刻值千金，花有清香月有阴。

【出处】宋・苏轼・春宵。

【解析】春天的夜晚，哪怕就是短短的一刻，也非常宝贵，甚至抵得上千金；因为在这美好的夜晚，花儿不停地散发着迷人的清香，轻柔的月阴，朦胧的月色，景色是多么的幽美动人。“春宵一刻值千金”是苏轼的名句，用来形容良辰美景的短暂与珍贵，片刻欢聚价值千金。

【原诗】　春宵一刻值千金，花有清香月有阴；
歌管楼台声细细，秋千院落夜沉沉。

春心莫共花争发，一寸相思一寸灰。

【出处】唐・李商隐・无题。

【解析】请不要将爱情之心像春花一样争相开放，因为每一段相思都化成了失望的灰烬。春心：代表男女两情相悦的心意，即爱情之心。两情相悦而情路多阻，一寸相思，一寸冷灰，相思的滋味实在是很痛苦啊！原诗本是劝慰彼此莫再相思，愈想不相思，愈是为相思所苦。

【原诗】飒飒东风细雨来，芙蓉塘外有轻雷；金蟾啮锁烧香入，玉虎牵丝汲井回。贾氏窥帘韩掾少，宓妃留枕魏王才；春心莫共花争发，一寸相思一寸灰！

春有百花秋有月，夏有凉风冬有雪；
若无闲事挂心头，便是人间好时节。

【出处】宋・无门和尚・颂。

【解析】作者无门和尚是个有道禅僧，他认为人若是能够抛开内心的烦恼和凡尘琐事，那么心胸自然会开朗起来，随时都能欣赏美好风景。就会发现春天百花齐放，秋天明月高照，夏天凉风徐来，冬天白雪纷飞，一年四季，人间都是好时节。原诗常用来劝人放宽心怀，不要整天为琐事牵挂，眼界一宽，万事万物也会变得美好起来。

【原诗】原诗仅此四句。

春雨断桥人不渡，小舟撑出柳阴来。

【出处】宋・徐俯・春游湖。

【解析】春天雨后小河水涨，把桥给淹没了，行人无法过河，正在焦急等待束手无策的时候，突然看见有乘小舟自柳阴中摆渡过来。

春雨楼头尺八箫，何时归看浙江潮？

【出处】民国・苏曼殊・本事诗・春雨。

【解析】春天细雨绵绵，高楼之上有人在那儿吹着凄凉幽怨的长箫；这一场景很像熟悉的江南春色，思乡之情油然而生，不禁想到流浪天涯的人什么时候才能回到故乡，去看那汹涌澎湃的钱塘大潮？日本人爱吹一尺八长的箫，叫“尺八箫”。箫音哀怨，最易引发人的满腔愁苦。浙江钱塘江的潮水，汹涌澎湃，是我国有名的胜景。曼殊和尚作此诗时人在日本。这两句诗描写长年漂泊的人对故乡的深刻思念。

【原诗】春雨楼头尺八箫，何时归看浙江潮？
芒鞋破钵无人识，踏过樱花第几桥！

春欲暮，思无穷，旧欢如梦中！

【出处】唐·温庭筠·更漏子。

【解析】春天就要过去了，留下无尽的相思，回想往日的欢乐就像是一场梦境。作者借春天的消逝，来表示欢乐时光的一去不回，感叹往事如烟似梦，难以追寻。“旧欢如梦中”常用来表示对过去的恋情感到惆怅与无奈。

【原词】星斗稀，钟鼓歇，帘外晓莺残月。兰露重，柳风斜，满庭堆落花。虚阁上，倚栏望，还似去年惆怅。春欲暮，思无穷，旧欢如梦中！

春种一粒粟，秋收万颗子；四海无闲田，农夫犹饿死。

【出处】唐·李绅·悯农诗。

【解析】农夫们在春天播下一粒种子，到了秋天就可以获得万颗的稻谷；终年辛苦劳累的工作，使得四海之内没有一块荒废的田地，可即使如此，还是有许多农夫会饿死。四海：中国海内之地，指天下、全国。原诗是在歌颂农夫的辛勤伟大，也是怜悯农夫生活贫苦艰困，具有深远的社会意义。

【原诗】原诗仅此四句。

慈母手中线，游子身上衣。

【出处】唐·孟郊·游子吟。

【解析】原诗中的“谁言寸草心，报得三春晖”：寸草，喻指子女。三春晖：春天的阳光。母爱有如三春的阳光，子女难以报答慈母的恩情，就像小草难以报答阳光的养育之恩一样。孟郊此诗以质朴的语言写出慈母爱子之情和子女对父母的孝心，形象生动自然，令人读后印象深刻。苏轼曾赞赏他“诗从肺腑出，出辄愁肺腑”，倒是很恰当。

【原诗】慈母手中线，游子身上衣，
临行密密缝，意恐迟迟归。
谁言寸草心，报得三春晖？

词源倒倾三峡水，笔阵独扫千人军。

【出处】唐·杜甫·醉歌行。

【解析】文词的泉源充沛，那滚滚而来的磅礴气势，就连长江三峡的流水也要为之倒转；在文笔相抗的战场上，那惊人的万钧笔力，独自一个人就可以扫荡千万的敌军。倒倾，或作倒流。作者这两句诗是形容一个人的才气纵横。文思有如泉涌，不假修饰，气势自然无穷。“词源倒倾三峡水”常用来形容作家文笔的流畅自如；“笔阵独扫千人军”常用来形容笔锋的锐利，打遍文坛无敌手。

【原诗】陆机二十作文赋，汝更少年能缀文。总角草书又神速，世上儿子徒纷纷。骅骝作驹已汗血，鸷鸟举翮连青云，词源倒倾三峡水，笔阵独扫千人军。只今年才十六七，射策车门期第一；旧穿杨叶真自知，暂蹶霜蹄未为失。偶然擢秀非难取，会是排风有毛质；汝身已见唾成珠，汝伯何由发如漆？春光淡沱（或作潭沱）秦东亭，渚蒲芽白水荇青。风吹客衣日杲杲，树搅离思花冥冥；酒尽沙头双玉瓶，众宾皆醉我独醒。乃知贫贱别更苦，吞声御踯涕泪零。

此情可待成追忆，只是当时已惘然。

【出处】唐·李商隐·锦瑟。

【解析】这一份美好的感情，原本是值得回忆追念的；只是当时身历其境，毫不在意，如今回想起来，徒留一份惆怅与迷茫。历来各家对这首诗的解说不一，通常的解释如下：那一份逝去的恋情，只能留待日后永远的追忆；明知往日的欢乐时光不会再来，但每当想起过去的情景时，内心却总有着诉说不尽的惆怅与迷惘。“此情可待成追忆，只是当时已惘然”这两句诗可当作是对失去的恋情或情人的刻骨铭心的思念。

【原诗】

锦瑟无端五十弦，一弦一柱思华年；
庄生晓梦迷蝴蝶，望帝春心托杜鹃。
沧海月明珠有泪，蓝田日暖玉生烟；
此情可待成追忆，只是当时已惘然！

此情无计可消除，才下眉头，却上心头。

【出处】宋·李清照·一剪梅。

【解析】这份深情无法消除，刚刚努力舒展开眉头，相思之情却又爬上心头。这两句词描写情愁深浓，挥不掉、抛不开，好不容易才得以舒展一下眉头，心头却又开始烦忧苦痛了，真是“剪不断，理还乱”呀！“此情无计可消除”中的“情”字，一般多指男女之间的感情；若为其他事情而愁苦，也可以引用这句词。“此情无计可消除，才下眉头，却上心头”这几句词淋漓尽致地表达了相思之苦，形象生动。

【原词】红藕香残玉簟秋，轻解罗裳，独上兰舟。云中谁寄锦书来？雁字回时，月满西楼。花自飘零水自流，一种相思，两处闲愁。此情无计可消除，才下眉头，却上心头。

此曲只应天上有，人间那得几回闻？

【出处】唐·杜甫·赠花卿。

【解析】像这样美妙动听的歌声，应该只有天上才有，人间哪里能够听到几回呢？花卿：是一名歌妓，作者以这两句诗赞美她歌声的美妙悦耳。“此曲只应天上有，人间那得几回闻”这两句诗时常用来赞美他人歌声的悦耳动听或是演奏的神妙动人。

【原诗】

锦城丝管自纷纷，半入江风半入云；
此曲只应天上有，人间那得几回闻？

此生此夜不长好，明月明年何处看？

【出处】宋·苏轼·中秋。

【解析】在我这一生中，不可能再经常见到如此美好的明月了，更不知明年的中秋夜会是在什么地方赏月。“此生此夜不长好，明月明年何处看”这两句诗是诗人感叹良辰易逝、美景不再并对自己漂泊异乡、沦落江湖的悲惨遭遇感到无限伤痛。

【原诗】

暮云收尽溢清寒，银汉无声转玉盘；
此生此夜不长好，明月明年何处看？

此生何处不相逢。

【出处】唐·杜牧·送人。

【解析】今日一别，谁知道这一生不会又在某处相逢呢？原诗是一首送别诗。人生有许多相逢的机会，又何必为一时的分离而过分伤心痛苦呢？“此生何处不相逢”可当作在离别时人的一种潇洒放达的态度；也可警戒他人，凡事不要做得太过分，因为将来总会有碰面的机会。这一句诗一般都写作“人生何处不相逢”。

【原诗】

鸳鸯帐里暖芙蓉，低泣关山几万重；
明鉴半边钗一股，此生何处不相逢？

此夜曲中闻折柳，何人不起故园情？

【出处】唐·李白·春夜洛城闻笛。

【解析】这两句诗语译是：在这样的夜里，听到有人用笛吹奏着《折杨柳》的曲子,那充满伤感、思念的声音,又有谁听了会不油然兴起怀乡之情呢?折柳:古人习惯折柳赠别。笛调中有一首叫做《折杨柳》的曲子。沦落异乡的浪子原本就思念故园,何况又在寂寞的深夜里听到伤感的曲调,自然更加深了怀乡情愁。"此夜曲中闻折柳,何人不起故园情"这两句诗是大诗人李白描写怀乡情切的名句,后人也常用这两句诗来形容思念故园的情怀。

【原诗】　谁家玉笛暗飞声,散入春风满洛城;
此夜曲中闻折柳,何人不起故园情?

从此无心爱良夜,任他明月下西楼。

【出处】唐·李益·写情。

【解析】热切等待期望的千里相会突然落空,失望之情自不用提,人圆既然不可能,又何必在乎月缺月圆呢?所以从此无心在意那良辰美景,任明月西沉也不再关心。原诗写情,这两句诗是描写怨意。情感受挫折的人,即使月圆花好也没有心情去欣赏。

【原诗】　水纹珍簟思悠悠,千里佳期一夕休;
从此无心爱良夜,任他明月下西楼。

从今别却江南路,化作啼鹃带血归。

【出处】宋·文天祥·金驿。

【解析】从今天起,永远离别江南;有一天,我将化作悲啼的杜鹃鸟啼血归来。

翠微深处无人住,寺在深山何处钟?

【出处】金·赵秉文·和答中山道士。

【解析】山上丛林密布,不见人烟,而这寺庙的钟声又是从何处传来的呢?

达人自达酒何功?**世间是非忧乐本来空**。

【出处】宋·苏轼·薄薄酒。

【解析】对人生旷达的人,他的达观是出自本性,酒对他又有什么功用呢?人生在世各种是非忧乐,本来就是一场空,不必过于计较。

【原诗】薄薄酒,饮两盅,粗粗布,著两重,美恶虽异醉暖同。丑妻恶妾寿乃公,隐居求志义之从,本不计较东华尘土北窗风。百年虽长要有终。富死未必输生穷。但恐珠玉留君容,千载不朽遭樊崇,文章自足欺盲聋,谁使一朝富贵面发红。达人自达酒何功?世间是非忧乐本来空。

打起黄莺儿，莫教枝上啼；啼过惊妾梦，不得到辽西。

【出处】唐·金昌绪·春怨。

【解析】我要把树上的黄莺儿打跑，不让它们在枝上不停地啼叫；因为它们的啼叫会惊醒美梦，使我无法梦见那远在辽西的丈夫。这首诗取名春怨，春怨就是闺怨，此诗描写妇人思念丈夫的无尽哀怨。“不得到辽西”是说不能梦见丈夫。丈夫长年远征辽西，妇人独守空闺只有在梦中才能与丈夫相会。唐朝边疆多事，皇帝也穷兵黩武战事不断，这首诗充分流露出当时人民强烈的反战心理。

【原诗】仅上四句。

大风起兮云飞扬，威加海内兮归故乡。

【出处】汉·刘邦·大风歌。

【解析】刘邦平定天下后，回到故乡沛县，邀请旧日好友一起饮酒庆祝，喝到醉醺醺的时候，刘邦一面击筑，一面唱这首《大风歌》：大风刮起，白云四处飞扬；在声威遍及四海，天下归服以后，我回到故乡来，希望能有英雄豪杰来帮助我保卫天下，守护四方。“大风起兮云飞扬，威加海内兮归故乡”这两句诗气魄豪壮，雄迈飞扬，充分表现出一代英雄志得意满、意气风发的气概。“安得猛士兮守四方”表达了刘邦要巩固他的统治，急需求贤纳才的心情。依据史书记载：刘邦唱此歌时“泣数行下”，可见他情绪十分激动。

【原诗】大风起兮云飞扬，威加海内兮归故乡。安得猛士兮守四方？

大江东去，浪淘尽，千古风流人物。

【出处】宋·苏轼·念奴娇·赤壁怀古。

【解析】波涛汹涌的长江，从古到今奔流不止，而历史上的风流人物，却一一被时间的激浪所淘尽。大江东去，代表时间巨流也象征历史长河，它无情流逝，带走了千古的大好岁月，也带走了千古的英雄人物。大江：长江。风流人物：杰出人物。故国神游：神游古代的战场。苏轼借此词缅怀英雄人物，气势雄伟，意境悲凉，千古称颂不朽。苏轼在原词中把古战场描写得有声有色，可是结尾却很悲凉，这是苏轼感怀自己年近半百，功业未成的反映。

【原词】大江东去，浪淘尽，千古风流人物。故垒西边，人道是，三国周郎赤壁。乱石崩云（“崩云”或作“穿空”），惊涛裂岸（“裂岸”或作“拍岸”），卷起千堆雪；江山如画，一时多少豪杰！遥想公瑾当年，小乔初嫁了，雄姿英发。羽扇纶巾，谈笑间，樯橹（“樯橹”或作“强虏”）灰飞烟灭。故国神游，多情应笑我，早生华发。人生如梦，一樽还酹江月。

大江流日夜，客心悲未央。

【出处】南北朝·谢朓·暂使下都夜发新林至京邑赠西府同僚。

【解析】长江的大水日夜不停地奔流；客居异乡的我，内心的悲伤就像滔滔的长江水一样，永远奔流不尽。央：尽；未央：就是未尽。大江：指长江。原诗是谢朓赠给西府同僚的，借以抒发自己思乡念旧的情怀。“大江流日夜”描写滚滚长江水，日夜奔流不息，气势十分雄浑壮阔。王国维把这一句诗与“明月照积雪”“户中天悬明月”“长河落日圆”相提并论，称之为“千古壮观”。

【原诗】大江流日夜，客心悲未央；徒念关山近，终知返路长，秋河曙耿耿，寒渚夜苍苍；引领见京室，宫雉正相望。金波丽鳷鹊，玉绳低建章；驱车鼎门外，思见昭丘阳。驰晖不可接，何况隔两乡？风云有鸟路，江汉限无梁。常恐鹰隼击，时菊委严霜；寄言尉罗者，寥廓已高翔。

大江之南风景殊，杭州西湖天下无。

【出处】明·刘基·题王润和尚西湖图。

【解析】作者赞美西湖山水是天下第一美景。这两句诗语译如下：江南的风景与北方大不相同，杭州西湖的美丽风景，整个天下都找不出可以相比的。

【原诗】

大江之南风景殊，杭州西湖天下无；
浮光吐景十里外，叠峰涌出青芙蕖。

大漠孤烟直，长河落日圆。

【出处】唐·王维·使至塞上。

【解析】茫茫沙漠中只见一缕烽烟直上云霄，遥望黄河之上一轮落日显得格外浑圆。大漠：沙漠。孤烟：烽烟。长河：黄河。描写漠野黄昏，景色瑰丽，雄浑无边。“大漠孤烟直，长河落日圆”这两句诗是王维描写大漠风光的名句。

【原诗】单车欲问边，属国过居延；征蓬出汉塞，归雁入胡天。大漠孤烟直，长河落日圆；萧关逢侯骑，都护在燕然。

大雪满弓刀。

【出处】唐·卢纶·塞下曲。

【解析】将士埋伏已久，大雪覆满战士们的弓刀。原诗主要是描写战士们雪夜追敌的勇敢与辛苦。

【原诗】

月黑雁飞高，单于夜遁逃；
欲将轻骑逐，大雪满弓刀。

带月荷锄归。

【出处】晋·陶渊明·归田园居。

【解析】清早就到田里去除草，直到晚上月亮露出来，才肩荷着锄头，带着一片月光回家。原诗描写田园隐居的辛苦与乐趣，恬静中自有丰富的情味。“带月荷锄归”的情景是极为清雅恬静的，而踏月归来的幽美情韵更是令人万分向往。

【原诗】

种豆南山下，草盛豆苗稀；
晨兴理荒秽，带月荷锄归。
道狭草木长，夕露沾我衣；
衣沾不足惜，但使愿无违。

待月西厢下，迎风户半开。

【出处】唐·元稹·会真记。

【解析】面对着轻柔的月光，在西厢下痴心地等待伊人的到来；迎着徐徐的凉风，门扉半掩半开着；看到映在墙上的花影摇动，还以为是伊人已经来了。原诗描写在月下痴心等待伊人前来相会的情景，内心有掩不住的喜悦与兴奋。

【原诗】

待月西厢下，迎风户半开；
拂墙花影动，疑是玉人来。

但肯寻诗便有诗，灵虚一点是吾师。

【出处】清·袁枚·遣兴。

【解析】这首遣兴诗讨论作诗的方法。作者认为：只要肯去寻访诗意，少许的一点灵机，也能触发灵感，吟出佳句。夕阳和芳草虽只是一些平凡寻常的景物，但只要运用灵巧，都可以成为绝妙好词。这两句诗与翁森“好鸟枝头亦朋友，落花水面皆文章”的涵义颇为相似。

【原诗】

但肯寻诗便有诗，灵虚一点是吾师；
夕阳芳草寻常物，解用都为绝妙句。

但得众生皆得饱，不辞羸病卧残阳。

【出处】宋·李纲·病牛。

【解析】只希望普天下的生灵能得温饱，哪怕自己病弱的身躯卧倒在夕阳中也甘心。表现了诗人“先天下之忧而忧，后天下之乐而乐”的高尚情操。

【原诗】

耕犁千亩实千箱，力尽筋疲谁复伤？
但得众生皆得饱，不辞羸病卧残阳。

但屈指西风几时来,又不道流年暗中偷换。

【出处】宋·苏轼·洞仙歌。

【解析】正要屈指计算西风何时到来,哪想到流水年华早已在暗中不知不觉地偷偷消逝了。西风有信,年华不再,这两句诗含有一种岁月无情、青春虚度的意味。骤然醒觉,往事已如烟尘,青春已消逝无踪。

【原词】冰肌玉骨,自清凉无汗。水殿风来暗香满。绣帘开、一点明月窥人,人未寝,攲枕钗横鬓乱。起来携素手,庭户无声,时见疏星渡河汉。试问夜如何？夜已三更,金波淡,玉绳低转。但屈指西风几时来？又不道流年暗中偷换。

但去莫复问,白云无尽时。

【出处】唐·王维·送别。

【解析】请不要再问我归去何方,那白云悠悠的山林就是我隐居的地方。世上的富贵功名,有如过眼云烟,瞬间即逝。唯有隐居山林,欣赏浮云升沉,悠然自得,其乐无穷。

【原诗】

下马饮君酒,问君何所之;
君言不得意,归卧南山陲;
但去莫复问,白云无尽时。

但使主人能醉客,不知何处是他乡?

【出处】唐·李白·客中行。

【解析】只要主人能使客人喝醉,他又怎会区分出此处是故乡还是他乡呢?他乡作客,主人殷勤招待,盛情感人。在一片畅饮的欢笑声中,一时间竟忘记了沦落天涯的沉重乡愁。这两句诗是感谢主人的深情厚谊,而漂泊游子的伤痛却依然存在。

【原诗】

兰陵美酒郁金香,玉碗盛来琥珀光;
但使主人能醉客,不知何处是他乡?

但愿郎防边,似妾缝衣密。

【出处】宋·罗与之。寄衣曲。

【解析】但愿郎君防守边疆,就像妾身缝制衣服的针线般细密,使边防牢固,国家太平。

但愿人长久,千里共婵娟。

【出处】宋·苏轼·水调歌头(丙辰中秋欢饮达旦,大醉,作此篇,兼怀子由)。

【解析】但愿我们能够永远地平安健康，即使相隔千里之遥，也能共同欣赏那天上美丽的月亮。婵娟：指月亮。人：指怀念的人。苏轼作此词是怀念苏辙（字子由）。这两句词是怀念远方的亲友，也是对他的祝福，祝福他一切顺利平安。

【原词】明月几时有？把酒问青天。不知天上宫阙，今夕是何年？我欲乘风归去，唯恐（“唯恐”，或作“又恐”）琼楼玉宇，高处不胜寒。起舞弄清影，何似在人间（“何似在人间”，或作“何事在人间”）？转朱阁，低绮户，照无眠，不应有恨，何事长向（“长向”，或作“偏向”）别时圆！人有悲欢离合，月有阴晴圆缺，此事古难全！但愿人长久，千里共婵娟。

但知家里俱无恙，不用书来细作行。

【出处】宋·黄庭坚·新喻道中寄元明。

【解析】这首诗是黄庭坚被贬到黔州（即今贵州、四川一带），在路上写给他哥哥黄元明的信。他说：写信给我时，只要让我知道一家大小都平安无事就好，不必写得太详细。

【原诗】

中年畏病不举酒，孤负东来数百觞；
唤客煎茶山店远，看人获稻午风凉。
但知家里俱无恙，不用书来细作行；
一百八盘携手上，至今犹梦绕羊肠。

淡色似黄杨叶小，浓香如蜜菜花多。

【出处】宋·徐玑·壬戌二月。

【解析】淡黄色的杨柳，叶子很小，菜花长得十分茂密，浓香如蜜。诗人用寥寥几笔，生动形象地描写了早春二月的景色。

当年不肯嫁春风，无端却被西风误。

【出处】宋·贺铸·踏莎行。

【解析】当年不肯像桃杏那样随着春风开放，而今却无缘无故地遭受秋风夜雨的折磨。这两句词是作者感叹自己当年不肯随俗以致落得现在的失意落魄。悔恨过去对幸福的不知珍惜，如今空落得如此凄凉的下场，又能埋怨谁呢？与张先的“一丛花令”词：“沉恨细思，不如桃杏，犹解嫁春风”可同时参看。

【原词】杨柳回塘，鸳鸯别浦，绿萍涨断莲舟路。断无蜂蝶慕幽香，红衣脱尽芳心苦。返照迎潮，行云带雨，依依似与骚人语。当年不肯嫁春风，无端却被西风误。

当时年少春衫薄，骑马倚斜桥，满楼红袖招。

【出处】唐·韦庄·菩萨蛮。

【解析】回忆当年的江南生活，那时的我年轻气盛，经常穿着单薄的春衫，骑着马倚靠在斜桥边，那满楼的女子纷纷挥舞着红袖向我招手。红袖：指女人。作者描写自己少年时代在江南生活的浪漫潇洒、纵情声色。

【原词】如今却忆江南乐，当时年少春衫薄；骑马倚斜桥，满楼红袖招。翠屏金屈曲，醉人花丛宿；此度见花枝，白头誓不归。

当时轻别意中人，山长水远知何处！

【出处】宋·晏殊·踏莎行。

【解析】当时很轻率地与意中人分别，如今山路漫漫，水路迢迢，却不知伊人在何方。这是作者怀念旧日情人，并且后悔自己的鲁莽，思念与惆怅之情显然可见。

【原词】碧海无波，瑶台有路，思量便合双飞去。当时轻别意中人，山长水远知何处！绮席凝尘，香闺掩雾，红笺小字凭谁附？高楼目尽欲黄昏，梧桐叶上潇潇雨。

荡子行不归，空床难独守。

【出处】汉·佚名·古诗十九首·青青河畔草。

【解析】这是一首描写少妇春日思念远在异乡的丈夫的诗。原诗中的娼女：指歌女、舞女。荡子：这里是指在异乡漫游的人，而不是指浪荡无行的人。这两句诗上承“昔为娼家女，今为荡子妇”。四句诗的意思是：妇人过去是娼女，如今嫁作荡子妇。荡子在外游玩迟迟不归，妇人面对深闺空床难以独守，思念伊人，心中寂寞而惆怅。

【原诗】青青河畔草，郁郁园中柳。盈盈楼上女，皎皎当窗牖。
娥娥红粉妆，纤纤出素手。昔为娼家女，今为荡子妇。
荡子行不归，空床难独守。

道人有道山不孤。

【出处】宋·苏轼·腊日游孤山访惠勤惠思二僧。

【解析】修行得道的高僧，虽然住在深山，但却一点也不觉孤独。原诗赞美那两位和尚修养有道，声名远播。

【原诗】天欲雪，云满湖，楼台明灭山有无；水清石出鱼可数，林深无人鸟相呼。腊日不归对妻孥，名寻道人实自娱，道人之居在何许？宝云山前路盘纡；孤山孤绝谁肯庐？道人有道山不孤。纸窗竹屋深自暖，拥褐坐睡依团蒲；天寒路远愁仆夫，整驾催归及未晡。出山回望云木合，但见野鹘盘浮图；兹困游薄欢有余，到家恍如梦蘧蘧；作诗火急追亡逋，清景一失后难摹。

等闲识得东风面，万紫千红总是春。

【出处】宋·朱熹·春日。

【解析】等闲：无意之中。东风：春风。无意中认清了东风的真面目，那万紫千红的春景不就正是它吗？这两句诗描写春日的绚丽风光，东风轻吹，百花争艳，春意盎然，洋溢着无限的生机。“万紫千红总是春”常用来形容春日风光，景色艳丽夺目。

【原诗】

胜日寻芳泗水滨，无边光景一时新；
等闲识得东风面，万紫千红总是春。

低回愧人子，不敢叹风尘。

【出处】清·蒋士铨·岁暮到家。

【解析】作者蒋士铨岁暮匆忙赶回家里，面对慈母的殷切问寻，不由感叹自己终年在外，有违人子的孝道，于是一点都不敢叹说自己旅途的劳苦。长途奔走，风尘仆仆的游子，不敢叹说旅途困顿多苦的原因，是担心父母会着急忧虑。后代常引用“低回愧人子，不敢叹风尘”两句诗，来表示游子返家后不敢对父母诉说旅途劳苦的愧疚心理。

【原诗】

爱子心无尽，归家喜及辰；
寒衣针线密，家信墨痕新。
见面怜清瘦，呼儿问苦辛；
低回愧人子，不敢叹风尘。

颠狂柳絮随风舞，轻薄桃花逐水流。

【出处】唐·杜甫·漫兴绝句。

【解析】柳絮漫天遍野随着春风到处飞舞；桃花随着江水漂流而下。这两句描写暮春江边，柳絮飞舞，桃花飘流，风光绚丽，景致动人。后人也常用这两句来比喻用情不专的人，因为柳絮桃花都是轻柔之物，经不起风吹雨打，很容易被风雨吹落，隐喻毫无原则随波逐流的人。

【原诗】

肠断江春欲尽头，杖藜徐步立苏洲；
颠狂柳絮随风舞，轻薄桃花逐水流。

吊影分为千里雁，辞根散作九秋蓬。

【出处】唐·白居易·自河南经乱，关内阻饥，兄弟离散，各在一处。因望月有感,聊书所怀,寄上浮梁大兄、于潜七兄、乌江十五兄,兼示符离及下邽弟妹。

【解析】看着自己孤独的身影,就仿佛是流落在千里外的孤雁;兄弟姊妹一个个离乡背井,就好像秋天时节离根四散的飞蓬。九秋:秋天有三个月,即九十天。蓬:即飞蓬,秋天飞蓬被连根拔起,吹落无踪,在这里象征兄弟离散。作者有感于家人分散各地,便写下了这首诗,来抒发内心万般凄苦的愁绪。读来令人伤感。

【原诗】时难年荒世业空,弟兄羁旅各西东;田园寥落干戈后,骨肉流离道路中。吊影分为千里雁,辞根散作九秋蓬,共看明月应垂泪,一夜乡心五处同。

东边日出西边雨,道是无晴却有晴。

【出处】唐·刘禹锡·竹枝词。

【解析】无晴、有晴:与无情、有情为双关隐语。竹枝词是川东一带民歌。唱时"吹短笛,击鼓以赴节",歌唱者扬袖起舞。此诗用"东边日出西边雨,道是无晴却有晴"的"晴"字与"情"字谐音,生动地表现了女主人公听到歌声后的心理活动,她想到:在多雨的季节,天气阴晴不定。你说是晴天吧,西边还下着雨;你说是雨天吧,东边还出着太阳。因此姑娘想到"唱歌的小伙子到底对我是有情还是无情呢?"这两句诗,常用来形容男女相恋的迷离感情。

【原诗】

杨柳青青江水平,闻郎江上踏歌声;
东边日出西边雨,道是无晴却有晴。

东风不与周郎便,铜雀春深锁二乔。

【出处】唐·杜牧·赤壁。

【解析】这是一首即物兴感的咏史之作。原诗中的将:拿起来。东风不与周郎便:不与,不给;便,方便;周郎,周瑜。铜雀:台名,建安十五年(公元210年)曹操建都于邺城(在今河北省临漳县西),以楼顶铸有大铜雀得名。二乔:即大乔、小乔两姐妹,大乔为孙策妻,小乔为周瑜妻。原诗意思是说:在沉沙中发现断戟,尚未销蚀,经磨洗之后,认出是从前东吴破魏、赤壁之战时的遗物。诗人写到这里,笔锋一转,发表议论说:要是当时老天不吹东风给周瑜方便的话,大乔小乔两姐妹就会被曹操抓到铜雀台里幽禁起来,她们也别想自由自在地欣赏明媚的春光了。

【原诗】

折戟沉沙铁未销,自将磨洗认前朝。
东风不与周郎便,铜雀春深锁二乔。

东风吹醒英雄梦，不是咸阳是洛阳。

【出处】明·朱元璋·率军征陈友谅至潇湘所写。

【解析】东风吹醒了英雄的美梦，这时才知道自己身在洛阳而不是咸阳。

【原诗】　　马渡江头苜蓿香，片云片雨渡潇湘；
　　东风吹醒英雄梦，不是咸阳是洛阳。

东风夜放花千树。

【出处】宋·辛弃疾·青玉案·元夕。

【解析】一夜春风吹拂，千树万树的鲜花竞相绽放。原词是以“花千树”来形容元夕夜的灯火灿烂夺目、五彩纷呈。今人多照字面意思来解释：由于东风的来到，使得百花在一夜之间全都开放，呈现一片欣欣向荣的景象。

【原词】东风夜放花千树，更吹落，星如雨。宝马雕车香满路，凤萧声动，玉壶光转，一夜鱼龙舞。蛾儿雪柳黄金缕，笑语盈盈暗香去。众里寻他千百度，蓦然回首，那人却在灯火阑珊处。

独留巧思传千古。

【出处】唐·李商隐·奉同诸公题河中任中丞新创河亭四韵之作。

【解析】原诗中的蒲津：又名蒲阪，在今山西省永济市，是黄河古渡口，连舟为桥，沟通两岸，俗称浮梁。唐玄宗开元年间，在这里铸有八铁牛，以保护浮梁。李商隐这首诗赞美任中丞建河亭创意新鲜、独具巧思，足以流传千古。“独留巧思传千古”这一句诗常用来赞美那些独特卓越的新颖设计；也可用来称许诗人作家的不朽作品足以千古传诵。

【原诗】　　万里谁能访十洲？新亭云构压中流；
　　河鲛纵玩难为室，海蜃遥惊耻化楼。
　　左右名山穷远目，东西大道锁轻舟；
　　独留巧思传千古，长与蒲津作胜游。

独绕画檐无个事，自携团扇扑黄蜂。

【出处】宋·杨万里·登度雪台下临桃李径。

【解析】一个人走在画檐下觉得十分无聊，于是独自拿着团扇去扑捉黄蜂。

独酌看流水，山花映酒杯。

【出处】明·李梦阳·泉上独酌。

【解析】我坐在泉水边独自饮酒，欣赏流水飞逝；山上的野花投影照映在酒杯上。表现了诗人寄情山水之间的恬淡宁静。

读书破万卷，下笔如有神。

【出处】唐·杜甫·奉赠韦左丞丈二十二韵。

【解析】破：尽，遍之意，全句是指把书读得滚瓜烂熟，连书卷都读破了的意思；也可解作：打破读书万卷的记录。“读书破万卷”形容书读得多，学识渊博；“下笔如有神”形容文思泉涌，得心应手如有神助。两句合用，是赞美一个人的学问文章造诣高深；也可用来劝勉人，要想写好文章就得多读书，书读得多了，写文章才能像行云流水，有如天神在身旁相助。

【原诗】纨绔不饿死，儒冠多误身；丈人试静听，贱子请具陈：甫昔少年日，早充观国宾；读书破万卷，下笔如有神。赋料扬雄敌，诗看子建亲；李邕求识面，王翰愿为邻。自谓颇挺出，立登要路津；致君尧舜上，再使风俗淳。此意竟萧条，行歌非隐沦；骑驴十三载，旅食京华春。朝扣富儿门，暮随肥马尘；残杯与冷炙，到处潜悲辛。主上顷见征，欻然欲求伸；青冥却垂翅，蹭蹬无纵鳞。甚愧丈人厚，甚知丈人真；每于百僚上，猥诵佳句新。窃效贡公喜，难甘原宪贫；焉能心怏怏，只是走踆踆。今欲东入海，即将西去秦，尚怜终南山，回首清渭滨。常拟报一饭，况怀辞大臣？白鸥没浩荡，万里谁能驯？

渡口唤船人独立，一蓑烟雨湿黄昏。

【出处】宋·孙觌·吴门道中。

【解析】黄昏时分，烟雨之中，一个人披着湿透的蓑衣孤独地站在渡口叫船。

渡头余落日，墟里上孤烟。

【出处】唐·王维·辋川闲居赠裴秀才迪。

【解析】村外河边的渡头只余下一轮落日；在乡野村落里，已经袅袅地升起了一缕炊烟。这两句诗描写乡野的黄昏暮色，渡头落日，墟里孤烟，宁静安详，淡雅恬适。

【原诗】

寒山转苍翠，秋水日潺湲；
倚杖柴门外，临风听暮蝉。
渡头余落日，墟里上孤烟；
复值接舆醉，狂歌五柳前。

对酒当歌，人生几何？譬如朝露，去日苦多。

【出处】魏·曹操·短歌行。

【解析】面对歌舞美酒，在这欢乐时刻，诗人也没忘记时光的流逝，就好像那清晨的露水一般，瞬间就消失无踪。这两句诗感叹人生短暂，劝人应该珍惜光阴，把握短暂的人生，有酒当歌，及时行乐，又何必自寻烦恼呢？

【原诗】对酒当歌，人生几何？譬如朝露，去日苦多。慨当以慷，忧思难忘。何以解忧？唯有杜康。青青子衿，悠悠我心；但为君故，沉吟至今。呦呦鹿鸣，食野之苹；我有嘉宾，鼓瑟吹笙。明明如月，何时可掇？忧从中来，不可断绝。越陌度阡，枉用相存；契阔谈宴，心念旧恩。月明星稀，乌鹊南飞，绕树三匝，何枝可依？山不厌高，海不厌深；周公吐哺，天下归心。

多情却似总无情，唯觉樽前笑不成。

【出处】唐·杜牧·赠别。

【解析】往日的欢乐相聚是何等的多情，如今即将离别，却好像没有一丝感情似的；面对眼前的酒杯，想要强颜欢笑却是毫无办法，怎样都笑不出来。这首诗的前两句，由表面上看似无情，实际上却是真情无限。“多情却似总无情”常用来形容情侣相恋，那种忽冷忽热的态度，好像有情又似无情；“唯觉樽前笑不成”常用来形容人的情绪低落，无法强颜欢笑。

【原诗】

多情却似总无情，唯觉樽前笑不成；
蜡烛有心还惜别，替人垂泪到天明。
（“却似”或作“却是”）

多情只有春庭月，犹为离人照落花。

【出处】唐·张泌·寄人。

【解析】只有那庭前的春月最多情，仍然为离别的人们照映着一地的落花。这两句诗描写怀念伊人并怨叹伊人的冷漠无情。

【原诗】

别梦依依到谢家，小廊回合曲阑斜；
多情只有春庭月，犹为离人照落花。

多情自古伤离别，更哪堪，冷落清秋节。

【出处】宋·柳永·雨霖铃·秋别。

【解析】自古以来，离别总教人感伤，更何况是在这凄清冷落的秋天里，眼看就要与伊人分手，怎会不令人为之心伤欲碎呢？“多情自古伤离别”古代诗词里最常见到这类哀怨无奈的句子。在凄冷寒瑟的秋天，情人就要远离，依依别情更添万般愁绪。

【原词】寒蝉凄切，对长亭晚，骤雨初歇。都门帐饮无绪，留恋处，兰舟催发。执手相看泪眼，竟无语凝噎。念去去千里烟波，暮霭沉沉楚天阔。多情自古伤离别，更哪堪，冷落清秋节。今宵酒醒何处？杨柳岸，晓风残月！此去经年，应是良辰好景虚设。便纵有千种风情，更与何人说！

多情最是波心月，一路相随伴我归。

【出处】明·龚诩·归自庄北。

【解析】最多情的可说是映在水中的那轮明月，一路相随伴我归来。

多少恨，昨夜梦魂中。

【出处】五代·李煜·望江南。

【解析】昨夜又梦见旧时游园的欢乐情景，醒来想到自己身为阶下囚的痛苦，不禁遗憾万分、恨意无穷。作者追怀往事，感叹早已逝去的往日欢乐，真是恨意无穷，尽入梦中。

【原词】多少恨，昨夜梦魂中，还似旧时游上苑，车如流水马如龙，花月正春风。

多少事，欲说还休。

【出处】宋·李清照·凤凰台上忆吹箫。

【解析】多少往事涌上心头，感慨万分欲说还休。原词中金猊：狮形的铜香炉。香冷金猊：是说香炉里的香早已烧完，炉子冷了。被翻红浪：指被子散乱在床上没有叠起来。宝奁：镜匣。生怕：最怕。此词写临别，先是写因离愁别绪懒得叠被梳头；再则写千言万语，却是欲说还休。为什么不说呢？因为这只能意会而不能言传。

【原词】香冷金猊，被翻红浪，起来慵自梳头。任宝奁尘满，日上帘钩。生怕离怀别苦，多少事，欲说还休。

多事春风吹梦散，无情寒月照更长。

【出处】金·秦略·悼亡。

【解析】多事的春风吹散了我的好梦，无情的明月那寒冷的光辉照在我身上，使得今夜更漫长。这两句诗描写了诗人悼念故人，辗转反侧夜不能寐的伤感心情。

哦诗不睡月满船，清寒入骨我欲仙。

【出处】宋·陆游·舟中对月。

【解析】吟诗不眠月光映满船舱，清寒的凉意直透入骨，使我有一种飘飘欲仙的舒适感觉。这两句诗描写月夜泛舟，吟诗不眠，清雅脱俗的情趣。幽美动人的意境，引人无限遐思。

【原诗】百壶载酒游凌云，醉中挥袖别故人；依依向我不忍别，谁似峨嵋半轮月？月窥船窗挂凄冷，欲到渝州酒初醒；江空袅袅钓丝风，人静翩翩葛巾影。

哦诗不睡月满船，清寒入骨我欲仙；人间更漏不到处，时有沙禽背船去。

儿童不知春，问草何故绿。

【出处】清·袁枚·偶作五绝句。

【解析】小孩子不知道春天已经来了，一个劲地问青草为什么会长出绿芽。描写了懵懂幼童的天真可爱。

儿童共道先生醉，折得黄花插满头。

【出处】宋·陆游·小舟游近村舍舟步归。

【解析】在村庄里漫步闲游，儿童们围在身边吵着说："先生醉了，先生醉了。"大家一起折下路边的黄花，随手插得满头都是。老翁漫步村野与儿童一起折花玩赏，自在逍遥，无忧无虑。

【原诗】　　不识如何唤用愁，东阡西陌见闲游；
　　儿童共道先生醉，折得黄花插满头。

儿童娱膝下，母子话灯前。

【出处】宋·刘克庄·乍归。

【解析】儿童在母亲膝下追逐欢笑，母子两人在灯前闲话家常。

而今何事最相宜？宜醉、宜游、宜睡。

【出处】宋·辛弃疾·西江月。

【解析】如今我还适合做什么事呢？不过是沉醉、游乐、酣睡罢了。作者辛弃疾感叹世事如烟，但愿自己能寄情山水，以悠游闲散来排遣那份孤寂无奈。原诗的背后潜藏着一份壮志未酬的深深遗憾。

【原词】万事云烟忽过，百年蒲柳先衰。而今何事最相宜？宜醉、宜游、宜睡。早趁催科了纳，更量出入收支。乃翁依旧管些儿：管竹、管山、管水。

尔曹身与名俱灭，不废江河万古流。

【出处】唐·杜甫·戏为六绝句。

【解析】原诗中的王、杨、卢、骆：指初唐的四个诗人王勃、杨炯、卢照邻、骆宾王，称"初唐四杰"。当时体：指初唐时的文体。轻薄：肤浅的人。哂：讥笑。尔曹：你们这一伙，指讥笑四诗人的人们。原诗意思是：王、杨、卢、骆四位诗人的文体是当时的风尚，某些轻薄的人写文章讥笑他们，喋喋不休。而现在这些讥笑别人的人早已湮没无闻了；但四位诗人的诗却像长江大河万古长流一样，流传久远，绝不因为你们的诽谤而受到什么影响。"尔曹身与名俱灭，不废江河万古流”这两句诗，今天用来比喻那些反对真理、破坏伦理，企图毁谤历史文化者到头来必定彻底失败，身败名裂；而正义事业必将如长江大河以排山倒海之势涤荡一切污泥浊水而奔流不息，滚滚向前。

【原诗】 王杨卢骆当时体，轻薄为文哂未休；
尔曹身与名俱灭，不废江河万古流。

二句三年得，一吟双泪流。

【出处】唐·贾岛·题诗后。

【解析】历经三年的呕心苦思，才做成这两句诗；每当吟诵它的时候，总忍不住热泪盈眶。这两句是描写诗人创作的辛苦。大凡佳句好诗总是得来不易。

【原诗】 二句三年得，一吟双泪流；
知音如不赏，归卧故山秋。

二十四桥明月夜，玉人何处教吹箫。

【出处】唐·杜牧·寄扬州韩判官。

【解析】在那扬州二十四桥的明月夜下，往日教我吹箫的美人现在已不知去向。玉人：美人。原诗前两句是描写秋日江南的美丽风光，山明水秀、草木茂盛；“二十四桥明月夜，玉人何处教吹箫”两句诗是作者怀念在扬州的朋友。在诗句的字里行间处处表现出作者对朋友深挚的问候情意。

【原诗】 青山隐隐水迢迢，秋尽江南草未凋；
二十四桥明月夜，玉人何处教吹箫？

二十四桥仍在，波心荡，冷月无声。

【出处】宋·姜夔·扬州慢（淳熙丙申至日，余过维扬，夜雪初霁，荠麦弥望。入其城，则四顾萧条，寒水自碧。暮色渐起，戍角悲吟。余怀怆然，感慨今昔，因自度此曲。千岩老人以为有黍离之悲也）。

【解析】扬州二十四桥依然存在，可是当时的人儿却已消失无踪，只有明月静静地照着桥下轻荡的水波，依旧是一片清冷无声。景色依旧，人事已非，想到往日的繁华热闹，不禁感慨万千！觉得月下的小桥流水，显得更加萧瑟凄冷了。唐朝杜牧有一首诗：“二十四桥明月夜，玉人何处教吹箫。”这两句诗就是借用杜诗来描写扬州的夜景。表现了扬州屡经兵乱，已破败不堪，想起昔日的繁华，面对今天的萧瑟，抒发了诗人憎恶战争忧国伤时的心情。

【原词】淮左名都，竹西佳处，解鞍少驻初程；过春风十里，尽荠麦青青。自胡马窥江去后，废池乔木，犹厌言兵；渐黄昏清角吹寒，都在空城。杜郎俊赏，算而今，重到须惊。纵豆蔻词工，青楼梦好，难赋深情。二十四桥仍在，波心荡，冷月无声。念桥边红药,年年知为谁生!

二月江南花满枝,他乡寒食远堪悲。

【出处】唐·孟云卿·寒食。

【解析】诗词常见的是以景寄情,即陪衬的艺术手法。而此诗在写"他乡寒食远堪悲"前却描绘了"二月江南花满枝"的美丽景色,在悲苦的境遇中面对繁花似锦的春色,更是感怀万分。这里恰当地运用了反衬的艺术手法,别具一格。

【原诗】
二月江南花满枝,他乡寒食远堪悲。
贫居往往无烟火,不独明朝为子推。

翻手为云覆手为雨。

【出处】唐·杜甫·贫交行。

【解析】"翻手为云覆手为雨"的意思是把手掌朝天一翻就是云,把手掌一倒过来就是雨,形容人情冷暖变化迅速。管鲍贫时交:管仲和鲍叔牙贫贱时合伙做生意,分账时,管仲往往多拿一些,鲍叔牙不计较,他们两人自始至终都是好朋友。原诗大意是说:翻手为云,覆手为雨,人情变化太迅速了! 轻薄之徒多得无法计数! 管仲和鲍叔牙贫贱时的莫逆交情,今天的人们早把它丢进垃圾堆了。"翻手为云覆手为雨"常用来形容有权势者兴风作浪,颠倒是非。

【原诗】
翻手为云覆手为雨,纷纷轻薄何须数;
君不见管鲍贫时交,此道今人弃如土。

繁林乱萤照,村屋人语响。

【出处】明·高攀龙·夜坐。

【解析】夜晚的深林里,萤火虫来去飞舞,发出一闪一闪的亮光;寂静的村屋里,隐隐传来人说话的声音。这两句诗描写乡村的夜景,流萤飞舞,人声轻悄,寂静中自有无限生机,颇富悠闲意境。

【原诗】
幽人夜未眠,月出每孤往;
繁林乱萤照,村屋人语响。
宿鸟时一鸣,草径露微上;
欣然意有会,无与共此赏。
千载怀同心,陶公调可仿。

芳树无人花自落,春山一路鸟空啼。

【出处】唐·李华·春行即兴。

【解析】这是一首应景即兴式的小诗。作者春天经过宜阳时,因对眼前景物有所感触，即兴抒发了国破山河在、花落鸟空啼的愁绪。“自落”与“空啼”相照应，写出了诗人面对大好山河的寂寞之感。

【原诗】宜阳城下草萋萋，涧水东流复向西。
芳树无人花自落，春山一路鸟空啼。

飞将远从戎，翩翩气自雄。

【出处】明·徐渭·怀陈将军同蒲。

【解析】身手矫健的将军要行军到远方，意气飞扬英姿勃发。

飞流直下三千尺，疑是银河落九天。

【出处】唐·李白·望庐山瀑布。

【解析】银白色的瀑布，从山顶奔流而下，像有三千尺那样长，令人疑心是不是银河从九重天上飞落人间。九天：九重天，指天的最高处。“飞流直下三千尺，疑是银河落九天”这是李白吟咏庐山瀑布的名句，描写庐山瀑布的雄壮，气势豪放奔腾。这两句诗也充分流露出作者李白胸襟的豪放不羁与才气的挥洒自如。诗人以高度夸张的艺术手法，将飞流直下的瀑布，描写得奇特雄伟，气象万千，宛如一幅生动的山水画。

【原诗】日照香炉生紫烟，遥看瀑布挂前川；
飞流直下三千尺，疑是银河落九天！

非人磨墨墨磨人。

【出处】宋·苏轼·次韵答舒教授观余所藏墨。

【解析】古代文人雅士，多喜爱收藏宝墨。作者说自己收藏的宝墨足够自己使用三十年的，写到这里不禁想起文人终年磨墨写字，绞尽脑汁，苦思深虑，表面上是人在磨墨，其实却是墨在磨人，人的一生岁月，就在墨的不停磨转中，逐渐消磨掉了。

【原诗】异时长笑王会稽，野鹜膻腥污刀几；暮年却得庾安西，自厌家鸡题六纸。二子风流冠当代，顾与儿童争愠喜；秦王十八已龙飞，嗜好晚将蛇蚓比。我生百事不挂眼，时人缪说云工此；世间有癖念谁无？倾身障簏尤堪鄙。一生当着几两屐？定心肯为微物起；此墨足支三十年，但恐风霜侵发齿。非人磨墨墨磨人，瓶应未罄垒先耻；逝将振衣归故国，数亩荒园自锄理。作书寄君君莫笑，但觉来禽与青李；一螺点漆便有余，万灶烧松何处使？君不见永宁第中捣龙麝，列屋闲居清且美；倒晕连眉秀岭浮，双鸦画鬓香云委；时闻五斛赐蛾绿，不惜千金求獭髓；闻君此诗当大笑，寒窗冷砚冰生水。

粉身碎骨浑不怕，要留清白在人间！

【出处】明·于谦·咏石灰。

【解析】我不怕粉身碎骨，只要在人间留下清白，即使牺牲自己也在所不惜。浑不怕，或作全不顾。原诗借石灰来比喻志士仁人高尚的人格和视死如归的壮志；即使受尽折磨苦难，也决不改变操守，决不向暴力屈服，仍要保留那顶天立地的伟大人格，以“留取丹心照汗青”。

【原诗】千锤万凿出深山，烈火焚烧若等闲；
粉身碎骨浑不怕，要留清白在人间！

风不定，人初静，明日落红应满径。

【出处】宋·张先·天仙子。

【解析】夜已深沉，人声渐悄，晚风吹拂；明天起来，被风吹落的红花一定又布满了整个路径。这是作者抒怀的句子，描写晚风不断，花儿又将纷纷飘坠，既是感叹花朵的飘零，也是哀叹自己身世的凄凉困顿。

【原词】水调数声持酒听，午醉醒来愁未醒。送春春去几时回？临晚镜，伤流景，往事后期空记省。沙上并禽池上暝，云破月来花弄影。重重帘幕密遮灯，风不定，人初静，明日落红应满径！

风光如此须行乐，莫管头颅白几茎。

【出处】清·袁枚·春晴。

【解析】天气晴朗，风光迷人，人生如此美好应当及时行乐，又何必为白发多了几根而忧虑烦心呢？春光如此美好，何妨暂忘白发与衰老，让心情保持轻松开朗。“风光如此须行乐，莫管头颅白几茎”两句诗，可用来劝人放宽胸怀，及时行乐。

【原诗】今岁天公大有情，一冬无雪又春晴；
红梅但觉飞香久，绿草何曾借雨生。
双燕翅如迎晓日，百花心更望清明；
风光如此须行乐，莫管头颅白几茎。

风飘飘，雨潇潇，便做陈抟也睡不着。

【出处】元·关汉卿·大德歌。

【解析】据传说陈抟是唐代有名的睡仙，他每睡一次，便可持续睡几百天。冷风吹拂细雨潇潇，在这凄风苦雨令人伤感的日子里，即使像陈抟那样的大睡仙也没办法睡着。原曲中的叠字用得十分巧妙，使这首曲的形象更为鲜明突出。潇潇风雨，愁意逼人，人儿原本就伤心凄苦，如今更是辗转反侧，难以成眠。

【原词】风飘飘，雨潇潇，便做陈抟也睡不着。懊恼伤怀抱，扑簌簌泪点抛。

秋蝉儿噪罢寒蛩儿叫，淅零零细雨洒芭蕉。

风声，雨声，读书声，声声入耳；

家事，国事，天下事，事事关心。

【出处】明·顾宪成·东林书院门前对联。

【解析】风声，雨声，读书声，声声都听在耳里；家事，国事，天下事，事事我都关心。这首对联常用来表示读书人对国事民生的关切。读书不忘救国，满腔爱国豪情，胸怀“以天下为己任”的大志。

【原诗】对联，只此二句。

风萧萧兮易水寒，壮士一去兮不复还！

【出处】战国策·燕策

【解析】风萧瑟地吹着，易水又是那样的寒冷，壮士这一去再也不回来了！公元前227年，荆轲入秦行刺秦王，燕太子丹为其送行，临别时荆轲慷慨悲歌，吟诵的这两句诗歌，慷慨激昂极富有感情。

风一更，雪一更，聒碎乡心梦不成，故园无此声。

【出处】清·纳兰性德·长相思。

【解析】风吹了一更，雪也下了一更，把人刮得心都快碎了；思乡情切，一夜都不能安然入梦。寒夜独坐，聆听屋外的风雪声，想起自己飘零的身世，倍添无限思乡的情怀。

【原词】山一程，水一程，身向榆关那畔行，夜深千帐灯。风一更，雪一更，聒碎乡心梦不成，故园无此声。

风雨如晦，鸡鸣不已。

【出处】《诗经》·郑风·风雨。

【解析】如晦：昏暗如夜。风雨飘零的黄昏，天色暗得像是在黑夜一样，只有群鸡还是不停地在那儿鸣叫。“风雨如晦，鸡鸣不已”一般人引用这两句诗，都把鸡比喻做君子。形容在风雨飘摇、局面混乱的时代里，有正义感的君子还是坚持操守，勇敢地为理想而奋斗，决不畏惧退缩。

【原诗】风雨凄凄，鸡鸣喈喈；既见君子，云胡不夷！风雨潇潇，鸡鸣胶胶；既见君子，云胡不瘳！风雨如晦，鸡鸣不已；既见君子，云胡不喜！

蜂蝶纷纷过墙去，却疑春色在邻家。

【出处】唐·王驾·雨晴。

【解析】春日雨后，遍地落花，眼看蜜蜂蝴蝶纷纷飞过墙去，诗人不禁怀疑，春色是不是转移到邻家去了？

【原诗】 雨前初见花间蕊，雨后全无叶底花；
蜂蝶纷纷过墙去，却疑春色在邻家。

烽火连三月，家书抵万金。

【出处】唐·杜甫·春望。

【解析】安史之乱以来，烽火不断，直到如今春深三月，依然战乱不断，这时候若是能收到家书，实在是比得到万金还令人兴奋欢欣。烽火：就是战火。抵：是指值得。战乱中家人四散飘零，一封家书，带来家人的音信，这比任何事都值得高兴。“家书抵万金”常用来形容异乡游子思念亲友的热切心情以及收到家书的欢欣喜悦。

【原诗】 国破山河在，城春草木深；
感时花溅泪，恨别鸟惊心。
烽火连三月，家书抵万金；
白头搔更短，浑欲不胜簪。

凤凰台上凤凰游，凤去台空江自流。

【出处】唐·李白·登金陵凤凰台。

【解析】过去在这座凤凰台上，曾经有凤凰在上面游玩；如今凤凰早已飞去，楼台也空旷无人，只有那楼外的江水依旧独自地奔流。金陵：即今南京。这首诗是李白在天宝年间，因被排挤而离开长安南下，在游历金陵的时候所作。金陵凤凰台四顾江山，气势非凡；从古到今不知有多少题诗咏句，却只有李白这首诗被推为千古绝唱。这两句诗忆古思今，感叹凤去楼空，体现了人事已非的惆怅哀思。

【原诗】凤凰台上凤凰游，凤去台空江自流；吴宫花草埋幽径，晋代衣冠成古丘。三山半落青天外，二水中分白鹭洲；总为浮云能蔽日，长安不见使人愁。

浮沉千古事，谁与问东流。

【出处】唐·薛宝·秋日湖上。

【解析】试看千古以来的浮沉世事，都没有定数，滔滔地尽付东流，却有哪一个人和我去问它呢？

浮生六十度春秋，无辱无荣尽自由。

【出处】宋·杨公远·始生书怀。

【解析】平凡地在世间度过六十年，未曾受到侮辱，也未曾得过光荣，但我却过得自由自在。

浮生恰似冰底水，日夜东流人不知。

【出处】唐·杜牧·汴河阻冻。

【解析】短暂虚幻的人生就像冰下的河水，日夜不停地向东流去，人们却丝毫也没有察觉。河面上的水结冰了，冰底下的水却依旧在流动，生命的消逝又何尝不是如此呢？表面看来，好像没有一丝变化，但是人们的青春，却已在不知不觉中，悄悄地流逝了。“浮生恰似冰底水，日夜东流人不知”这两句诗含有很浓的警世意味，劝人把握时光，莫让青春虚度。

【原诗】

千里长河初冻时，玉珂摇佩响参差；
浮生恰似冰底水，日夜东流人不知。

浮云一别后，流水十年间。

【出处】唐·韦应物·淮上喜会梁州故人。

【解析】当年如浮云般地分别后，光阴像流水似的悄悄逝去，不知不觉再次相逢已经是十年之后了。

浮云游子意，落日故人情。

【出处】唐·李白·送友人。

【解析】你这游子的心意，就像那风游不定；我这老友在此为你送别的情怀，就像那黄昏依恋余晖的落日，不胜依依，无可挽留。“落日故人情”常用来表示知交故旧最诚挚惜恋的情意。

【原诗】

青山横北郭，白水绕东城；
此地一为别，孤蓬万里征。
浮云游子意，落日故人情；
挥手自兹去，萧萧班马鸣。

腹中书万卷，身外酒千杯。

【出处】唐·杜牧·送张判官归兼谒鄂州大夫。

【解析】腹中学识渊博，读过诗书千万卷；身外豪气干云，可以喝上千杯酒。

【原诗】

处士闻名早，游秦献疏回；
腹中书万卷，身外酒千杯。
江雨春波阔，园林客梦催；
今君拜旌戟，凛凛近霜台。

富贵必从勤苦得,男儿须读五车书。

【出处】唐·杜甫·题白学士茅屋。

【解析】富贵,只有勤苦奋斗才能得到;男儿立志做大事,就必须读书万卷,博学多才。古人赞美一个人学问渊博,常说是"学富五车",因此读五车书,就是代表博览万卷书的意思。

【原诗】碧山学士焚银鱼,白马却走身岩居;古人已用三冬足,年少今开万卷余。晴云满户团倾盖,秋水浮阶溜决渠;富贵必从勤苦得,男儿须读五车书。

感时念父母,哀叹无穷已。

【出处】汉·蔡琰·悲愤诗。

【解析】感伤时光的消逝,不断地怀念父母;心中的哀叹也永无止息。蔡琰,字文姬,汉末兵荒马乱,她被掳入南匈奴,后来被曹操赎回。《悲愤诗》自叙身世情真意切,字字血泪。与《孔雀东南飞》一起在历史上被称为古代叙事诗的"双璧"。

高高下下梅千树,家在花中香不知。

【出处】明·陈继儒·花中午炯。

【解析】四周是一片参差的梅林,由于居住在花丛之中,因此反而不知花香了。

阁中帝子今何在?槛外长江空自流。

【出处】唐·王勃·滕王阁。

【解析】往日阁中曾经住过的帝王之子,如今又在何处呢?只有那栏杆外的长江水,依旧滚滚不停地向东流去。唐高祖的末子李元婴在今江西南昌筑阁,后来他受封为滕王,这所阁楼就被称为"滕王阁"。作者王勃感叹生命有限,人事无常,唯有大自然永久不变,万古长存。

【原诗】

滕王高阁临江渚,佩玉鸣鸾罢歌舞;
画栋朝飞南浦云,珠帘暮卷西山雨。
闲云潭影日悠悠,物换星移几度秋;
阁中帝子今何在?槛外长江空自流!

隔户杨柳弱袅袅,恰似十五女儿腰。

【出处】唐·杜甫·绝句漫兴。

【解析】隔壁人家杨柳树上柔弱细长的柳枝,就好像十五岁少女柔美纤细的腰肢。这两句诗借青春少女体态的轻盈美好来形容柳枝的纤细柔弱。

【原诗】　　隔户杨柳弱袅袅，恰似十五女儿腰；
谁谓朝来不作意，狂风挽断最长条。

隔墙送过秋千影。

【出处】宋·张先·青门引。

【解析】夜深人静的时候，明月将围墙对面摇动秋千的身影投射过来。原词是在描写闺情。月下思念伊人，惆怅满怀，看着明月送来的秋千影，心绪更为落寞凄苦了。单独看“隔墙送过秋千影”深庭寂静，明月轻风，秋千摇动，意境清幽而迷蒙。张先因写过“浮萍断处见山影”“云破月来花弄影”“隔墙送过秋千影”，被世人称为“张三影”。

【原词】乍暖还轻冷，风雨晚来方定，庭轩寂寞近清明，残花中酒，又是去年病。楼头画角风吹醒，入夜重门静，那堪更被明月，隔墙送过秋千影。

隔溪春色两三花，近水楼台四五家。

【出处】元·叶颙·题幽居。

【解析】溪流对岸开着数朵小花，尽显春意，近水的岸边筑有数处亭台楼阁。这首诗描写了隐居之处的恬雅幽静。

亘古男儿一放翁。

【出处】民国·梁启超·题放翁集。

【解析】陆游，号放翁。梁启超读完陆游的诗集后，对这位爱国诗人的伟大情怀不觉肃然起敬，于是写下了这首诗。他认为陆放翁是自古以来，值得尊崇与歌颂的好男儿。梁启超自认为负有任重道远的使命，所以他的这首诗颇能激发血性男儿的爱国意志与万丈豪情。

【原诗】　　诗界千年靡靡风，兵魂销尽国魂空；
篇中什九从军乐，亘古男儿一放翁！

更疑天路近，梦与白云游。

【出处】唐·孙逖·宿云门寺阁。

【解析】原诗共八句，以时间为线索，依次叙述赴寺、入阁、就寝、入梦的情景。又以空间为序，由远而近，由外而内，环环相扣，首尾呼应。紧扣诗题，丝丝入扣，一气呵成。“更疑天路近，梦与白云游”两句中“疑”字用疑似的口气将若有若无的境界表现了出来，朦胧恍惚，如入梦境。

【原诗】　　香阁东山下，烟花象外幽。
悬灯千嶂夕，卷幔五湖秋。

画壁余鸿雁，纱窗宿斗牛。
更疑天路近，梦与白云游。

更愿郎为花底浪，无隔障，随风逐雨长来往。

【出处】宋·欧阳修·渔家傲。

【解析】这几句词的意思是说：我愿像水上的红荷花一样，年年生长在秋天的江水上；更盼望情郎就像那花下的波浪，即使刮风下雨我俩之间也没有一丝隔障。这几句词描写情人流连于爱情路上，但愿彼此间没有任何阻碍，得以长相厮守，欢乐终生的心意。

【原词】近日门前溪水涨，郎船几度偷相访。船小难开红斗帐，无计向，合欢影里空惆怅。愿妾身为红菡萏，年年生在秋江上；更愿郎为花底浪，无隔障，随风逐雨长来往。

功盖三分国，名成八阵图。

【出处】唐·杜甫·八阵图。

【解析】诸葛亮的盖世功业，远超过三国时代的任何人；他所排下的八阵图，也因此而大为有名。这是一首咏史诗，作者杜甫以此诗极力赞美诸葛亮的功业。功盖：功业盖世。八阵图：诸葛亮曾排下一座有名的八阵图。此图由八种阵势组成，用以操练军队或作战。

【原诗】
功盖三分国，名成八阵图；
江流石不转，遗恨失吞吴。

功名本是无凭事，不及寒江日两潮。

【出处】宋·陆游·舟中感怀三绝句呈太傅相公兼简岳大用郎中。

【解析】作者陆游宦途失意，独自泛舟江上，风雨飘摇，孤灯为伴，看着潮水的涨落，想到自己宦海浮沉，一生遭遇变幻莫测，不禁感叹：人生在世，功名富贵实在是虚幻而不可靠，还比不上寒江每天的涨潮和退潮，稳定而有规律。

【原诗】
雨打孤篷酒渐消，昏灯与我共无聊；
功名本是无凭事，不及寒江日两潮。

功名本是真儒事，公知否？

【出处】宋·辛弃疾·水龙吟·甲辰岁寿韩南涧尚书。

【解析】你知道吗？精忠报国，成就功名，这本来就是真正有学问的读书人应该做的事。作者辛弃疾文武兼备，时时以天下兴亡为己任。他认为作为一个读书人、一个真正的儒者，应该立志报国建功。

【原词】渡江天马南来，几人真是经纶手？长安父老，新亭风景，可怜依旧！夷甫诸人，神州沉陆，几曾回首！算平戎万里，功名本是真儒事，公知否？况有文章山斗，对桐阴、满庭清昼。当年堕地，而今试看，风云奔走。绿野风烟，平泉草木，东山歌酒。待他年、整顿乾坤事了，为先生寿。

功名富贵若长在，汉水亦应西北流。

【出处】唐·李白·江上吟。

【解析】人生在世，若是能够长久保有功名富贵，那么原本向东南流的汉水也应当流向西北了。汉水：在今湖北省，自西北向东南流入长江。李白以江水比喻功名富贵，汉水不可能流向西北，功名富贵自然也不可能长久存在。作者想到功名富贵全是一场虚幻，不禁感慨万千。

【原诗】

木兰之枻沙棠舟，玉箫金管坐两头；
美酒樽中置千斛，载妓随波任去留。
仙人有待乘黄鹤，海客无心随白鸥。
屈平词赋悬日月，楚王台榭空山丘。
兴酣落笔摇五岳，诗成啸傲凌沧州；
功名富贵若长在，汉水亦应西北流。

躬耕本是英雄事，老死南阳未必非。

【出处】宋·陆游·过野人家有感。

【解析】纵辔江皋送夕晖：夕阳西下的时候，纵马江边。江皋：江边。叶：桑叶。南阳：诸葛亮未出山之前居住的地方。宋淳熙三年(1176年)春末，陆游被免除参议官职后写此诗。以诸葛亮躬耕南阳“不求闻达于诸侯”自比，认为诸葛亮如不出山，“老死南阳”也不一定不好。

【原诗】纵辔江皋送夕晖，谁家井臼映荆扉？隔篱犬吠窥人过，满箔蚕饥待叶归。世态十年看烂熟，家山万里梦依稀。躬耕本是英雄事，老死南阳未必非。

公道世间唯白发，贵人头上不曾饶。

【出处】唐·杜牧·送隐者一绝。

【解析】只有人们头上的白发，才是世间最公道的东西，即使是贵族富人，它也一视同仁，绝不放过。这两句诗表面是赞美白发的公正无私，其实是在感叹生命短暂，岁月无情，所谓的功名富贵，不过是一片幻影而已。现今常用“公道世间唯白发，贵人头上不曾饶”这两句诗，来劝人凡事看得旷达些，不要太过斤斤计较，只因时光一旦逝去，人们终究不免走向衰老死亡。

【原诗】

无媒径路草萧萧，自古云林远市朝；

公道世间唯白发，贵人头上不曾饶。

共在人间说天上，不知天上忆人间。

【出处】明·边贡·嫦娥。

【解析】人们仰望天上的明月，总是向往天上的美好，羡慕嫦娥能够住在月宫里；却不知月宫里的嫦娥，也是时常思念着人间的一切呢！团圞：形容月圆。人们总是不满足于已经拥有的事物，却老是爱向往那些未必更美好的“幻影”。这两句诗语意虽浅显，其中却含有深刻的意义，值得人再三品味。

【原诗】　月宫秋冷桂团圞，岁岁花开只自攀；
共在人间说天上，不知天上忆人间。

姑苏城外寒山寺，夜半钟声到客船。

【出处】唐·张继·枫桥夜泊。

【解析】这首诗可说是张继最脍炙人口的作品。原诗前两句是说：作者把船停泊在枫桥边，一个人在船上远望着江枫渔火，愁情满怀，久久不能成眠。这两句诗是描写作者辗转反侧，夜半听得阵阵钟声传到客船上来，不禁惆怅万分。姑苏：即今江苏省苏州市。寒山寺：在姑苏城外，唐代诗僧寒山曾在这里住过，因而得名。传说当时的寺院里，有夜半敲钟的习俗。原诗写秋夜旅人的凄冷愁苦，十分动人。

【原诗】　月落乌啼霜满天，江枫渔火对愁眠。
姑苏城外寒山寺，夜半钟声到客船。

孤村到晓犹灯火，知有人家夜读书。

【出处】宋·晁冲之·夜行。

【解析】荒野孤僻的村庄里，凌晨时分还有人家点着灯火。看到灯火，就知道是有人在挑灯夜读。作者夜行长途，偶见孤村中犹有灯火，不禁有感而发，写下了这首诗。作者借此感叹自己年华老去，功名之心早已淡薄，但却有人为了争取功名，深夜里仍然用功苦读！

【原诗】　老去功名意转疏，独骑瘦马取长途；
孤村到晓犹灯火，知有人家夜读书。

孤村日暮渔舟小，好逐烟波带月回。

【出处】清·焦廷琥·九日登高。

【解析】荒僻的小村在傍晚时分有渔舟驶出，在烟波浩渺的湖面上捕鱼，一直到月亮出来，才肯归岸。

孤帆远影碧空尽，唯见长江天际流。

【出处】唐·李白·黄鹤楼送孟浩然之广陵。

【解析】扬州在江苏省，地处长江下游。从武昌去扬州是顺流而下，所以叫做“下扬州”。又因黄鹤楼在扬州之西，所以说“西辞黄鹤楼”。这首诗抒写了对友人依依不舍的惜别心情。末两句尤为传神：送别的诗人望着他的朋友孟浩然所乘坐的帆船向东驶去，帆影渐渐消失在天边，一直到一点影子都看不见了，只见长江向东方滔滔流去。这个形象有一种迷惘失落的感觉，给人们留下的是久久不能平静的离情别绪。这是一首极有名的“送别诗”，作者借滚滚不息的江水，衬托自己的离愁。

【原诗】　故人西辞黄鹤楼，烟花三月下扬州。
孤帆远影碧空尽，唯见长江天际流。

孤云在天际，回首若有情。

【出处】明·于谦·到泽州。

【解析】回头看看，好像连天边的孤云也饱含深情。

孤舟横笛向何处？林外炊烟一两家。

【出处】宋·蔡襄·江村。

【解析】孤零的小舟上传来阵阵笛声，不知将要驶向何处？此时林外已有一两家的炊烟升了起来。

菰蒲深处疑无地，忽有人家笑语声。

【出处】宋·秦观·秋日三首。

【解析】在那长满菰蒲的小径深处，本以为已没有去路；却忽然从远处传来了人家笑谈的声音。这两句诗与陆游的“山重水复疑无路，柳暗花明又一村”意境相仿。

【原诗】　霜落邗沟积水清，寒星无数傍船明；
菰蒲深处疑无地，忽有人家笑语声。

古来材大难为用。

【出处】唐·杜甫·古柏行。

【解析】原诗作者杜甫借古柏来赞美孔明，明写孔明，实是描写自己。全诗以“志士幽人莫怨嗟，古来材大难为用”作结，便是作者有感于自己一生落魄失意。语译这两句诗是：心怀大志与隐居山林的才子高人，不必再怨恨嗟叹了，自古以来有大才能的人，总是很难受到重用的。

【原诗】见"不露文章世已惊"。

古来青史谁不见？今见功名胜古人。

【出处】唐·岑参·轮台歌奉送封大夫出师西征。

【解析】自古以来青史留名的人，有谁不知道，但现在看来，你的功名更胜过古人呢！

【原诗】轮台城头夜吹角，轮台城北旄头落。羽书昨夜过渠黎，单于已在金山西。戍楼西望烟尘黑，汉兵屯在轮台北。上将拥旄西出征，平明吹笛大军行。四边伐鼓雪海涌，三军大呼阴山动。虏塞兵气连云屯，战场白骨缠草根。剑河风急雪片阔，沙口石冻马蹄脱。亚相勤王甘苦辛，誓将报主静边尘。古来青史谁不见，今见功名胜古人。

古来圣贤皆寂寞，唯有饮者留其名。

【出处】唐·李白·将进酒。

【解析】自古以来，大凡圣贤都难以被世人理解，内心寂寞孤苦，只有那些擅长饮酒的人才能够留名后世。此诗作者李白一生怀才不遇，落魄江湖，只得借酒消愁。"古来圣贤皆寂寞"正是他自己最好的写照。满怀才情，空有寂寞为伴，这实在是人世最大的无奈！当然，如果换个角度来看，寂寞的人，未必全都是圣贤；而擅长饮酒的人，也未必能留名后世。"古来圣贤皆寂寞"千古以来怀才不遇的英雄豪杰，莫不发出相同的感叹；这句诗通常是有才能者在人生失意时的自我解嘲；也可看作是有才能者对现实人世的愤慨与呐喊。

【原诗】君不见黄河之水天上来，奔流到海不复回？君不见高堂明镜悲白发，朝如青丝暮成雪？人生得意须尽欢，莫使金樽空对月；天生我材必有用，千金散尽还复来。烹羊宰牛且为乐，会须一饮三百杯。岑夫子，丹丘生，将进酒，杯莫停！与君歌一曲，请君为我倾耳听。钟鼓馔玉不足贵，但愿长醉不愿醒。古来圣贤皆寂寞，惟有饮者留其名！陈王昔时宴平乐，斗酒十千恣欢谑。主人何为言少钱？径须沽取对君酌！五花马，千金裘，呼儿将出换美酒，与尔同销万古愁！

古来万事东流水。

【出处】唐·李白·梦游天姥吟留别。

【解析】自古以来，万般世事，都会像东流的江水，一去不复返。天姥：山名，在今浙江省。姥，读作母。光阴的消逝，就像那不停东流的河水一样，再也不会回来了，多少往事，怎堪回首？作者李白感伤自己宦海沉浮，而到头来却只是一场虚幻。

【原诗】海客谈瀛洲，烟涛微茫信难求；越人语天姥，云霞明灭或可睹。天姥连天向天横，势拔五岳掩赤城；天台四万八千丈，对此欲倒东南倾。我欲因之梦吴越，一夜飞渡镜湖月。湖月照我影，送我至剡溪，谢公宿处今尚在，绿水荡漾清猿啼。脚著谢公屐，身登青云梯；半壁见海日，空中闻天鸡。千岩万壑路不定，迷花倚石忽已暝；熊咆龙吟殷岩泉，慄深林兮惊层巅。云青青兮欲雨，水澹澹兮生烟。列缺霹雳，丘峦崩摧，洞天石扉，訇然中开。青冥浩荡不见底，日月照耀金银台。霓为衣兮风为马，云之君兮纷纷而来下，虎鼓瑟兮鸾回车，仙之人兮列如麻。忽魂悸以魄动，恍惊起而长嗟，惟觉时之枕席，失向来之烟霞。世间行乐亦如此，古来万事东流水，别君去兮何时还？且放白鹿青崖间，须行即骑访名山，安能摧眉折腰事权贵，使我不得开心颜！

古木无人径，深山何处钟？

【出处】唐·王维·过香积寺。

【解析】在古木参天的深林里，那条小径已经好久没有人走过了！可是深山响起的钟声，又是从何处传来的呢？这两句诗是描写走在深山的小径上，只见参天古木静默地耸立着，偶尔听到远处传来的钟声，平添一份宁静与向往之情。

【原诗】

不知香积寺，数里入云峰；
古木无人径，深山何处钟？
泉声咽危石，日色冷清松；
薄暮空潭曲，安禅制毒龙。

故人何在？烟水茫茫。

【出处】宋·柳永·玉蝴蝶。

【解析】烟水茫茫山高水阔，不知故人在哪里？文期：古代文人在一起为文作诗的一种聚会。几孤风月：孤，同辜。多少次辜负了岁月。也就是空放过了多少良辰美景。霜，是每年开始寒冷时出现。屡变星霜：指经过了很多岁月。潇湘：指湖南的潇水和湘水。这里是指故人所在地方。“故人何在？烟水茫茫”一语，怀念漂泊在外地的故人，此情此景，茫茫烟水，加强了绵绵追思之情。“故人何在”问得很焦急，怀念之情跃然纸上。

【原诗】月露冷，梧叶飘黄。遣情伤，故人何在？烟水茫茫。难忘。文期会酒，几孤风月，屡变星霜。海阔山遥，未知何处是潇湘？

故人具鸡黍，邀我至田家。

【出处】唐·孟浩然·过故人庄。

【解析】老朋友杀鸡煮饭，邀请我到他的乡村田家去玩。杀鸡做饭请客，充分表现出乡下人的淳朴真情。这两句诗一方面描写老友的热诚与好客；一方面也表现了他恬静闲适的生活。

【原诗】
故人具鸡黍，邀我至田家；
绿树村边合，青山郭外斜。
开轩面场圃，把酒话桑麻；
待到重阳日，还来就菊花。

故乡今夜思千里，霜鬓明朝又一年。

【出处】唐·高适·除夜作。

【解析】除夕夜晚，思念远在千里外的故乡，长年在外流浪，如今年纪老大，鬓发早已雪白如霜。今夜过后，明天又是新的一年，我又将增添一岁了。异乡做客，正逢除夕，思乡情切，更觉凄苦。“故乡今夜思千里”是人在千里外思念故乡；也可说是故乡的人在思念他这流浪千里的人。

【原诗】
旅馆寒灯独不眠，客心何事转凄然？
故乡今夜思千里，霜鬓明朝又一年。

瓜田不纳履，李下不整冠。

【出处】汉·无名氏·乐府。

【解析】走在瓜田里，不要弯下腰去穿鞋子；走在李树下，不要去整理帽子，以免为人所误会。

关塞渺茫魂梦隔，山川迢递别离多。

【出处】清·杨慎·还归。

【解析】关塞辽阔，阻隔了我归乡的梦；山川遥远，更觉得别离苦多。

闺中少妇不知愁，春日凝妆上翠楼。

【出处】唐·王昌龄·闺怨。

【解析】原诗语译是：为了求取功名，丈夫离开妻子到前方从军去了，闺中的少妇却一点也不为此而忧愁焦虑。在这百花齐放，风和日丽的春天里，少妇每天还是刻意地打扮自己，悠闲地走上翠楼漫步散心。当她忽然看见荒郊路边的翠绿杨柳时，想起了分别已久的丈夫，不禁懊悔自己当时为什么要鼓励丈夫去追求功名，觅取封侯。“闺中少妇不知愁”常用来形容少妇或少女的逍遥快乐，沉醉在幸福的生活中，没有一点烦忧愁苦；“悔教夫婿觅封侯”常用来表示女子对丈夫热衷追求功名利禄的悔恨与不满。后悔青春的虚度，即使丈夫真的封侯显达，也无法弥补白白浪费的大好青春。

【原诗】闺中少妇不知愁，春日凝妆上翠楼；
忽见陌头杨柳色，悔教夫婿觅封侯！

国仇未报壮士老，匣中宝剑夜有声。

【出处】宋·陆游·长歌行。

【解析】国仇未报而壮士已经衰老；匣中宝剑却不甘被闲置，到了夜间仍是铮铮有声。由这两句诗可看出作者的雄心壮志，盼望自己能有报效国家的机会。“匣中宝剑夜有声”常用来赞美有才者的豪气逼人，摩拳擦掌，跃跃欲试。

【原诗】人生不作安期生，醉入东海骑长鲸；
犹当出作李西平，手枭逆贼清旧京。
金印煌煌未入手，白发种种来无情；
成都古寺卧秋晚，落日偏傍僧窗明。
岂其马上破贼手，哦诗长作寒蛩鸣；
兴来买尽市桥酒，大车磊落堆长瓶。
哀丝豪竹助剧饮，如巨野受黄河倾；
平时一滴不入口，意气顿使千人惊。
国仇未报壮士老，匣中宝剑夜有声；
何当凯旋宴将士，三更雪压飞狐城。

过寒梅树白全少，入腊草芽青渐生。

【出处】宋·张弋·舒州岁暮。

【解析】过了冷天，梅花渐渐凋零；到了腊月，草儿就要慢慢地发出青芽。

过尽千帆皆不是，斜晖脉脉水悠悠。

【出处】唐·温庭筠·梦江南(或作望江南)。

【解析】清早梳洗完毕，就独自倚靠在望江楼上。成百上千的帆船都已过去了，却都不是伊人所坐的船。一天又一天，仍是不见伊人，只有那落日斜阳，脉脉无言地照着那悠悠流去的江水。描写痴情女子期盼伊人归来的失望与痛苦。有情人常用这两句来形容：痴心等待，却始终不见伊人，说不出的惆怅、无奈与哀怨。

【原词】梳洗罢，独倚望江楼。过尽千帆皆不是，斜晖脉脉水悠悠。肠断白苹洲。

过雨青山啼杜鹃，池塘水满柳飞绵。

【出处】宋·刘仙伦·盱江道中。

【解析】阵雨之后远山青青，杜鹃不断地啼叫；池塘里的水满了，柳絮像棉花一般飞起。

海风吹不断，江月照还空。

【出处】唐·李白·望庐山瀑布。

【解析】瀑布从山顶飞流直下，再强劲的海风，也吹不断那股连绵不绝的气势，江月照在瀑布上，莹白清澈，就好像一片空白。李白这两句诗描写瀑布的空灵雄伟，与他的另一首七言绝句："飞流直下三千尺，疑是银河落九天"同是吟咏庐山瀑布的名句。

【原诗】西登香炉峰，南见（"见"或作"望"）瀑布水；挂流三百丈（"百丈"或作"千匹"），喷壑数十里。欻如飞电（"电"或作"练"）来，隐若白虹起；初惊河汉（"河汉"或作"银河"）落，半洒云天（"半洒云天"或作"半泻金潭"）里。仰观势转雄，壮哉造化功；海风吹不断，江（"江"或作"山"）月照还空。空中乱潨射，左右洗青壁；飞珠散轻霞，流沫沸穹石。而我乐（"乐"或作"游"）名山，对之心益闲；无论漱琼液，且得洗尘颜。且谐宿所好，永愿辞人间。

海内存知己，天涯若比邻。

【出处】唐·王勃·送杜少府之任蜀州。

【解析】四海之内有知己朋友，虽然远在天边，但心却像近邻一样不疏远。不要因为彼此要分离，就为儿女之情而流泪伤心。城阙：指长安的城郭宫阙。辅：扶持。三秦：项羽曾将秦地分为三国，分封章邯等三人。"三秦"泛指长安附近关中地方。五津：指杜少府要去的地方，四川岷江自灌县到犍为一段有五个渡口。津：渡口。风烟望五津：遥望杜少府的目的地，风烟渺茫。海内：四海之内，古代传说中国疆士四面有大海环绕，所以称国境以内为海内，现在也指全世界。天涯：天边。歧路：岔路，指离别处。"海内存知己，天涯若比邻"这两句诗，现今常用来指人们在全世界任何地方都有知心朋友，彼此虽然远隔重洋，但却像近邻一样亲近。原诗是一首送别诗，劝人莫为别离而伤心，挚友情深，自然流露。

【原诗】

城阙辅三秦，风烟望五津；
与君离别意，同是宦游人。
海内存知已，天涯若比邻；
无为在歧路，儿女共沾巾。

海内风尘诸弟隔，天涯涕泪一身遥。

【出处】唐·杜甫·野望。

【解析】战乱频繁，诸兄弟都遥相别离，想起自己一个人流落在这么远的地方，不觉流下了眼泪。

海上生明月，天涯共此时。

【出处】唐·张九龄·望月怀远。

【解析】当月亮从海的那边升上来时，远隔天涯的我们，也可以在遥远的异地共同欣赏此景。“海上生明月，天涯共此时”两句诗，意境优美，雄浑阔大，是千古佳句，被人们广为传诵。

【原诗】

海上生明月，天涯共此时；
情人怨遥夜，竟夕起相思。
灭烛怜光满，披衣觉露滋；
不堪盈手赠，还寝梦佳期。

含情欲说独无处，传与琵琶心自知。

【出处】宋·王安石·明妃曲。

【解析】王昭君与胡人言语不通，怎么能谈上知心呢？只能独倚琵琶，抒发自己的情感。原诗是写王昭君远嫁塞外，对亲人和家乡颇为思念，但她以民族大业为重的精神，为后人所赞叹。

【原诗】

明妃初嫁与胡儿，毡车百辆皆胡姬。
含情欲说独无处，传与琵琶心自知。
黄金杆拨春风手，弹看飞鸿劝胡酒。
汉宫侍女暗垂泪，沙上行人却回首。
汉恩自浅胡自深，人生乐在相知心。
可怜青冢已芜没，尚有哀弦留至今。

含情欲说宫中事，鹦鹉前头不敢言。

【出处】唐·朱庆余·宫词。

【解析】满怀幽怨的宫女，想要诉说一些宫中的不幸遭遇，却又担心鹦鹉学舌而不敢说。这首诗常用来形容因有第三者在旁边，由于不愿被人偷听或担心被人打小报告，所以满腔心事不能或不便诉说的愁闷与焦虑。

【原诗】

寂寂花时闭院门，美人相并立琼轩；
含情欲说宫中事，鹦鹉前头不敢言。

韩生画马真是马，苏子作诗如见画。

【出处】宋·苏轼·韩干马十四匹。

【解析】韩干所画的马十分生动，像真马一样；苏轼所作的诗也很妙，读起来就像是欣赏一幅画。前一句诗赞美韩干画马的生动逼真；后一句诗是说他自己所作的诗意境优美，诗中有画。

【原诗】二马并驱攒八蹄，二马宛颈鬃尾齐；一马任前双举后，一马却避长鸣嘶。老髯奚官骑且顾，前身作马通马语；后有八匹饮且行，微流赴吻若有声。前者既济出林鹤，后者欲涉鹤俯啄；最后一匹马中龙，不嘶不动尾摇风，韩生画马真是马，苏子作诗如见画，世无伯乐亦无韩，此诗此画谁当看？

寒波淡淡起，白鸟悠悠下。

【出处】金·元好问·颍亭留别。

【解析】江上，带着寒意的水波淡淡漂荡；空中，雪白的鸟儿从天边悠然地飞下。这两句诗描写江边的景色，寒波淡淡，白鸟悠悠，自在而浑然可爱。

【原诗】

故人重分携，临流驻归驾；
乾坤展清眺，万景若相借。
北风三日雪，太素秉元化；
九山忱峥嵘，了不受陵跨。
寒波淡淡起，白鸟悠悠下；
怀归人自急，物态本闲暇。
壶觞负吟啸，尘土足悲咤；
回首亭中人，平林澹如画。

寒夜客来茶当酒。

【出处】宋·杜耒·寒夜。

【解析】客人寒夜来访，就以热茶代酒，请他喝上一杯。“寒夜客来茶当酒”这句诗描写寒夜客人来访，诗人以茶代酒与客人品茗共谈的快乐情景。这句诗中洋溢着浓厚的人情味，细细读来，可以发觉诗中别有一番朴实无华的美感。

【原诗】

寒夜客来茶当酒，竹炉汤沸火初红；
寻常一样窗前月，才有梅花便不同。

汉军已略地，四面楚歌声。

【出处】秦·虞姬·和项羽垓下歌。

【解析】汉军已攻下所有的土地，将楚军完全包围起来，四面传来的都是楚国地方的歌声。楚汉相争,项羽垓下被围,乃作《垓下歌》。他的爱妾虞姬作此诗相应和。英雄末路,佳人相对,感慨万千。“四面楚歌”常用来形容一个人到处碰壁,处于穷途末路的境地。

【原诗】

汉军已略地,四面楚歌声;
大王意气尽,贱妾何聊生!

好风到枕客愁破,残月入帘归梦醒。

【出处】元·刘秉忠·江上寄别。

【解析】好风吹散旅人枕边的乡愁,月光照入帘中,催醒了归乡的美梦。

好峰随处改,幽径独行迷。

【出处】宋·梅尧臣·鲁山山行。

【解析】这句也是千古传诵的写景名句。鲁山,又名露山,在今河南省鲁山县东北。梅尧臣知襄城县时作此诗。原诗的诗意是说,这里的山水正好与我恬淡的兴趣相合。

【原诗】

适与野情惬,千山高复低。
好峰随处改,幽径独行迷。
霜落熊升树,林空鹿饮溪。
人家在何许?云外一声鸡。

好鸟隔窗催晓色,美人残梦到江南。

【出处】明·郑罗·海棠仕女图。

【解析】美丽的鸟儿隔着窗纸轻啼,报告天色已经破晓;美人在将醒时还梦到江南。

好鸟枝头亦朋友,落花水面皆文章。

【出处】元·翁森·四时读书乐。

【解析】枝头上的小鸟活泼可爱,都是我们的好朋友;花朵飘落水面,任意漂流,景色优美,看起来都是一篇篇如诗如画的好文章。原诗是描写四季读书的快乐;这两句诗是描写春景的动人美丽。春天风和日丽,鸟语花香,是读书的好日子,也是幽思冥想的好时候。

【原诗】山光照槛水绕廊,舞雩归咏春风香;好鸟枝头亦朋友,落花水面皆文章。蹉跎莫遣韶光老,人生惟有读书好。读书之乐乐如何?绿满窗前草不除。新竹压檐桑四围,小斋幽敞明朱曦。昼长吟罢蝉鸣树,夜深烬落萤入帏。北窗高卧羲皇侣,只因素稔读书趣。读书之乐乐无穷,瑶琴一曲来薰风。昨夜庭前叶有声，篱豆花开蟋蟀鸣。不觉商意满林薄，萧然万籁涵虚清。近床赖有短檠在，对此读书功更倍。读书之乐乐陶陶，起弄明月霜天高。木落水尽千崖枯，迥然吾亦见真吾。坐对韦编灯动壁，商歌夜半霜压庐。地炉茶鼎烹活火，四壁图书中有我（此句或作，“一清足称读书者”），读书之乐何处寻？数点梅花天地心。

好雨知时节，当春乃发生。

【出处】唐·杜甫·春夜喜雨。

【解析】《春夜喜雨》历来被人们推崇为赞美春雨的千古佳作。原诗中的红湿处：指落花处。花重：花因雨水而加重。锦官城：即成都。春雨对农作物很重要，所以俗话有“春雨贵如油”之说。诗人称春雨为好雨，说它“润物细无声”，表明他的农本思想。后人多引“好雨知时节，当春乃发生”两句诗，表达朋友之间相互救助的感激之情。

【原诗】

好雨知时节，当春乃发生。
随风潜入夜，润物细无声。
野径云俱黑，江船火独明。
晓看红湿处，花重锦官城。

浩歌一曲酒千樽，男儿行处是，未要论穷通。

【出处】金·元好问·临江仙。

【解析】放声高歌一曲，把酒豪饮千杯，男子汉的行为处世，走到哪里算哪里，只求一个“是”字，不必计较一生遭遇的穷困或通达。男儿立身行事，重在一个“是”字，高歌一曲，千杯下肚，豪情万丈气概万千，何必在乎成败得失。

【原词】今古北邙山下路，黄尘老尽英雄。人生长恨水长东。幽怀谁共语，远目送归鸿。盖世功名将底用？从前错怨天公。浩歌一曲酒千樽，男儿行处是，未要论穷通。

荷边弄水一身香，竹里招风满扇凉。

【出处】宋·杨万里·青坐池亭。

【解析】在荷花池边戏水，弄得一身都是香气；在竹林里扇风，只觉一片清凉。

荷风送香气，竹露滴清响。

【出处】唐·孟浩然·夏日南亭怀辛大。

【解析】微风轻轻地吹动荷花，送来阵阵的清香；竹叶上滴下点点的露珠，发出清脆悦耳的声音。孟浩然是唐代有名的田园诗人，这两句诗描写夏夜情趣，清闲淡雅，不染尘俗，极富乡野田园的柔美诗情。

【原诗】

山光忽西落，池月渐东上；
散发乘夕凉，开轩卧闲敞。
荷风送香气，竹露滴清响；
欲取鸣琴弹，恨无知音赏。
感此怀故人，中宵劳梦想！

荷笠带夕阳，青山独归远。

【出处】唐·刘长卿·送灵澈上人。

【解析】远处传来隐约的钟声，天色已经暗了下来，只见你背着斗笠，映着夕阳的余光，独自走向遥远的青山那头。黄昏郊野，荷笠的村夫行人，踏着夕阳余晖独自归去，景色苍茫幽美。原诗还带有几分目送友人归去的怅惘与落寞。

【原诗】

苍苍竹林寺，杳杳钟声晚；
荷笠带夕阳，青山独归远。

何处合成愁？离人心上秋。

【出处】宋·吴文英·唐多令。

【解析】这是一首悲秋伤别的作品，描写了词人对他曾经深爱的一位歌女的怀念之情。作者首先问“何处合成愁”，接着用拆字法，将“愁”拆成“心”与“秋”二字，语意双关地表明词人心中的愁怨是由心中的离别与眼前的秋色汇合而成的。现今常用“何处合成愁？离人心上秋”这两句词，来形容游子忧伤凄切的情怀。

【原诗】何处合成愁？离人心上秋。纵芭蕉不雨也飕飕，都道晚凉天气好，有明月，怕登楼。年事梦中休，花空烟水流。燕辞归、客尚淹留。垂柳不萦裙带住，漫长是、系行舟。

何处是归程？长亭更短亭。

【出处】唐·李白·菩萨蛮·闺情。

【解析】放眼望去，只见一个一个的长亭，连接着一个又一个的短亭。哪里才是我的归程呢？若将这首词当作描写乡愁的作品，是感叹前途茫茫，不知归程在何处。不知归去在何时。如果看作是闺怨诗，便是描写多情人痴心盼望伊人的归来；只见亭影层层，不知伊人何在？“何处是归程？长亭更短亭。”这两句词都含有天涯茫茫、不知何去何从的愁苦与寂寞。

【原诗】平林漠漠烟如织，寒山一带伤心碧。暝色入高楼，有人楼上愁。玉阶空伫立，宿鸟归飞急。何处是归程？长亭更短亭。

何当重相见，樽酒慰谁颜。

【出处】唐·温庭筠·送人东游。

【解析】不知此后我和你何时才能够再相见呢？到那时候一定备薄酒一杯，慰藉你别后的容颜。

何方化作身千亿，一树梅花一放翁。

【出处】宋·陆游·七十八岁梅花诗。

【解析】如何才能将此身化作千千万万，好让每一株梅花旁边，都有一个陆放翁在那儿尽情地欣赏。这首诗形容满山遍野盛开着梅花，作者陆游害怕欣赏不完，只希望自己能化身千万，好把四处梅花全都看遍。原诗想象丰富，充分显露出诗人真率、可爱的性情，十分动人。

【原诗】闻道梅花坼晓风，雪堆遍满四山中；
何方化作身千亿，一树梅花一放翁。

何事春风容不得？和莺吹折数枝花。

【出处】宋·王禹偁·春居杂兴。

【解析】到底是什么事，使得春风不肯放过它呢？附和着莺鸟，吹折了好几枝花。现今常用“何事春风容不得”这句诗来为受到反对与排挤的人打抱不平；“和莺吹折数枝花”常用来形容个人或团体遭受打击与压迫。

【原诗】两株桃杏映篱斜，妆点商山副使家；
何事春风容不得，和莺吹折数枝花。

何事频频梦里归，只缘未惯客天涯。

【出处】明·高启·梦归。

【解析】为什么常常梦到故乡？只因为不能习惯做客天涯，四处流浪。

何须论得丧，才子词人，自是白衣卿相。

【出处】宋·柳永·鹤冲天。

【解析】何必太过计较人生的成败得失呢？做个才子词人，也等于是个民间的公卿宰相。作者科场失意，所以作这首词来自我安慰一番。读书人也不妨以“白衣卿相”自许，借此勉励自己保持操守的高洁，对于浮名虚利，根本不用放在心上。

【原诗】黄金榜上，偶失龙头望，明代暂遗贤，如何向？未遂风云便，争不恣游狂荡。何须论得丧，才子词人，自是白衣卿相。烟花巷陌，依约丹青屏障；幸有意中人，堪寻访。而恁偎红倚翠，风流事平生畅。青春都一晌，忍把浮名，换了浅斟低唱。

河汉清且浅，相去复几许；
盈盈一水间，脉脉不得语。

【出处】汉·佚名·古诗十九首·迢迢牵牛星。

【解析】银河的水又清又浅，而我们相距又有多远呢？只是那么一条浅浅的河水横在中间，却使我们不能面对说话，只能满怀深情，脉脉相对无语。这首诗描写牛郎织女隔着银河，思念情深；也是描写有情人不能相聚的寂寞与苦楚。凡是有情人不能聚首，或者思慕伊人而可望不可即，都常借用“盈盈一水间，脉脉不得语”两句诗。原诗的形象鲜明，寄意深刻，读来令人回肠荡气。

【原诗】迢迢牵牛星，皎皎河汉女；纤纤擢素手，札札弄机杼。终日不成章，泣涕零如雨；河汉清且浅，相去复几许？盈盈一水间，脉脉不得语。

鹤闲临水久，蜂懒采花疏。

【出处】宋·林逋·小隐自题。

【解析】原诗是作者对自己隐居田园的悠闲生活情调的描述。翠竹绿树环绕房舍，环境幽静舒适，心情闲静自得，其乐无穷。“鹤闲临水久，蜂懒采花疏”两句是说连这里的鹤和蜂蝶都显得十分悠闲自在，作者用以衬托自己闲适无比的心情。

【原诗】

竹树线吾庐，清深趣有余。
鹤闲临水久，蜂懒采花疏。
酒病妨开卷，春阴入荷锄。
尝怜古图画，多半写樵渔。

黑云压城城欲摧。

【出处】唐·李贺·雁门太守行。

【解析】本诗描写北方边塞上一座城池被外族军队包围后，在十分危急的情况下，守城将士下定决心，坚决守卫，誓死报国的壮烈情景。表现了诗人李贺站在爱国主义的立场上，对于抗击外族侵略将士的赞颂。原诗中的甲：铠甲，古代战衣。金麟：像金色的鱼鳞。角：古代军中一种乐器，用以传讯。塞：关塞，边界上的险要地方。燕脂：即胭脂，一种红色的染料，又泛指红色，这里指战士的血迹。原诗意思是：战事危急乌云笼罩，像要把整个城头压毁一样，战士铠甲在阳光照射下金光闪烁。在一片秋天景色里，军中鼓角齐鸣，双方战斗激烈，边塞上战士鲜血染成宛如胭脂一样的红土，在夜里，凝成了紫色。“黑云压城城欲摧”这句诗现今用来形容恶势力一时猖獗及其造成的紧张局面。

【原诗】黑云压城城欲摧，甲光向日金鳞开。角声满天秋色里，塞上（“塞上”或作“塞土”）燕脂凝夜紫。

恨君不似江楼月，南北东西。
南北东西，只有相随无别离。

【出处】宋·吕本中·采桑子。

【解析】一方面恨你不能像江楼上的明月，明月不论是转到南、北、东、西哪一个方向，却还是如影随形映照着江北楼不肯离别，可是你却不知人在何方。一方面又是恨你为什么要像那江楼上的明月，才刚月圆，却又立刻亏缺起来，真不知要到什么时候才能长久团圆。原词是借月作比，描写夫妻、情侣聚少离多的闺怨。

【原词】恨君不似江楼月，南北东西。南北东西，只有相随无别离。恨君却似江楼月，暂满不亏。有满还亏，待得团圆是几时？

恨如芳草，萋萋铲尽还生。

【出处】宋·秦观·八六子。

【解析】满怀的愁恨，就像那郁郁葱葱的芳草，才把它铲除完毕，马上又长了出来。这两句词是由李后主的“离恨恰如芳草，渐行渐远还生”演变而来。

【原词】倚危亭，恨如芳草，萋萋铲尽还生。念柳外青骢别后，水边红袂分时，怆然暗惊。无端天与娉婷，夜月一帘幽梦，春风十里柔情。怎奈何，欢娱渐随流水，素弦声断，翠绡香减，那堪片片飞花弄晚，蒙蒙残雨笼晴。正销凝，黄鹂又啼数声。

红豆生南国，春来发几枝；愿君多采撷，此物最相思。

【出处】唐·王维·相思。

【解析】红豆生长在南方，春天来到的时候，就蓬勃地挂在树枝上；但愿你能多采摘几颗，因为这些红豆最能引发人们的相思情意。一般人都称红豆为相思豆。由于王维这首诗的歌咏，红豆已成为妇孺皆知、老少皆喜的小玩物，一般人常用这首诗来表示深浓的情意和无限的相思。

【原诗】原诗仅此四句。

红杏枝头春意闹。

【出处】宋·宋祁·玉楼春。

【解析】杏树枝头，开满了绚烂的花朵，春意喧扬，逸趣横生。作者用“闹”字来描写花开满枝头的热闹景象，花红叶绿，生趣盎然，无限春意尽在其中。

【原词】东城渐觉风光好；皱縠波纹迎客棹；绿杨烟外晓云轻，红杏枝头春意闹，浮生长恨欢娱少，肯爱千金轻一笑。为君持酒劝斜阳，且向花间留晚照。

红颜胜人多薄命。

【出处】宋·欧阳修·再和明妃曲。

【解析】明妃：指王昭君。汉元帝时，征选天下美女入宫，并请画家为皇帝画下这些美女的图像，凭图像的美丑选人。王昭君被画得很丑，所以没选上。后来元帝准许昭君嫁给单于和亲，在昭君出嫁前，元帝发觉她的美貌，才知道被骗，非常后悔轻易把她许配给单于，但迫于压力又不敢换人。于是一怒之下大杀京城的画家，但是王昭君最后仍然远嫁单于老死异乡。“独留青冢向黄昏”，只给后人留下了无尽的哀叹。欧阳修为昭君写下这首诗，感叹世上那些美貌出众的女子，往往一生命苦。此句诗与苏轼“自古佳人多命薄”的意义相似。

【原诗】汉宫有佳人，天子初未识，一朝随汉使，远嫁单于国。绝色天下无，一失难再得；虽能杀画工，于事竟何益？耳目所及尚如此，万里安能制夷狄？汉计诚已拙，女色难自夸；明妃去时泪，洒向枝上花。狂风日暮起，飘泊落谁家？红颜胜人多薄命，莫怨春风当自嗟！

红烛自怜无好计，夜寒空替人垂泪。

【出处】宋·晏几道·蝶恋花。

【解析】红烛自怜叹息没有什么其他的好方法，在这凄寒的夜里，只能空自替人垂淌着眼泪。这两句词是自杜牧诗：“惜烛有心还惜别，替人垂泪到天明”模仿而来。寒夜凄冷难以入睡，唯有红烛相伴。痴情人为相思所苦，无计排遣满怀哀怨，只有空自垂泪而已。

【原词】醉别西楼醒不记，春梦秋云，聚散真容易。斜月半窗还少睡，画屏闲展吴山翠。衣上酒痕诗里字，点点行行，总是凄凉意。红烛自怜无好计，夜寒空替人垂泪。

鸿雁不堪愁里听。

【出处】唐·李颀·送魏万之京。

【解析】在内心充满离愁别恨的时候，实在不忍心再听到那鸿雁一声声地哀鸣了。

【原诗】朝闻游子唱骊歌，昨夜微霜初渡河；鸿雁不堪愁里听，云山况是客中过？关城曙色（“曙色”或作“树色”）催寒近，御苑砧声向晚多；莫是（“莫是”

或作“莫见”）长安行乐处，空令岁月易蹉跎？

侯门一入深如海，从此萧郎是路人。

【出处】唐·崔郊·赠婢。

【解析】萧郎：唐代对男子的称呼。作者崔郊感叹昔日情人被卖入官府，侯门一入，其深似海，不知何时能再相逢，即使有缘再见，只怕到时候彼此已陌生得像路人一样了。

【原诗】　　公子王孙逐后尘，绿珠垂泪滴罗巾；
　　　　　　侯门一入深如海，从此萧郎是路人。

忽见疏篱落香雪，水边竹里半横枝。

【出处】清·任昌运·寻梅。

【解析】忽然看到疏篱内飘落如雪的香瓣，仔细一看，靠水边的竹林中横出半枝梅花。

忽如一夜春风来，千树万树梨花开。

【出处】唐·岑参·白雪歌送武判官归京。

【解析】这两句诗形容整夜下着大雪，使人感觉好像一夜之间春风已经吹了起来，使得那千千万万的树枝上全开满了雪白的梨花似的。梨花：是一种蔷薇科的白花。这里指的是雪花，用梨花来形容挂满枝头的洁白雪花。

【原诗】北风卷地百草折，胡天八月即飞雪；忽如一夜春风来，千树万树梨花开。散人珠帘湿罗幕，狐裘不暖锦衾薄。将军角弓不得控，都护铁衣冷犹着。瀚海阑干百丈冰，愁云惨淡万里凝；中军置酒饮归客，胡琴琵琶与羌笛。纷纷暮雪下辕门，风掣红旗冻不翻。轮台东门送君去，去时雪满天山路；山回路转不见君，雪上空留马行处！

忽闻歌古调，归思欲沾襟。

【出处】唐·杜审言·和晋陵陆丞早春游望。

【解析】在一个温暖的春日里，忽然收到老友寄来的诗，那一首古老的曲调，引发自己的归乡情愁，忍不住流下了伤心的眼泪。作者独自在外做官，那份埋藏心底的寂寞乡愁，只要一受到刺激，就会完全爆发出来。

【原诗】独有宦游人，偏惊物候新。云霞出海曙，梅柳渡江春。淑气催黄鸟，晴光转绿苹。忽闻歌古调，归思欲沾襟。

忽与一觞酒，日夕欢相持。

【出处】晋·陶渊明·饮酒。

【解析】忽然得到一壶酒，与老友相对痛饮，欢乐无穷。陶渊明晚年隐居田园又爱好饮酒，写了不少“饮酒诗”。这两句诗描写他与朋友偶一得酒，日夕对饮的畅快欢欣之情，表现了他归隐田园之后，悠然恬静的心情。

【原诗】衰荣无定在，彼此更共之，邵生瓜田中，宁似东陵时。寒暑有代谢，人道每如兹。达人解其会，逝将不复疑。忽与一觞酒，日夕欢相持。

胡未灭，鬓先秋，泪空流。

【出处】宋·陆游·诉衷情。

【解析】外敌未灭，将军已老。想起国家还没有统一，自己却两鬓斑白壮志未酬，不禁涕泪横流。在这首词里，作者表达了中原尚未收复而自己已老的苦闷，揭示了作者无比复杂的内心世界。原诗中“当年万里觅封侯，匹马戍梁州”两句以班超投笔从戎的故事，表达自己当年从军救国的壮志。梁州，宋朝时指汉中一带。关河：指山川险要之处，这里指边境。鬓先秋：秋，指草木开始凋残时节，这里指自己鬓发花白。沧州：指水滨。古时用来代表隐者居住的地方。南宋爱国诗人陆游心怀报国之志，一生致力于恢复中原，但由于南宋朝廷的当权者苟且偷安，陆游一生无所作为，至死仍念念不忘国家的统一。此词充分表达了陆游壮志未酬的痛苦。

【原词】当年万里觅封侯，匹马戍梁州。关河梦断何处？尘暗旧貂裘。胡未灭，鬓先秋，泪空流。此生谁料，心在天山，身在沧州。

湖海未归客，风尘多病身。

【出处】元·戴良·除夜客中。

【解析】形容漂泊异乡的旅客，由于旅途中的奔波劳累仆仆风尘，因而使得身体多病。

花非花，雾非雾。

【出处】唐·白居易·花非花。

【解析】说它是花，又不是花；说它是雾，也不是雾。这两句诗常用来形容那些扑朔迷离似是而非的事物或情况。许多事物在真相尚未大白以前，都会给人一种“花非花，雾非雾”的感觉，这两句诗的意境幽渺，十分耐人寻味。

【原诗】花非花，雾非雾，夜半来，天明去，来如春梦几多时？去似朝云无觅处。

花近高楼伤客心，万方多难此登临。

【出处】唐·杜甫·登楼。

【解析】在暗朗的春天里，登楼远眺，见山花怒放漫山遍野。如此赏心悦目的美景，却仅增诗人的愁思，因为国运艰难战祸连绵的时候，我却在这里登高观景徒自兴叹，感到偷生避祸的惭愧和无法报效国家拯救黎民的痛苦。失意的人登高望远，也会不由兴起“花近高楼伤客心”的感慨。

【原诗】花近高楼伤客心，万方多难此登临；锦江春色来天地，玉垒浮云变古今。北极朝廷终不改，西山寇盗莫相侵；可怜后主还祠庙，日暮聊为梁甫吟。

花径不曾缘客扫，蓬门今始为君开。

【出处】唐·杜甫·客至·喜崔明府相过。

【解析】我这长满花草的庭院小路，还从不曾为客人而打扫；蓬草编成的门，今日才第一次为你的来到而打开。花径：也可解作花木交错的小路。蓬门：也可解作芦柴编成的门。“花径不曾缘客扫”描写乡野人家，满地落花围绕着整个房屋，情趣无限；“蓬门今始为君开”常用来表示对伊人的来临，内心感到异常的兴奋。

【原诗】舍南舍北皆春水，但见群鸥日日来；花径不曾缘客扫，蓬门今始为君开。盘飧市远无兼味，樽酒家贫只旧醅；肯与邻翁相对饮，隔篱呼取尽余杯。

花鸟总知春烂漫，人间独自有伤心。

【出处】宋·王安石·重将。

【解析】花鸟只知晓春天烂漫的气息，而不能体会人间孤苦伤心的情感。

花自飘零水自流，一种相思，两处闲愁。

【出处】宋·李清照·一剪梅。

【解析】花儿任意地飘谢，水儿自在地奔流；有情的人们因为同一种相思，而饱受两地分隔的苦闷闲愁。“一种相思，两处闲愁”常用来形容夫妻、情人无法长相厮守，反在两地饱受相思之苦，作者借此发出了有情人无奈又感伤的哀叹。

【原词】见“此情无计可消除，才下眉头，却上心头”。

槐花满地无人扫，半在墙根印柴苔。

【出处】宋·裘万顷·日出。

【解析】满地的槐花，没有人去清扫，大半都覆盖在墙根下的青苔上。

淮南皓月冷千山，冥冥归去无人管。

【出处】宋·姜夔·踏莎行·自沔东流，丁未元日，至金陵，江上，感梦而作。

【解析】淮河南岸一弯明月冷清地映照着群山；在一片凄冷中，爱人独自悄悄地离去，却没有一个人来理会。原词描写痴心女子的相思深情，月色是那样的清冷，群山是那样的沉静，伤心人只能黯然神伤地独自离去。如果撇开原词的意思不看，单看"淮南皓月冷千山，冥冥归去无人管"这两句词，月冷千山是何等孤绝高冷的画面，给人一种无限凄怆的美感。

【原词】燕燕轻盈，莺莺娇软，分明又向华胥见；夜长争得薄情知？春初早被相思染。别后书辞，别时针线，离魂暗逐郎行远。淮南皓月冷千山，冥冥归去无人管。

怀君属秋夜，散步咏凉天。

【出处】唐·韦应物·秋夜寄邱员外。

【解析】正是秋天的夜里，我在心中想念着你；此刻我一面散步，一面吟咏着初凉的天气。

还家万里梦，为客五更愁。

【出处】唐·张谓·同王征君洞庭有怀。

【解析】离家万里，常常在梦里回到故乡；梦醒之后更为做客在外的异乡人平添许多的乡愁。

还君明珠双泪垂，恨不相逢未嫁时。

【出处】唐·张籍·节妇吟。

【解析】还君明珠，泪水涟涟；恨只恨我们相逢不是在我还未曾出嫁的时候。原诗是描写烈妇的忠贞守节。前一句"还君明珠双泪垂"现在常用来表示对他人的深情厚谊，忍痛加以拒绝；后一句"恨不相逢未嫁时"常用来叹息自己心爱的人早已成婚，只能怨恨彼此为何不早点相逢呢？

【原诗】君知妾有夫，赠妾双明珠；感君缠绵意，系在红罗襦。妾家高楼连苑起，良人执戟明光里。知君用心如日月，事夫誓拟同生死，还君明珠双泪垂，恨不相逢未嫁时！

换我心，为你心，始知相忆深。

【出处】五代·顾夐·诉衷情。

【解析】只有将心比心，你才会知道我对你的思念是多么的深浓！这三句词是写自己相思的深情,也是怨恨伊人毫不明白自己情意的无情。

【原词】永夜抛人何处去?绝来音。香阁掩,眉敛月将沉,争忍不相寻?怨孤衾。换我心,为你心,始知相忆深。

荒城临古渡,落日满秋山。

【出处】唐·王维·归嵩山作。

【解析】古老的渡口依傍着荒凉的城头,落日的余晖照满了整个秋日山峰。荒城、古渡、落日、秋山,构成一幅萧瑟凄凉的画面,景色荒凉冷清,意境苍茫幽美。"落日满秋山"单独来看,景致优美动人,也可用来比喻人在晚年时候的"生命余光"。

【原诗】

清川带长薄,车马去闲闲;
流水如有意,暮禽相与还。
荒城临古渡,落日满秋山;
迢递嵩高下,归来且闭关。

荒田寂寞无人声,水边跳鱼翻水响。

【出处】宋·张耒·海州道中。

【解析】荒芜的田间,寂静无声,水中跳跃的游鱼,在水面发出声响。

黄昏风雨打园林,残菊飘零满地金。

【出处】宋·王安石·残菊。

【解析】傍晚时分,狂风暴雨吹打着园林,残谢的菊花随风四散飘落,仿佛满地是黄金。这两句诗是描写雨后园林的景色,传说苏轼看到王安石这两句诗,就写了一首诗取笑他:"秋花不比春花落,为报诗人仔细看。"意思是说百花都会飘零,只有菊花是永不枯谢的。王安石非常生气,后来就把苏轼贬到海南。苏轼到了海南以后,才发觉菊花果然是会飘落的。也有人认为嘲弄王安石的人是欧阳修。

【原诗】

黄昏风雨打园林,残菊飘零满地金;
折得一枝还好在,可怜公子惜花心。

黄菊枝头生晓寒,人生莫放酒杯干。

【出处】宋·黄庭坚·鹧鸪天。

【解析】黄菊:代表是在秋季。生晓寒:说明清晨的天气寒凉。清晨的天气是一片寒凉,黄菊花开满了整个枝头,人生应当及时行乐。作者感叹生命无常,何不尽情享受,醉酒狂歌,及时把握住眼前的欢乐时光。

【原词】 黄菊枝头生晓寒，人生莫放酒杯干；
风前横笛斜吹雨，醉里簪花倒著冠。
身健在，且加餐，舞裙歌板尽情欢；
黄花白发相牵挽，付与时人冷眼看。

黄鸟不啼花落静，不知涧水夜来深。

【出处】明·聂大年·夏末幽居。

【解析】在花落之后，黄莺鸟也不再啼了；可是不知不觉在一夜之间，山谷里的水却涨了许多。

回首夕阳红尽处，应是长安。

【出处】宋·张舜民·卖花声·题岳阳楼。

【解析】回头看着那夕阳红霞的尽头，那里应该就是长安吧！作者贬官到郴州（现今湖南省），途经岳阳楼，登高远望，触景生情，怀念故乡，惆怅凄苦。卖花声：是“浪淘沙”的别名。长安：可解释为自己的故乡，或是内心记挂的人儿所住的地方。现今常用“回首夕阳红尽处，应是长安”这两句词，来形容对故乡或伊人的殷切思念之情。

【原词】木叶下君山，空水漫漫。十分斟酒敛芳颜。不是渭城西去客，休唱阳关。醉袖抚危阑，天淡云闲。何人此路得生还？回首夕阳红尽处，应是长安。

回首向来萧瑟处，归去，也无风雨也无晴。

【出处】宋·苏轼·定风波（作者题记：三月七日沙湖道中遇雨，雨具先去，同行皆狼狈，余独不觉。已而遂晴，故作此。）

【解析】回头看着那刚才走过的、一片风雨萧瑟的来路，那咄咄逼人的风雨云烟，已化为乌有。作者在此词中，表现出他不畏恶劣环境、艰苦卓绝的精神；而作者那种飘然洒脱的心境，更可显露出他旷达超脱的人生态度。“也无风雨也无晴”这句词充满禅机，若能仔细体会，自可获益无穷。

【原词】莫听穿林打叶声，何妨吟啸且徐行。竹杖芒鞋轻胜马，谁怕！一蓑烟雨任平生。料峭春风吹酒醒，微冷，山头斜照却相迎。回首向来萧瑟处，归去，也无风雨也无晴。

会当凌绝顶，一览众山小。

【出处】唐·杜甫·望岳。

【解析】我将要登上泰山之巅，俯瞰周围低矮的群山。原诗中的岱宗：泰山的尊称。齐鲁青未了：形容泰山高大，从齐到鲁都可以望见它的青色。造化钟神秀:大自然把神奇和秀美都集中给了泰山。造化,指天地。钟,聚集。阴阳割昏晓:在同一时间山南山北判若晨昏,极言泰山的高大。阴,指山北;阳,指山南。荡胸生曾云:山中云气叠起,涤荡胸襟。曾,同层。决眦入归鸟:决眦,极力张大眼睛。入归鸟:将飞鸟收入眼帘。会当凌绝顶:定要登上最高峰。泰山的高大,人所共知。诗中前六句都是咏泰山之高、泰山之大。后两句进一步指出,只有登上泰山顶峰,你才看得见群山在它脚下显得多么矮小!“会当凌绝顶,一览众山小”也可用来形容一个人具有不凡的抱负,立志要超越众人,领导群伦。

【原诗】　岱宗夫如何?齐鲁青未了;造化钟神秀,阴阳割昏晓。
荡胸生曾云,决眦入归鸟;会当凌绝顶,一览众山小。

鸡声茅店月,人迹板桥霜。

【出处】唐·温庭筠·商山早行。

【解析】虽然一轮明月仍然静静地照着茅屋,但金鸡已经报晓;清晨的板桥上全是又冷又白的寒霜,早起的行人在桥上留下一个又一个的脚印。这两句诗是温庭筠的名句,描写寒冷清晨行人早行的情景,画面清幽宁静,意境凄冷萧瑟,清冷中却蕴蓄无限的生机。

【原诗】　晨起动征铎,客行悲故乡;鸡声茅店月,人迹板桥霜。
槲叶落山路,枳花明驿墙;因思杜陵梦,凫雁满回塘。

即今河畔冰开日,正是长安花落时。

【出处】唐·张敬忠·边词。

【解析】边词:描写边塞风光的诗。作边词的人常在诗中提起边塞的“春”来得特别迟。这首诗的意思是:已是二月时分,边塞的柳枝还不曾吐露新丝;因此不由感叹:等到边塞河上的冰层开始消融的日子,恐怕已经是长安的春花开始凋谢的时候了。后人常用“即今河畔冰开日,正是长安花落时”两句诗,来形容两人或两地恰成对比的相反情况。

【原诗】　五原春色旧来迟。二月垂杨未挂丝;
即今河畔冰开日,正是长安花落时。

疾风知劲草,板荡识诚臣。

【出处】唐·李世民·赠萧瑀。

【解析】在疾风的吹袭下,才可以知道哪一棵是刚劲有力的韧草;在动荡不安的局势里,方可以证明谁是忠良坚贞的臣子。板荡:世局动荡不安。“疾风知劲草,板荡识诚臣”这两句诗是唐太宗(李世民)的名句,其含义与鲍照的“时危见臣节,世乱识忠良”相似。这两句诗常用来比喻在危急艰险的环境里,最能看出一个人品格的高下;也常用来赞美忠贞志士的浩然气节和伟大情操。

【原诗】 疾风知劲草,板荡识诚臣;
勇夫安识义?智者必怀仁。

及时当勉励,岁月不待人。

【出处】晋·陶渊明·杂诗。

【解析】年纪正轻的时候,要勉励自己及时努力;否则,岁月一去不回,是绝不会停下来等待人的。“及时当勉励,岁月不待人”常用来鼓励年轻人,不要浪费光阴,必须及时努力,把握青春力求上进。

【原诗】 人生无根蒂,飘如陌上尘;分散逐风转,此已非常身。
落地为兄弟,何必骨肉亲?得欢当作乐,斗酒聚比邻。
盛年不重来,一日难再晨;及时当勉励,岁月不待人。

几次细思量,情愿相思苦。

【出处】民国·胡适·生查子。

【解析】想要不相思,也好免去相思的痛苦。不过,仔细地再三思量,还是难忘伊人,情愿相思。胡适此诗描写坠入情网的人的相思情怀,情辞十分感人。

【原诗】 也想不相思,可免相思苦;
几次细思量,情愿相思苦。

几多心事人无问,独看梅花月半痕。

【出处】宋·宋伯仁·有感。

【解析】我虽有满腔的心事,却无人问询;只有独自凝视梅花,连月亮也为之黯然。

寂寂何所待,朝朝空自归。

【出处】唐·孟浩然·留别王维。

【解析】总是凄凄冷冷地等待,日复一日,却还是一场空,看不到心上人归来。

寂寞空庭春欲晚,梨花满地不开门。

【出处】唐·刘方平·春怨。

【解析】春光就要逝去了,那空旷的庭院寂寞凄清;梨花落满了一地,大门却始终没有打开,因为朝夕盼望的人始终没有归来。

家家扶得醉人归。

【出处】唐·王驾·社日。

【解析】社日:农家在立春后祭社神以祈求丰年的节日。当天祭社完毕后,大家都一起欢宴庆祝,社祭散场后,一家家的人都各自扶着喝醉的人回家去。“家家扶得醉人归”这句诗充分表露出祭社时尽情欢乐,人们酒醉饭饱的热闹情景。后人常用这一句诗来形容农家生活的富裕欢乐。

【原诗】 鹅湖山下稻粱肥,豚栅鸡栖半掩扉;
桑柘影斜春社散,家家扶得醉人归。

家在万重云外,心事付横笛。

【出处】宋·陆游·好事近。

【解析】想念家乡,家乡却在那遥远的万重云外;无所寄托,只有借着横笛凄凉的声音,来抒发内心满怀的愁情。原词“心事付横笛”在“家在万重云外”的前面。流落天涯的游子,常用“家在万重云外,心事付横笛”这两句词,来表示对家乡的思念与内心深刻的感触。

【原词】岁晚喜东归,扫尽市朝陈述。拣得乱山环处,钓一潭澄碧。卖鱼沽酒醉还醒,心事付横笛。家在万重云外,有沙鸥相识。

家住苍烟落照间,丝毫尘事不相关。

【出处】宋·陆游·鹧鸪天。

【解析】我家住在夕阳映照苍烟缭绕的山野乡间;世俗红尘的扰人琐事,与我丝毫也不相关。作者隐居在景致怡人的乡野中,远离尘俗,不问世事,心情平静悠闲。原诗的语意飘逸高妙,别有一种不同凡俗的韵味。

【原词】家住苍烟落照间,丝毫尘事不相关。斟残玉瀣行穿竹,卷罢黄庭卧看山。贪啸傲,任衰残,不妨随处一开颜。元知造物心肠别,老却英雄似等闲。

嫁得浮云婿,相随即是家。

【出处】唐·元稹·赠柔之。

【解析】嫁给一个有如浮云般漂泊天涯的夫婿,就得随他漂泊,四海为家。女人总是希望能有个安定祥和的家,因此“相随即是家”这句话,只是用来自我安慰而已。

【原诗】 穷冬到乡国,正岁别京华,自恨风尘眼,常看远地花。
碧幢还照耀,红粉莫咨嗟。嫁得浮云婿,相随即是家。

嫁与春风不用媒。

【出处】唐·李贺·南园。

【解析】春花凋谢以后,便很自然地随着风飘落,就好像嫁给了春风似的,根本不需要请人做媒。原诗是描写南园百花齐放,万紫千红,缤纷可爱。“嫁与春风不用媒”这一句诗也可用来形容顺其自然水到渠成地完成某事。

【原诗】　花枝草蔓眼中开,小白长红越女腮;
可怜日暮嫣香落,嫁与春风不用媒。

检书烧烛短,看剑引杯长。

【出处】唐·杜甫·夜宴左氏庄。

【解析】秉烛读书,醉里看剑。检书:就是读书。看剑:或作说剑。引杯:就是举杯。长:是指时间长久。红烛、古书、美酒、长剑,士子怀才,意兴昂扬,英雄醉酒论剑,胸怀万里,豪情万千。

【原诗】风林(或作“林风”)纤月落,衣露净(或作“静”)琴张;暗水流花径,春星带草堂。检书烧烛短,看剑(或作“煎茗”)引杯长;诗罢闻吴泳,扁舟意不忘。

拣尽寒枝不肯栖,寂寞沙洲冷。

【出处】宋·苏轼·卜算子。

【解析】孤鸿不肯栖息在任何寒枝之上,在空中徘徊良久;最后只好又飞回那寂寞的沙洲,忍受那孤单与寒冷。苏轼借孤鸿“寒枝不肯栖”而落得“寂寞沙洲冷”,来形容自己坚持原则与理想,不肯屈服现实,不愿苟合世俗,结果历尽人世的寂凉凄苦;遗世而独立,孤高而悲怆。这两句词也可用来比喻对男女感情上的执着与寂寞。

【原词】缺月挂疏桐,漏断人初静。谁见幽人独往来?缥缈孤鸿影。惊起却回头,有恨无人省。拣尽寒枝不肯栖,寂寞沙洲冷(“寂寞沙洲冷”又作“风落吴江冷”)。

剪不断,理还乱,是离愁,别是一番滋味在心头!

【出处】五代·李煜·相见欢。

【解析】满腹的愁情思绪,剪也剪不断,越整理越乱;说它是离愁却更有另一种说不出的滋味萦绕在心头。这几句词常用来形容内心的愁苦纷乱。“剪不断,理还乱”比喻千愁万苦,无从排解,也可用来形容某些事情的复杂难以处理。“别是一番滋味在心头”常用来形容那份只有自己知道却又无从说起的感觉。

【原词】无言独上西楼，月如钩，寂寞梧桐深院锁清秋。剪不断，理还乱，是离愁，别是一番滋味在心头！

槛外荷花水接天，闲来僧阁枕书眠。

【出处】清·李慈铭·夏日至村后官渎水口庵阁上小憩。

【解析】门外池塘里的荷花一望无际，我悠闲地来到僧阁读书，读累了索性就枕书而眠。

江春不肯留行客，草色青青送马蹄。

【出处】唐·刘长卿·送李判官之润州行营。

【解析】这两句的意思是友人李判官公务在身，不得久留，诗人十分留恋地在春日送友人登程。润州：治所在今江苏省镇江市。行营：将军出征时的驻扎地，原诗是一首送别诗。

【原诗】　万里辞家事鼓鼙，金陵驿路楚云西。
江春不肯留行客，草色青青送马蹄。

江东子弟多才俊，卷土重来未可知。

【出处】唐·杜牧·题乌江亭。

【解析】江东的子弟中，有许多才俊豪杰之士，这次虽然是失败了，但谁也不知道，他们是否会再度卷土重来。项羽起义于江东，这首诗是感叹项羽因战败而自尽于乌江边。"卷土重来未可知"常用来形容一个人或团体的一时失败，却仍然还有卷土重来东山再起的机会，也常用来勉励失意者，即使失败仍然要坚定意志，努力不懈。

【原诗】　胜败兵家事不期，包羞忍耻是男儿；
江东子弟多才俊，卷土重来未可知。
（"才俊"或作"豪俊"）

江流天地外，山色有无中。

【出处】唐·王维·汉江临眺。

【解析】江水直流到那遥远的天地尽头，放眼望去，那远处朦胧的山色隐约出现在一片若有似无的迷茫中。"江流天地外，山色有无中"，这两句诗意境悠远苍茫，颇有山水诗画的风情。其中"山色有无中"一句，曾被宋代著名文人欧阳修借用过。

【原诗】

楚塞三湘接,荆门九派通;
江流天地外,山色有无中。
郡邑浮前浦,波澜动远空;
襄阳好风日,留醉与山翁。

江南春水碧如酒,客子往来船是家。

【出处】金·吴激·题宗之家初序潇湘图。

【解析】江南地方,春天时江水碧绿如酒,旅客往来纷忙,常常以船为家。

江南可采莲,莲叶何田田!

【出处】汉·民歌·江南可采莲。

【解析】江南风景秀丽,到处都可划船来采摘水面的莲蓬;远远望去那一片片又青又圆的莲叶,盛开得多么美艳。这是汉代流传下来的民歌,描写江南水乡多莲的美好景色。莲叶田田,鱼儿戏水,洋溢着一片盎然的生机。“莲叶何田田”常用来形容莲叶的青圆可爱。

【原诗】

江南可采莲,莲叶何田田!
鱼戏莲叶间:鱼戏莲叶东,
鱼戏莲叶西,鱼戏莲叶南,
鱼戏莲叶北。

江畔何人初见月,江月何年初照人。

【出处】唐·张若虚·春江花月夜。

【解析】那江边的人,是谁最先看到夜空中那一轮明月?那江上的明月,又在哪一年最先照见江边的人?这两句诗是描写作者于春夜望月有感,不由兴起一份对人生、对明月、对千古宇宙的深思冥想。

【原诗】春江潮水连海平,海上明月共潮生。滟滟随波千万里,何处春江无月明?江流宛转绕芳甸,月照花林皆如霰。空里流霜不觉飞,汀上白沙看不见。江上一色无纤尘,皎皎空中孤月轮。江畔何人初见月?江月何年初照人?人生代代无穷已,江月年年只相似。不知江月待何人?但见长江送流水。白云一片去悠悠,青枫浦上不胜愁。谁家今夜扁舟子?何处相思明月楼?可怜楼上月徘徊,应照离人妆镜台。玉户帘中卷不去,捣衣砧上拂还来。此时相望不相闻,愿逐月华流照君。鸿雁长飞光不度,鱼龙潜跃水成文。昨夜闲潭梦落花,可怜春半不还家。江水流春去欲尽,江潭落月复西斜。斜月沉沉藏海雾,碣石潇湘无限路。不知乘月几人归?落月摇情满江树。

江山代有才人出,各领风骚数百年。

【出处】清·赵翼·论诗。

【解析】原诗意思是说:李白、杜甫独占鳌头的时代已经过去了,每个朝代都会有新的人才出现,凭着他们的才华与成就,都足以领导文坛,并享有数百年的盛名。“江山代有才人出”含有一种睥睨千古、舍我其谁的雄心壮志。世人常常用这句诗来赞美人才辈出,也可以表示一代新人替换旧人,新生代的崛起和成长,就像滚滚长江一样,谁都挡不住。

【原诗】 李杜诗篇万口传,至今已觉不新鲜;
江山代有才人出,各领风骚数百年。

江山晚风吹树急,落红满地鹧鸪啼。

【出处】宋·何基·春郊晚行。

【解析】傍晚,江上风急,吹得岸边落花满地鹧鸪啼鸣。

江上柳如烟,雁飞残月天。

【出处】唐·温庭筠·菩萨蛮。

【解析】江边上细柔的柳丝有如轻烟一般,几只雁儿在空中飞翔,一弯残月还是斜斜地挂在天边。这几句词描写江边薄雾轻笼、梦幻凄迷的景色。柳丝飞雁,配上一弯残月,合成一幅凄美而动人的画面。

【原词】水精帘里颇黎枕,暖香惹梦鸳鸯锦;江上柳如烟,雁飞残月天。藕丝秋色浅,人胜参差剪;双鬓隔香红,玉钗头上风。

江水三千里,家书十五行;行行无别语,只道早还乡。

【出处】明·袁凯·京师得家书。

【解析】我家远在千里之外的江南水乡,今天接到一封家信,信中写了十五行,每一行都只在对我说:你可要早日返回家乡。“行行无别语,只道早还乡”描写家人对自己的深刻思念,也是表示自己久居异地,对故乡亲人的无尽思念。

【原诗】 江水三千里,家书十五行;
行行无别语,只道早还乡。

将军百战死,壮士十年归。

【出处】南北朝民歌·佚名·木兰诗。

【解析】将军身经百战出生入死;从军十年,英勇的壮士终于凯旋。原诗说木兰从军十二年,此处以整数十年代表。这两句诗是描写木兰代父从军,经过十二年的转战征伐,终于凯旋。

【原诗】唧唧复唧唧，木兰当户织。不闻机杼声，唯闻女叹息。问女何所思？问女何所忆？女亦无所思，女亦无所忆。昨夜见军帖，可汗大点兵。军书十二卷，卷卷有爷名。阿爷无大儿，木兰无长兄。愿为市鞍马，从此替爷征。东市买骏马，西市买鞍鞯，南市买辔头，北市买长鞭。旦辞爷娘去，暮至黄河边。不闻爷娘唤女声，但闻黄河流水鸣溅溅。旦辞黄河去，暮至黑山头，不闻爷娘唤女声，但闻燕山胡骑鸣啾啾。万里赴戎机，关山度若飞，朔气传金柝，寒光照铁衣，将军百战死，壮士十年归。归来见天子，天子坐明堂。策勋十二转，赏赐百千强。可汗问所欲，木兰不用尚书郎，愿驰千里足，送儿还故乡。爷娘闻女来，出郭相扶将。阿姊闻妹来，当户理红妆。小弟闻姊来，磨刀霍霍向猪羊。开我东阁门，坐我西阁床；脱我战时袍，着我旧时裳。当窗理云鬓，对镜贴花黄。出门看伙伴，伙伴皆惊惶。“同行十二年，不知木兰是女郎！”雄兔脚扑朔，雌兔眼迷离；双兔傍地走，安能辨我是雄雌？

借问春归何处所。

【出处】宋·欧阳修·玉楼春。

【解析】想要留住春天，春天却早已无情地流逝，不禁问道：“春天，你到底是回到哪里去了？”“借问春归何处所”这是作者惜春恋春的心语，充分流露出作者惆怅无奈的情绪。

【原诗】

残春一夜狂风雨，断送红飞花落树；
人心花意待留春，春色无情容易去。
高楼把酒愁独语，借问春归何处所；
暮云空阔不知音，惟有绿杨芳草路。

借问酒家何处有，牧童遥指杏花村。

【出处】唐·杜牧·清明。

【解析】清明时节，乍阳乍暗忽然又是细雨纷纷。游人路上遇雨，想要暂时找一间酒家休息，就向人问：何处有卖酒的人家，只见牧童伸手遥指那前头的杏花村。杏花村：是指卖酒的地方。“借问酒家何处有，牧童遥指杏花村”两句诗洋溢着一片乡野情趣，给人一种亲切温馨的感觉。

【原诗】

清明时节雨纷纷，路上行人欲断魂；
借问酒家何处有，牧童遥指杏花村。

今年花落颜色改，明年花开复谁在？

【出处】唐·刘希夷·代悲白头翁。

【解析】今年的花儿已凋谢，人的容貌已改；明年的花儿会再度盛开，到那时,谁知道还有什么人会在呢?颜色改:容貌衰老。这两句诗是描写时光流转青春易逝,充满着悲婉凄凉的意味。《红楼梦》的黛玉葬花词中有以下两句:“侬今葬花人笑痴,他日葬侬知是谁?”与此处两句诗的意境相似。

【原诗】洛阳城东桃李花,飞来飞去落谁家?洛阳女儿好颜色,坐见落花长叹息。今年花落颜色改,明年花开复谁在?已见松柏摧为薪,更闻桑田变成海。古人无复洛城东,今人还对落花风;年年岁岁花相似,岁岁年年人不同!寄言全盛红颜子,应怜半死白头翁;此翁白头真可怜,伊昔红颜美少年。公子王孙芳树下,清歌妙舞落花前;光禄池台开锦绣,将军楼阁画神仙。一朝卧病无相识,三春行乐在谁边?宛转蛾眉能几时?须臾鹤发乱如丝;但看古来歌舞地,惟有黄昏鸟雀悲(本诗题有的写作《白头翁》)。

今年花胜去年红,可惜明年花更好。知与谁同?

【出处】宋·欧阳修·浪淘沙。

【解析】今年的花开得比去年还要红艳;想来明年的花开得更美好,不过即使如此,又怎知到时是谁与我共同来欣赏呢?这几句词描写作者对美好时光的眷恋,感叹花开一年比一年美好,而人却是一年比一年衰老,苍凉中别有一番落寞的意味。“知与谁同”是描写人世的聚散无常,也是抒发内心的孤寂和谁人与共的无奈。

【原词】把酒祝东风,且共从容。垂杨紫陌洛城东,总是当时携手处,游遍芳丛。聚散苦匆匆,此恨无穷!今年花胜去年红,可惜明年花更好,知与谁同?

今年花似去年好,去年人到今年老。

【出处】唐·岑参·韦员外家花树歌。

【解析】今年的花是比去年开得更好,而今年的人却比去年更为衰老了。这两句诗感叹韶华易逝容颜易老,并且劝人要珍惜有限的光阴。所以原诗接着说:“始知人老不如花,可惜落花君莫扫!”花落尚可再开,人老却不复少年,惜花也就是惜光阴。

【原诗】

今年花似去年好,去年人到今年老;
始知人老不如花,可惜落花君莫扫!
君家兄弟不可当,列卿御史尚书郎;
朝回花底恒会客,花扑玉缸春酒香。

今人不见古时月,今月曾经照古人。

【出处】唐·李白·把酒问月。

【解析】现在的人不可能看见过去的月亮,而此时的月亮,却是曾经照耀过古人的那一个。这两句诗,一方面是感叹生命有限而宇宙无穷;另一方面则以人月的对比,来感叹面对大自然时,人类的卑微,在无休止的时间洪流中,人类显得多么的渺小!

【原诗】青天有月来几时?我今停杯一问之。人攀明月不可得,月行却与人相随。皎如飞镜临丹阙,绿烟减尽清晖发;但见宵从海上来,宁知晓向云间波。白兔捣药秋复春,嫦娥孤栖与谁邻?今人不见古时月,今月曾经照古人。古人今人若流水,共看明月皆如此;唯愿当歌对酒时,月光长照金樽里。

今日送君须尽醉,明朝相忆路漫漫。

【出处】唐·贾至·送李侍郎赴常州。

【解析】今日为你送别,你可要尽兴而醉;到明日互相思念,那已是人各一方,长路漫漫,天涯永别了。短暂的相聚,自当尽情欢乐,在无尽的深情中,更有一份不舍的依恋及不知何日再相逢的怅惘。

今夕为何夕,他乡说故乡。

【出处】明·袁凯·客中除夕。

【解析】今夜是怎样的夜晚啊!我竟然在他乡诉说着自己的故乡。除夕夜晚,家家团圆,作者飘零他乡,怀念故乡亲友,浓浓乡愁,不知如何寄托?

【原诗】今夕为何夕?他乡说故乡;看人儿女大,为客岁年长。戎马无休歇,关山正渺茫;一杯柏叶酒,未敌泪千行。

今宵剩把银釭照,犹恐相逢是梦中。

【出处】宋·晏几道·鹧鸪天。

【解析】今晚尽管银灯照得通明,但内心却仍然担心我们只是在梦中相逢而已。剩把:尽把。银釭:是指银灯。釭,读作刚。情侣久别重逢,内心仍不由惊疑万分,深怕眼前的美景只是一场幻梦而已。这两句刻画出相见重逢又惊又喜的心情,却也是描写过去挨尽相思的痛苦。杜甫有一首诗:"夜阑更秉烛,相对如梦寐";司空曙的一首诗中写道:"乍见翻疑梦,相悲各问年"。晏几道的这两句词与以上二诗的意境颇为相似。作者把人挨尽相思之苦,终与爱侣重逢的悲喜交集的心情,刻画得相当生动、感人。唯有饱尝离别滋味的人才更能体会"犹恐相逢是梦中"的心境。

【原词】彩袖殷勤捧玉钟,当年拼却醉颜红。舞低杨柳楼心月,歌尽桃花扇底风。从别后,忆相逢,几回魂梦与君同。今宵剩把银釭照,犹恐相逢是梦中。

今夜不知何处宿，平沙万里绝人烟。

【出处】唐·岑参·碛中作。

【解析】放眼望去，只见黄沙万里，广阔无边，没有一丝人烟，不知今天晚上要到何处去住宿？这首诗描写旅人远走塞外，只见万里黄沙，不知哪里才是自己的归宿。悲凉中更带有深沉哀婉的乡愁。

【原诗】　走马西来欲到天，辞家见月两回圆；
今夜不知何处宿？平沙万里绝人烟！

今夜鄜州月，闺中只独看；遥怜小儿女，未解忆长安。

【出处】唐·杜甫·月夜。

【解析】今天晚上的鄜州，只有我妻子一人在那儿独自看着月亮；我在这遥远的异乡怜惜那四个小儿女，他们还不懂得想念我这沦落在长安的父亲。鄜：读夫。鄜州：今陕西富县。闺中：指闺房中的妻子。安史之乱发生后，社会动荡不安。唐玄宗天宝十五年，杜甫把家人安置在鄜州，自己一个人前往灵武（此时唐肃宗在灵武即位），途中被安禄山的军队俘获，送往长安。这首诗便是杜甫在长安面对明月，思念妻女所写的。

【原诗】　今夜鄜州月，闺中只独看；
遥怜小儿女，未解忆长安。
香雾云鬟湿，清辉玉臂寒；
何时倚虚幌，双照泪痕干。

今夜月明人尽望，不知秋思在谁家？

【出处】唐·王建·十五夜望月。

【解析】今夜的月儿是如此皎洁、明亮，人们都不禁抬头欣赏那轮圆月；只不知因望月而兴起的秋情深思，会落在哪一户人家？这两句诗描写诗人面对中秋圆月，勾起无尽相思；也可认为是作者望月兴怀，因而勾起对天下流离奔走、异乡漂泊的人们的伤感悲怜。

【原诗】　中庭地白树栖鸦，冷露无声湿桂花；
今夜月明人尽望，不知秋思在谁家？

今朝一岁大家添，不是人间偏我老。

【出处】宋·陆游·木兰花（立春日作）。

【解析】今天是春日，又长了一岁，是大家都一同添岁，并不是人间只有我一个人变老了。这两句词感叹岁月无情，一年痴长一岁，徒增无限感伤。“不是人间偏我老”在惆怅无奈中还带有几分自我解嘲的意味。

【原词】三年流落巴山道，破尽青衫尘满帽。身如西让渡头云，愁抵瞿塘关上草。春盘春酒年年好，诚戴银幡判（“判”同“拼”）醉倒。今朝一岁大家添，不是人间偏我老。

今朝有酒今朝醉，明日愁来明日愁。

【出处】唐·罗隐·自遣。

【解析】自遣，即自我抒怀。这两句诗的语意为：今天如果有酒，今天就喝个酩酊大醉，明日有愁，那也等明日再去忧愁好了。这两句诗是劝人及时行乐，何必去管身后的烦忧呢？此诗充分流露出作者人生态度的达观与洒脱。现今常用“今朝有酒今朝醉，明日愁来明日愁”两句诗，来揭露那些社会寄生虫不劳而获的堕落生活与颓废情绪；也有人用来形容人们没有长远打算，只知贪图眼前的安逸和快乐。

【原诗】

得即高歌失即休，多愁多恨亦悠悠；
今朝有酒今朝醉，明日愁来明日愁。

金也空，银也空，死后何曾在手中！

【出处】明·悟空·万空歌。

【解析】黄金是空，白银也是空，不论生前多么富有，等到死后，你的手中又何曾有半点钱呢？《万空歌》也是“劝世歌”的一种，劝人认清世俗中名利与财富的虚浮梦幻，进而悟解人生的真义，这是在宣扬一种出世的思想。

【原诗】天也空，地也空，人生渺渺在其中；日也空，月也空，东升西坠为谁功？金也空，银也空，死后何曾在手中！妻也空，子也空，黄泉路上不相逢！权也空，名也空，转眼荒郊土一封！

尽日问花花不语，为谁零落为谁开。

【出处】唐·严恽·落花。

【解析】多情的诗人天天都向着花儿问询：你到底是为谁开放，为谁飘落呢？可花总是默默无语。原诗是一首惜花惜春的诗。

【原诗】

春光冉冉归何处，更向花前把一杯。
尽日问花花不语，为谁零落为谁开。

尽日寻春不见春，芒鞋踏遍陇头云。

【出处】宋·鹤林玉露某尼·悟道诗。

【解析】穿着芒鞋踏遍了群山岭头，整日寻春却看不到春的踪影。“芒鞋踏遍陇头云”可用来比喻对某一种理想或形象的热切追求，即使历尽千辛万苦也是毫不后悔。这与辛弃疾的《青玉案》中“众里寻他千百度”的意思相近，一般常写作“芒鞋踏破岭头云”或“杖黎踏破几竿云”。

【原诗】尽日寻春不见春，芒鞋踏遍陇头云；
归来笑拈梅花嗅，春在枝头已十分。

近水楼台先得月，向阳花木早逢春。

【出处】宋·俞文豹·清夜录(一说：宋·苏麟献范仲淹诗)。

【解析】站在靠近水边的楼台，总是能够先得到水中的月影；偏向太阳的花木，总是能够先显现出春光的讯息。“近水楼台先得月，向阳花木早逢春”两句诗，可用来比喻由于接近某人或某物，条件优越，可以优先得到某些利益或照顾。

【原诗】原诗只此两句。

近乡情更怯，不敢问来人。

【出处】唐·李频·渡汉江。

【解析】形容游子长年离家在外，得不到一点故乡的音信，不知故乡情况如何，家人是否安好？因此越走近故乡，内心就越发恐慌。即使在路上遇见来自故乡的人，内心虽迫切想知道故乡的情形，却反而犹豫踌躇不敢发问。现今常用“近乡情更怯，不敢问来人”两句诗，来形容久别故乡的游子，将要归返家园时内心的既矛盾又复杂的情绪。

【原诗】岭外音书绝，经冬复立春；
近乡情更怯，不敢问来人。

竞说田家风味美，稻花落后鲤鱼肥。

【出处】清·朱凤翔·村处闲吟。

【解析】人人争相传诵说农家的风光美好，收割完稻穗以后，又到了鲤鱼肥美的时节。

酒醒门外三竿日，卧看溪南十亩阴。

【出处】宋·苏轼·溪阴堂。

【解析】酒醒的时候，早已日上三竿了；放眼望去溪南一片绿绿的田亩恬静宜人，赏心悦目。

久在樊笼里，复得返自然。

【出处】晋·陶渊明·归田园居。

【解析】长久被困在世俗的牢笼里,得不到一点自由,如今终于能够摆脱羁绊重返大自然中。作者描写自己长久受世俗的控制,一旦脱去束缚,不禁感到心满意足,十分快慰。长年受到拘束、缺乏自由的人,往往用,“久在樊笼里,复得返自然”这两句诗,来比喻自己终于得到解脱。

【原诗】少无适俗韵,性本爱丘山;误落尘网中,一去三十年。羁鸟恋旧林,池鱼思故渊;开荒南野际,守拙归田园。方宅十余亩,草屋八九间;榆柳荫后檐,桃李罗堂前。暧暧远人村,依依墟里烟;狗吠深巷中,鸡鸣桑树颠。户庭无尘杂,虚室有余闲;久在樊笼里,复得返自然。

九曲黄河万里沙。

【出处】唐·刘禹锡·浪淘沙。

【解析】九曲黄河夹带滚滚黄沙从遥远的地方蜿蜒奔腾而来。“九曲黄河万里沙”此句诗是描写黄河的雄壮绵长与磅礴气势。原诗是借“黄河九曲”来比喻人生道路的坎坷多难。

【原诗】

九曲黄河万里沙,浪淘风簸自天涯;
如今直上银河去,同到牵牛织女家。

九州生气恃风雷。

【出处】清·龚自珍·己亥杂诗(过镇江,见赛玉皇及风神雷神者,祷祠万数,道士乞撰青词)。

【解析】“九州生气恃风雷”的意思是:苦难深重的中国大地应当觉醒,需要实行一场轰轰烈烈的改革,才能焕发生机,造就一个充满活力的政治气候。九州:指中国,古人分中国为九州。青词:道士祭神时,献给天神的祝祷文。作者感叹:清政府的阴沉暮气,以及僵硬腐化的制度扼杀了许多优秀的人才,使得作者龚自珍当时的满腔政治热情与改革心愿无从实现,所以他便盼望能出现一场轰轰烈烈的改革,冲破一切腐败的旧势力,以风起云涌的声势,激起无穷的生机。“九州生气恃风雷”也用来描写志士豪杰的雄风英气,急切盼望突破现状,扭转局势。原诗是说:要使国家生机勃发,必须来一场暴风雨加以涤荡,像目前的死气沉沉,实在令人悲哀;我祈请老天爷重新震荡,降下有用的人才,更不要只有责备而把人才埋没了。万马齐喑:喑,喉哑,意思是千军万马都哑然无声。现代人常引用“九州生气恃风雷”以表示大破大立的决心,以振作的精神革新事业。

【原诗】

九州生气恃风雷,万马齐喑究可哀;
我劝天公重抖擞,不拘一格降人才。

旧时王谢堂前燕，飞入寻常百姓家。

【出处】唐·刘禹锡·乌衣巷。

【解析】冬去春来，燕子依旧飞回，但是世事变化豪门衰落，旧时王谢之堂，现在早已换作寻常百姓之家了。原诗中的乌衣巷：在今南京市东南。从东晋到唐以前，王谢两大家族都住在这里。朱雀桥：在乌衣巷附近，是六朝时都城正南门（名朱雀门）外的大桥，当时是交通要道，车马来往繁忙。这首诗写沧桑变化，寄托兴亡的感慨。燕子依然飞翔，而豪门却已衰落；荣华富贵有如过眼云烟，到头来全都是一场空。

【原诗】　　朱雀桥边野草花，乌衣巷口夕阳斜；
　　　　　　旧时王谢堂前燕，飞入寻常百姓家。

旧书不厌百回读，熟读深思子自知。

【出处】宋·苏轼·送安惇秀才失解西归。

【解析】凡是经得起时间考验而能流传至今的古书，大多是好书，自然令人百读不厌。作者劝人要多读旧书，因为旧书中自有无穷意味，即使读上千百回也不会感到厌烦，只要你肯熟读，自然就能明白其中的道理。“旧书不厌百回读”一般俗语都作“好书不厌百回读”。“旧书不厌百回读”常用来赞美古典名著的伟大与不朽。“好书不厌百回读”常用来比喻一本好书趣味无穷，值得一再阅读。

【原诗】旧书不厌百回读，熟读深思子自知；他年名宦恐不免，今日栖迟那可追。我昔家居断还往，著书不复窥园葵；竭来东游慕人爵，弃去旧学从儿嬉。狂谋谬算百不遂，惟有霜鬓来如期；故山松柏皆手种，行且拱矣归何时？万事早知皆有命，十年浪走宁非痴！与君未可较得失，临别惟有长嗟咨！

旧游无处不堪寻，无寻处，惟有少年心。

【出处】宋·章良能·小重山。

【解析】旧日曾经游赏过的地方，不堪寻访，恐勾起伤心事；现在唯一无可寻觅的，是当日那一颗少年赤忱的心。旧地可再游，惟有少年心无从寻觅，作者借这两句词感叹无情光阴如流水一样逝去，再也难以寻觅。

【原词】柳暗花明春事深，小阑红芍药，已抽簪。雨余风软碎鸣禽，迟迟日，犹带一分阴。往事莫沉吟，身闲时序好，且登临。旧游无处不堪寻，无寻处，惟有少年心。

居高声自远，非是藉秋风。

【出处】唐·虞世南·蝉。

【解析】蝉在高处，鸣声自然传得很远，并不是依靠着秋风的帮助。秋风：在这里是指帝王权势。作者以蝉的高栖鸣远，比喻自己行为的光明磊落与胸怀的高洁坦荡。以“饮清露”来形容自己的廉洁；以“出疏桐”来形容自己的清高；以“居高声自远”来描写自己特立独行的高尚气节，不贪慕权势。

【原诗】垂緌饮清露，流响出疏桐；居高声自远，非是藉秋风（緌：帽带。垂緌：在此指蝉须）。

举杯邀明月，对影成三人。

【出处】唐·李白·月下独酌。

【解析】诗仙李白一个人在花前月下喝酒，寂寞凄凉，于是举起杯子邀请明月一起来饮；人对明月，月照孤影，一下子就变成了三个人。三人：指诗人、明月、影子。诗人把明月、身影都拟人化，看成是有生命、有感情的人。说是三人，实际上却还是一人。一方面是描写独自饮酒的寂寞与空虚，一方面也可看作是月下独酌的怡然自得。

【原诗】花间一壶酒，独酌无相亲；举杯邀明月，对影成三人。月既不解饮，影徒随我身；暂伴月将影，行乐须及春。我歌月徘徊，我舞影零乱；醒时同交欢，醉后各分散。永结无情游，相期邈云汉。

卷土重来未可知，江山亦要伟人持。

【出处】清·丘逢甲·离台诗。

【解析】丘逢甲抗日失败，满怀悲愤，写下这首《离台诗》，表示出他仍将卷土重来的雄心壮志。并感叹大好江山却遭日寇蹂躏，实在需要伟大的人才出来领导维护。

【原诗】

卷土重来未可知，江山亦要伟人持；
成名竖子知多少，海上谁来建义旗？

君当作磐石，妾当作蒲苇；蒲苇韧如丝，磐石无转移。

【出处】汉·佚名·孔雀东南飞。

【解析】这四句诗是刘兰芝告诉丈夫焦仲卿，矢誓此情永生不变的誓词——你当作磐石，我当作蒲苇；蒲苇柔韧坚固得有如蚕丝，磐石也是永远固定不会移动。《孔雀东南飞》也写作《焦仲卿妻》，是描写焦仲卿夫妻因被母亲强行拆散而双双自杀的家庭悲剧。这首诗是中国文学史上最长的叙事诗。现今常用“君当作磐石，妾当作蒲苇；蒲苇韧如丝，磐石无转移”这四句诗，来表示男女恋情的坚贞不移，永不改变。

君记取,封侯事在,功名不信由天!

【出处】宋·陆游·汉宫春(初自南郑来成都作)。

【解析】请你铭记这一点:只要抗金封侯保家卫国的事业还在,我就不相信一个人的功名完全屈服于上天的安排。作者描写自己意气飞扬,信心十足。人虽在失意中,却依旧不向命运屈服,急切地盼望着立功封侯的机会到来,“功名不信由天”这句词尤其豪情万丈,气势惊人。

【原词】羽箭雕弓,忆呼鹰古垒,截虎平川。吹笳暮归野帐,云压青毡,淋漓醉墨,看龙蛇飞落蛮笺。人误许,诗情将略,一时才气超然。何事又作南来,看重阳药市,元夕灯山。花时万人乐处,攲帽垂鞭。闻歌感旧,尚时时、流涕尊前,君记取,封侯事在,功名不信由天!

君看一叶舟,出没风波里。

【出处】宋·范仲淹·江上渔者。

【解析】来往于江上的游人,大多都只为的是喜爱鲈鱼鲜美的滋味;但不妨请你们看看,为了捕捉鲈鱼,那些渔夫必须终日驾着小船,冒险出没于汹涌的波涛之中。范仲淹在这首诗中,对渔民的艰苦生涯表示了由衷的同情,由此也可看出他那种“先天下之忧而忧”,悲天悯人的仁者胸怀。

【原诗】

江上往来人,但爱鲈鱼美;
君看一叶舟,出没风波里。

君能洗尽世间念,何处楼台无月明?

【出处】宋·陆游·排闷。

【解析】如果您能抛弃一切世俗的名利欲望、虚妄杂念,那么无论走到何处,楼台上空的月亮都会是明亮皎洁的。一个人只要能够无视于世俗名利的诱惑,自然能够怡然自得。诗人劝人将眼界放宽,会顿觉世界无限美好。

【原诗】

西塞山前吹笛声,曲终已过雒阳城;
君能洗尽世间念,何处楼台无月明?

君问归期未有期。

【出处】唐·李商隐·夜雨寄北。

【解析】你问我什么时候归去,我却没有肯定的日期可以告诉你!君:即你。这首诗的作者李商隐描写自己出门在外,对家人(或单指妻子)的深切思念,想回家却又不知何时才能归去。长年浪迹异乡的人,最适用“君问归期未有期”这句诗,来表示自己矛盾无奈的心情。

【原诗】

君问归期未有期,巴山夜雨涨秋池;

何当共剪西窗烛，却话巴山夜雨时。

君自故乡来，应知故乡事。

【出处】唐·王维·杂诗。

【解析】您从遥远的故乡来，应该了解故乡现在的情况吧。诗人怀念家乡，向乡人探听消息。原诗后两句的意思是：你由故乡来的时候，窗前的梅枝上添了花朵没有？诗人借梅花探听故乡的消息。“君自故乡来，应知故乡事”这两句诗，充分显露出诗人对故乡的迫切思念与他乡遇故知的兴奋之情。

【原诗】 君自故乡来，应知故乡事。
来日绮窗前，寒梅著花未？

看尽人间兴废事，不曾富贵不曾穷。

【出处】宋·陆游·一壶歌。

【解析】看尽了人间的兴亡盛衰与成败得失，终于领悟到一个道理，那就是，人生在世，没有人是真正富贵的，也没有人是真正贫穷的。作者看透人间万事后，只觉得人间富贵全是一场虚空，对世事的成败得失，又何必太过于计较呢？现今常引用“看尽人间兴废事，不曾富贵不曾穷”两句诗，来劝人放宽心胸，凡事看得淡然些，自然能减少许多无谓的烦恼。

【原诗】 长安市上醉春风，乱插繁花满帽红；
看尽人间兴废事，不曾富贵不曾穷。

可堪孤馆闭春寒，杜鹃声里斜阳暮。

【出处】宋·秦观·踏莎行·郴州旅舍。

【解析】严寒的春天，孤寂的客馆紧闭着大门。一个人在客馆里，听着杜鹃的哀鸣，一声声响在黄昏里。可堪：怎堪、哪堪。天色已经暗了下来，面对着令人黯然神伤的情景，内心的凄苦真是难以忍受呀！孤馆春寒，杜鹃斜阳，萧瑟而凄冷的意境中，体现了失意落魄的凄凉感。

【原词】雾失楼台，月迷津渡。桃源望断归何处。可堪孤馆闭春寒，杜鹃声里斜阳暮。驿寄梅花，鱼传尺素。砌成此恨无重数。郴江幸自绕郴山，为谁流向潇湘去。

可怜荒垄穷泉骨，曾有惊天动地文。

【出处】唐·白居易·李白墓。

【解析】可叹现在荒冢埋骨，但谁知道他生前曾写过惊天动地震惊世人的诗文呢？原诗中的采石江边：李白死于安徽当涂县，当涂县西北、牛渚山之北有采石矶突起插江中，李白坟在这附近。就中沦落不过君：最为沦落的就数阁下你了。白居易此诗抒写了对李白无限深情的悼念。“但是诗人多薄命，就中沦落不过君”句，读之，使人不觉为李白的遭遇一掬同情之泪。“可怜荒垄穷泉骨，曾有惊天动地文”对李白留在人间的诗文评价极高，也很公允。

【原诗】

采石江边李白坟，绕田无限草连云。
可怜荒垄穷泉骨，曾有惊天动地文。
但是诗人多薄命，就中沦落不过君。

可怜日暮嫣香落，嫁与春风不用媒。

【出处】唐·李贺·南园。

【解析】傍晚时分，花瓣悄然凋落，毫无凭依地随风飘零。

可怜身上衣正单，心忧炭贱愿天寒。

【出处】唐·白居易·卖炭翁。

【解析】可怜的卖炭翁在寒冷的天气里，身上穿的衣服又薄又单，心里却在担心天气若是不够冷，炭价会跌得很低，因此宁愿天气变得更寒冷，好多卖些煤炭来当作买米钱。白居易是有名的社会诗人。这首诗描写卖炭翁生活的贫困，在饥寒交迫的严冬中，仍在为生存而挣扎奋斗，充分流露了作者对卖炭翁的同情和他悲天悯人的仁者胸怀。

【原诗】卖炭翁，伐薪烧炭南山中。满面尘灰烟火色，两鬓苍苍十指黑。卖炭得钱何所营？身上衣裳口中食。可怜身上衣正单，心忧炭贱愿天寒。夜来城外一尺雪，晓驾炭车辗冰辙。牛困人饥日已高，市南门外泥中歇；翩翩两骑来是谁？黄衣使者白衫儿。手把文书口称敕，回车叱牛牵向北。一车炭，千余斤，宫使驱将惜不得。半匹红纱一丈绫，系向牛头充炭值！

可怜无定河边骨，犹是春闺梦里人。

【出处】唐·陈陶·陇西行。

【解析】无定河：现今在陕北米脂、绥德境内的无定河。语译这两句诗是：最令人感到伤心可怜的，便是那无定河边，散落一地的枯骨，而那枯骨的主人，正是他家春闺中的妻子夜夜思念的梦中人啊！军人远征塞外，战死疆场化为枯骨，但家里的妻子却无从知晓，仍旧日夜梦想着丈夫能够早日归来。“可怜无定河边骨，犹是春闺梦里人”两句诗，虽未明白描写战争的残酷悲惨，但白骨化入春梦的凄凉情景，却更能反映战争的残酷无情！

【原诗】

誓扫匈奴不顾身，五千貂锦丧胡尘；
可怜无定河边骨，犹是春闺梦里人。

可怜新月为谁好？无数晚山相对愁。

【出处】宋·王安石·北堂。

【解析】可爱的新月是为谁而装扮得如此美好呢？而夜幕中无数的山峰静默相对，仿佛透出愁怨。作者以拟人化的手法写下了“可怜新月为谁好？无数晚山相对愁”两句诗，仿佛新月、晚山也与人一样，有着复杂的情绪；其实却是作者本身的心绪不宁，便借着这两句诗，描绘出自己内心的苦闷愁绪。

【原诗】 欲望淮南更白头，杖藜萧飒倚沧洲；
可怜新月为谁好？无数晚山相对愁。

客里不知春去尽，满山风雨落桐花。

【出处】宋·林表民·新昌道中。

【解析】作客异乡，不知故乡春天已经过去；想来那满山的桐花，都已在风雨中纷纷飘落了吧。

空山不见人，但闻人语响。

【出处】唐·王维·鹿柴。

【解析】寂静空山之中不见一丝人影，却听到人说话的声音隐隐传来。这两句诗很生动的刻画出深山的幽静意趣，情韵悠远，耐人寻味。

【原诗】 空山不见人，但闻人语响。
返影入深林，复照青苔上。

空山松子落，幽人应未眠。

【出处】唐·韦应物·秋夜寄邱员外。

【解析】寂静的空山之中，松子颗颗落在地上的声音都格外分明；幽居山林的人儿，也许还未曾入睡。这两句诗是描写作者对山居朋友的怀念；也是描写山居生活的美好，体现了一种清雅高妙的韵味。

【原诗】 怀君属秋夜，散步咏凉天；
空山松子落，幽人应未眠。

空山新雨后，天气晚来秋。

【出处】唐·王维·山居秋暝。

【解析】寂静空山在雨过之后，天气变得有点秋意了。

【原诗】 空山新雨后，天气晚来秋。
明月松间照，清泉石上流。

竹喧归浣女，莲动下渔舟。
随意春芳歇，王孙自可留。

空有姑苏台上月，如西子镜，照空城。

【出处】五代·欧阳炯·江城子。

【解析】空有姑苏台上的月亮，有如西施用的镜子那样的晶莹圆亮，凄冷地照着空旷无人的古城。原词描绘金陵忆旧。这三句词描写明月如镜照空城，感叹世事无常，往日的繁华热闹全都像流水一样无情地消逝了。

【原词】晚日金陵岸草平，落霞明，水无情。六代繁华，暗逐逝波声。空有姑苏台上月，如西子镜，照空城。

苦恨年年压金线，为他人作嫁衣裳。

【出处】唐·秦韬玉·贫女。

【解析】这两句诗是描写贫穷女子的悲苦，痛恨每年都得做这刺绣衣服的工作，结果只是为他人制作出嫁的美丽衣裳。压金线：是指女孩子做的刺绣工作。贫女总是为他人作嫁衣裳，作者原诗以贫女自喻，表示自己怀才不遇，无人赏识。现今引用“为他人作嫁衣裳”多用来感叹自己“为谁辛苦为谁忙”，并借此抒发内心的不平。

【原诗】蓬门未识绮罗香，拟托良媒益自伤（“益自伤”或作“亦自伤”）；谁爱风流高格调？共怜时世俭梳妆。敢将十指夸针巧，不把双眉斗画长；苦恨年年压金线，为他人作嫁衣裳。

狂歌走马遍天涯。

【出处】民国·苏曼殊·憩平原别邸赠玄玄。

【解析】一面狂声高歌，一面骑着马四处流浪，狂歌长啸，意气风发，几乎走遍了天涯海角。此诗作者苏曼殊身世飘零，心绪凄苦异常，不得不狂歌走马浪迹天涯，借以抒发自己满腔的愁情苦思。

【原诗】狂歌走马遍天涯，斗酒黄鸡处士家；
逢君别有伤心在，且看寒梅未落花！

来如春梦几多时？去似朝云无觅处。

【出处】唐·白居易·花非花。

【解析】来的时候，有如一场春梦，不曾长久停留；离开以后，却像那早晨飘飞的云雾，不知如何寻找。这两句常用来形容美好事物的短暂难留，尤其可用来形容短暂的爱情，来去无踪，难以寻觅，只留下一片怅惘与哀愁。

【原诗】见“花非花，雾非雾”。

来是空言去绝踪，月斜楼上五更钟。

【出处】唐·李商隐·无题。

【解析】他来的时候，说的都是空话，一去之后，便断绝了踪迹；而我还常常倚栏远眺，直等得月光斜照在高楼上面，隐隐听见五更的钟声。

【原诗】

来是空言去绝踪，月斜楼上五更钟。
梦为远别啼难唤，书被催成墨未浓。
蜡照半笼金翡翠，麝香微度绣芙蓉。
刘郎已恨蓬山远，更隔蓬山一万重。

懒起画蛾眉，弄妆梳洗迟。

【出处】唐·温庭筠·菩萨蛮。

【解析】一早醒来，懒洋洋地不肯起床去描画蛾眉，连理妆梳洗也是慢吞吞的。这两句词描写女子睡醒后的慵懒娇态。

【原词】小山重叠金明灭，鬓云欲度香腮雪，懒起画蛾眉，弄妆梳洗迟。照花前后镜，花面交相映；新帖绣罗襦，双双金鹧鸪。

郎骑竹马来，绕床弄青梅；同居长干里，两小无嫌猜。

【出处】唐·李白·长干行·二首之一。

【解析】“郎骑竹马来”古时小儿喜欢玩骑竹马的游戏，在这里是描写其夫年幼时的烂漫天真。“绕床弄青梅”指当时青梅散于床上，两人绕床而走，互相争取戏弄，描写两小嬉戏之乐。长干里：古金陵里巷名，在今南京市南。“嫌”：嫌疑。“猜”：猜忌。此诗前两句写年幼时两人嬉戏，天真烂漫；后两句写同居里巷，从无猜疑；仅此四句就描绘出两人从小情深意切，相互恩爱的情状，栩栩如生。后人常用的“青梅竹马”“两小无猜”二成语，就是从此诗得来，颇有情趣，至今脍炙人口。

【原诗】妾发初覆额，折花门前剧。郎骑竹马来，绕床弄青梅。
同居长干里，两小无嫌猜。十四为君妇，羞颜未尝开。
低头向暗壁，千唤不一回。十五始展眉，愿同尘与灰。
常存抱柱信，岂上望夫台。十六君远行，瞿塘滟滪堆。
五月不可触，猿声天上哀。门前旧行迹，一一生绿苔。
苔深不能扫，落叶秋风早。八月蝴蝶来，双飞西园草。
感此伤妾心，坐愁红颜老。早晚下三巴，预将书报家。
相迎不道远，直至长风沙。

老病逢春只思睡，独求僧榻寄须臾。

【出处】宋·苏轼·瑞鹧鸪。

【解析】难得遇见如此晴朗的春日，而年老多病的我，只想酣睡一觉；但愿能有一张僧榻，让我好好地休息一会儿。“老病逢春只思睡，独求僧榻寄须臾”这两句词充分表现出作者对人生的通达与彻悟，世俗烦扰早已全不放在心上。

【原词】城头月落尚啼乌，朱舰红船早满湖；鼓吹未容迎五马，水云先已漾双凫。映山黄帽螭头舫，夹岸青烟鹊尾炉；老病逢春只思睡，独求僧榻寄须臾。

老夫聊发少年狂，左牵黄，右擎苍。

【出处】宋·苏轼·江城子。

【解析】原词是苏轼知密州的第二年所作。词中描写出外打猎的盛况。这一句是说作者虽年纪已大，但狩猎的兴致依然很高，左手牵着黄狗，右手举着苍鹰。结语表现出诗人保护边疆的决心，把自己希望杀敌卫国的斗志豪情抒写得淋漓尽致。

【原诗】老夫聊发少年狂，左牵黄，右擎苍。锦帽貂裘，千骑卷平冈。为报倾城随太守，亲射虎，看孙郎。酒酣胸胆尚开张，鬓微霜，又何妨！持节云中，何日遣冯唐？会挽雕弓如满月，西北望，射天狼。

老骥伏枥，志在千里；烈士暮年，壮心不已。

【出处】魏·曹操·龟虽寿。

【解析】伏在马槽里吃草的老马，它仍有奔驰于千里征途的志向；英雄侠士即使到了晚年，雄心壮志却丝毫不见减退。骥：是指千里马。枥：是指马厩。曹操以老骥自喻，表示自己年纪虽老，雄心还是依旧，斗志未衰。这四句诗表现了曹操老当益壮的进取精神，以及统一天下的抱负和雄心。“老骥伏枥，志在千里”常用来表示一个人虽然年纪老大，但却心怀大志，志在千里。

【原诗】

神龟虽寿，犹有竟时。
腾蛇乘雾，终为土灰。
老骥伏枥，志在千里。
烈士暮年，壮心不已。
盈缩之期，不但在天。
养怡之福，可得永年。
幸甚至哉！歌以咏志。

老年花似雾中看。

【出处】唐·杜甫·小寒食舟中作。

【解析】杜甫自叹年华老去,眼力日衰,看起花来就像在雾中赏花一样。寒食:是节气名。年纪大的人,常爱用“老年花似雾中看”这句诗,来感叹自己老眼昏花,看起东西来都不很清楚了。

【原诗】　佳辰强饮食犹寒,隐几萧条戴鹖冠;
春水船如天上坐,老年花似雾中看。
娟娟戏蝶过闲慢,片片轻鸥下急湍;
云白山青万余里,愁看直北是长安。

老树著花无丑枝。

【出处】宋·梅尧臣·东溪。

【解析】再老的树一旦开满了花,人们也就不会觉得它是丑陋的了。“老树著花无丑枝”这一句诗是比喻一个人一旦有了巨大的成就,就可以掩盖其他许多缺点。

【原诗】　行到东溪看水时,坐临孤屿发船迟;
野凫眠岸有闲意,老树著花无丑枝。
短短蒲茸齐似剪,平平沙石净于筛;
情虽不厌住不得,薄暮归来车马疲。

老子犹堪绝大漠,诸君何至泣新亭。

【出处】宋·陆游·夜泊水村。

【解析】我虽然年事已高,但仍然可以横贯沙漠,而在座的诸位又何必在这里空悲泣呢?原诗中的“太息燕然未勒铭”:太息,即叹息。勒,刻石。铭,古时一种文体,刻于器皿或石上。东汉时,车骑将军窦宪打败了北单于,登上燕然山刻石记功而还。诗人在这里用此典故,表示自己抗金复国的壮志未能实现。“老子犹堪绝大漠”,老子:老夫,诗人自称。绝大漠,横过大沙漠。泣新亭:新亭,在今南京市。据说,东晋初年,从洛阳逃到江东的文士,空闲时常到新亭饮酒赋诗。他们谈到半壁河山沦亡,往往相对而泣。王导(当时做丞相)训斥他们:“当共戮力王室,克复神州,何至作楚囚相对?”因此,诗人借用这个典故,勉励大家振作起来,打败敌人,光复故州。“一身报国有万死,双鬓向人无再青”:这两句是说诗人决心报国,万死不辞,但可惜鬓发变白,不再是年轻力壮之时了。此诗是陆游感慨自己壮志未酬之作。

【原诗】　腰间羽箭久凋零,太息燕然未勒铭。
老子犹堪绝大漠,诸君何至泣新亭?
一身报国有万死,双鬓向人无再青。
记取江湖泊船处,卧闻新雁落寒汀。

乐莫乐兮新相知，悲莫悲兮生别离。

【出处】战国·琴歌。

【解析】人生最快乐的事，莫过于得到知心的好友；最悲哀的事，无过于在活着的时候两相别离。

泪眼问花花不语，乱红飞过秋千去。

【出处】宋·欧阳修·蝶恋花。

【解析】因花落而流泪，因流泪而问花，花竟一言不发，随风飘过秋千架子那边去了！原词中的杨柳堆烟：烟雾笼罩着杨柳，可见庭院的深广。章台路：汉朝时长安有章台街，在章台下，唐人许尧佐有"章台柳传"，后人就以章台为歌妓聚居之地的代名词。欧阳修此词各家解释不一。有的人从政治上考虑，认为通首诋斥，看来必有所指。根据这个观点，庭院深深，可指为帝王所居；帘幕重重，可指为奸佞阻隔贤路；至于雨横风狂，则是政令暴急的比喻；泪眼问花，自然是一片忠心无从上达了。王国维则认为是"兴到之作"，据此，通篇不过是伤感春暮，追怀过去罢了。

【原词】庭院深深深几许？杨柳堆烟，帘幕无重数。玉勒雕鞍游冶处，楼高不见章台路。雨横风狂三月暮，门掩黄昏，无计留春住。泪眼问花花不语，乱红飞过秋千去。

离恨恰如春草，更行更远还生。

【出处】五代·李煜·清平乐。

【解析】心中的离愁别恨，就像那翠绿的春草，渐行渐远，但不论走得再远，还是不断地萌发！这两句诗描写离恨绵绵，别恨难消的痛苦心绪。

【原词】别来春半，触目愁肠断；砌下落梅如雪乱，拂了一身还满。雁朱音信无凭，路遥归梦难成；离恨恰如春草，更行更远还生。

梨花院落溶溶月，柳絮池塘淡淡风。

【出处】宋·晏殊·寓意。

【解析】柔宛如水的月光，洒照在满院开放的梨花上；淡淡的微风，轻轻地把柳絮吹落在池塘里。溶溶：原形容水流动的样子，在这里写月光如流水般无声地倾泻。这两句诗描写月照梨花，风飘柳絮，春天的夜色是如此的清柔可爱。诗中柔美轻灵的意蕴，相当迷人。

【原诗】

油壁香车不再逢，峡云无迹任西东；
梨花院落溶溶月，柳絮池塘淡淡风。

几日寂寥伤酒后，一番萧索禁烟中；
鱼书欲寄何由达？水远山长处处同。

李杜文章在，光焰万丈长。

【出处】唐·韩愈·调张籍。

【解析】作者以此诗极力赞美李白与杜甫的伟大成就。李杜二人的文章，到现在还一直广受欢迎，这些杰出的作品，将永远放射出万丈的光芒。他们的成就，绝不是任何人能加以毁损破坏的。

【原诗】李杜文章在，光焰万丈长。不知群儿愚，那用故谤伤？蚍蜉撼大树，可笑不自量。伊我生其后，举颈遥相望，夜梦多见之，昼思反微茫。徒观斧凿痕，不瞩治水航；想当施手时，巨刃摩天扬。垠崖划崩豁，乾坤摆雷硠；惟此两夫子，家居率荒凉。帝欲长吟哦，故遣起且僵。剪翎送笼中，使看百鸟翔；平生千万篇，金薤垂琳琅。仙官敕六丁，雷电下取将；流落人间者，太山一豪芒。我愿生两翅，捕逐出八荒；精诚互交通，百怪入我肠。刺手拔鲸牙，举瓢酌天浆；腾身跨汗漫，不著织女襄。顾语地上友，经营天太忙。乞君飞霞佩，与我高颉颃。

力拔山兮气盖世。

【出处】秦·项羽·垓下歌。

【解析】我的力量可以拔起整座大山！我的气魄可以压倒一切！“力拔山兮气盖世”这是一代豪杰项羽，在垓下被围时所唱的第一句悲歌：“力可以拔山，气足以盖世。”这是何等的英雄气概！表现了项羽力大无穷、气势绝伦的雄姿。现今常用“力拔山兮气盖世”来形容一个人气势雄伟，威猛过人。

【原诗】力拔山兮气盖世！时不利兮骓不逝！
骓不逝兮可奈何！虞兮虞兮奈若何！

帘卷西风，人比黄花瘦。

【出处】宋·李清照·醉花阴。

【解析】秋风吹拂窗帘，在重阳这个本该团圆的日子里，屋中却只有佳人焚香闷坐，并且由于思念而日渐消瘦。瑞脑：一种香料，又叫冰片，香气很浓。金兽：兽形的铜香炉。纱厨：即碧纱厨。消魂：又作销魂，因离别而引起的愁绪。江淹《别赋》有：“黯然销魂者，惟别而已矣。”黄花：菊花。写离愁别恨，用“人比黄花瘦”的形象，极为旧时文人所欣赏、模仿，例如“人比梅花瘦几分”“天知道，和天也瘦”“人与绿杨俱瘦”之类，都是拿愁思缠绵和某些东西相比，加以渲染。

【原词】薄雾浓云愁永昼，瑞脑消金兽，佳节又重阳，玉枕纱厨，半夜凉初透。东篱把酒黄昏后，有暗香盈袖。莫道不消魂，帘卷西风，人比黄花瘦。

两岸猿声啼不住，轻舟已过万重山。

【出处】唐·李白·早发白帝城。

【解析】原诗意思是：早上辞别长江上游高在彩云间的白帝城，一天工夫就回到了千里之外的江陵。两岸山峦层叠，猿猴不断啼鸣，船快如飞，转瞬间就过了关山重重。这首诗是李白参加当时的政治斗争失败，在被流放途中遇赦后写的。原诗中的白帝：白帝城，在今重庆市奉节县，地势很高。彩云：彩色云雾。"两岸猿声啼不住，轻舟已过万重山"两句诗，可用来形容乘船或坐车去旅行的轻快感觉，也可用来形容某种时代潮流、思潮或力量的澎湃不可阻挡。原诗展露出一种愉快明朗的生命情调，意气飞扬奔放。

【原诗】　朝辞白帝彩云间，千里江陵一日还。
两岸猿声啼不住，轻舟已过万重山。

两个黄鹂鸣翠柳，一行白鹭上青天。

【出处】唐·杜甫·绝句。

【解析】几只黄鹂在翠绿的柳枝上快乐地鸣叫；一行白鹭在蔚蓝的天空轻盈地飞翔。这两句诗是描写春日的田野风光，朝气蓬勃，生机盎然。"黄"鹂、"翠"柳、"白"鹭、"青"天，画面的颜色绚烂明快鲜艳动人。

【原诗】　两个黄鹂鸣翠柳，一行白鹭上青天；
窗含西岭千秋雪，门泊东吴万里船。

两脚踏翻尘世路，一肩担尽古今愁。

【出处】清·通州诗丐·绝命诗。

【解析】天涯漂泊，两脚早已踏遍人世的道路；虽然洞穿世事，但肩上还承担着从古至今，世间的无限愁苦。"两脚踏翻尘世路"作者借此描写自己沦落江湖，历经世事变幻，尝尽了人生道路上的冷暖无情；"一肩担尽古今愁"描写作者在失意流浪中，仍旧不忘民生国事，充分显露出他的慈悲襟怀和才子志士般的自负豪情。

【原诗】赋性生来是野流，手持竹杖过通州；饭篮向晓迎残月，歌板临风唱晚秋。两脚踏翻尘世路，一肩担尽古今愁；而今不受嗟来食，村犬何须吠未休！

两情若是久长时，又岂在朝朝暮暮。

【出处】宋·秦观·鹊桥仙。

【解析】两人的感情若是能够长久留存，又何必要求日日夜夜相处在一起呢？人生总是免不了会有离别，男女若真心相爱，即使相隔千山万水，难得见上一面，但是此心此情却依然不会改变，这样的感情才是经得起考验的真爱。

【原词】纤云弄巧，飞星传恨，银汉迢迢暗度。金风玉露一相逢，便胜却人间无数。柔情似水，佳期如梦，忍顾鹊桥归路？两情若是久长时，又岂在朝朝暮暮？

烈士多悲心，小人偷自闲。

【出处】魏·曹植·杂诗。

【解析】大凡仁人志士都拥有悲天悯人的心志，只有小人才会偷闲苟且，对家国社会漠不关心。

林花过雨相争发，谷鸟无人自在啼。

【出处】宋·朱继芳·桥四。

【解析】在一场雨之后，林中的香花，争相放艳；山谷中无人的时候，只有鸟儿自在地啼着。

林花谢了春红，太匆匆！

【出处】五代·李煜·相见欢。

【解析】林中的春花凋谢，春天匆匆过去，真是太短促了！作者借着春日林花的匆匆凋谢，来感叹美景难再，人生的大好时光一去了无踪影。“林花谢了春红，太匆匆”两句词，可用来劝人要好好把握时光，别让它轻易流逝。

【原词】林花谢了春红，太匆匆！无奈朝来寒雨晚来风。胭脂泪，留人醉，几时重？自是人生长恨水长东！

零落成泥碾作尘，只有香如故。

【出处】宋·陆游·卜算子·咏梅。

【解析】四散飘零的梅花坠落在地上，被压碾进泥土里，虽然如此，但它的清香依旧散放如故。作者借梅花的清香如故，比喻一个人品格高尚，任凭旁人如何摧残打击都依然芳香不朽。

【原词】驿外断桥边，寂寞开无主；已是黄昏独自愁，更著风和雨。无意苦争春，一任群芳妒；零落成泥碾作尘，只有香如故。

菱叶拂衣香袖举，秋风吹浪彩舟轻。

【出处】明·何景明·游黔国公鱼池。

【解析】荷叶轻拂衣服，举起衣袖都能闻得到阵阵清香；秋风吹起水浪，一叶小舟正轻盈地滑过水面。

留得累人身外物，半肩行李半肩书。

【出处】清·张问陶·庚许戌九月三日移居松筠。

【解析】作者在搬家的时候，整理一些需要保留的东西，这才发现那些挑在肩上十分累人的身外物，一半是行李，一半是书。读书人清高自守，一生忙碌，所拥有的只是半肩书而已。原诗是在描写读书人的贫苦，惟一的财富便是书。

【原诗】　　旃檀香净好移居，家具何曾满一车？
　　　　　　留得累人身外物，半肩行李半肩书。

留得声名万古香。

【出处】宋·文天祥·沁园春。

【解析】青史留名，万古传诵。作者赞美唐朝的张巡、许远在安禄山叛乱时死守睢阳，忠贞义烈，决不向贼人屈服。他们所留下的美好声名，千万年永远芳香。后人常用“留得声名万古香”这一句词来自我勉励，或是劝诫他人，但愿在有生之年成功立业，留名青史万古流芳。

【原诗】为子死孝，为臣死忠，死亦何妨？自光岳气分，士无全节，君臣义缺，谁负刚肠？骂贼睢阳，爱君许远，留得声名万古香。后来者，元二公之操，百炼之钢。嗟哉人生，翕欻云亡，好轰轰烈烈做一场。使当时卖国，甘心降虏，受人唾骂。安得流芳？古庙幽沉，仪容伊雅，枯木寒鸦几夕阳。邮亭下，有奸雄过此，仔细思量。

留连戏蝶时时舞，自在娇莺恰恰啼。

【出处】唐·杜甫·江畔独步寻芳。

【解析】蝴蝶在枝头不停地来去飞舞留连嬉戏；黄莺在林间啾啾地啼鸣自在逍遥，声音娇美清婉。原诗流露出自在闲适的韵味，轻灵而动人。

【原诗】　　黄四娘家花满蹊，千朵万朵压枝低；
　　　　　　留连戏蝶时时舞，自在娇莺恰恰啼。

流光容易把人抛，红了樱桃，绿了芭蕉。

【出处】宋·蒋捷·一剪梅。

【解析】无情的光阴很容易就把人抛弃了，你看转眼之间，才红了樱桃，就又绿了芭蕉。流水年华容易消逝，作者不禁感叹自己青春虚度，愁情万千。

【原词】一片春愁待酒浇。江上舟摇，楼上帘招。秋娘渡与泰娘桥，风又飘飘，雨又萧萧。何日归家洗客袍？银字笙调，心字香烧。流光容易把人抛，红了樱桃，绿了芭蕉。

流水无情草自春。

【出处】唐·杜牧·金谷园。

【解析】昔日的美好旧事，早已烟消云散，只有那流水依旧，园中花草也随着春色而自然地盛开。金谷园：晋朝石崇的花园别墅。杜牧游赏金谷废园，睹物思人，顿生思古幽情与万千感慨。

【原诗】　繁华事散逐香尘，流水无情草自春；
日暮东风怨啼鸟，落花犹似坠楼人。

六十余年妄学诗，功夫深处独心知。

【出处】宋·陆游·夜吟。

【解析】六十年来我妄想学诗，到如今才算到达深处，这一点只有我自己内心知道；夜来独坐寒灯下，却有豁然通达之感，不由发出会心的一笑，整个人就像是服下金丹似的，有脱胎换骨的舒适畅快的感觉。这首《夜吟》可说是一首"悟道"诗，作者不是领悟佛道、仙道，而是领悟"诗道"。夜来一笑，是作者对诗道的豁然贯通，也是对过去境界的突破与提升。

【原诗】　六十余年妄学诗，功夫深处独心知；
夜来一笑寒灯下，始是金丹换骨时。

楼船夜雪瓜洲渡，铁马秋风大散关。

【出处】宋·陆游·书愤。

【解析】陆游写这首诗时（1186 年）正在家乡山阴（浙江绍兴）闲居。这时候，淮河以北广大地区沦陷在金人手上，南宋朝廷苟且偷安，除了向金人卑辞纳贡之外，毫无作为。诗人满怀悲愤，他一面回忆起早年轰轰烈烈的抗金生活，一面又痛感自己壮志难酬，慨叹朝中无人能像诸葛亮那样出师北伐。原诗中的中原：指当时沦陷在金人手上的淮河以北地区。"中原北望气如山"：是说对收复中原失地很有信心，豪气像山一样高。楼船：高大的战船。瓜洲渡：在扬州市南面，运河流入长江的地方。铁马：披上铁甲的战马。大散关：在陕西宝鸡市西南大散岭上。当时是南宋与金交界的边境重镇。千载谁堪伯仲间，堪，可以。伯仲间，兄弟之间，差不多。这句和上一句"出师一表真名世"连起来，意思是：一千年来，有谁可以跟那个写出师表、坚持北伐的诸葛亮相比呢？

【原诗】见"出师一表真名世，千载谁堪伯仲间"。

庐山烟雨浙江潮，未到千般恨不消。

【出处】宋·苏轼·观潮。

【解析】早就听说庐山的烟雨与浙江的浪潮是绝世美景，如果不曾去看过，内心总感觉有着千万般的遗恨不能消除，等到有一天真的欣赏了这两个名胜风景以后，这才发现并没有什么奇特。那庐山依旧是一片迷蒙的烟雨，浙江依旧是一阵汹涌的浪潮。

【原诗】庐山烟雨浙江潮，未到千般恨不消；及至到来无一事，庐山烟雨浙江潮。（“未到千般恨不消，及至来到无一事”或作“未到十般恨未消，到得还来无别事”）。

露从今夜白，月是故乡明。

【出处】唐·杜甫·月夜忆舍弟。

【解析】露水是从今夜开始变白，月还是故乡的最明亮皎洁。天涯流浪，思念家乡，只觉得故乡的事物全都是那样的美好，就连天上的月亮，也以故乡的最圆最亮，充分表现出异乡游子对家园的深切思念。原诗中的忆舍弟：怀念同胞的几个弟弟。“露从今夜白”：阴历九月有白露节气。未休兵：杜甫此诗写于公元759年秋天，当时唐朝讨伐叛军史思明的战事仍在进行。“月是故乡明”的说法当然不是真实的，但人们却从感情上接受这个说法，而且还加以引用，因为人们总是把思念的东西想得比现实美好些，说故乡的月亮比别处更明亮，正是这种合乎真实性的艺术夸张。

【原诗】

戍鼓断人行，边秋一雁声；
露从今夜白，月是故乡明。
有弟皆分散，无家问死生；
寄书长不达，况乃未休兵。

路遥知马力，日久见人心。

【出处】明·冯梦龙·《醒世恒言·卷三十五》。

【解析】走过遥远的路程，才能知道马儿的脚力；相处的日子长了，就能看出一个人的心地。在短时间内很难了解一个人的真正内心，就像在很短的路程中，不容易看出马儿的脚力。“路遥知马力，日久见人心”这两句常用来说明唯有长期的相处与观察，才能真正看清一个人的品格与为人。

【原诗】云端看厮杀，毕竟孰输赢？路遥知马力，日久见人心。

绿叶成荫子满枝。

【出处】唐·杜牧·怅诗。

【解析】那绿叶已浓密成荫，枝上结出累累硕果。原诗是借树的成荫结子，来比喻往日情人已结婚生子。诗中充满了对逝去恋情的追忆与怀念，读后令人有不胜唏嘘之感。今人常用“绿叶成荫子满枝”来形容过去认识的女子早已嫁给他人,并且子孙满堂。

【原诗】自是寻春去较迟,不须惆怅怨芳时;狂风落尽深红色,绿叶成荫子满枝。

绿荫不减来时路,添得黄鹂四五声。

【出处】宋·曾几·三衢道中。

【解析】路旁的绿荫并不比来时逊色,而且还能够听得到几声黄鹂婉转的啼声。

乱花渐欲迷人眼,浅草才能没马蹄。

【出处】唐·白居易·钱塘湖春行。

【解析】野花盛开,令人眼花缭乱;野草生长得相当茂盛,已经可以遮住路过的马蹄了。这两句诗描写春日郊野的美丽景致,花繁草盛,到处充满着春的气息。

【原诗】

孤山寺北贾亭西,水面初平云脚低;
几处早莺争暖树,谁家新燕啄春泥。
乱花渐欲迷人眼,浅草才能没马蹄;
最爱湖东行不足,绿杨阴里白沙堤。

落红不是无情物,化作春泥更护花。

【出处】清·龚自珍·离京。

【解析】那些凋谢的落花,并不是无情的东西,即使落到地上化为春泥,还是依旧护持着花根。作者原诗是在说明:他不是一个无情的人,即使与“她”分离,也会化作春泥,依旧爱恋着“她”。现今有不少多情男子,爱用“落红不是无情物,化作春泥更护花”两句诗,来形容他对伊人执着不变的爱意。

【原诗】

浩荡离愁白日斜,吟鞭东指即天涯;
落红不是无情物,化作春泥更护花。

落花寂寂啼山鸟,杨柳青青渡水人。

【出处】唐·王维·寒食汜上作。

【解析】春末的深山寂静无声、恬静宜人,只见山花悄然飘落,只听见山鸟空自啼鸣;在一片杨柳青青的河边,有个人正在涉水渡河。

落花人独立，微雨燕双飞。

【出处】唐·翁宏·春残。

【解析】春末，落英缤纷，只见一个人孤独地站在树下；天空洒下微微的细雨，燕子成双成对地飞来飞去。“落花人独立，微雨燕双飞”这两句诗借燕子的比翼双飞，来对照花落人散的凄凉落寞，是千古不朽的名句。原诗的意境柔美，尤其独具一种孤绝高冷的韵味，深深打动人的心弦。

【原诗】
又是春残也，如何出翠帏？
落花人独立，微雨燕双飞。
寓目魂将断，经年梦亦非；
那堪向愁夕，萧飒暮蝉辉。

宋·晏几道的《临江仙》曾袭用这两句，其词见“当时明月在”。

落木千山天远大，澄江一道月分明。

【出处】宋·黄庭坚·登快阁。

【解析】诗人登高望远，只见满是落叶的千山之上，蓝天辽阔深远；山下一道大江，江水清澈晶莹，倒映着天边月亮，显得格外明亮皎洁。这首诗是黄庭坚的名诗。这两句诗描写诗人登快阁所见的壮阔景象，气势雄浑，扣人心弦。

【原诗】
痴儿子却公家事，快阁东西倚晚晴；
落木千山天远大，澄江一道月分明。
朱弦已为佳人绝，青眼聊因美酒横；
万里归船弄长笛，此心吾与白鸥盟。

落日疏林数点鸦，青山缺处是吾家。

【出处】宋·陆游·自法云归。

【解析】夕阳的余晖映照着稀疏的树林，几只老鸦在树林上空盘旋鸣叫；远远望去，在山谷的缺口处就是我的家。

落絮无声春堕泪，行云有影月含羞。

【出处】宋·吴文英·浣溪沙。

【解析】柳絮无声无息地随风飘坠，就像是人们伤春流下的眼泪；浮云在天空飘游不定，而躲在云层后面的月亮，却好像带着一抹羞意。原词描写了春夜的美景，极富柔美韵味，也通过对景色的描写透出诗人内心浓郁的愁情。

【原词】门隔花深梦旧游，夕阳无语燕归愁；玉纤香动小帘钩。
落絮无声春堕泪，行云有影月含羞；东风临夜冷于秋。

落叶满空山，何处寻行迹？

【出处】唐·韦应物·寄全椒山中道士。

【解析】看那漫山遍野都是枯黄的落叶，叫我到哪里去寻找你的行踪呢？这首诗是形容至友难寻，不觉惆怅万分。

【原诗】今朝郡斋冷，忽念山中客；涧底束荆薪，归来煮白石。
欲持一瓢酒，远慰风雨夕；落叶满空山，何处寻行迹？

落叶他乡树，寒灯独夜人。

【出处】唐·马戴·灞上秋居。

【解析】异乡的秋夜，落叶飘零，在这寂静的夜晚，只有这盏孤灯陪伴着我这寂寞孤独的人。这两句诗描写沦落异乡的人，在秋夜独对寒灯的凄冷寂寞。

【原诗】灞原风雨定，晚见雁行频；落叶他乡树，寒灯独夜人。
空园白露滴，孤壁野僧邻；寄卧郊扉久，何年致此身？

落月正明知未晓，暗泉甚远只闻声。

【出处】宋·杨万里·四更发青阳县西五里柯家店。

【解析】天边的这一轮落月还很明亮，不知不觉天已将晓；朦朦胧胧地看不见远处的流泉，只是隐隐传来水流之声。

洛阳城东桃李花，飞来飞去落谁家？

【出处】唐·刘希夷·代白头吟。

【解析】春去花落，看那洛阳城的桃花与李花，随着轻风飞来飘去，不知会飞落到哪一户人家？“花落谁家”通常用来形容女子的感情归宿。“洛阳城东桃李花，飞来飞去落谁家”两句诗中，展露出一种轻盈柔美的意境，颇值玩味。

【原诗】见“今年花落颜色改，明年花开复谁在”。

马上相逢无纸笔，凭君传语报平安。

【出处】唐·岑参·逢人京使。

【解析】在旅途中偶然相逢，只可惜身边没有纸笔，那就请你替我传个口信，告诉家人说我一切平安。这里描写一个思念家乡的人，骑着马走在异乡的路上；碰巧遇到一个就要回家乡的人，匆忙间找不着纸笔，只好请他带个口信，把自己平安的消息告诉家人。诗中表现出流浪人思家、念家却又不能回家的无奈情怀，但在哀伤中还透出几分遇熟人可托他带口信的兴奋之情。

【原诗】故园东望路漫漫，双袖龙钟泪不干；
马上相逢无纸笔，凭君传语报平安。

马上相逢须尽醉，明朝知隔几重山。

【出处】明·谢肇制·钱唐逢康元龙。

【解析】在风尘仆仆的旅途之中，老友偶然相逢不禁喜出望外，真应该去痛快地畅饮几杯，谁知我们在此一别之后，明日又会相隔多远呢？

马因识路真疲路，蝉到吞声尚有声。

【出处】清·黄景仁·杂感。

【解析】马儿认识道路，知道前面路途还很遥远，因此感到疲倦了；在树上鸣叫的蝉儿，声音都沙哑哽咽了，却仍然拉着嗓门不停地鸣叫。诗人借马的疲倦与蝉的失声，来描写有才者的落魄失意，满怀愤恨不平。“蝉到吞声尚有声”常用来形容那已声嘶力竭却仍不休止的抗议与呼吁。

【原诗】　岁岁吹箫江上城，西园桃梗记浮生！
马因识路真疲路，蝉到吞声尚有声。
长铗依人游未已，短衣射虎气难平；
剧怜对酒听歌夜，绝似中年以后情。

满川风雨看潮生。

【出处】宋·苏舜钦·淮中晚泊犊头。

【解析】在满川风雨中，看着潮水不断地上涨。原诗描写在一个风雨的夜晚，诗人把船停放在江边古祠下，看着满川风雨与浪潮涨退的情景。“满川风雨看潮生”这句诗中颇有一份旁观者的自在闲情。这一句诗可用来比喻在动荡多乱的环境里，眼看着新生力量不停地成长。

【原诗】　春阴垂野草青青，时有幽花一树明；
晚泊孤舟古祠下，满川风雨看潮生。

满目山河空念远，落花风雨更伤春，不如怜取眼前人。

【出处】宋·晏殊·浣溪沙。

【解析】放眼望去，河山千里，触景生情不禁又想起那远方的人儿。在这风雨交加，满地都是落花的暮春时节里，不禁使人叹息青春不再，岁月无情。唉！与其怀念遥不可及的远方人儿，倒不如好好珍惜眼前的伊人。原词感怀旧梦，叹息时光不再，提醒自己还是好好把握眼前现实的欢乐。表现出诗人在惆怅无奈中，又能够以一种明快通达的襟怀来面对现实。

【原诗】一向年光有限身，等闲离别易销魂，酒筵歌席莫辞频。
满目山河空念远，落花风雨更伤春，不如怜取眼前人。

满天风雨下西楼。

【出处】唐·许浑·谢亭送别。

【解析】在风雨交加的时候送别故友。原诗描写送别时愁苦的心情。送别本就令人心伤,再加上遇到凄风苦雨的天气,无疑是愁上加愁。“满天风雨下西楼”此句诗也可用来形容有志之士在纷乱的政局中,辞职下野。

【原诗】　劳歌一曲解行舟,红叶青山水急流;
日暮酒醒人已远,满天风雨下西楼。

漫插漫成堤上柳,半开半落路旁花。

【出处】宋·杨万里·桑茶坑道中。

【解析】那河畔堤上的柳树,是随意插栽,无意间长成的;路旁的花儿,有一半开着,一半却凋谢了。

慢脸笑盈盈,相看无限情。

【出处】五代·李煜·菩萨蛮。

【解析】甜美可爱的脸上,洋溢着盈盈笑意;相视无语,彼此真有说不完的无限深情。慢脸:有的写作脸慢,形容面貌秀美。情人相对,脉脉含情,喜悦无限,含蓄中别有一番动人心弦的缠绵。

【原词】蓬莱院闭天台女,画堂昼寝人无语。抛枕翠云光,绣衣闻异香。潜来珠锁动,惊觉银屏梦。慢脸笑盈盈,相看无限情!

梅须逊雪三分白,雪却输梅一段香。

【出处】宋·卢梅坡·雪梅。

【解析】虽然梅花与雪花相比,在颜色上至少要差三分白;但雪花比起梅花来,却也缺少梅花的芳香扑息暗香袭人。雪花与梅花在诗人的眼中各有千秋:雪花色白,梅花芳香。通常也用来比喻人或事物各有千秋。

【原诗】　梅雪争春未肯降,骚人搁笔费评章;
梅须逊雪三分白,雪却输梅一段香。

美人含怒夺灯去,问郎知是几更天?

【出处】清·袁枚·寒夜。

【解析】寒夜里挑灯苦读,炉内烟火已逐渐熄灭了,却还是不肯去睡觉;美人实在看不过去了,便把灯盏抢在手里,嗔怒道,“你可知道现在是几更天了?”“寒夜读书忘却眠”这句诗描写爱读书的人夜晚读书,越看越入迷,连睡眠都忘了。“美人含怒夺灯去，问郎知是几更天”描写夫妻间的闺房趣事，活泼可爱。

【原诗】　寒夜读书忘却眠，锦衾香尽炉无烟；
美人含怒夺灯去，问郎知是几更天？

美人如玉剑如虹。

【出处】清·龚自珍·夜座。

【解析】美人貌美有如白玉，宝剑寒光四射有如长虹。这一句诗可用来形容英雄美女的神采焕发，技艺超群；也可形容才子佳人的文采风姿，才情卓越。

【原诗】沈沈心事北南东，一睨人才海内空；壮岁始参周史席，髫年惜堕晋贤风。功高拜将成仙外，才尽回肠荡气中；万一禅阒砉然破，美人如玉剑如虹。

每逢佳节倍思亲。

【出处】唐·王维·九月九日忆山东兄弟。

【解析】漂泊异乡的游子，每到佳日节庆就会特别思念家乡和亲人。古代农村社会，逢年过节，总有一些特殊的活动与习俗。所以异乡作客的人，想起当年在家过节的欢乐情景，如今却不能回家，心情自然是格外沉重悲苦了。王维这首怀乡思亲的诗篇，历来为人们所传诵。“每逢佳节倍思亲”一句，更是道尽了离乡背井人们的思亲情怀。

【原诗】　独在异乡为异客，每逢佳节倍思亲；
遥知兄弟登高处，遍插茱萸少一人。

门外不知春雪霁，半峰残月一溪冰。

【出处】宋·周弼·夜深。

【解析】不知门外春雪已停，残月还挂在半山上，山间的小溪里仍然结着冰。

朦胧数点斜阳里，应是呢喃燕子归。

【出处】宋·左纬·春日晚望。

【解析】在夕阳余晖中，天际出现几点模糊的黑影，应该是低声婉啼的燕子归巢。

梦魂不识天涯路，愿作杨花片片飞。

【出处】元·胡天游·杨花吟。

【解析】梦中不认识天涯的去路，真想化作片片的杨花随风而去。

梦觉隔窗残月尽，五更春鸟满山啼。

【出处】宋・张耒・福昌官舍。

【解析】诗人夜晚从梦中醒来，隔着窗子往外看去，只见天边的残月将尽；才五更时分，春鸟却已在满山遍野到处啼叫不停了。福昌：地名，在今河南省。五更：清晨三点到五点。黎明起来，残月将尽，春鸟满山啼鸣，景色清幽美好，并且含有无限生机。

【原诗】　　小园寒尽雪作泥，堂角方池水接溪；
　　梦觉隔窗残月尽，五更春鸟满山啼。

梦觉疏钟鸣远寺，一池明月发荷香。

【出处】宋・谢逸・夜兴。

【解析】一觉醒来，隐隐听见远处的庙里传来稀疏的钟声；抬头远望只见一轮明月，照着荷池，荷花送来阵阵清香。

梦里江河依旧是，眼前阡陌似疑非。

【出处】金・施宜生・感春诗。

【解析】梦中的山川依然如昔，而眼前的大地却好像已景物全非了。诗人通过对比梦境与现实的巨大差异，表达了对世事变迁，物是人非的感慨。

面改难如镜可磨。

【出处】清・黄景仁・辛卯除夕。

【解析】时光流转人海浮沉，面貌早已随着岁月消逝而起了变化，很难像镜子般可以再度磨回原来的模样。这句诗是在感叹光阴似箭，岁月无情，如今年岁已老，岁月刻在脸上的痕迹是无法消抹的。

【原诗】倏忽流光吹剑过，年年此夕费吟哦，历穷讵有绳堪续，面改难如镜可磨。廿载偏忧来日促，一身但觉负恩多；遥知慈母尊前意，念子今宵定若何。

敏捷诗千首，飘零酒一杯。

【出处】唐・杜甫・不见。

【解析】这两句诗是杜甫对李白一生绝世才情与落魄失意的评语。李白一方面才思敏捷，作诗千余首；另一方面又一生飘零沦落，总是借一杯酒来抒发愁闷。“敏捷诗千首”赞美李白卓绝的才华；“飘零酒一杯”描写李白一生的落魄失意与借酒消愁的愁苦。

【原诗】　　不见李生久，佯狂真可哀；
　　世人皆欲杀，吾意独怜才。

敏捷诗千首，飘零酒一杯；
匡山读书处，头白好归来。

名花倾国两相欢，常得君王带笑看。

【出处】唐·李白·清平调之三。

【解析】作者赞美杨贵妃的美丽，深得唐玄宗的宠爱。娇艳的名花与倾国的美人配在一起，是多么的美好，多么的讨人喜欢；因此，时常能博得君王充满欢笑的赞赏。“名花倾国两相欢，常得君王带笑看”这两句诗，常用来赞美女子的艳丽与讨人喜爱。

【原诗】
名花倾国两相欢，常得君王带笑看；
解释春风无限恨，沈香亭北倚阑干。

名山如高人，岂可久不见？

【出处】宋·陆游·夜坐忆剡溪。

【解析】名山就像高人一样，怎能长久地不去拜访他呢？高人：指才德修养高深的人。名山胜景，应该常去游赏，以开拓胸襟，增长见闻。而大自然的美景更可帮助人忘却世俗的烦扰，像这种怡情悦性的乐事，我们怎可忽略它呢？

【原诗】
早睡苦夜长，晚睡意复倦；
敛膝傍残灯，拭眥展书卷。
时时搔短发，稍稍磨冻研；
更阑月入户，皎若舒白练。
便思泛樵风，次第入剡县；
名山如高人，岂可久不见？

明眸皓齿今何在？血污游魂归不得。

【出处】唐·杜甫·哀江头。

【解析】想当年明眸皓齿的美人今天又在哪里呢？只不过是荒山中的孤魂野鬼罢了。原诗中的霓旌：指天子出游时护卫队伍的旗帜。昭阳殿：汉成帝时宫殿名，成帝的皇后赵飞燕的妹妹所居。这里借用来喻指杨贵妃所居宫殿。明眸皓齿：指美人杨贵妃。血污游魂：唐玄宗逃出长安之后，杨贵妃被缢死马嵬驿。游魂指贵妃，杨贵妃的悲剧下场，引动千古诗人不少吟咏。杜甫这首“哀江头”固然不是全为杨贵妃而发，但感慨叹息之情在“明眸皓齿今何在？血污游魂归不得”两句中，充分表达出来。

【原诗】少陵野老吞声哭，春日潜行曲江曲。江头宫殿锁千门，细柳新蒲为谁绿？忆昔霓旌下南苑，苑中万物生颜色。昭阳殿里第一人，同辇随君侍君侧。

辇前才人带弓箭,白马嚼啮黄金勒。翻身向天仰射云,一箭正坠双飞翼。明眸皓齿今何在？血污游魂归不得！清渭东流剑阁深,去住彼此无消息。人生有情泪沾臆,江水江花岂终极？黄昏胡骑尘满城,欲往城南望城北。

明星在高树,满田萤火飞。

【出处】明·梅鼎祚·田间早行。

【解析】天色将晓,明亮的星星高挂在树梢上,满田的萤火虫像星星一般闪烁飞舞。

明月出天山,苍茫云海间。

【出处】唐·李白·关山月。

【解析】一轮明月升上了夜空,浮荡在天山那一片苍茫的云海之间。这两句诗描写明月升上天山,浮游在广阔云海间的缥缈幽远,是描写"关山月"的苍茫,也是描写山河的壮丽。

【原诗】明月出天山,苍茫云海间;长风几万里,吹度玉门关。汉下白登道,胡窥青海湾;由来征战地,不见有人还。戍客望边邑,思归多苦颜;高楼当此夜,叹息未应闲。

明月几时有？把酒问青天。

【出处】宋·苏轼·水调歌头(丙辰中秋,欢饮达旦,大醉,作此篇,兼怀子由)。

【解析】举杯向青天询问:天上的明月是什么时候就有的呢？诗人把酒问青天,充分显露出率真的性情;但在这两句词中,却深藏着作者内心对人生的痛惜伤悲。这两句词与李白的"青天有月来几时？我今停杯一问之"意境颇为相近。

【原词】见"但愿人长久,千里共婵娟"。

明月皎皎照我床,星汉西流夜未央。

【出处】魏·曹丕·燕歌行。

【解析】皎洁明亮的月光,映照在我的床边;夜晚还未过去,天上的银河却已流转到西方了。只有人儿,还在那里痴心地徘徊盼望。原诗描写闺中女子对伊人的思念。

【原诗】秋风萧瑟天气凉,草木摇落露为霜;群燕辞归鹄南翔,念君客游思断肠。慊慊思归恋故乡,何为淹留寄他方？贱妾茕茕守空房,忧来思君不敢忘,不觉泪下沾衣裳。援琴鸣弦发清商,短歌微吟不能长。明月皎皎照我床,星汉西流夜未央。牵牛织女遥相望,尔独何辜限河梁。

明月如霜,好风如水,清景无限。

【出处】宋·苏轼·永遇乐(彭城夜宿燕子楼,梦盼盼,因作此词)。

【解析】明亮的月光秀丽如霜,美好的晚风轻柔似水,这样清明的夜景是多么的柔美动人。这三句词描写月夜景致的清丽柔美。现今常用"明月如霜,好风如水,清景无限"三句词来形容迷人的月夜景色幽雅的情韵。

【原词】明月如霜,好风如水,清景无限。曲港跳鱼,圆荷泄露,寂寞无人见。紞如三鼓,铿然一叶,黯黯梦云惊断,夜茫茫,重寻无处,觉来小园行遍。天涯倦客,山中归路,望断故园心眼。燕子楼空,佳人何在?空锁楼中燕。古今如梦,何曾梦觉,但有旧欢新怨;异时对,黄楼夜景,为余浩叹。

明月松间照,清泉石上流。

【出处】唐·王维·山居秋暝。

【解析】皎洁的月光,照耀着山上的松林;清冷的泉水,轻轻地流过静静的溪石。山中的夜晚,有明月青松,有流泉青石,闲静幽美,恬淡宜人。

明月照积雪,北风劲且哀。

【出处】南北朝·谢灵运·岁暮。

【解析】清冷的月光映照着满地的积雪,北风呼啸,如此月冷风疾的景象透出一丝凄凉伤感的意味。这是描写北方雪夜里月明风凄的情景,气势十分雄伟。全诗读来,别有一番寂冷苍凉的韵味,给人留下深刻的印象。

【原诗】殷忧不能寐,苦此夜难颓;明月照积雪,北风("北风"又作"朔风")劲且哀。运往无淹物,年游觉易催。

摩挲老眼从头看,只有青山无古今。

【出处】宋·戴复方·怀雪蓬姚希声使君。

【解析】我用手揉揉眼睛,把这世界仔细地从头看一遍,只见人事变幻无常,宦海浮沉不定,唯有那青山绿水,从古到今都不曾改变。摩挲:用手抚摸。这两句诗与罗贯中的"青山依旧在,几度夕阳红"意味相似。

【原诗】有感中来不自禁,短长亭下短长吟;梅花差可强人意,竹叶("竹叶"指"竹叶青"的酒)安能醉我心?世事无凭多改变,仕途相识半升沉;摩挲老眼从头看,只有青山无古今。

陌上花开蝴蝶飞，江山犹是昔人非。

【出处】宋·苏轼·陌上花。

【解析】几只蝴蝶在田埂上盛开的花间飞舞；那江山虽跟过去一样，但人事却已全非了。

漠漠水田飞白鹭，阴阴夏木啭黄鹂。

【出处】唐·王维·积雨辋川庄作。

【解析】在那一片雾水蒙蒙的水田上，白鹭鸶自在地飞舞着；在那浓荫森森的树林里，黄鹂鸟不停地婉转啼叫。这两句诗描写夏日雨后的田野景色，风光清美，不染尘俗，淡雅安详中别有丰富情怀。

【原诗】积雨空林烟火迟，蒸藜炊黍饷东菑；漠漠水田飞白鹭，阴阴夏木啭黄鹂。山中习静观朝槿，松下清斋折露葵；野老与人争席罢，海鸥何事更相疑？

莫愁前路无知己，天下谁人不识君？

【出处】唐·高适·别董大。

【解析】不要为前途遇不上知心朋友发愁，普天下谁不知道你呢？作者高适以此诗鼓励朋友勇敢地到远方去冒险，并且赞美他的声誉卓著，天下知名。

【原诗】

千里黄云白日曛，北风吹雁雪纷纷；
莫愁前路无知己，天下谁人不识君？

莫等闲，白了少年头，空悲切。

【出处】宋·岳飞·满江红。

【解析】不要碌碌无为地等乌丝变成白发，才后悔自己蹉跎了光阴。这首词是岳飞自抒抱负，其情壮怀激烈，读之令人振奋。“莫等闲，白了少年头，空悲切”一语，激励不少有志青年为国家、社会做贡献。

【原词】怒发冲冠，凭栏处，潇潇雨歇。抬望眼，仰天长啸，壮怀激烈。三十功名尘与土，八千里路云和月。莫等闲，白了少年头，空悲切。靖康耻，犹未雪；臣子恨，何时灭？驾长车踏破贺兰山阙，壮志饥餐胡虏肉，笑谈渴饮匈奴血。待从头，收拾旧山河，朝天阙。

莫羡三春桃与李，桂花成实向秋荣。

【出处】唐·刘禹锡·答乐天所寄咏怀且释其枯树之叹。

【解析】不必羡慕桃李开花的美丽，桂花开后结成的果实是秋天的荣耀。

莫怪春来便归去，江南虽好是他乡。

【出处】明·王恭·春雁。

【解析】请不要责怪鸿雁一到春天就匆匆地飞回北方，因为江南的风景虽然美好秀丽，但到底不是他的故乡啊！作者借雁鸟北归，感叹自己漂泊天涯，有家却归不得的痛苦。

【原诗】 春风一夜到衡阳，楚水燕山万里长；
莫怪春来便归去，江南虽好是他乡。

莫怪老人添白发，儿童几辈换乡音。

【出处】清·张藻·抵署。

【解析】不要怪异老人头上添白发了，几代的儿童都已更换了乡音。

莫怪世人容易老，青山也有白头时。

【出处】清·骆绮兰·对雪。

【解析】作者登楼远望，只见远处青山白雪覆顶，想到世人的乌丝变白发，不禁感叹：难怪世人如此容易衰老，就连苍翠的青山也会有白头的时候呢！作者以青山的白雪，对照世人的白头，来感叹生命短暂，光阴似水。

【原诗】 登楼对雪懒吟诗，闲倚栏杆有所思；
莫怪世人容易老，青山也有白头时。

莫见长安行乐处，空令岁月易蹉跎。

【出处】唐·李颀·送魏万之京。

【解析】不要因为长安是个寻欢作乐的好地方，而空度岁月蹉跎光阴。

莫思身外无穷事，且尽生前有限杯。

【出处】唐·杜甫·绝句漫兴。

【解析】人生短暂，何不及时行乐？不要再为身外那些无穷尽的是是非非而烦恼困惑了；生命如此短暂，还是尽情地将有限的酒痛快地喝下去吧！那些痛苦失意的往事，就让它随着时间的消逝而逐渐淡忘，不要一直放在心上。

【原诗】 二月已破三月来，渐老逢春能几回；
莫思身外无穷事，且尽生前有限杯。

莫向樽前惜沉醉，与君俱是异乡人。

【出处】唐·韦庄·江上别李秀才。

【解析】我与你同样是漂泊流浪的异乡人，面对酒杯，何必害怕喝醉呢？同是天涯沦落人，满怀的伤心痛苦难以排解，何不借酒消愁呢？诗人与好友互相劝酒，流露出诗人伤感惆怅的情怀。

【原诗】　前年相送灞陵春，今日天涯各避秦；
莫向樽前惜沉醉，与君俱是异乡人。

莫信诗人竟平淡，二分梁甫一分骚。

【出处】清·龚自珍·己亥杂诗。

【解析】千百年来陶渊明在人们的心目中就像松和菊那样的清高。但是，你们可不能相信诗人表面上的平淡恬静，事实上他的作品风格却有三分之二像诸葛亮的《梁甫吟》，三分之一像屈原的《离骚》。一般人都以为陶渊明隐居田园，生活淡泊；而作者龚自珍却认为陶渊明实际上颇具政治抱负，一心记挂天下苍生。“二分梁甫一分骚”常用来形容那些关心国家大事的知识分子。

【原诗】　陶潜酷似卧龙豪，万古浔阳松菊高；
莫信诗人竟平淡，二分梁甫一分骚。

莫言下岭便无难，赚得行人错喜欢。

【出处】宋·杨万里·过松源晨炊漆公店。

【解析】此诗颇具哲理，描写登山下岭，劝人不要随意就说：从山上下了岭，就再也没有什么难走的路了；往往行人走下了山岭，才知道只是一场空欢喜，一山走过，前面还有一座更高的山呢！

【原诗】　莫言下岭便无难，赚得行人错喜欢；
正入万山圈子里，一山放出一山拦。

莫以今时宠，难忘旧日恩。

【出处】唐·王维·息夫人。

【解析】虽然今日得到宠爱，但却总也难忘旧日的恩情。

牧童归去横牛背，短笛无腔信口吹。

【出处】宋·雷震·村晚。

【解析】夕阳西下，牧童悠然地横坐在牛背上，踏上归途；手中拿着短笛，一路信口吹着不成调的曲子。“牧童归去横牛背，短笛无腔信口吹”这两句诗，常用来歌咏乡村的黄昏景致，牧童一面吹笛，一面赶牛回家，淳朴自然，悠闲自在，一幅田园画卷。

【原诗】　草满池塘水满坡，山衔落日浸寒漪；
牧童归去横牛背，短笛无腔信口吹。

南朝四百八十寺，多少楼台烟雨中。

【出处】唐·杜牧·江南春。

【解析】南朝四代建立的四百八十多座佛寺，还有多少座笼罩在眼前的蒙蒙雨雾之中。南朝：宋、齐、梁、陈四朝。南朝时佛教盛行，金陵附近佛寺几百所，穷极华丽，僧尼十余万人。楼台：指寺院的建筑。“千里莺啼绿映红，水村山郭酒旗风”这两句诗写富庶的江南景色：千里大地红花绿叶，燕语莺啼，山村水乡到处都有酒旗迎风招展。“南朝四百八十寺，多少楼台烟雨中”这两句诗讽刺那些贵族崇信佛教，将搜刮来的民脂民膏浪费于建筑豪华佛寺，隐喻诗人对现实的不满。

【原诗】　千里莺啼绿映红，水村山郭酒旗风。
南朝四百八十寺，多少楼台烟雨中！

南窗一枕睡初觉，蝴蝶满园如雪飞。

【出处】明·华幼武·睡起。

【解析】在南窗下一觉刚睡醒，一抬头就看见满园的蝴蝶多得像雪一般地在那儿飞舞。

男儿爱后妇，女子重前夫。

【出处】汉·李延年·羽林郎。

【解析】男子多半是喜欢新娶的媳妇，而女子却总是钟爱她的原嫁丈夫。

男儿志兮天下事，但有进兮不有止，言志已酬便无志！

【出处】民国·梁启超·志未酬。

【解析】男儿立志，要为天下做一番大事，而且只能前进不能停止；如果因志愿得到酬偿而停止努力，那便是个没有志气的人。梁启超以天下为己任，一生奋斗不懈。这首诗劝人志向要远大，必须不断努力更上一层楼，切不可因稍有成就而志得意满。

【原诗】志未酬！志未酬！问君之志几时酬？志亦无尽量，酬亦无尽时。世界进步靡有止期，吾之希望亦靡有止期。众生苦恼不断如乱丝，吾之悲悯亦不断如乱丝。登高山复有高山，入瀛海更有瀛海。任龙腾虎跃以度此百年兮，所成就其能几许？虽成少许，不敢自轻。不有少许兮，多许奚自生？但望前途之宏廓而寥远兮，其孰能无感于余情。吁嗟乎！男儿志兮天下事，但有进兮不有止，言志已酬便无志！

男儿重意气，何用钱刀为！

【出处】汉·卓文君·白头吟。

【解析】原诗中的“皑如山上雪，皎若云间月”两句是卓文君自喻其人格纯洁如白玉。皑：白色，通常用来形容雪的洁白。皎：皎洁，通常用以形容月光，洁白光明的意思，但也不专指月光，如《诗经·小雅》有“皎皎白驹”之句。“闻君有两意”：两意，指两条心。说的是司马相如别有所爱——欲纳茂陵女为妾。“竹杆何袅袅，鱼尾何簁簁”：诗人用竹杆的摇动和鱼尾的摇摆来形容意志、爱情不坚定。钱刀：古时使用的铜钱形状似刀，故叫作钱刀。这里指爱情不是金钱能买到的。汉朝卓文君和司马相如的恋爱故事是很动人的。据说，司马相如穷困时在临邛富豪卓王孙家做客，在饮宴中偶然见到卓王孙新守寡的女儿文君很美貌，于是弹琴表达自己的爱慕之情，挑逗文君。文君果为所动，当夜与相如私奔成都。相如是个贫苦文人，生计无着，过了一阵只好同文君回到临邛开个小酒店。卓文君当垆卖酒，卓王孙大为恼怒，不忍爱女抛头露面为人取笑，只好分一部分财产给她。司马相如后来到京城向皇帝献赋，为汉武帝赏识，因此做了官。司马相如在京城想娶茂陵女为妾，卓文君听到此消息，写了这首白头吟表示恩情断绝之意。“男儿重意气，何用钱刀为”是对司马相如负心的严厉责备。

【原诗】皑如山上雪，皎若云间月；闻君有两意，故来相决绝。今日斗酒会，明月沟水头，躞蹀御沟上，沟水东西流。凄凄复凄凄，嫁娶不须啼；愿得一心人，白头不相离。竹竿何袅袅，鱼尾何簁簁；男儿重意气，何用钱刀为！

年光似鸟翩翩过，世事如棋局局新。

【出处】宋·僧志文·西阁·在孤山。

【解析】光阴流逝，就像鸟儿在天边飞过一样悄无声息；世事变化无常，就像下棋一样，局局都有新的气象。“世事如棋局局新”常用来比喻世事多变，谁也不知道下一步是怎样的新面貌。“年光似鸟翩翩过”可用来形容光阴的无情飞逝。

【原诗】

杨柳蒹葭覆水滨，徘徊南望倚阑频；
年光似鸟翩翩过，世事如棋局局新。
岚积远山秋气象，月生高阁夜精神；
惊飞一阵凫鹭起，蓬叶舟中把钓人。

年年今夜，月华如练，长是人千里。

【出处】宋·范仲淹·御街行。

【解析】每年到了今夜，月光都像绸布般皎洁明亮，可是在这个月圆的夜晚伊人却依然在那千里外的远方。年复一年,明月如故,分离依旧,而思念深情却是一年比一年更深更重。"年年今夜,月华如练,长是人千里"后人常引用以上几句词,来形容饱尝相思之苦的凄凉心境。

【原词】纷纷坠叶飘香砌,夜寂静,寒声碎。真珠帘卷玉楼空,天淡银河垂地。年年今夜,月华如练,长是人千里。愁肠已断无由醉,酒未到,先成泪;残灯明灭枕头欹,谙尽孤眠滋味。都来此事,眉间心上,无计相回避。

年年陌上生秋草,日日楼中到夕阳。

【出处】宋·晏几道·鹧鸪天。

【解析】年复一年,眼看着荒郊野路又长满了秋草;日复一日,每天在楼中等待,一直等到了夕阳西落也不见伊人归来。描写深闺妇人,痴心盼望伊人归来,日复一日,年复一年,然而望眼欲穿,却仍不见伊人的人影。陌上秋草,楼中夕阳,把思妇寂寞、惆怅的心境衬托得更加明显;而日日、年年的词句更显出一种情痴的执着。全词读来,给人的印象十分深刻,尤其在写情方面,更是感人至深。

【原词】醉拍春衫惜旧香,天将离恨恼疏狂。年年陌上生秋草,日日楼中到夕阳。云渺渺,水茫茫,征人归路许多长。相思本是无凭语,莫向花笺费泪行。

年年岁岁花相似,岁岁年年人不同。

【出处】唐·刘希夷·代悲白头翁。

【解析】年年所开的花,看起来都很相像;可是每一年来赏花的人,却是完全不同。这两句诗是感叹光阴易逝,青春不再来。

【原诗】见"今年花落颜色改,明年花开复谁在?"

年年战骨埋荒外,空见葡萄入汉家。

【出处】唐·李颀·古从军行。

【解析】连年征战,大漠荒野不知埋有多少英勇战士的尸骨;他们牺牲了宝贵的生命,换来的只是胡人的葡萄进贡到汉家朝廷来。唐代屡次征伐西北边塞,诗人有感而发,写下不少边塞诗。这首诗表面上是写汉朝,其实是暗喻唐朝,诗中隐含有一种讽刺的意味。

【原诗】

白日登山望烽火,黄昏饮马傍交河;
行人刁斗风沙暗,公主琵琶幽怨多。
野云万里无城郭,雨雪纷纷连大漠;
胡雁哀鸣夜夜飞,胡儿眼泪双双落。
闻道玉门犹被遮,应将性命逐轻车;

年年战骨埋荒外，空见葡萄入汉家。

鸟飞欲尽暮烟横，一笛西风万里晴。

【出处】宋·朱继芳·晚眺。

【解析】在黄昏时分，炊烟将尽，鸟都飞回巢去，只有在西风万里晴和之中传来笛声。

鸟去鸟来山色里，人歌人哭水声中。

【出处】唐·杜牧·题宣州开元寺水阁阁下宛溪夹溪居人。

【解析】鸟儿盘旋飞翔，翱翔在那一片青翠的山色里；人们的狂歌与痛哭，全都回响在那一片潺潺的水声中。隐居的人，青山为伴，绿水为伍，看到的是翠绿的山色，听到的是潺潺的水声。原诗隐有“是非成败转头空，青山依旧在，几度夕阳红”的惆怅意味。鸟儿飞去飞来，人事变幻无常，只有山色依旧青翠，水声依旧潺潺。

【原诗】

六朝文物草连空，天淡云闲今古同；
鸟去鸟来山色里，人歌人哭水声中。
深秋帘幕千家雨，落日楼台一笛风；
惆怅无因见范蠡，参差烟树五湖东。

鸟宿池边树，僧敲月下门。

【出处】唐·贾岛·题李凝幽居。

【解析】月光皎洁，万籁俱寂，一阵轻微的敲门声惊动了宿鸟，引起鸟儿一阵不安的躁动……原诗以“鸟宿池边树，僧敲月下门”这一联著称。全诗只是抒写了作者走访友人李凝未遇这样一件寻常小事。作者抓住一瞬即逝的现象，来刻画环境之幽静。

【原诗】

闲居少邻并，草径入荒园。
鸟宿池边树，僧敲月下门。
过桥分野色，移石动云根。
暂去还来此，幽期不负言。

宁可枝头抱香死，何曾吹堕北风中！

【出处】宋·郑思肖·题菊诗。

【解析】看那菊花宁可一直守在枝头到香消枯死，何曾肯被那北风吹落在尘土泥沙中呢！诗人借菊花来表达自己的忠贞志节：宁死效忠宋朝，决不向北方敌人屈服。

【原诗】花开不并百花丛，独立疏篱趣味浓；
宁可枝头抱香死，何曾吹堕北风中！

宁为百夫长，胜作一书生。

【出处】唐·杨炯·从军行。

【解析】此诗表达了作者从军杀敌的决心，宁愿做一个小小军官，上战场杀敌，不愿做一个无用的书生。原诗中的“烽火照西京”：是说敌人已打进来了，烽火台的警报一直传到长安城。牙璋：皇帝调兵遣将的兵符。龙城：古代匈奴祭天的地方。绕龙城：把龙城包围起来。“雪暗凋旗画”：风雪昏暗，战鼓隆隆，战旗摇晃看不清楚。百夫长：指下级军官。

【原诗】烽火照西京，心中自不平，牙璋辞凤阙，铁骑绕龙城。
雪暗凋旗画，风多杂鼓声。宁为百夫长，胜作一书生！

牛背牧儿酣午梦，不知风雨过前山。

【出处】宋·刘宰·云边阻雨。

【解析】牛背上的牧童沉沉睡去，丝毫不知在前山，已有一阵风雨过去。

飘飘何所似？天地一沙鸥。

【出处】唐·杜甫·旅夜书怀。

【解析】人生在世，到处飘游不定，像什么呢？就像那天地间四处飞翔的一只沙鸥！作者感叹自己身世飘零，沦落江湖，漂泊天涯，就像飞翔在天地间的沙鸥。原诗中的危樯：高船樯，高桅杆。“星垂平野阔，月涌大江流”：这两句是写江中船上所见到的景象；原野广阔，星星好像垂挂在上头。大江中波浪涌起，月影流动。“官应老病休”：这句是诗人不得志的自我解嘲。“天地一沙鸥”：是诗人即景自喻，抒写自己漂泊奔波如觅食沙鸥。杜甫此诗作于唐代宗永泰元年（765 年），当时四川节度使严武死去，杜甫失去依靠，只好离开成都东下，杜甫把自己比作到处漂泊觅食的沙鸥。

【原诗】细草微风岸，危樯独夜舟；
星垂平野阔，月涌大江流。
名岂文章著？官应老病休；
飘飘何所似？天地一沙鸥。

品画先神韵，论诗重性情。

【出处】清·袁枚·品画。

【解析】要欣赏画，首先要欣赏画中所流露的神韵；要评论诗，则要重视诗中所蕴含的性情。作者认为品画论诗有一定的方法，画求神韵，诗重性情，借此便可判断诗画的优劣。

【原诗】　　品画先神韵，论诗重性情；
　　蛟龙生气尽，不若鼠横行。

凭谁问，廉颇老矣，尚能饭否？

【出处】宋·辛弃疾·永遇乐·京口北固亭怀古。

【解析】辛弃疾以廉颇自比，辛弃疾描写自己当年豪气万丈，威风八面的情景；而今国家多难，自己宝刀未老，雄心依旧，期盼着能有再度建功沙场、保国卫民的机会；但又感叹如今年老，还有谁会来问他："廉颇老了，还能吃饭吗？"辛弃疾英雄落魄的失意与惆怅全部表现在这首词中。

【原词】千古江山，英雄无觅孙仲谋处；舞榭歌台，风流总被雨打风吹去。斜阳草树，寻常巷陌，人道寄奴曾住。想当年，金戈铁马，气吞万里如虎。元嘉草草，封狼居胥，赢得仓皇北顾。四十三年，望中犹记，烽火扬州路。可堪回首，佛狸祠下，一片神鸦社鼓。凭谁问，廉颇老矣，尚能饭否？

平生不会相思，才会相思，便害相思。

【出处】元·徐再思·折桂令·春情。

【解析】过去一点也不知道什么叫"相思"，如今才刚刚明白了"相思"的意思，就立刻染上了相思。这首元曲描写一个情窦初开的少女的芳心情怀。作者徐再思把少女初尝相思滋味时那种神思恍惚、心意痴迷的模样，描述得异常生动可爱。

【原曲】平生不会相思，才会相思，便害相思。身似浮云，心如飞絮，气若游丝。空一缕余香在此，盼千金游子何之；证候来时，正是何时？灯半昏时，月半明时。

平生风义兼师友。

【出处】唐·李商隐·哭刘蕡。

【解析】"平生风义兼师友"这句诗的大意如下：他平生对我的情义，既像是老师，也像是好朋友。风义：是指情义、情谊。李商隐借这首诗描写自己对刘蕡的感念。"平生风义兼师友"常用来表示对一些年长好友的尊敬与感念。

【原诗】　　上帝深宫闭九阍，巫咸不下问衔冤；
　　黄陵别后春涛隔，湓浦书来秋雨翻。
　　只有安仁能作诔，何曾宋玉解招魂？
　　平生风义兼师友，不敢同君哭寝门。

平生最识江湖味,听得秋声忆故乡。

【出处】宋·姜夔·湖上寓居杂咏。

【解析】我一生漂泊天涯,最清楚江湖沦落的辛酸滋味了;每次听到萧瑟的秋声,就会不由得想起遥远的故乡。作者天涯流浪,满腹辛酸,萧索寂凉的秋声,更为伤心人平添了几许思乡的情怀。原诗的意境深远、寂寥,若是由沦落天涯的人读来,想必会不由怆然而泪下了。

【原诗】　荷叶披披一浦凉,青芦奕奕夜吟商;
平生最识江湖味,听得秋声忆故乡。

平芜尽处是春山,行人更在春山外。

【出处】宋·欧阳修·踏莎行。

【解析】那一片平坦广阔的草原尽头,便是美丽的春山;远行的人已经走到春山外头,越走越远了。原词描写离情,语意婉转,却含有无限的哀伤。柳细风轻,芳草无边,美景当前,怎能忍心离别?无奈伊人远去,思念深切,愁肠寸断。空对春山。

【原词】候馆梅残,溪桥柳细,草薰风暖摇征辔。离愁渐远渐无穷,迢迢不断如春水。寸寸柔肠,盈盈粉泪,楼高莫近危阑倚。平芜尽处是春山,行人更在春山外。

葡萄美酒夜光杯,欲饮琵琶马上催。

【出处】唐·王翰·凉州词。

【解析】在白玉制的夜光杯内,斟满葡萄美酒;正要举杯痛饮,那催人出发的琵琶声却已声声响起。酒是葡萄美酒,杯是夜光名杯,对照着后一句军旅生涯的紧张与匆忙。也可用来形容欢乐不长久,美酒难再得;好事多磨,虽有满腔怨恨,却是无从抒发,只有空叹一声奈何。

【原诗】　葡萄美酒夜光杯,欲饮琵琶马上催;
醉卧沙场君莫笑,古来征战几人回?

菩提本无树,明镜亦非台。

【出处】唐·慧能·慧能偈。

【解析】菩提本来就不是一般的树,明镜也不是普通的台;内心本就没任何物欲,又何从去沾染尘埃呢?在禅宗的故事里,六祖慧能是针对《神秀偈》而作这首偈的,也因此得到了五祖弘忍的衣钵真传。照佛家的说法:色即是空,空即是色。《慧能偈》直指本心,摒弃了物我相的观念;《神秀偈》却仍拘泥于物我相，很明显地在境界上差了一截。《慧能偈》可以说是顿悟，《神秀偈》可以说是渐修。请参照本书“身是菩提树”句。

【原诗】

菩提本无树，明镜亦非台；
本来无一物，何处惹尘埃。
（“本无树？或写作“本非树”。）

七八个星天外，两三点雨山前。

【出处】宋·辛弃疾·西江月。

【解析】诗人描写夜晚在乡间小路上行走，只见天外有星辰，山前下小雨；凄清的夜色中自有一种轻柔的美。这两句词是说：遥远的天边，还有七八颗星零零落落地在闪烁发光；山前稀疏地飘落两三点雨丝。这两句词描写天未亮前的清晨景色。词句虽然前后对仗，却不见刻意雕琢，反倒流露出一种自然、流畅之美，而词中呈现的优美意境，更是令人悠然神往。

【原词】明月别枝惊鹊，清风半夜鸣蝉；稻花香里说丰年，听取蛙声一片。七八个星天外，两三点雨山前；旧时茅店社林边，路转溪桥忽见。

奇文共欣赏，疑义相与析。

【出处】晋·陶渊明·移居。

【解析】如有绝妙的好文章，就拿出来一起欣赏；若是发现有疑问缺点，就互相研究分析一番。这两句诗描写好友交往，互相谈论诗文的乐趣。“奇文共欣赏，疑义相与析”两句诗，可用来形容朋友彼此切磋琢磨的乐趣。这两句诗现今也用其反义，“奇文”指奇谈怪论式的文章，把这种文章拿出来示众，让大家一起来识别、批判它们的荒谬实质。

【原诗】昔欲居南村，非为卜其宅。闻道素心人，乐与数晨夕。怀此已有年，今日从兹役。敝庐何必广，取足蔽床席，邻曲时时来，抗言谈在昔，奇文共欣赏，疑义相与析。

弃我去者，昨日之日不可留；乱我心者，今日之日多烦忧。

【出处】唐·李白，宣州谢朓楼饯别校书叔云。

【解析】离我而去的是昨天的日子，昨天是再也无法挽留了；扰乱我心绪的是今天的日子，而今天实在是太令人烦忧了。前一句诗是眷恋岁月的飞逝难留，后一句诗是感叹人世的多烦忧；追忆往日多少欢乐，感叹如今失意落魄，困顿多难。诗人作这首诗，一方面是为离别而烦恼，另一方面是抒发他内心积压过多的愁闷。后人常用这两句诗来感叹人生的愁苦、烦忧。

【原诗】见“抽刀断水水更流，举杯消愁愁更愁”。

气蒸云梦泽，波撼岳阳城。

【出处】唐·孟浩然·望洞庭湖赠张丞相（或作：临洞庭湖上张丞相。）

【解析】洞庭湖水气迷蒙，就像熏蒸着整个云梦泽；湖水波涛汹涌，仿佛摇撼着整座岳阳城。云梦：古代云梦有二泽，横跨今日的湖北省长江南北一带，江北叫“云”，江南叫“梦”。“气蒸云梦泽，波撼岳阳城”这两句诗和杜甫的“吴楚东南拆，乾坤日夜浮”诗一样，都是描绘洞庭湖的名句，形容湖水的壮阔秀丽。

【原诗】

八月湖水平，涵虚混太清；
气蒸云梦泽，波撼岳阳城。
欲济无舟楫，端居耻圣明；
坐观垂钓者，徒有羡鱼情。

砌下落梅如雪乱，拂了一身还满。

【出处】五代·李煜·清平乐。

【解析】梅花飘落阶下，好像雪花般的纷飞散乱；把身上拂了又拂，可是落花又马上落满了一身。这两句词描写花落满身，挥之不去的美好春光，景致旖旎迷人。原词则是比喻春愁有如落花般地挥拂不完，绵绵恨意，永无休止。

【原词】别来春半，触目愁肠断；砌下落梅如雪乱，拂了一身还满。雁来音信无凭，路遥归梦难成；离恨恰如春草，更行更远还生。

千村万落如寒食，不见人烟空见花。

【出处】唐·韩偓·自沙县抵尤溪县道中作。

【解析】千村万落，就像是在过寒食节一般，除了零星散布的野花以外，看不见一丝人烟。寒食：清明节的前二天。相传晋文公为强迫介之推做官而焚林，结果介之推抱木而死，文公非常痛心，便下令禁止人们在这天焚火，并要大家都吃冷食，这就是寒食的由来（也有人认为在此以前就有寒食的习俗）。作者描写唐末战乱频繁，贼军过后，村庄到处都是一片荒废凄凉的景象。后人常用“不见人烟空见花”来形容荒村僻野苍凉萧条的景色。

【原诗】

水自潺潺日自斜，尽无鸡犬有鸣鸦，
千村万落如寒食，不见人烟空见花。

千古艰难惟一死，伤心岂独息夫人。

【出处】清·邓汉仪·题息夫人曲。

【解析】千古以来，人最难面对的就是一个“死”字；而息夫人却能够从容地殉情而死；不过，人世间伤心哀痛的，又岂止一个息夫人？息夫人：春秋时息侯夫人。楚伐息，夺纳夫人于后宫，楚王出游，息夫人见其夫守城门，自杀而死。“千古艰难惟一死”可以用来赞美忠贞志士从容就义的悲壮豪情；也可以形容一个人在生死关头时那种痛苦与挣扎的心境。

【原诗】 楚宫慵扫眉黛新，只自无言对暮春；
千古艰难惟一死，伤心岂独息夫人。

千呼万唤始出来，犹抱琵琶半遮面。

【出处】唐·白居易·琵琶行。

【解析】经过一再的呼唤与催促之后，她才慢慢地走了出来，并且还羞答答地抱着琵琶掩住了半边脸庞。原诗是描写歌女的含羞带怯。“千呼万唤始出来”现今常用来形容等待良久，迟迟才见伊人的真面目。也用来比喻一件众人所关心的事，许久才得以实现。“犹抱琵琶半遮面”除用来形容女子娇羞的神态外，也用来比喻公开不久的事物，尚未被大众所接受。

千金纵买相如赋，脉脉此情谁诉。

【出处】宋·辛弃疾·摸鱼儿。

【解析】作者这是借典故喻己。长门事，汉朝陈阿娇的故事。陈娇是汉武帝皇后，初受宠，后被武帝冷落置于长门宫。陈娇慕名请司马相如作赋，并送黄金百斤。司马相如作《长门赋》，劝了武帝与陈娇复归于好。诗人以此自喻，虽然一心为国，却屡遭排斥，一如前人徒有其色，不被宠幸。皇后赏千金买赋方被所宠，而诗人呢？愁苦的心思向谁倾诉？由此可看出诗人郁郁寡欢的心情。

【原诗】更能消几番风雨，匆匆春又归去。惜春长怕花开早，何况落红无数。春且住！见说道，天涯芳草无归路。怨春不语，算只有殷勤，画檐蛛网，尽日惹飞絮。长门事，准拟佳期又误，蛾眉曾有人妒，千金纵买相如赋，脉脉此情谁诉？君莫舞！君不见，玉环飞燕皆尘土，闲愁最苦，休去倚危阑，斜阳正在，烟柳断肠处。

千里稻花应秀色，五更桐叶最佳音。

【出处】宋·曾幾·苏秀道中自七月二十五日夜大雨三日，秋苗以苏，喜而有作。

【解析】诗人描绘出一幅千里良田、一片青绿的生机勃勃的画面。但一个“应”字，表明这仅仅是诗人的想象。大雨三日，久旱逢甘露，诗人抑制不住内心喜悦，欣然命笔，想象出一幅五谷丰登的田园景象。

【原诗】 一夕骄阳转作霖，梦回凉冷润衣襟。
不愁屋漏床床湿，且喜溪流岸岸深。

千里稻花应秀色，五更桐叶最佳音。
无田似我犹欣舞，何况田间望岁心。

千磨万击还坚劲，任尔东西南北风。

【出处】清·郑燮·题竹石。

【解析】青山上的竹枝，立根在断裂的岩壁中，任凭风霜雨雪的无情吹打，竹枝却依然坚韧刚直，永不屈服。此诗作者郑燮喜欢画竹咏竹，以竹的有"节"，暗喻读书人所具有的操守和气节，所以诗人表面写竹，实际写的却是一种精神、一种意志。

【原诗】

咬定青山不放松，立根原在破岩中；
千磨万击还坚劲，任尔东西南北风。

千年老干屈如铁，一夜东风都作花。

【出处】明·张庸·梅。

【解析】千年的老树干坚硬虬曲得像铁一般，但是只要春天来临，一夜东风的吹拂就会花开满树。

千山鸟飞绝，万径人踪灭。

【出处】唐·柳宗元，江雪。

【解析】在群山当中，再也见不到飞鸟的影子，在纵横的小路上，再也看不到行人的踪迹，只有那身披蓑衣、头戴笠帽的渔翁，孤独地坐在一条小船上，寂寞地垂钓在寒江的风雪里。原诗是柳宗元最为后人传诵的一首诗。此诗描写渔翁寒江独钓，孤高清远，悠然之中显露出一种苍凉、脱俗的意境。

【原诗】

千山鸟飞绝，万径人踪灭；
孤舟蓑笠翁，独钓寒江雪。

前不见古人，后不见来者。

【出处】唐·陈子昂·登幽州台歌。

【解析】战国时燕昭王曾筑黄金台以招募贤士，最后终于打败了齐国，成为贤明的君主。但是前贤已逝，后来的仁人志士又看不见，诗人联想到自己的怀才不遇、壮志难酬，从而发出深深感慨。古人：指古代的贤才。来者：指后代的有为之士。悠悠：长久，广大。怆然：悲伤、凄凉的样子。"前不见古人，后不见来者"这两句诗，后来引用常简作"前无古人，后无来者"。

【原诗】

前不见古人，后不见来者。
念天地之悠悠，独怆然而涕下。

前水复后水，古今相续流；新人非旧人，年年桥上游。

【出处】唐·白居易·洛阳桥。

【解析】前面的水才流过，后面的水立刻跟着过去，从古到今，那桥下的水就是这样永不停息地向前流淌；那些在桥上行走的人啊！也是年年新人换旧人。原诗是在感叹时光的易逝，作者借此抒发内心难言的惆怅与无奈。

【原诗】天津三月时，千门桃与李；朝为断肠花，暮逐东流水。前水复后水，古今相续流；新人非旧人，年年桥上游。

遗民泪尽胡尘里，南望王师又一年。

【出处】宋·陆游·秋夜将晓出篱门迎凉有感。

【解析】遗民：亡国后的百姓，在这里是指沦陷区的百姓。胡尘：是指金人统治下的国土。这两句诗大意如下：亡国的百姓在沦丧的国土上流尽了眼泪；天天遥望南方，期盼王师的来临，一年又一年，王师为什么还不来？原词前两句描写沦陷在金人统治下的祖国山河的壮丽景色；后两句描写沦陷区的人民在敌人的统治下，备受压迫的苦痛与盼望王师早日前来救援的热切心情。作者忧国忧民的爱国情操，在此充分地表达出来。

【原诗】

三万里河东入海，五千仞岳上摩天；
遗民泪尽胡尘里，南望王师又一年！

倩何人唤取，红巾翠袖，揾英雄泪。

【出处】宋·辛弃疾·水龙吟·登建康赏心亭。

【解析】要请什么人去寻找温柔美丽的佳人来为我擦去满脸的英雄泪呢？倩：就是“请”。红巾翠袖：手拿红巾，身穿翠袖的女子，指红粉佳人。作者描写自己壮志未酬，满怀悲愤郁闷，表面上，似乎盼望能有红粉佳人来拂拭慰解内心的寂苦；而实际上却表示即使有醇酒美人，也难消失意落寞的愁情。后人感叹落魄江湖，怀才不遇，也常用“倩何人唤取，红巾翠袖，揾英雄泪”这几句词来抒发内心的愤恨孤寂，并期待在凄苦中得到红粉知己的温情抚慰。

【原词】楚天千里清秋，水随天去秋无际。遥岑远目，献愁供恨，玉簪螺髻。落日楼头，断鸿声里，江南游子。把吴钩看了，阑干拍遍，无人会，登临意。休说鲈鱼堪脍，尽西风，季鹰归未？求田问舍，怕应羞见，刘郎才气。可惜流年，忧愁风雨，树犹如此！倩何人唤取、红巾翠袖，揾英雄泪！

羌笛何须怨杨柳，春风不度玉门关。

【出处】唐·王之涣·凉州词。

【解析】羌笛何必幽怨地吹着那凄凉的"折杨柳"呢？因为那柔和的春风，是吹不到玉门关来的。羌笛：羌族的管笛。杨柳：指"折杨柳"曲，是一种幽怨的离别曲。在这里还可以指杨柳树，含有双关义。这两句诗描写征夫远在边关，乡愁无限。说是不须怨，其实是怨更深。"春风不度玉门关"的形象比喻道出了边塞将士的孤苦之情和对温暖生活的热切希望。

【原诗】　　黄河远上白云间，一片孤城万仞山。
　　羌笛何须怨杨柳？春风不度玉门关。

且乐生前一杯酒，何须身后千载名？

【出处】唐·李白·行路难之三。

【解析】暂且尽情地享受这生前的一杯酒吧，何必去奢求那死后能流传千秋万世的名声呢？晋朝张翰是吴人，因见秋风而想起吴中的菰菜与鲈鱼，于是决心回归故乡。他曾说过："纵使我有身后名，不如即时一杯酒。"李白希望自己也能像张翰一样纵情适性，于是写下了"且乐生前一杯酒，何须身后千载名"两句诗。当看透人间世事以后，心胸自然放达，管它什么"身后千载名"，根本不把它放在心上。

【原诗】有耳莫洗颍川水，有口莫食首阳蕨；含光混世贵无名，何用孤高比云月？吾观自古贤达人，功成不退皆殒身；于胥既弃吴江上，屈原终投湘水滨，陆机雄才岂自保？李斯税驾苦不早。华亭鹤唳讵可闻？上蔡苍鹰何足道？君不见吴中张翰称达生，秋风忽忆江东行；且乐生前一杯酒，何须身后千载名？

妾拟将身嫁与，一生休。纵被无情弃，不能羞。

【出处】唐·韦庄·思帝乡。

【解析】我宁愿把终身托付给他，即使被他无情地抛弃，我也决不后悔，毫不羞愧。这几句词描写女子对情人的热切期盼与痴迷爱恋，情愿以身相许，即使被无情抛弃，也毫不在意。真情流露，热情大胆，词意诚挚，十分感人。

【原词】春日游，杏花吹满头，陌上谁家年少，足风流。妾拟将身嫁与，一生休。纵被无情弃，不能羞。

妾有容华君不省，花无恩爱犹相并，花却有情人薄幸。

【出处】宋·欧阳修·渔家傲。

【解析】我有如此美好的容颜，伊人却从来不曾正眼看过；看那水上莲花，虽然不懂得感情，却还是亲密地依偎在一起，花儿这样的有情而人却薄幸。原词描写了闺中怨妇顾影自怜，怨叹花儿有情，人儿无情，词意中充满了感伤无奈的意味。

【原词】为爱莲房都一柄，双苞双蕊双红影。雨势断来风色定。秋水静，仙郎彩女临鸾影。妾有容华君不省，花无恩爱犹相并，花却有情人薄幸。心耿耿，因花又染相思病。

亲朋无一字，老病有孤舟。

【出处】唐·杜甫·登岳阳楼。

【解析】亲戚朋友连一点消息都没有，而身老多病的我，唯一可以依靠的，就只剩下这只孤零零的小舟。这两句诗描写作者天涯漂泊，穷途困顿，孤独流浪，无依无靠。年老多病的人身处于这种艰困的情况下，心情的凄苦悲凉是可想而知的。

【原诗】昔闻洞庭水，今上岳阳楼；吴楚东南坼，乾坤日夜浮。
亲朋无一字，老病有孤舟；戎马关山北，凭轩涕泗流。

秦时明月汉时关，万里长征人未还。

【出处】唐·王昌龄·出塞。

【解析】照过秦汉时代的明月，现在依然高高地照着我们；秦汉时代的关塞，至今也还存在，但自秦汉以来那些长征万里、戍守边疆的将士们，仍不能回到自己的家乡。

【原诗】秦时明月汉时关，万里长征人未还；
但使龙城飞将在，不教胡马度阴山。

青青原头送客归，绿杨溪上对斜晖。

【出处】清·程嗣立·淮庄杂诗。

【解析】从草色青青的村原上送客归来，只见夕阳的余晖映照在绿杨夹岸的溪上。

青青河畔草，绵绵思远道。

【出处】汉·佚名·饮马长城窟行。

【解析】河边长满茂盛的青草；不觉勾起绵绵的思绪，想念那远方的人儿。这两句诗是描写妇人因丈夫出门在外，面对着青绿的河畔草，不禁勾起对远方丈夫的绵绵思念。“青青河畔草，绵绵思远道”这两句诗常用来表示对远方情人的思慕依恋。

【原诗】青青河畔草，绵绵思远道；远道不可思，宿昔梦见之。梦见在我傍，忽觉在他乡；他乡各异县，辗转不相见。枯桑知天风，海水知天寒；入门各自媚，谁肯相为言？容从远方来，遗我双鲤鱼；呼儿烹鲤鱼，中有尺素书。长跪读素书，书中竟何如？上言加餐饭，下言长相忆。

青青子衿，悠悠我心。

【出处】《诗经》·郑风·子衿。

【解析】青青的是你身上的领襟，悠悠不断的是我的思念。纵使我不往你那里去，你难道就不寄给我音信？这两句诗是描写严师或益友责问青年学子不寄音信。曹操在《短歌行》中借用这两句诗，来表示他对贤才的思慕与渴求。衿：指衣领，古代男学生的衣服一律是青色衣领。悠悠：思念绵绵。嗣音：传音。

【原诗】青青子衿，悠悠我心；纵我不往，子宁不嗣音？青青子佩，悠悠我思；纵我不往，子宁不来？桃杏达兮，在城阙兮；一日不见，如三月兮！

青箬笠，绿蓑衣，斜风细雨不须归。

【出处】唐·张志和·渔歌子。

【解析】头上戴着青斗笠，身上披着绿蓑衣，渔人在到处是桃花流水的江边钓鱼。突然下起雨，风斜斜地吹拂，雨细细地飘洒，一点都不影响垂钓人的兴致。这三句词描写渔人在微风细雨中垂钓的诗情画意，逍遥闲散，飘逸脱俗。

【原词】西塞山（西塞山在今浙江吴兴）前白鹭飞，桃花流水鳜鱼肥。青箬笠，绿蓑衣，斜风细雨不须归。

青山缭绕疑无路，忽见千帆隐映来。

【出处】宋·王安石·江上。

【解析】江流曲折，眼前总是有青山回旋围绕，使人以为眼前道路已断，而一路过来，只见仍有千帆万舟从隐约的青山下闪现出来。喻言尽管自己的人生道路坎坷，但光明的未来总在前头。与陆游的"山重水复疑无路，柳暗花明又一村"意境颇为相似。

【原诗】

江北秋阴一半开，晓云含雨却低回；
青山缭绕疑无路，忽见千帆隐映来。

青山绿水去无声。

【出处】宋·朱熹·水口行舟。

【解析】在江上泛舟游玩，只见青山绿水不停地向后移动，寂静无声地消失在眼前。原诗描写江上泛舟，青山绿水，一片诗情画意，幽静中自有无限情趣。

【原诗】

郁郁层峦夹岸青，青山绿水去无声；
烟波一棹知何许？鶗鴂两山相对鸣。

青山遮不住，毕竟东流去。

【出处】宋·辛弃疾·菩萨蛮·书江西造口壁。

【解析】这首词是作者于公元1176年路过江西造口（今江西省万安县皂口镇）时写的。当时金兵侵占中原，词中表现作者哀叹祖国山河破碎，人民受难，愤慨南宋统治集团不抵抗侵略和自己报国志愿不能实现的真挚感情。这两句词意为国家绵绵的群山挡不住东流的逝水，抗击金兵，收复失地，统一中原是全国人民的意愿，那些苟安的求和派无法阻挡民族抗金的意志。

【原词】郁孤台下清江水，中间多少行人泪？西北望长安，可怜无数山！青山遮不住，毕竟东流去。江晚正愁余，山深闻鹧鸪。

清风明月无人管，并作南来一味凉。

【出处】宋·王安石·晚楼闲坐。

【解析】清风婉柔，明月亮丽，却没有人来欣赏；它们同时从南方吹照而来，是那样的柔美清凉。这两句诗描写闲坐楼头，任清风徐吹，月光柔照，怡人的夜景使人浑然忘却胸中无数烦忧。

【原诗】

四顾山光接水光，凭栏十里芰荷香；
清风明月无人管，并作南来一味凉。

清时有味是无能，闲爱孤云静爱僧。

【出处】唐·杜牧·将赴吴兴登乐游原。

【解析】生活在太平年间，舒适、闲静，虽然有味，却足见自己是个无能之人，闲时喜欢像孤云般地自在逍遥，静时就像老僧般地静定淡然。原诗表面上是在描写宁静淡泊的生活，实际上发泄了自己怀才不遇、无法施展抱负的激愤。

【原诗】

清时有味是无能，闲爱孤云静爱僧；
欲把一麾江海去，乐游原上望昭陵。

请留磐石上，垂钓将已矣。

【出处】唐·王维·青溪。

【解析】就此留在大石上，享受垂钓之乐算了。

秋风吹渭水，落叶满长安。

【出处】唐·贾岛·忆江上吴处士。

【解析】萧瑟的秋风，吹起渭水里的浪花；一片片随风飞扬的落叶，飘满了整个长安。这句诗描写长安的秋日景象，风吹叶落，景色萧条，给人一种无限凄凉的感觉。

【原诗】闽国扬帆去,蟾蜍亏复圆;秋风吹渭水,落叶满长安。此地聚会夕,当时雷雨寒;兰桡殊未返,消息海云端。

秋风起兮白云飞,草木黄落兮雁南归。

【出处】汉·刘彻·秋风辞。

【解析】秋风飒飒,白云飞舞,草木枯黄,叶片飘落,大雁都飞回南方去了。刘彻:汉武帝的名字。这首诗是汉武帝晚年巡河东在船上所作,武帝见秋风吹起而愁绪满怀,颇有一种感叹年华老去的意味。

【原诗】秋风起兮白云飞,草木黄落兮雁南归。兰有秀兮菊有芳,怀佳人兮不能忘。泛楼船兮济汾河,横中流兮扬素波。萧鼓鸣兮发棹歌,欢乐极兮哀情多。少壮几时兮奈老何!

秋风入庭树,孤客最先闻。

【出处】唐·刘禹锡·秋风引。

【解析】秋风一大早就吹动庭前的树,我这个漂泊异乡的孤客,总是最先听到那苍凉的秋声。这两句诗描写满怀乡愁的孤客,在异乡的夜晚不能安心入睡,对于“秋意”的感受自然是格外深刻。

【原诗】

何处秋风至,萧萧送雁群;
秋风入庭树,孤客最先闻。

秋风萧萧愁煞人!

【出处】汉·古诗源·汉古歌。

【解析】这首汉代古诗的作者已不可考。诗的大意是说:萧萧秋风吹来,撩起人们无限的愁思!出亦愁,入亦愁,坐卧不安!愁思像传染病,无人不染上。唉,愁肠百结,令我头发都变白了!胡地多狂风,为什么树木却长得这么高大呢?我离家越来越远了,衣带越来越松了,心中思念,语言难以表达,愁肠有如车轮转来转去!

【原诗】秋风萧萧愁煞人!出亦愁,入亦愁。座中何人,谁不怀忧?令我白头!胡地多飙风,树木何修修?离家日越远,衣带日趋缓,心思不能言,肠中车轮转。

求田问舍笑豪英,自爱湖边沙路免泥行。

【出处】宋·苏轼·南歌子。

【解析】作者描写自己老来一事无成,只想过求田问舍置产安居的生活,表达即使被一般英雄豪杰所取笑也毫不在意,自己就是偏爱在那没有泥泞的湖边沙路上，随意地散步行走的心情。信步漫游湖边沙路，轻松舒适。此诗充分流露出作者淡泊的情怀。

【原诗】带酒冲山雨，和衣睡晚晴，不知钟鼓报天明，梦里栩然蝴蝶一身轻。老去才都尽，归来计未成，求田问舍笑豪英，自爱湖边沙路免泥行。

曲罢不知人在否？余音嘹亮尚飘空。

【出处】唐·赵嘏·闻笛。

【解析】一曲吹罢，不知伊人（指吹笛的人）是否尚在？只觉得绵绵不绝的笛音，嘹亮高远，依旧飘扬在空中。曲终人尽，令人无限向往。近人曾把这首诗谱成一首歌，曲调韵律十分优美。

【原诗】谁家吹笛画楼中？断续声随断续风；响遏行云横碧落，清和冷月到帘栊。兴来三弄有桓子，赋就一篇怀马融；曲罢不知人在否？余音嘹亮尚飘空。

曲径通幽处，禅房花木深。

【出处】唐·常建·题破山寺后禅院。

【解析】本诗描写山寺宁静幽远的意境：蜿蜒的小路，直通向清幽的地方；禅房的四面花木长得又浓又密。这里环境清幽，果真是修禅学道的好处所！全诗读来，引人无限幽思，不禁顿生出尘之念。

【原诗】清晨入古寺，初日照高林，曲径通幽处，禅房花木深。山光悦鸟性，潭影空人心；万籁此俱寂，惟闻钟磬音。

曲终人不见，江上数峰青。

【出处】唐·钱起·湘灵鼓瑟。

【解析】这两句诗描写的是湘灵鼓瑟的情景。诗句的意思是：一曲终了，余音尚在，人影儿却已不见，不知到何处寻觅，只见江上一片青翠的山峰。想见伊人，却不得见，只留下无限幽思。这两句诗意境高远，韵味悠长，与赵嘏《闻笛诗》中的两句："曲罢不知人在否，余音嘹亮尚飘空"有异曲同工之妙。

【原诗】善鼓云和瑟，常闻帝子灵；冯夷空自舞，楚客不堪听。苦调凄金石，清音入杳冥；苍梧来怨慕，白芷动芳馨。流水传潇（一作湘）浦，悲风过洞庭；曲终人不见，江上数峰青。

取之无禁，用之不竭。

【出处】宋·苏轼·前赤壁赋。

【解析】天地之间，万物各属其主。如果不是我该占有的，即使是再小的东西也不去取。只有江上的清风，山间的明月，耳朵能听到，眼睛能看到，取之无人禁止，用之不会枯竭；这是大自然赐予的无尽宝藏，我们可以共享。这段话表达苏轼在政治上失意后以达观自解的态度对待人生的情怀。

【原诗】(节选)且夫天地之间物各有主。苟非吾之所有，虽一毫而莫取。唯江上之清风，与山间之明月，耳得之而为声，目遇之而成色，取之无禁，用之不竭；是造物者之无尽藏也，而吾与子之所共适。

去国十年，老尽少年心。

【出处】宋·黄庭坚·虞美人。

【解析】国：这里可以指做官者被贬谪远离了朝廷；也可解释作故乡祖国。作者感叹自己虚掷青春年华，把无限春光化做杯酒欢乐。如今“去国十年”，早已不复当年的雄心壮志，缅怀往事，徒增无恨惆怅。“去国十年，老尽少年心”常用来形容离乡背井的人，意志消沉，心情痛苦的情状。

【原词】天涯也有江南信，梅破知春近；夜阑风细得香迟，不道晓来开遍向南枝。玉台弄粉花应妒，飘到眉心住；平生个里愿杯深，去国十年，老尽少年心。

去年花里逢君别，今日花开又一年。

【出处】唐·韦应物·寄李儋元锡。

【解析】去年花开时节与君作别，今年的花朵再度绽开，又是一年了。诗句表达物是人非之悲。

【原诗】去年花里逢君别，今日花开又一年。世事茫茫难自料，春愁黯黯独成眠。身多疾病思田里，邑有流亡愧俸钱。闻道欲来相问讯，西楼望月几回圆。

去者日以疏，来者日以亲。

【出处】汉·无名氏·古诗。

【解析】青春日远一日，衰老日近一日。

犬吠一山秋意静，敲门时有夜归僧。

【出处】金·赵沨·晚宿山寺。

【解析】诗句摹写山中幽远的秋景：静静的山涧秋意正浓，偶有一两声犬吠和晚归的和尚清脆的叩门声。

劝君更进一杯酒，西出阳关无故人。

【出处】唐·王维·渭城曲。

【解析】朋友，再喝一杯吧！知道吗？今日大家在此欢乐相聚，等到分手以后，走出阳关，就再也见不到故人亲朋了。饯别的酒宴上，朋友互相殷勤劝酒，借酒消解别愁。“西出阳关无故人”常用来比喻游子流落远乡，寂寞而凄凉的情绪。原诗中的渭城：即秦时咸阳城，汉改称渭城，在今西安市西北。阳关：故址在今甘肃省敦煌市西南。王维此诗谱成乐府，在唐时就很流行，白居易和刘禹锡诗中都有“阳关唱”“唱渭城”等语提到它。

【原诗】 渭城朝雨浥轻尘，客舍青青柳色新；
劝君更进一杯酒，西出阳关无故人。

却道天凉好个秋。

【出处】宋·辛弃疾·丑奴儿。

【解析】此句上承“而今识尽愁滋味，欲说还休，欲说还休”。意思是遍尝人间愁滋味以后，原以为可把愁滋味描述得清楚分明，却偏偏觉得欲说还休，只好改口说：“天气多么清凉可爱，好一个美丽的秋天！”原词表达了作者愁苦无法直诉的无奈情绪。

【原词】少年不识愁滋味，爱上层楼，爱上层楼，为赋新词强说愁。而今识尽愁滋味，欲说还休，欲说还休，却道天凉好个秋！

人不寐，将军白发征夫泪。

【出处】宋·范仲淹·渔家傲·秋思。

【解析】这两句词上接：“羌管悠悠霜满地”。意思是：在寒霜落满大地的秋夜里，满腹乡愁的人儿，聆听着胡人凄婉的羌笛，辗转不能入睡；长久的军旅生活，使将军披上了满头的白发；想起家乡，士兵们一个个忍不住流下伤心的眼泪。原词描写军人为了保国，戍守边疆，长久不能返家。其格调苍茫而悲壮，慷慨又凄婉，读来不由令人掬同情之泪。

【原诗】塞下秋来风景异，衡阳雁去无留意，四面边声连角起，千嶂里，长烟落日孤城闭。浊酒一杯家万里，燕然未勒归无计，羌管悠悠霜满地；人不寐，将军白发征夫泪。

人到情多情转薄，而今真个不多情。

【出处】清·纳兰性德·摊破浣溪沙。

【解析】人如果太过多情，深情反而会变为薄情；如今看来，似乎真的是不能多情了。这两句描写“情到深处无怨尤”的心境，薄情本是无奈，多情却成追忆。作者借助前边的景物描写，表达回首往事泪滴零落的悲怨情绪。

【原词】风絮飘残已化萍，泥莲刚倩藕丝萦；珍重别拈香一瓣，记前生。人到情多情转薄，而今真个不多情；又到断肠回首处，泪偷零。

人间四月芳菲尽，山寺桃花始盛开。

【出处】唐·白居易·大林寺桃花。

【解析】本诗作于元和十二年初夏，当时白居易正在江州司马任上，大林寺在庐山香炉峰顶。全诗七言四句，从内容到语言均浅显易懂，主要描述了“山高地深，时节绝晚”的景致。这首平淡自然的小诗写得意境深邃，富有情趣。“人间四月芳菲尽，山寺桃花始盛开。”两句中“芳菲尽”与“始盛开”在对比中遥相呼应。诗句字面上是记事写景，实际上是表达感情和思绪上的跳跃——由一种愁绪满怀的叹逝之情，突变到惊异、欣喜，以至心花怒放。

【原诗】 人间四月芳菲尽，山寺桃花始盛开。
长恨春归无觅处，不知转入此中来。

人间亦有痴于我，岂独伤心是小青！

【出处】明·冯小青·题牡丹亭。

【解析】人间一定还有比我冯小青更痴情的人，读《牡丹亭》而感动伤心的，岂止我冯小青一人！“岂独伤心是小青”描述世上太多为情所苦的伤心人。后人常套用“人间亦有痴于我，岂独伤心是小青”两句来表示：许多人对于某件事物的观点或看法，与他人有“英雄所见略同”的感受。

【原诗】 冷雨敲窗不可听，挑灯闲读《牡丹亭》；
人间亦有痴于我，岂独伤心是小青！

人间有味是清欢。

【出处】宋·苏轼·浣溪沙。

【解析】这首词是苏东坡元丰六年十二月二十四日，与泗州友人刘倩叔游南山时的作品。词作描写春日游玩山水的乐趣，当他在山野中尝到可口新嫩的春菜时，不禁称赞说：人世间最美味的东西便是那春日山野间的野菜了。后人常用：“人间有味是清欢”来形容乡野生活的朴实、可爱与山菜野味的清新、甜美。

【原诗】细雨斜风作小寒，淡烟疏柳媚晴滩，入淮清洛渐漫漫。
雪沫乳花浮午盏，蓼茸蒿笋试春盘，人间有味是清欢。

人间只道黄金贵，不问天公买少年。

【出处】金·元好问·无题。

【解析】世人只知道黄金的珍贵，可是纵有千金也买不到一寸光阴；又有谁能用黄金，向天公买回少年时代的青春岁月呢？原诗感叹世人眼光短浅，只知珍惜黄金，却不知光阴的可贵。春花可以再开，燕子可以再来，青春却难再回。

【原诗】　　七十鸳鸯五十弦，酒薰花柳动春烟；
　　　　　人间只道黄金贵，不问天公买少年？

人面桃花相映红。

【出处】唐·崔护·题都城南庄。

【解析】一年清明节诗人到郊外踏青，在南庄看到一家院子里桃树旁边站着一个姑娘。他向姑娘讨水喝，姑娘对他很友好。第二年，他又来到南庄，但是那个姑娘却不知哪里去了。原诗描述作者重游旧地，只见桃花依旧在春风中摇曳，而佳人却已杳无芳踪，以至作者面对此情此景，内心平添无限惆怅。

【原诗】　　去年今日此门中，人面桃花相映红。
　　　　　人面不知何处去，桃花依旧笑春风！

人难再得始为佳。

【出处】清·龚自珍·己亥杂诗。

【解析】汉武帝时，乐师李延年为武帝唱了一首“佳人歌”，并以“倾国倾城”的句子形容其妹的美貌。后来，李延年的妹妹入宫，果然得到武帝宠幸。她死后，武帝还是对她思念万分。龚自珍根据这个故事，写下了这样的诗句，认为：人之所以“始为佳”的原因，就是因为已经“难再得”。这说明许多东西人们往往在当初拥有它时不加以珍惜，一旦失去才发觉它的美好与珍贵，可是追悔已来不及了。

【原诗】　　拊心消息过江淮，红泪淋浪避客揩；
　　　　　千古知言汉武帝，人难再得始为佳。

人情翻覆似波澜。

【出处】唐·王维·酌酒与裴迪。

【解析】世事人情，就像那海上的波涛，翻来覆去，变幻莫测。作者借原诗感叹世事的无常与人心的善变，流露出远离尘世的归隐之意。

【原诗】　　酌酒与君君自宽，人情翻覆似波澜；
　　　　　白首相知犹按剑，朱门先达笑弹冠。
　　　　　草色全经细雨湿，花枝欲动春风寒；
　　　　　世事浮云何足问，不如高卧且加餐。

人人尽说江南好，游人只合江南老。

【出处】唐·韦庄·菩萨蛮。

【解析】人人都说江南风景美好，每个来游玩的人都应该长住江南一直到老。原词描写江南旖旎的风光，令人陶醉，值得游人在此长久居住，安享天年。

【原词】人人尽说（“尽说”或作“尽道”）江南好，游人只合江南老。春水碧于天，画船听雨眠。垆边人似月，皓腕凝霜雪；未老莫还乡，还乡须断肠。

人生不相见，动如参与商。

【出处】唐·杜甫·赠卫八处士。

【解析】“参”与“商”都是天上星辰，这两颗星东西相对，角度相差一百八十度，所以一星升起，另一星即下沉，永远没有碰面的机会。作者以星辰比喻人生，表达人世间劳燕分飞、天各一方的痛苦。借天上的参星与商星阐明世人聚少离多，难得有相逢的机会。

【原诗】人生不相见，动如参与商；今夕复何夕？共此灯烛光。少壮能几时？鬓发各已苍；访旧半为鬼，惊呼热中肠。焉知二十载，重上君子堂；昔别君未婚，儿女忽成行；怡然敬父执，问我来何方；问答乃未已，驱儿罗酒浆。夜雨剪春韭，新炊间黄粱；主称会面难，一举累十觞。十觞亦不醉，感子故意长；明日隔山岳，世事两茫茫！

人生愁恨何能免？销魂独我情何限！

【出处】五代·李煜·子夜歌。

【解析】人生的愁恨，要怎样才能避免呢？为何离愁别恨对我来说是如此的深长无限呢？作者描写自己身在异乡，怀念故国，感叹人生愁恨虽然无可避免，而自己的愁恨却是特别地深长。诗句深入刻画了词人漂泊异乡的愁苦心境。“人生愁恨何能免”一句常被伤心人借来抒发对人生愁苦的怨恨及无奈。

【原词】人生愁恨何能免？销魂独我情何限！故国梦重归，觉来双泪垂！高楼谁与上？长记秋晴望。往事已成空，还如一梦中！

人生代代无穷已，江月年年只相似。

【出处】唐·张若虚·春江花月夜。

【解析】人类总是一代又一代地绵延相传，永无止境；而江上的明月则是一年复一年，恒久不变。“人生代代无穷已，江月年年只相似”，描写人生世代的永无穷尽，如同江中明月的千古不变。

【原诗】见“江畔何人初见月，江月何年初照人”。

人生到处知何似？恰似飞鸿踏雪泥。

【出处】宋·苏轼·和子由渑池怀旧。

【解析】人生在世，总是到处流浪漂泊，恰似那飞来飞去的鸿雁，在雪地上停留片刻，偶然会留下一些指爪的痕迹，但等到鸿雁飞去以后，又有谁会记得它是在东边还是在西边呢？此诗是苏轼最富理趣的作品，体现了他对人生深入的思考。

【原诗】人生到处知何似，恰似飞鸿踏雪泥；
泥上偶然留指爪，鸿飞那复计东西。
老僧已死成新塔，坏壁无由见旧题；
往日崎岖还记否，路长人困蹇驴嘶。
（蹇，读作：简。蹇驴：跛脚的驴。）

人生芳秽有千载，世上荣枯无百年。

【出处】宋·谢枋得·和曹东谷韵。

【解析】一个人的名声，不论是清芳还是污臭，千百年后仍旧会继续流传；但是人活在世上，无论光荣或是落魄，却不会超过一百年。世上的富贵荣华都是短暂的，只有死后的名声才是永远不朽的；“人生自古谁无死，留取丹心照汗青。”正说的是此意。

【原诗】万古纲常担上肩，脊梁铁硬对皇天，
人生芳秽有千载，世上荣枯无百年。

人生交契无老少，论心何必先同调？

【出处】唐·杜甫·徒步归行。

【解析】人与人的相交，不必在乎年龄的大小；只要彼此心灵契合，何必一定要先求同调呢？原诗是唐代大诗人杜甫自凤翔赴鄜州，途经邠州所作；诗作是赠送给友人李特进的。朋友相交，贵在知心。不去计较年龄的差异，便可得忘年之交；不求同调，便可得忘形之友。只要彼此情投意合，年龄、身份、行业差异，都不会构成朋友之间的阻碍。

【原诗】明公壮年值时危，经济实藉英雄姿；国之社稷今若是，武定祸乱非公谁？凤翔千官且饱饭，衣马不复能轻肥；青袍明士最困者，白头拾遗徒步归。人生交契无老少，论心何必先同调？妻子山中哭向天，须公枥上追风骠。

人生看得几清明。

【出处】宋·苏轼·东栏梨花。

【解析】作者看见梨花雪白可爱，触景伤情，不禁感慨人生短暂，一辈子能够看到几次如此雪白、可爱的梨花呢？后人常用这句诗来表达人生短促、美景易逝的悲慨。

【原诗】梨花淡白柳深青，柳絮飞时花满城。

惆怅东栏一株雪，人生看得几清明？

人生莫作妇人身，百年苦乐由他人。

【出处】唐·白居易·太行路。

【解析】这句诗的意思是：人生在世，最好不要生为妇人，否则一生的苦乐，全都要掌握在他人的手里了。古代女子地位低下，没有决定自己生活的权利，因此一生都被男人所控制、掌握。作者所写"人生莫作妇人身，百年苦乐由他人"这两句诗，表达了他对古代女子悲惨命运的同情。同时此诗还借夫妻关系，隐喻封建时代知识分子面对的君臣关系。

【原诗】太行之路能摧车，若比人心是坦途；巫峡之水能覆舟，若比人心是安流。人心好恶苦不常，好坐毛羽恶生疮；与君结发未五载，岂期牛女为参商。古称色衰相弃背，当时美人犹怨悔；何况如今鸾镜中，妾颜未改君心改。为君薰衣裳，君闻兰麝不馨香；为君盛容饰，君看珠翠无颜色。行路难！难重陈！人生莫作妇人身，百年苦乐由他人！行路难，难于山，险于水。不独人间夫与妻，近代君臣亦如此。君不见左纳言，右纳史，朝承恩，暮赐死。行路难，不在水，不在山，只在人情反覆间。

人生七十古来稀。

【出处】唐·杜甫·曲江二首。

【解析】杜甫此诗作于公元758年暮春三月，当时长安已被收复，肃宗及太上皇玄宗已返回长安，杜甫时任职左拾遗。原诗中的"朝回"是上朝回来。典春衣：杜甫此时虽然居官，但饮酒钱都不够，春天快要过去，靠典当春衣付酒钱。古来稀：自古以来就不多见。杜甫《曲江二首》虽作于长安收复以后，但诗中表达的情绪却比较低落。前一首末两句为"细推物理须行乐，何用浮名绊此身？"更明白地点出了他此时将居官看作是"绊身"的"浮名"。第二首写他每日都饮酒醉归，酒债靠典衣也还不清。他要与风光"共流转"，以"相赏"为名，这是他低沉情绪的真实反映。"人生七十古来稀"一句，千百年来为人传诵。作者借此诗感叹生命的有限。

【原诗】

朝回日日典春衣，每日江头尽醉归。
酒债寻常行处有，人生七十古来稀。
穿花蛱蝶深深见，点水蜻蜓款款飞。
传语风光共流转，暂时相赏莫相违。

人生若尘露，天道邈悠悠。

【出处】魏晋·阮籍·咏怀。

【解析】人生就像尘土和朝露一样，短暂易逝，而天道却是悠远永恒。此诗句表达诗人对生命短暂的慨叹。

人生失意无南北。

【出处】宋·王安石·明妃曲。

【解析】作者有感于王昭君（就是明妃）的悲苦身世，感叹人生有着太多不如意的事，而这些不幸是不论南北到处都有的。原诗是说：阿娇被汉武帝冷藏后宫，王昭君被嫁单于，一在南，一在北，两人的痛苦失意相差无几，都同样令人扼腕感伤。

【原诗】明妃初出汉宫时，泪湿春风鬓脚垂，低徊顾影无颜色，尚得君王不自持。归来却怪丹青手，入眼平生未曾有；意态由来画不成，当时枉杀毛延寿。一去心知更不归，可怜著尽汉宫衣。寄声欲问塞南事，只有年年鸿雁飞。家人万里传消息，好在毡城莫相忆。君不见咫尺长门闭阿娇，人生失意无南北！

人生识字忧患始。

【出处】宋·苏轼·石苍舒醉墨堂。

【解析】人一旦识字，一生的忧患便就此开始。这句诗是苏轼的名句，常被用来感叹：对人生了解愈多，烦恼、愁苦也就愈多。所以他接着说："姓名粗记可以休"意思是：人只要粗略地认识几个字就可以了。

【原诗】人生识字忧患始，姓名粗记可以休。何用草书夸神速？开卷惝恍令人愁！我尝好之每自笑，君有此病何年瘳？自言其中有《至乐》，适意无异《逍遥游》。近者作堂名醉墨，如饮美酒销百忧。乃知柳子语不妄，病嗜土炭如珍馐；君子此艺亦云至，堆墙败笔如山丘。兴来一挥百纸尽，骏马倏忽踏九州。我书意造本无法，点画信手烦推求。胡为议论独见假，只字片纸皆藏收；不减钟张君自足，下方罗赵我亦优。不须临池更苦学，完取绢素充衾裯。

人生天地间，忽如远行客。

【出处】汉·佚名·古诗十九首·青青陵上柏。

【解析】人活在世间，就像那来去匆匆的过客一般。原诗感叹人生短促，匆匆地来，又匆匆地去，没有多少日子可以停留。现今常用"人生天地间，忽如远行客"这两句诗来勉励人们珍惜时光，积极进取。

【原诗】青青陵上柏，磊磊涧中石；人生天地间，忽如远行客。斗酒相娱乐，聊厚不为薄；驱车策驽马，游戏宛与洛。洛中何郁郁，冠带自相索；长衢罗夹巷，王侯多第宅。两宫遥相望，双阙百余尺；极宴娱心意，戚戚何所迫？

人生无根蒂，飘如陌上尘。

【出处】晋·陶渊明·杂诗。

【解析】人生在世，原本就是无根无蒂；到处漂泊流浪，犹如路上的灰尘。这首诗描写人生飘零无依。作者把那种浪迹天涯的凄凉心境写得细致入微。

【原诗】见“及时当勉励，岁月不待人。”

人生只似风前絮，欢也零星，悲也零星，都作连江点点萍！

【出处】民国·王国维·采桑子。

【解析】人生在世，虚无缥缈，就像随风飘飞的柳絮，纵有零星的欢乐或伤悲，但只要一阵轻风吹过，便全部化作江上漂流不定的点点浮萍。全词摹写出一种感伤悲凉的意境。

【原词】高城鼓动兰缸灺，睡也还醒，醉也还醒，忽听孤鸿三两声！人生只似风前絮，欢也零星，悲也零星，都作连江点点萍！

人生自古谁无死，留取丹心照汗青。

【出处】宋·文天祥·过零丁洋。

【解析】原诗的零丁洋：指珠江口的海面。起一经：指本诗作者精通经书，经过科举考试（文天祥二十岁时考取状元）出来做官。干戈：古代兵器，这里指战争。第一句诗的意思是：在惨淡的战争环境中过了四个年头。“山河破碎风飘絮，身世浮沉雨打萍。”则是说：山河破碎，像柳絮被风吹散一样；自己一生动荡不安，像被雨打的水上浮萍一样。惶恐滩：在江西万安县，是赣江十八个险滩之一。文天祥在江西被元军打败，曾从惶恐滩撤退到福建。“惶恐滩头说惶恐”中的“说惶恐”，是指山河破碎，身世浮沉之叹。“零丁洋里叹零丁”：文天祥被元军俘虏后，第二年被迫随船去追宋帝昺，船过零丁洋。这句中的“叹零丁”，表达孤苦飘零之感。汗青：史册。照汗青：光耀史册。文天祥抗元不幸被俘，汉奸张弘范一再逼迫他写信招降正在海上抗战的宋军统帅张世杰，文天祥就拿这首诗给他看。“人生自古谁无死，留取丹心照汗青”两句，义正词严，表现了文天祥视死如归的英雄气概，在史册上，写下了光辉的一页。

【原诗】辛苦遭逢起一经，干戈寥落四周星。山河破碎风飘絮，身世浮沉雨打萍。惶恐滩头说惶恐，零丁洋里叹零丁。人生自古谁无死，留取丹心照汗青。

人生自是有情痴，此恨不关风与月。

【出处】宋·欧阳修·玉楼春。

【解析】自古以来，多少人为情所苦，为情发痴。本句是欧阳修摹写爱情的千古名句，道尽了古今痴男怨女为情所迷，为情所苦的诸般情境。

【原词】尊前拟把归期说，未语春容先惨咽。人生自是有情痴，此恨不关风与月。离歌且莫翻新阕，一曲能教肠寸结。直须看尽洛城花，始共春风容易别。

人世几登高，寂寞黄花酒。

【出处】明·汪时元·九日舟中。

【解析】人生短暂，一生一世能度过几个登高节？在这样的节日我却寂寞地饮着黄花酒。

人事有代谢，往来成古今。

【出处】唐·孟浩然·与诸子登岘山。

【解析】秋末冬初季节，孟浩然与友人共登岘山，但见水落之后，露出了鱼梁州，于是感慨"人事有代谢，往来成古今"，想当年古人登临之处，今人复又登临，人世的更替竟如此让人伤感。作者因有感于世事兴衰，人事替换，在抚今追昔之余，不由怆然泪下。

【原诗】

人事有代谢，往来成古今；
江山留胜迹，我辈复登临。
水落鱼梁浅，天寒梦泽深；
羊公碑字在，读罢泪沾襟。

人似秋鸿来有信，事如春梦了无痕。

【出处】宋·苏轼·正月二十日与潘郭二生出郊寻春，忽记去年是日同至女王城作诗，乃和前韵。

【解析】人可以像秋鸿般年年重回旧地；而那些早已过去的事情，却犹如春梦一般，未曾留下任何痕迹。"事如春梦了无痕"通常用来感叹往事缥缈，难以寻觅，留给人的只是无尽的眷恋与萦怀。若往事专指失去的恋情，则在追忆、怀念中，还蕴蓄着一份苦痛与迷惘。

【原诗】东风未肯入东门，走马还寻去岁村；人似秋鸿来有信，事如春梦了无痕。江城白酒三杯酽，野老苍颜一笑温；已约年年为此会，故人不用赋招魂。

人无千日好，花无百日红。

【出处】明·施耐庵·《水浒传·第四十三回》。

【解析】人生在世，不可能事事顺心，就像花朵一样，不可能永远盛开，永不凋谢。原诗劝人得意之时不能太过张狂，应该及早为日后打算。

【原诗】原文只此二句。元曲的《儿女团圆》，共有四句："人无千日好，花无百日红；早时不算计，过后一场空。"

人闲桂花落，夜静春山空。

【出处】唐·王维·鸟鸣涧。

【解析】夜沉静得听不到任何声响，只有桂花轻轻地洒落一地，反衬出山间景致的空灵不拘。原诗描写春山静谧的夜景，诗情画意结合无间。

【原诗】

人闲桂花落，夜静春山空；
月出惊山鸟，时鸣春涧中。

人行明镜中，鸟度屏风里。

【出处】唐·李白·清溪行。

【解析】这是一首情景交融的抒情诗，着意描写山溪水色的清澈空灵，寄托诗人喜清厌浊的情怀。“人行明镜中，鸟度屏风里。”一句诗描摹了这样一幅秀美的图画：人在岸上行走，鸟在山中穿度，倒影在清溪之中，像在明镜里一样清丽宜人。

【原诗】

清溪清我心，水色异诸水。
借问新安江，见底何如此？
人行明镜中，鸟度屏风里。
向晚猩猩啼，空悲远游子。

人烟寒橘柚，秋色老梧桐。

【出处】唐·李白·秋登宣城谢朓北楼。

【解析】一个晴朗的秋天的傍晚，诗人独自登楼赏月。秋光山影，是如此明净！远处山冈升起缕缕炊烟。橘柚的深碧，梧桐的微黄呈现出一片苍凉景色，使人感到已是秋光渐晚的时候了。

【原诗】

江城如画里，山晚望晴空。
两水夹明镜，双桥落彩虹。
人烟寒橘柚，秋色老梧桐。
谁念北楼上，临风怀谢公。

人言田家乐，尔苦谁得知。

【出处】宋·陈师道·田家。

【解析】大家都说耕田人快乐，他们的痛苦又有谁知道呢？表达了诗人对农民稼穑之苦的同情。

人在桥上过，桥流水不流。

【出处】明·善惠·善惠偈。

【解析】这是一首禅意极深的诗，意思是：当人在桥上走过的时候，看着下面的水，似乎水不动，相对于静止的水而桥则在流动。

日出而作，日入而息。

【出处】周秦·古逸·击壤歌。

【解析】太阳出来就开始工作，太阳下山了就收工休息。刻画了农民们自然淳朴的生活图景。

日出江花红胜火，春来江水绿如蓝。

【出处】唐·白居易·忆江南。

【解析】清晨日出的时候，江边盛开的花朵简直比火还要红艳；当春天到来的时候，江里的水青绿得就像是蓝色的一样。江南水乡花草繁盛，这首词以红花、绿水来描写江南的美景，色彩鲜明艳丽，情趣无限。

【原词】江南好，风景旧曾谙；日出江花红胜火，春来江水绿如蓝，能不忆江南？

日啖荔枝三百颗，不妨长作岭南人。

【出处】宋·苏轼·食荔枝。

【解析】苏轼贬谪惠州期间，曾作过不少关于荔枝的诗篇。本句千古传诵，反映了他遭贬后，安步当车，豁达看待得失的人生态度。

【原诗】罗浮山下四时春，庐桥杨梅次第新；
日啖荔枝三百颗，不妨长作岭南人。

日暮东风怨啼鸟，落花犹似坠楼人。

【出处】唐·杜牧·金谷园。

【解析】傍晚时分，东风里，鸟儿啼出哀怨的调子；瓣瓣落花，好像当年跳下楼来的美人一样。此句怀古思今，发人深省。

日暮乡关何处是，烟波江上使人愁。

【出处】唐·崔颢·黄鹤楼。

【解析】原诗的黄鹤楼：故址在今武汉长江大桥武昌桥头。黄鹤楼俯瞰江汉，极目千里，相传仙人子安乘黄鹤过此，故名。崔颢此诗冠压群雄。《唐才子传》说李白偕友登楼见崔颢题诗，曾说："眼前有景道不得，崔颢题诗在上头。"昔人：指仙人子安。"晴川历历汉阳树，芳草萋萋鹦鹉洲"两句诗是说：隔着江水，汉阳的树木清楚在望，鹦鹉洲上的草也长得茂盛。前人评诗曾有此诗居唐人七律第一的说法，又传李白为之搁笔，可见享尽盛名。此诗吊古怀乡，触景生情，动人肺腑。“日暮乡关何处是，烟波江上使人愁”两句，抒写游子思乡之情。

【原诗】昔人已乘黄鹤去，此地空余黄鹤楼。
黄鹤一去不复返，白云千载空悠悠。
晴川历历汉阳树，芳草萋萋鹦鹉洲。
日暮乡关何处是，烟波江上使人愁。

日日花前常病酒，不辞镜里朱颜瘦。

【出处】五代·冯延巳·蝶恋花。

【解析】每天饮酒，总是喝得昏沉烂醉，一点也不在意那镜里原本红润的面容，已经日益清瘦了。春花怒放，惆怅依旧，借酒消愁，不顾满面病容，也不管身体日渐消瘦，只愿酒能解愁。作者此词感叹人生不如意，百般愁绪，难以排解。

【原词】谁道闲情抛弃久？每到春来，惆怅还依旧。日日花前常病酒，不辞镜里朱颜瘦？河畔青芜堤上柳，为问新愁，何事年年有？独立小桥风满袖，平林新月人归后。

柔情似水，佳期如梦。

【出处】宋·秦观·鹊桥仙。

【解析】原诗中的纤云弄巧：旧时，七月七日晚上，妇女们过乞巧节，穿针、设瓜果迎接织女星。这句话是说天上的云彩弄出许多花样来，好像在表现织女娴熟的技巧。“忍顾鹊桥归路”是说不忍分离匆匆从鹊桥走回去。作者对每年一度的牛郎会织女有自己的看法。他认为“金风玉露”相逢，便胜却人间无数。又说“两情若是久长时，又岂在朝朝暮暮！”在这首词里作者独出匠心，借用牛郎与织女的故事，歌颂爱情的真挚长久。“柔情似水，佳期如梦”牛郎会织女永远是人们心中美好的故事。

【原诗】见“两情若是久长时，又岂在朝朝暮暮”！

如今俱是异乡人，相见更无因！

【出处】唐·韦庄·荷叶杯。

【解析】如今我们都已成为漂泊天涯的异乡人；如果想再度相见，恐怕更加没有机会了。本句描写情侣流离失散，相见无期的悲伤感怀。

【原词】记得那年花下，深夜，初识谢娘时；水堂西面画帘垂，携手暗相期。惆怅晓莺残月，相别，从此隔音尘。如今俱是异乡人，相见更无因！

如今七事都更变，柴米油盐酱醋茶。

【出处】清·查为仁·莲坡诗话。

【解析】原诗的意思是：年轻时候的日子过得诗意逍遥，每天都与书、画、琴、棋、诗、酒、花作伴；一旦成了家，肩上挑起生活的重担，整天便为柴、米、油、盐、酱、醋、茶等七件事而烦恼忙碌了。有家累的人，常喜欢用这首诗来形容婚前与婚后生活的迥然不同。

【原诗】书画琴棋诗酒花，当年件件不离他；
如今七事都更变，柴米油盐酱醋茶。

若待上林花似锦，出门俱是看花人。

【出处】唐·杨巨源·城东早春。

【解析】本句诗意为：若是等到上林苑百花盛开如锦时才去看花，恐怕那时候一出门，街上全都是急着要去赏花的人了。“出门俱是看花人”常常形容赏花季节，凑热闹的人特别多。

【原诗】诗家清景在新春，绿柳才黄半未匀；
若待上林花似锦，出门俱是看花人。

若到江南赶上春，千万和春住！

【出处】宋·王观·卜算子·送鲍浩然之浙东。

【解析】如果来得及在春天赶到江南，可千万要和春天住在一块，好好地享受那美好的春光啊！此词将惜别之意与惜春之情交织在一起，劝友人要珍惜自己短暂的青春，把握难得的美好时光。

【原词】水是眼波横，山是眉峰聚。欲问行人去那边？眉眼盈盈处。才始送春归，又送君归去；若到江南赶上春，千万和春住！

若言琴上有琴声，放在匣中何不鸣？

【出处】宋·苏轼·琴诗。

【解析】如果说琴上自有琴声，那放在匣中的琴为何不会发出鸣响？如果说声音是来自人的手指，那你为何不在你的指头上听听看？作者这首《琴诗》，以反诘语气探究琴声的来源，颇为新鲜有趣。

【原诗】若言琴上有琴声，放在匣中何不鸣？
若言声在指头上，何不于君指上听？

若有人知春去处，唤取归来同住。

【出处】宋·黄庭坚·清平乐。

【解析】若是有人知道春天在什么地方，就要把它呼唤回来，留它同住。作者感叹春天消逝，表达惜春、恋春之情。“若有人知春去处，唤取归来同住”两句词，同时也可用来表示对逝去年华的无尽追忆。

【原词】见“春归何处？寂寞无行路。”

三分春色二分愁，更一分风雨。

【出处】宋·叶清臣·贺圣朝。

【解析】三分春色中，有两分带着愁意，另一分则是无情的风雨。“三分春色二分愁”描写作者极为愁苦的心境，再加上一分无情风雨，更让人觉得愁苦难耐。原词描写春愁，表达伤春之意。

【原词】满斟绿醑（绿醑：绿酒。醑：音许，美酒。）留春住，莫匆匆归去；三分春色二分愁，更一分风雨。花开花谢，都来几许？且高歌休诉。不知来岁牡丹时，再相逢何处？

三更酒醒残灯在，卧听潇潇雨打篷。

【出处】宋·陆游·东关。

【解析】三更时分才从酒醉中醒来，只见残灯依然亮着；心情沉闷无聊，躺卧在船上，听着潇潇的夜雨，不停地打落在船篷上。酒醒灯残，躺卧船中，雨声潇潇，天涯沦落，诗人心情的愁苦与凄凉是可以想见的。

【原诗】

烟水苍茫西复东，扁舟又系柳阴中；
三更酒醒残灯在，卧听潇潇雨打篷。

三生命孤苦，万里路酸辛。

【出处】宋·文天祥·忆太夫人。

【解析】我的命运孤苦，一生总是在迢迢的路途上艰难前行。

色不迷人人自迷，情人眼里出西施。

【出处】清·黄增·集杭州俗语诗。

【解析】美色本身并不会迷惑人，只是欣赏美色的人常常自己被迷惑了；因而在情人的眼里，女友永远都像西施一样美丽。这两句诗道出世间一个极为普通的道理，其中深意，耐人寻味。

【原诗】

色不迷人人自迷，情人眼里出西施；
有缘千里来相会，三笑徒然当一痴。

山不厌高，水不厌深；周公吐哺，天下归心。

【出处】魏·曹操·短歌行。

【解析】吐哺：把嚼在嘴里的食物吐出来。《史记·鲁世家》："周公诫伯禽曰：我一沐三握发，一饭三吐哺，起以待士，犹恐失天下之贤人。子之鲁，慎无出国骄人。"这几句诗的意思是：高山从不认为自己高，大海从不认为自己深；我就像周公一样，随时准备款待贤人，以使天下人心归向于我。"山不厌高，水不厌深"比喻作者求才若渴的心情；"周公吐哺，天下归心"则表示自己统一天下的决心。

【原诗】见"对酒当歌，人生几何？譬如朝露，去日苦多"。

山重水复疑无路，柳暗花明又一村。

【出处】宋·陆游·游山西村。

【解析】原诗中的腊酒：腊月造的酒。浑：混浊，不纯。豚：小猪。春社：古代江南一带农民以立春后第五个"戊"日祈祷年成，人们吹箫打鼓过节。拄杖无时夜叩门：拄着拐杖随时敲门过访。原诗中前四句的意思是：不要耻笑农家腊月酿的酒不纯，在丰年乡邻还有足够的鸡和小猪招待客人；走在山野中，只见前面山岭重重，水流交错，本以为没有出路了，等再转过去时，才发现呈现在眼前的是一个绿柳成荫、百花盛开的村庄。"山重水复疑无路，柳暗花明又一村"这两句诗描写在山水阻隔的路中，突然发现一处好风景，于是原本失望的心情转为欢欣、喜悦。后人常引用这两句诗来比喻人在绝望中重获生机的喜悦之情；或喻指文艺作品情节的起伏变化。整首诗是描写农家款待客人的淳朴风尚，是真挚感情的流露。

【原诗】莫笑农家腊酒浑，丰年留客足鸡豚；山重水复疑无路，柳暗花明又一村。箫鼓追随春社近，衣冠简朴古风存；从今若许闲乘月，拄杖无时夜叩门。

山从人面起，云傍马头生。

【出处】唐·李白·送友人入蜀。

【解析】原诗是一首以描绘蜀道山川的奇美而著称的抒情诗。"山从人面起，云傍马头生。"写人在栈道上行走，山崖峭壁宛如迎面而来，云也是依傍着马头而翻腾，如同腾云驾雾一般。

【原诗】

见说蚕丛路，崎岖不易行。
山从人面起，云傍马头生。
芳树笼秦栈，春流绕蜀城。
升沉应已定，不必问君平。

山光悦鸟性,潭影空人心。

【出处】唐·常建·题破山寺后禅院。

【解析】明媚的山光可以取悦飞鸟爱好自然的本性;明净的潭水可以洗涤为世俗尘嚣污染的心灵。这两句诗颇富禅机:山光潭影,是自然风景,它可除去尘世俗念,使人心灵欢愉,进而体会生命的真谛。

【原诗】见"曲径通幽处,禅房花木深。"

山静似太古,日长如小年。

【出处】宋·唐庚·醉眠。

【解析】山中十分宁静,仿佛回到了太古时代似的;日子清闲得令人觉得漫长,一天好像是一年一样。诗人在深山中的生活平淡清闲,只觉得长日漫漫,慵懒的情绪有些难以排遣。原诗的后面几句,流露出一种旷达自解的情绪,很有深意。

【原诗】

山静似太古,日长如小年;
余花犹可醉,好鸟不妨眠。
世味门常掩,时光簟已便;
梦中频得句,拈笔又忘筌。

山暝听猿愁,沧江急夜流。

【出处】唐·孟浩然·宿桐庐江寄广陵旧游。

【解析】山色已暗,猿猴的声声悲啼勾起诗人内心无限的哀愁;而那沧江的流水,却仍是急急忙忙地不停向前奔流。作者借山暝、猿啼、江急、夜流等词刻画山中之夜的萧瑟、凄凉。

【原诗】

山暝听猿愁,沧江急夜流;
风鸣两岸叶,月照一孤舟。
建德非吾土,维扬忆旧游;
还将两行泪,遥寄海西头。

山抹微云,天粘衰草。

【出处】宋·秦观·满庭芳。

【解析】山顶涂抹着一缕薄薄的云,远天连接着一片枯萎的草。秦观此句一出,苏轼便大为赞赏,称他为"山抹微云秦学士",他还因此得到一个"山抹微云君"的雅号。词句描写秋日景色,借萧瑟秋意来比喻离情别绪,李叔同的"长亭外,古道边,芳草碧连天"与之意境颇为相似。

【原词】山抹微云,天粘衰草,画角声断谯门;暂停征棹,聊共引离尊。多少蓬莱旧事，空回首，烟霭纷纷。斜阳外，寒鸦数点，流水绕孤村。销魂当此际，香囊暗解，罗带轻分，漫赢得青楼薄幸名存。此去何时见也？襟袖上空惹啼痕；伤情处，高城望断，灯火已黄昏。

山河破碎风飘絮，身世浮沉雨打萍。

【出处】宋·文天祥·过零丁洋。

【解析】这句写国土沦陷，亡国之臣有如浮萍漂泊水上。

【原诗】见"人生自古谁无死，留取丹心照汗青"。

山随平野尽，江入大荒流。

【出处】唐·李白·渡荆门送别。

【解析】远山随着广阔的平原逐渐远去，慢慢消失在眼前；江水面向苍茫的大地，不停地向前奔流。景色苍茫，气势雄壮。

【原诗】

渡远荆门外，来从楚国游；
山随平野尽，江入大荒流。
月下飞天镜，云生结海楼；
仍怜故乡水，万里送行舟。

山外青山楼外楼，西湖歌舞几时休？

【出处】宋·林升·题临安邸。

【解析】青山重叠，高楼林立；从北方避难而来的官员们，整日在西湖上唱歌、跳舞，究竟到何时才会停止？"山外青山楼外楼"描写青山与高楼相连的美景，以衬托后句诗"西湖歌舞几时休"，所描绘的欢乐情形。作者愤恨南宋统治者不思收复北方失地，只知苟且偷安，过着纸醉金迷、粉饰太平的日子，表达他对南宋统治者的讽刺。

【原诗】

山外青山楼外楼，西湖歌舞几时休？
暖风熏得游人醉，直把杭州作汴州。

山映斜阳天接水，芳草无情，更在斜阳外。

【出处】宋·范仲淹·苏幕遮。

【解析】夕阳映照着远山，茫茫秋水与天相接，无情的芳草延伸向远方。作者极目逃眺，家乡遥远，目不可及。此词情景交融，借一望无际的秋色，表达词人的思乡之苦。

【原词】碧云天，黄叶地，秋色连波，波上寒烟翠。山映斜阳天接水，芳草无情，更在斜阳外。黯乡魂，追旅思，夜夜除非，好梦留人睡。明月楼高休独倚，酒入愁肠，化作相思泪。

山雨欲来风满楼。

【出处】唐·许浑·咸阳城东楼。

【解析】山雨就要来了，整栋楼宇盈满了山风。这句诗是描写山雨即将来时，自然界的预兆。现今通常用“山雨欲来风满楼”，形容重大事件发生前所显示的预兆与前奏。

【原诗】

一上高城万里愁，蒹葭杨柳似汀洲；
溪云初起日沉阁，山雨欲来风满楼。
鸟下绿芜秦苑夕，蝉鸣黄叶汉宫秋；
行人莫问当年事，故国东来渭水流。

山月不知心里事，水风吹落眼前花。

【出处】唐·温庭筠·望江南。

【解析】本词以山月、水风、落花和碧云的无情与“千万恨”“心里事”的有情相对照，突出思妇内心的怨恨和忧伤。

【原诗】千万恨，恨极在天涯。山月不知心里事，水风吹落眼前花；摇曳碧云斜。

山中一夜雨，树杪百重泉。

【出处】唐·王维·送梓州李使君。

【解析】诗句的意思是：山中下了一夜的雨，清晨森林里每一棵树的树梢上，都流泻下千百道泉水。作者这两句诗描绘出山林雨后的动人景致，细腻、生动的笔触给人带来一种如临其境的美妙感受。

【原诗】

万壑树参天，千山响杜鹃；
山中一夜雨，树杪百重泉。
汉女输橦布，巴人讼芋田；
文翁翻教授，不敢倚先贤。

商女不知亡国恨，隔江犹唱后庭花！

【出处】唐·杜牧·泊秦淮。

【解析】原诗中的秦淮：秦淮河，流经南京附近。商女：卖唱的歌女。“后庭花”全名是“玉树后庭花”，乐曲。陈后主荒淫奢侈，沉湎于声色，喜听“玉树后庭花”，终至国亡。后人把“后庭花”看作亡国之音。诗人杜牧生于晚唐，眼见唐朝政治腐败，有无限的感慨。

【原诗】 烟笼寒水月笼沙，夜泊秦淮近酒家。
商女不知亡国恨，隔江犹唱后庭花！

伤往事，写新词，客愁乡梦乱如丝。

【出处】清·孔尚任·鹧鸪天。

【解析】异乡作客，感伤往事，写作新词；梦中思念故乡，心绪纷乱如丝。“客愁乡梦乱如丝”描写思乡的苦痛。

【原词】院静厨寒睡起迟，秣陵人老看花时。城连晓雨枯陵树，红带春潮坏殿基。伤往事，写新词，客愁乡梦乱如丝。不知烟水西村舍，燕子今年宿傍谁？

伤心桥下春波绿，曾是惊鸿照影来。

【出处】宋·陆游·沈园。

【解析】《沈园》诗是陆游为悼念前妻而作。年轻时，陆游与表妹唐琬结婚，夫妻恩爱，但陆游的母亲很不喜欢唐琬。最终在母亲逼迫下，两人离异。唐琬改嫁后，两人偶然在沈园相遇，陆游感伤地在墙上题了一首《钗头凤》词。唐琬不久忧伤而逝。陆游七十五岁的时候，重游沈园便写下了《沈园》诗。沈园现在浙江绍兴。画角：古时候一种涂着彩色的军乐器。非复：不再是。惊鸿：形容女子体态轻盈。“曾是惊鸿照影来”：指桥底下的绿水，曾经照过唐琬美丽的身姿。

【原诗】 城上斜阳画角哀，沈园非复旧池台；
伤心桥下春波绿，曾是惊鸿照影来！

伤心秦汉经行处，宫阙万间都做了土。

【出处】元·张养浩·山坡羊·潼关怀古。

【解析】原词的山河表里，指山河内外。《左传》禧公二十八年：“表里山河，必无害也。”西都：指长安。这首词大意为：不论哪一个朝代兴亡，苦了的都是老百姓。无数辉煌的宫殿都化为尘土了，只有百姓的苦难没有尽头。

【原诗】峰峦如聚，波涛如怒，山河表里潼关路。望西都，意踟蹰，伤心秦汉经行处，宫阙万间都做了土。兴，百姓苦，亡，百姓苦。

少年安得长少年，海波尚变为桑田。

【出处】唐·李贺·嘲少年。

【解析】少年时代固然美好，但人又怎能永远少年呢？连那原本波涛起伏的海水尚且会变成一片桑田！光阴催人老，作者旨在劝勉人们青春有限，应该珍惜光阴，及时努力。

【原诗】青骢马肥金鞍光，龙脑入缕罗衫香；美人狭坐飞琼觞，贫人唤云天上郎。别起高楼临碧筱，丝曳红鳞出深沼；有时半醉百花前，背把金丸落飞鸟。自说生来未为客，一身美妾过三百；岂知劚地种田家，官税频催没人织。长金积玉夸豪毅，每揖闲人多意气；生来不读半行书，只把黄金买身贵。少年安得长少年，海波尚变为桑田。荣枯递转急如箭，天公不肯于公偏。莫道韶华镇长在，发白面皱专相待。

少年听雨歌楼上，红烛昏罗帐。

【出处】宋·蒋捷·虞美人。

【解析】这首《虞美人》分为三小节，借听雨的三种不同情境，来描写人生三个不同阶段的生活境遇："听雨歌楼上，红烛昏罗帐"描写作者少年时代纵情声色，放浪形骸，过着醉生梦死的生活；"听雨客舟中，江阔云低，断雁叫西风。"是描写中年时代追逐名利，浮沉于宦海之中，有如孤雁离群，身世飘零凄凉；"听雨僧庐下，鬓已星星也。"则描写历尽沧桑，华年已逝，鬓发斑白，换来的只是无边的寂寞与空虚。原诗最后两句："悲欢离合总无情，一任阶前点滴到天明。"慨叹人生的悲欢离合，岁月的无情与往事的如烟似梦。作者以细腻、简洁的笔法，描绘出自己人生历程中三种不同的生活与心境，寓意深刻，读来发人深省。

【原词】少年听雨歌楼上，红烛昏罗帐；壮年听雨客舟中，江阔云低、断雁叫西风；而今听雨僧庐下，鬓已星星也；悲欢离合总无情，一任阶前点滴到天明。

少小离家老大回，乡音未改鬓毛衰。

【出处】唐·贺知章·回乡偶书。

【解析】衰：斑白。我从小就离家在外，年纪大了才返回故乡，口中虽然还带着浓浓的乡音，两鬓的头发却早已变白了。家乡的儿童见到我根本不认识，还笑着问我是从哪里来的？"少小离家老大回，乡音未改鬓毛衰。"含有久别家乡，感伤年华老去的意味。

【原诗】

少小离家老大回，乡音未改鬓毛衰。
儿童相见不相识，笑问客从何处来？

少壮不努力，老大徒伤悲。

【出处】汉·长歌行。

【解析】原诗大意：园中青青的葵树，沐浴着阳光雨露。春阳普照大地，万物欣欣向荣。只怕秋天到了，再绿再茂的叶儿也要枯萎。时光就像东流水，一去不会再回头。少壮的时候不努力向上，老了的时候追悔也无补于事了。"少壮不努力，老大徒伤悲。"两句勉励年轻人好好把握时光，以免年华消逝，追悔莫及。

【原诗】青青园中葵，朝露待日晞。阳春布德泽，万物生光辉。常恐秋节至，焜黄华叶衰。百川东到海，何时复西归？少壮不努力，老大徒伤悲。

设想英雄垂暮日，温柔不住住何乡？

【出处】清·龚自珍·己亥杂诗。

【解析】少年时代意气风发，设想英雄也会衰老，到那时不住在温柔乡，又能住到哪里去呢？住：是指迷恋。汉成帝宠幸赵飞燕妹妹，曾说过要终老温柔乡的话，因此，“温柔不住住何乡”常用来形容对女色的贪恋沉迷。马君武有一首诗“温柔乡是英雄冢”，意义也与此相仿。

【原诗】
少年虽亦薄汤武，不薄秦皇与武皇；
设想英雄垂暮日，温柔不住住何乡？

深恩负尽，死生师友。

【出处】清·顾贞观·贺新郎。

【解析】作者满怀失意落寞，写信给他的朋友，感叹自己十年来落魄江湖，一事无成，深感辜负了许多还在或已去世的师长、亲友对自己的恩情。“深恩负尽，死生师友”两句不仅含有深切的思念，同时还带着一份刻骨铭心的哀痛。

【原词】我亦飘零久，十年来，深恩负尽，死生师友。宿昔齐名非忝窃，只看杜陵消瘦。曾不减夜郎僝僽，薄命长辞知己别；问人生，到此凄凉否？千万恨，为兄剖。兄生辛未吾丁丑，共此时。冰霜摧折，早衰蒲柳，词赋从今须少作，留取丹心魂相守。但愿得河清人寿，归日意翻行戍稿，把空名料理传身后，言不尽，观顿首。

深知身在情长在。

【出处】唐·李商隐·暮秋独游曲江。

【解析】我深切地知道，只要此身还在，此情便永远长存。这句诗表达了诗人对爱情的坚贞执着，千百年来令人感动不已。

【原诗】
荷叶生时春恨生，荷叶枯时秋恨成；
深知身在情长在，怅望江头江水声。

身怯九天风露冷，楼台倒影漫秋星。

【出处】清·严复·上海刘氏园见白莲孤开，归而成咏(之)。

【解析】身体柔弱禁不住高处风露的寒冷，莲池中有楼台的倒影，还浸着秋夜的明星。意境深远，将自己在秋夜的感受淋漓尽致地表达出来。

身如巢燕年年客，心羡游僧处处家。

【出处】宋·陆游·寒食。

【解析】此身四处流浪，就像巢中的燕子，年年都在异乡作客；内心很羡慕那些随处漂泊的和尚，任何地方都可以为家。作者客居异乡，不时思念亲人，因此十分羡慕那些孤独的游僧，天涯漂泊，四海为家，内心却没有一丝牵挂。

【原诗】

峡云烘日欲成霞，瀼水生纹浅见沙；
又向蛮方作寒食，强持卮酒对梨花。
身如巢燕年年客，心羡游僧处处家；
赖有春风能领略，一生相伴遍天涯。

身是菩提树，心如明镜台。

【出处】唐·神秀·神秀偈。

【解析】偈，指佛教徒的短诗警言。神秀是禅宗五祖弘忍的大弟子，也是六祖慧能的师兄。明镜台：比喻人心本性的明净纯洁。原诗中有"时时勤拂拭，勿使惹尘埃"：表示要随时注意修身，并要摒弃一切俗世贪念，使心性永远保持光洁清明。神秀认为人身犹如一棵菩提树，人心就像块明亮的镜台。人要经常勤快地加以拂拭，不能让明亮的镜台沾染上一丝污垢。

【原诗】

身是菩提树，心如明镜台；
时时勤拂拭，勿使惹尘埃。

身无彩凤双飞翼，心有灵犀一点通。

【出处】唐·李商隐·无题。

【解析】我虽然没有彩凤的翅膀，能飞到你的身边；但我们的内心却像有犀角中直通首尾的纹理一样，可以互通感应。"身无彩凤双飞翼"描写无法相聚的思念与无奈；"心有灵犀一点通"描写两情相悦，默契互通的欢愉之情。现今这两句诗常形容人们思想相通，感情共鸣。

【原诗】

昨夜星辰昨夜风，画楼西畔桂堂东；
身无彩凤双飞翼，心有灵犀一点通。
隔座送钩春酒暖，分曹射覆蜡灯红；
嗟余听鼓应官去，走马兰台类转蓬。

生当作人杰，死亦为鬼雄。

【出处】宋·李清照·绝句。

【解析】宋代著名女词人李清照渡江逃难到南方。她痛感南宋朝廷的妥协无能。故写此绝句，以楚霸王失败不肯过江东的故事，讽刺南宋当权者苟且偷安的行为。

【原诗】　生当作人杰，死亦为鬼雄。
至今思项羽，不肯过江东！

生年不满百，常怀千岁忧；昼短苦夜长，何不秉烛游？

【出处】汉·佚名·古诗十九首·生年不满百。

【解析】人生在世通常不满百岁，心中却老是记挂着千万年后的忧愁，这是何苦呢？人生应当及时行乐才对啊！既然老是埋怨白天短暂，黑夜漫长，那么何不拿着烛火，日夜不停地欢乐游玩呢？原诗劝勉世人要能够通达世事，及时行乐，不必为那些毫无益处的事而日夜烦忧。

【原诗】　生年不满百，常怀千岁忧；
昼短苦夜长，何不秉烛游？
为乐当及时，何能待来兹？
愚者爱惜费，但为后世嗤；
仙人王子乔，难可与等期。

生前富贵草头露，身后风流陌上花。

【出处】宋·苏轼·陌上花。

【解析】本诗是苏轼根据当时民歌《陌上花》改写而成的，意境凄婉悲凉。这两句诗的意思是：人们生前的一切荣华富贵，就像那清晨草上的露水，只留下片刻的晶莹光辉；死后的一切美好声名，犹如那路边的花朵，只能绽放出短暂的芬芳。作者感叹名利富贵虚幻迷离，就像那草头露、陌上花一样，转眼便消失得无影无踪了。

【原诗】游九仙山，闻里中儿歌陌上花，父老云：吴越王妃每岁春必归临安，王以书遗妃，曰："陌上花开，可缓缓归矣。"吴人用其语为歌，含思宛转，听之凄然。而其词鄙野，为易之云：陌上花开蝴蝶飞，江山犹是昔人非；遗民几度垂垂老，游女长歌缓缓归。陌上山花无数开，路人争看翠軿来；若为留得堂堂去，且更从教缓缓回。生前富贵草头露，身后风流陌上花；已作迟迟君去鲁，犹教缓缓妾还家。

生为百夫雄，死为壮士规。

【出处】魏晋·王粲·咏史诗。

【解析】活着的时候做世间的英雄，死后则要成为壮士的楷模。这两句诗豪气冲天，表现了大丈夫的英雄气概。

生意忽满眼，不知春浅深。

【出处】明·方孝孺·上已约友登南楼。

【解析】眼前忽然充满了勃勃的生机，不知春天来临多久了。

盛年不重来，一日难再晨。

【出处】东晋·陈渊明·杂诗。

【解析】原诗大意是：风华正茂的岁月不会重来，犹如一天里头不会有两个早晨。年轻人要及时努力，时光是不会等待人的！作者借时光一去不返，提醒人们切莫辜负大好青春。

【原诗】

盛年不重来，一日难再晨；
及时当勉励，岁月不待人。

诗书焚后今犹在，到底阿房不耐烧！

【出处】清·丁尧臣·咏阿房宫。

【解析】虽然秦始皇当年焚书坑儒，可是直到今天，那些诗书还依然存在；倒是秦始皇所建的阿房宫，经不起一场火的焚烧。原诗借秦始皇兴建富丽堂皇的阿房宫，后来却被项羽一把火烧成灰烬的故事讽刺暴力高压政策终不能持久，独裁政权到头总是会被人民推翻的。

【原诗】

百里骊山一炬焦，劫灰何处认前朝？
诗书焚后今犹在，到底阿房不耐烧！

诗思禅心共竹闲，任他流水向人间。

【出处】唐·李嘉祐·题虔上人壁。

【解析】满腹的诗思禅心，犹如山竹一般悠闲；不问世事，任门前的流水不停地流向人间。诗句描写了僧人与世无争，淡泊生活的娴静。

【原诗】

诗思禅心共竹闲，任他流水向人间；
手持如意高窗里，斜日沿江千万山。

时人不识余心乐，将谓偷闲学少年。

【出处】宋·程颖·春日偶成。

【解析】普通人根本不知道我内心的快乐，还以为我是在偷取空闲，学习年轻人的悠闲放荡。作者描写自己春日闲居，漫步河边，赏花观柳，怡然自得的情趣。

【原诗】

云淡风轻近午天，傍花随柳过前川；
时人不识余心乐，将谓偷闲学少年。

时危见臣节，世乱识忠良。

【出处】南北朝·鲍照·代出蓟北门行。

【解析】时局危乱的时候，可以看出臣子的节操；天下纷乱的时候，可以了解一个人是否忠良。一个人的气节操守，只有在危急的关头，才能明显地表露出来。“时危见臣节，世乱识忠良”这两句诗也常用来赞美那些正气凛然的忠良之士。

【原诗】羽檄起边亭，烽火入咸阳；征骑屯广武，分兵救朔方。严秋筋竿劲，虏阵精且强；天子按剑怒，使者遥相望。雁行缘石径，鱼贯度飞梁；萧鼓流汉思，旌甲被胡霜。疾风冲塞起，沙砾自飘扬；马毛缩如猬，角弓不可张。时危见臣节，世乱识忠良；投躯报明主，身死为国殇。

石破天惊逗秋雨。

【出处】唐·李贺·李凭箜篌引。

【解析】经过一阵犹如石破天惊的大动荡之后，随即带来了阵阵寒瑟的秋雨。箜篌:古代的乐器之一。原诗是形容箜篌声的昂然凌越，出人意表。后人常用“石破天惊逗秋雨”来形容那些始料不及却又发人深省的精彩言论。

【原诗】吴丝蜀桐张高秋，空山凝云颓不流；江娥啼竹素女愁，李凭中国弹箜篌。昆山玉碎凤凰叫，芙蓉泣露香兰笑；十二门前融冷光，二十三丝动紫星。女娲炼石补天处，石破天惊逗秋雨。梦入神山教神妪，老鱼跳波瘦蛟舞。吴质不眠倚桂树，露脚斜飞湿寒兔。

十分秋色无人管，半属芦花半蓼花。

【出处】元·黄庚·江村即事。

【解析】江边美好的秋色没有人来欣赏；那十分秋色，一半是在芦花，一半是在蓼花。此诗描写江边秋景，芦花与蓼花相映生辉，呈现出苍凉的美感。

【原诗】

极目江夫一望赊，寒烟漠漠日西斜；
十分秋色无人管，半属芦花半蓼花。

十年磨一剑，霜刃未曾试。

【出处】唐·贾岛·剑客。

【解析】耗费了十年的光阴才磨成了这把剑，剑刃像寒霜一样冰冷，而锐利的锋芒却不曾试验过。此句以“宝剑”未曾试用比喻才能卓越、技艺超群的人，还没有机会一显身手。贾岛曾做过小官，一生穷苦，借此诗抒发内心的不平。“十年磨一剑”形容多年苦练、潜心修养的人，一旦有所成就，便不禁跃跃欲试，期盼能有发挥才能的机会。

【原诗】　十年磨一剑，霜刃未曾试；
今日把示君，谁有不平事？

十年生死两茫茫，不思量，自难忘！

【出处】宋·苏轼·江城子。

【解析】这首词作于熙宁元年正月，是一首悼亡词。原词用白描手法，表达对亡妻的深切思念。字里行间流露出夫妻间真挚的情感。

【原词】十年生死两茫茫，不思量，自难忘！千里孤坟，无处话凄凉，纵使相逢应不识，尘满面，鬓如霜。夜来幽梦忽还乡，小轩窗，正梳妆；相顾无言，惟有泪千行，料得年年肠断处，明月夜，短松冈。

十年一觉扬州梦，赢得青楼薄幸名。

【出处】唐·杜牧·遣怀。

【解析】原诗中的落魄：失意无聊。"楚腰纤细掌中轻"：指歌女、妓女。《后汉书·马廖传》："楚王好细腰，宫中多饿死。"《赵飞燕外传》："飞燕体轻，能为掌上舞。"青楼薄幸：青楼，指妓院。薄幸，指薄情。杜牧原是很有政治抱负的人，但生于政治腐败的唐朝末年，长期受压制，前半生尝够了沉沦下僚的滋味，"十年一觉扬州梦，赢得青楼薄幸名"是他前半生纵情酒色生活的写照。今人多用"十年一觉扬州梦"表示对以往荒唐生活的悔恨与觉悟。

【原诗】　落魄江湖载酒行，楚腰纤细掌中轻。
十年一觉扬州梦，赢得青楼薄幸名。

始知锁向金笼听，不及林间自在啼。

【出处】宋·欧阳修·画眉鸟。

【解析】作者在山林里听到画眉鸟的鸣叫声，才发觉把它锁在金笼里，实在不如让它在山林间自由歌唱来得悦耳动听。这首诗说明唯有自由自在才能表现出真正的自然美。

【原诗】　百转千声随意移，山花红紫树高低；
始知锁向金笼听，不及林间自在啼！

试上高峰窥皓月，偶开天眼觑红尘，可怜身是眼中人。

【出处】民国·王国维·浣溪沙。

【解析】我试着登上高峰，去窥视天上的明月；偶然睁开眼睛注视那喧嚣的尘世，这才发觉可怜的自己竟然也是芸芸众生中的一分子。诗句表达诗人欲追求超尘脱俗的生活，在现实中却无法实现的无奈。

【原词】山寺微茫背夕曛,鸟飞不到半山昏,上方孤磬定行去。
试上高峰窥皓月,偶开天眼觑红尘,可怜身是眼中人。

试玉要烧三日满,辨材须待七年期。

【出处】唐·白居易·放言五首之三。

【解析】原诗中的狐疑:犹豫不定。龟、蓍:古时的占卜用具。用龟甲叫卜,用蓍草叫筮。用龟甲占卜时,事先需雕钻,所以叫"钻龟"。材:指豫、章二树;旧说两树生长七年之后,才能区分出来。周公:名旦,周武王之弟,西周古制的制定者之一,是孔子特别怀念、推崇的人物。武王死后,成王年幼,周公摄政。当时有人造谣说周公要篡位,周公击败了反对者,自己并没有自立,这一点长期为古代统治者所称颂。王莽:王莽在西汉末夺取汉朝政权,建立新朝。夺位之前,伪装谦恭,礼贤下士,夺位之后,骄横淫逸。公元 23 年王莽的新朝被赤眉、绿林等起义军推翻。这首诗的意思是:赠给先生一个方法,用以决断犹豫不决之事,它不用钻刻过的龟甲和祷告用的蓍草。试验是否为玉石,要用火整整烧三天,辨认豫木、章树需要七年的期限。周公旦曾因听到说他要篡位的流言而恐惧;王莽在没有篡位之前也能够谦恭下士。倘使周公、王莽二人当年就死了,一生的真假好坏谁能知道呢?本诗说明判定一个人的好坏,需要长期观察与考验。

【原诗】
赠君一法决狐疑,不用钻龟与祝著;
试玉要烧三日满,辨材须待七年期。
周公恐惧流言日,王莽谦恭未篡时;
向使当年身便死,一生真伪复谁知?

世间何物催人老?半是鸡声半马蹄!

【出处】清·王九龄·题旅店。

【解析】这世间,什么东西在不停地催人变老呢?一半是鸡声,一半是马蹄。鸡声催人早起,马儿带人奔波。这两句诗感叹诗人终日为生活奔忙,岁月在"鸡声""马蹄中"悄然逝去。语句虽浅,寓意颇深。

【原诗】
晓觉芳檐片月低,依稀乡国梦中迷;
世间何物催人老?半是鸡声半马蹄!

世间无限丹青手,一片伤心画不成。

【出处】唐·高瞻·金陵晚望。

【解析】世间有无数擅长画事的高手,却没有人能把我此刻愁苦的心境描绘出来。作者描写自己凝望金陵帝王旧都,抚今追昔,倍觉伤感。"一片伤心画不成”形容人伤心到极点时，那种刻骨铭心的痛苦，是任何画笔都难以描绘出的，由此更证明“画景容易画心难”的道理。

【原诗】曾伴浮云归晚翠，犹陪落日泛秋声；
世间无限丹青手，一片伤心画不成。

世路如今已惯，此心到处悠然。

【出处】宋·张孝祥·西江月。

【解析】历经人世的悲欢离合以后，对于成败得失，如今早已习惯了；此心不论到何处，都是一片悠闲坦然。这两句词表现出一个饱经风霜、受尽折磨的人彻悟人生的旷达情怀。

【原词】问讯湖边春色，重来又是三年；东风吹我过湖船，杨柳丝丝拂面。世路如今已惯，此心到处悠然；寒光亭下水连天，飞起沙鸥一片。

世情已逐浮云散，离恨空随江水长。

【出处】唐·贾至·巴陵夜别王八员外。

【解析】旧日情怀已随浮云飘散，离别的苦恨却随着江水的流逝与日俱增。

世人都晓神仙好，惟有功名忘不了。

【出处】清·曹雪芹·红楼梦·好了歌。

【解析】人们都知道神仙生活的美好，却依然贪恋世间的功名利禄；明知到头来只是一场空幻，却仍眷恋世俗。这首《好了歌》具有很浓的警世意味，它表面上是说世人眷恋世俗的一切，其实是劝人及早忘却世俗的牵挂，以免徒增无谓的困扰和痛苦。

【原诗】世人都晓神仙好，惟有功名忘不了；古今将相在何方？荒冢一堆草没了！世人都晓神仙好，只有金银忘不了；终朝只恨聚无多，及到多时眼闭了！世人都晓神仙好，只有娇妻忘不了；君在日日说恩情，君死又随人去了！世人都晓神仙好，只有儿孙忘不了；痴心父母古来多，孝顺子孙谁见了？

世事短如春梦，人情薄似秋云。

【出处】宋·朱敦儒·西江月。

【解析】世事短暂得有如春夜的梦；人情淡薄得就像秋天的云。诗人饱经沧桑，用这两句诗表达他对人生和社会的态度。

【原词】世事短如春梦，人情薄似秋云；不需计较苦劳心，万事原来有命。幸遇三杯酒好，况逢一朵花新；片时欢笑且相亲，明月阴晴未定。

世事纷纷一局棋，输赢未定两争持。

【出处】明·冯梦龙·醒世恒言卷九。

【解析】世事纷乱不定，就像一局棋，双方势均力敌，难分胜负，一来一往互相缠斗，争执不下。

【原诗】

世事纷纷一局棋，输赢未定两争持；
须臾局罢棋收去，毕竟谁赢谁是输？

世事茫茫难自料，春愁黯黯独成眠。

【出处】唐·韦应物·寄李儋元锡。

【解析】世事渺茫虚空，实在难以预料；春愁黯淡凄凉，无法排遣以至满腹忧戚，久久不能成眠。花落花开，人生聚散无常；想念故人，感叹世事多变，不禁黯然神伤。“世事茫茫难自料，春愁黯黯独成眠”这两句诗常用来形容失意之人内心的伤痛与对未来的茫然。

【原诗】

去年花里逢君别，今日花开又一年；
世事茫茫难自料，春愁黯黯独成眠。
身多疾病思田里，邑有流亡愧俸钱；
闻道欲来相问讯，西楼望月几回圆？

世事一场大梦，人生几度新凉。

【出处】宋·苏轼·西江月·黄州中秋。

【解析】元丰二年秋，苏轼被贬到黄州任团练副使。次年中秋，作此词。词作感叹世事如梦，人生短暂，反映了作者人生受挫后悲愤难抑的情绪，同时也寄寓着他达观自解的人生态度。

【原诗】

世事一场大梦，人生几度新凉；
夜来风叶已鸣廊，看取眉头鬓上。
酒贱常愁客少，月明多被云妨，
中秋谁与共孤光？把盏凄然北望。

世事云千变，浮生梦一场。

【出处】金·王庭筠·书西斋。

【解析】世间的俗事如同云彩的变化般无穷无尽，人生在世好像一场幻梦。

是他春带愁来，春归何处？却不解带将愁去。

【出处】宋·辛弃疾·祝英台令·晚春。

【解析】是“春”把愁带来的，如今不知“春”又将归向何处？可是它却不曾把“愁”也一起带走。这几句词描写春来又春去，空留春愁无限。借此来抒发自己的离情别绪。

【原词】宝钗分，桃叶渡，烟柳暗南浦。怕上层楼，十日九风雨。断肠片片飞红，都无人管，更谁劝，啼莺声住。鬓边觑，试把花卜归期，才簪又重数。罗帐灯昏，哽咽梦中语。是他春带愁来，春归何处？却不解，带将愁去。

守着窗儿，独自怎生得黑！

【出处】宋·李清照·声声慢。

【解析】一个人守着窗儿，要怎样才能捱到天黑啊！这两句词把闺中女子孤苦寂寞的心境描绘得入木三分。原词作者李清照是宋代著名的女词人，她的词多半情真意挚，感人至深，读后往往给人留下极深刻的印象。

【原词】寻寻觅觅，冷冷清清，凄凄惨惨戚戚。乍暖还寒时候，最难将息。三杯两盏淡酒，怎敌他晚来风急？雁过也，正伤心，却是旧时相识。满地黄花堆积，憔悴损，而今有谁堪摘？守着窗儿，独自怎生得黑！梧桐更兼细雨，到黄昏，点点滴滴，这次第，怎一个“愁”字了得？

瘦影自怜清水照，卿须怜我我怜卿！

【出处】明·冯小青·怨。

【解析】这首诗题作“怨”：描写妇人空闺独守，只能顾影自怜；用清水照脸，看着水中消瘦的身影，不禁自我怜惜地说：“你要好好地怜惜我，我也会好好地怜惜你。”“卿须怜我我怜卿”此处指顾影自怜，伤心地自言自语。

【原诗】

新妆竞与画图争，知是昭阳第几名？
瘦影自怜清水照，卿须怜我我怜卿！

书册埋头无了日，不如抛却去寻春。

【出处】宋·朱熹·出山道中口占。

【解析】这首诗描写朱熹在钻研学问的空隙，偶然放下书本，到郊外散心，面对一片青山绿水，鸟语花香，胸襟为之舒展开朗，不禁感叹，与其终日埋头在书堆里，还不如放下书本，到郊野去痛快地寻找春天！

【原诗】

川原红绿一时新，暮雨朝晴更可人；
书册埋头无了日，不如抛却去寻春。

书卷多情似故人，晨昏忧乐每相亲。

【出处】明·于谦·观画。

【解析】书卷像老朋友一样多情，与我结下深厚的友谊，整天和书卷为伍，我的精神可以得到莫大的慰藉。

疏影横斜水清浅,暗香浮动月黄昏。

【出处】宋·林逋·梅花。

【解析】梅花稀疏的枝影,横斜在清浅的水面上。暗淡的香气,轻轻地浮荡在昏黄的月光下。月下梅花,疏影暗香,林逋以极为细腻的笔法刻画了梅花的姿态。

【原诗】众芳摇落独暄妍,占尽风情向小园;疏影横斜水清浅,暗香浮动月黄昏。霜禽欲下先偷眼,粉蝶如知合断魂;幸有微吟可相狎,不须檀板共金樽。

数峰无语立斜阳。

【出处】宋·王禹偁·村行。

【解析】本句将山峰人格化,让它们寂静地站在夕阳里。因而写出了人与自然冥合在一起的感受。原诗借景抒情,表达了诗人对家乡的思念之情。

【原诗】马穿山径菊初黄,信马悠悠野兴长;万壑有声含晚籁,数峰无语立斜阳。棠梨叶落胭脂色,荞麦花开白雪香;何事吟余忽惆怅?村桥原树似吾乡!

数声风笛离亭晚,君向潇湘我向秦。

【出处】唐·郑谷·淮上别故人。

【解析】天色已晚,在萧瑟的风笛声中,我们在这离亭分手;你要去的是南方的潇湘,而我要去的却是北方的秦地。这是一首离别诗,描写老友在黄昏时候分手,一向南,一向北;风笛悲凉的声音,更给离别平添几分感伤凄楚的气氛。

【原诗】 扬子江头杨柳春,杨花愁杀渡江人;
数声风笛离亭晚,君向潇湘我向秦。

树欲静而风不止。

【出处】汉·韩婴·韩诗外传。

【解析】这句话用来表示事情不遂人的心愿。现在用来说明客观存在的东西是不依人的意志为转移的。

【原文】 树欲静而风不止,予欲养而亲不待也。

谁伴明窗独坐?我共影儿两个。

【出处】宋·李清照·如梦令。

【解析】有谁来陪伴我在窗前独坐呢?灯影下,只有我与我的影儿两个。作者描写自己孤独地坐在灯下,越发显得冷清、寂寞。

【原词】谁伴明窗独坐？我共影儿两个。灯尽欲眠时，影也把人抛躲。无那，无那，好个凄惶的我！

谁共我，醉明月？

【出处】宋·辛弃疾·贺新郎·别茂嘉十二弟。

【解析】茂嘉：作者的族弟。你走了以后，又有谁来与我月下共饮，醉看明月呢？原词是送别之作，描写作者和族弟别后的孤寂，充分流露出两人手足深情。

【原词】绿树听鹈鴂，更那堪，鹧鸪声住，杜鹃声切。啼到春归无寻处，苦恨芳菲都歇；算未抵人间离别；马上琵琶关塞黑，更长门翠辇辞金阙。看燕燕，送归妾。将军百战身名裂，向河梁回头万里，故人长绝；易水萧萧西风冷，满座衣冠似雪，正壮士悲歌未彻。啼鸟还知如许恨，料不啼清泪长啼血，谁共我，醉明月？

谁家玉笛暗飞声？散入春风满洛城。

【出处】唐·李白·春夜洛城闻笛。

【解析】春夜里，不知从谁家悄悄地飞出一阵玉笛声，随着春风的吹送传遍了整个洛阳城。本诗写远离家乡的诗人春夜在洛阳城听到玉笛所奏的《折杨柳》曲，勾起了浓浓的思乡之情。

【原诗】见“此夜曲中闻折柳，何人不起故园情”。

水满有时观下鹭，草深无处不鸣蛙。

【出处】宋·陆游·幽居初夏。

【解析】夏日雨后池塘水满，处处都可以看见飞落的白鹭鸶；水草深处满是青蛙，没有一个地方听不到蛙鸣声。这两句诗描写夏日雨后美好景致，鹭鸶飞翔，青蛙鸣叫，到处充满着勃勃生机。

【原诗】

湖山远处放翁家，槐柳阴中野径斜；
水满有时观下鹭，草深无处不鸣蛙。
箨龙已过头番笋，木笔犹开第一花；
叹息老来交旧尽，睡余谁供一瓯茶？

水清石出鱼可数，林深无人鸟相呼。

【出处】宋·苏轼·腊日游孤山访惠勤惠思二僧。

【解析】溪水清澈，水底的石头清楚地显露出来，在水中游荡的鱼儿也清晰可数；深林里寂静无人，只听见鸟儿彼此轻快地招呼着。清幽无人的宁静世界中,自然流露出一种动人的画意与诗情,那股清逸、脱俗的韵味,真令人回味无穷。

【原诗】天欲雪,云满湖,楼台明灭山有无;水清石出鱼可数,林深无人鸟相呼。腊日不归对妻孥,名寻道人实自娱,道人之居在何许?宝云山前路盘纡;孤山孤绝谁肯庐?道人有道山不孤。纸窗竹屋深自暖,拥褐坐睡依团蒲;天寒路远愁仆夫,整驾催归及未晡。出山回望云木合,但见野鹘盘浮图;兹困游薄欢有余,到家恍如梦蘧蘧;作诗火急追亡逋,清景一失后难摹。

思妇楼头月,征人马上霜。

【出处】明·章美中·初秋感怀。

【解析】从思妇和征人双方着眼,描写征戍之苦,表达对战争的憎恨。

思君令人老。

【出处】汉·佚名·古诗十九首·行行重行行。

【解析】思念夫君,愁苦忧心,令人容颜衰老。《古诗十九首》是文人抒情诗,《行行重行行》借景言情,表达游子思妇天各一方的痛苦。

【原诗】行行重行行,与君生别离,相去万余里,各在天一涯。道路阻且长,会面安可知?胡马依北风,越鸟巢南枝。相去日已远,衣带日已缓。浮云蔽白日,游子不顾返。思君令人老,岁月忽已晚。弃捐勿复道,努力加餐饭。

思君如满月,夜夜减清辉。

【出处】唐·张九龄·赋得自君之出矣。

【解析】每天都在思念你,容貌已逐渐地憔悴下来,就好像那满月,十五之后,夜夜都在减退着清丽的光辉。这两句诗以十五夜后的月亮做比喻,形容相思的痛苦难耐。

【原诗】

自君之出矣,不复理残机;
思君如满月,夜夜减清辉。

思悠悠,恨悠悠,恨到归时方始休。

【出处】唐·白居易·长相思。

【解析】这首词上片写景,下片抒情。全篇以一个月夜凭楼远眺的女子为观察点,借河水的曲折和山峦的愁怯,象征思妇内心的无限忧怨。

【原诗】汴水流,泗水流,流到瓜州古渡头;吴山点点愁。思悠悠,恨悠悠,恨到归时方始休;月明人倚楼。

似此星辰非昨夜,为谁风露立中宵?

【出处】清·黄景仁·倚怀诗。

【解析】今晚的星儿虽然依旧,却已不再是昨夜了;风是如此的凄冷,露是如此的沉重,痴情的你究竟是为谁而伫立到半夜呢?中宵:指半夜。作者黄景仁用简约的笔调,细致地刻画出诗中主人公真挚的情感与执着的精神。

【原诗】 几回花下坐吹箫,银汉红墙入望遥;
似此星辰非昨夜,为谁风露立中宵?
缠绵思尽抽残茧,宛转心伤剥后蕉;
三五年时三五月,可怜杯酒不曾消!

四海交游今殆半,几人风雨对床眠。

【出处】明·何景明·友人夜宿。

【解析】这两句诗的意思是:在各地交游的朋友,而今大半都死去了,现在又有几个老友在风雨之夜睡在床上呢?

四海皆兄弟,谁为行路人。

【出处】汉·无名氏·别诗。

【解析】天下的人都如兄弟一般,谁是过路的陌生人呢?这两句诗写得豪壮放达,呈现出英雄气概。

四海一家皆弟兄。

【出处】宋·黄山谷·竹枝词·题歌罗驿。

【解析】古人以为天是圆的,地是方的,大地之外全被海所包围着,所以用“四海之内”来指整个天下。“四海一家皆弟兄”这句诗是说:整个天下就像一个大家庭,天下所有的人都相当于家庭里的兄弟姐妹。

【原词】撑崖拄谷蝮蛇愁,入箐攀天猿掉头;鬼门关外莫言远,五十三驿是皇州。浮云一旦八盘萦,落日四十九渡明;鬼门关外莫言远,四海一家皆弟兄。

四时可爱唯春日,一事能狂便少年。

【出处】民国·王国维·晓步。

【解析】一年四季中,只有春天最令人感到亲切、可爱;惟一能令人产生狂热豪情的,便是那奔放的少年时代了。这两句诗描写少年时代有如春日一样美好,令人感觉无比振奋。即使年岁已老,只要怀着一颗“赤子之心”,仍可以永远年轻,永远豪情逼人。

【原诗】 兴来随意步南阡,夹道垂杨相带妍;

万木沈酣新雨后，百昌苏醒晓风前。
四时可爱唯春日，一事能狂便少年；
我与野鸥申后约，不辞旦旦冒寒烟。

松风吹解带，山月照弹琴。

【出处】唐・王维・酬张少府。

【解析】松林的轻风，吹拂着解开的衣带；山上的明月，映照着正在弹琴的我。这两句诗描写诗人王维远离尘世，在松林月下解带弹琴的闲情逸趣。

【原诗】晚年惟好静，万事不关心。自顾无长策，空知返旧林。松风吹解带，山月照弹琴。君问穷通理，渔歌入浦深。

松月生夜凉，风泉满清听。

【出处】唐・孟浩然・宿业师山房待丁公不至。

【解析】林间月色，生出一片夜的清凉；风中流泉，盈满清脆的声音。这两句诗描摹山中夜景，有青松明月，有微风流泉，夜凉声轻，宁静幽远。

【原诗】夕阳度西岭，群壑倏已暝；松月生夜凉，风泉满清听。樵人归欲尽，烟鸟栖初定；之予期宿来，孤琴候萝径。

送别莫忘今日，相逢知在何年。

【出处】元・萨都剌・次韵与明德小友。

【解析】不要忘记今日的送别，再相逢不知要到哪一年。语浅情深，表达了与友人依依惜别的情意。

所谓伊人，在水一方。

【出处】诗经・秦风・蒹葭。

【解析】本诗描写追寻伊人而不得的情境。“所谓伊人，在水一方”两句，用象征手法表达了伊人的可望而不可即。

【原诗】蒹葭苍苍，白露为霜。所谓伊人，在水一方！溯洄从之，道阻且长，溯游从之，宛在水中央。蒹葭凄凄，白露未晞。所谓伊人，在水之湄。溯洄从之，道阻且跻。溯游从之，宛在水中坻。蒹葭采采，白露未已。所谓伊人，在水之涘。溯洄从之，道阻且右。溯游从之，宛在水中沚。

它生莫作有情痴，人天无地著相思。

【出处】清・况周颐・浣溪沙。

【解析】来生再也不要做痴心多情的人了；我这一片深情，人间天上全都无从寄托。作者况周颐倾听歌女的悲唱哀吟，深深被感动，于是写下这首词，表达“自古多情空余恨”的凄楚意味。

【原词】惜起残红泪满衣，它生莫作有情痴，人天无地著相思。

花若再开非故树，云能暂驻亦哀丝，不成消遣只成悲。

太息关山月，风尘客子衣。

【出处】魏晋·江总·遇长安使寄裴尚书。

【解析】对着关山的月色不禁叹息，风尘沾满游子身上的衣服。诗句表达异乡作客的羁旅愁怀。

桃红复含宿雨，柳绿更带朝烟。

【出处】唐·王维·田园乐。

【解析】原诗写作者隐居辋川别墅与大自然亲近的乐趣。它有两个特点：一是绘形绘色，诗中有画。二是对仗工整，音韵铿锵。“桃红复含宿雨，柳绿更带朝烟。”两句更是色彩明丽，对仗工稳。写“桃花”“柳丝”捕捉住春天富有特征的景物，进而“红”“绿”两种颜色的运用使景物鲜明怡目。红色的花瓣上略带隔夜的雨滴，色泽鲜亮，雨后空气清新，弥漫着香味，令人心醉；碧绿的柳丝笼在一片若有若无的雾气中，更加袅娜迷人。

【原诗】桃红复含宿雨，柳绿更带朝烟。

花落家童未扫，莺啼山客犹眠。

桃花吹尽，佳人何在？门掩残红。

【出处】元·张可久·人月圆·春晚次韵。

【解析】昨夜一阵风雨，吹落了满树的桃花；昔日的佳人如今在哪里呢？只见孤零零的门扉掩盖着满地的落花。人去楼空，残红遍地。睹物思人，愁情满怀，而内心的落寞怅惘，又有谁会了解呢？“桃花吹尽，佳人何在？门掩残红”三句与唐朝崔护的《题都城南庄诗》“去年今日此门中，人面桃花相映红；人面不知何处去，桃花依旧笑春风”一脉相承。

【原词】萋萋芳草春云乱，愁在夕阳中；短亭别酒，平湖画舫，垂柳骄聪。一声啼鸟，一番夜雨，一阵东风；桃花吹尽，佳人何在？门掩残红。

桃花潭水深千尺，不及汪伦送我情。

【出处】唐·李白·赠汪伦。

【解析】原诗中踏歌：一种民间歌唱艺术形式，手拉着手，两脚踏着拍子唱歌。这两句诗用比喻的手法形容李白与汪伦的深厚情谊，十分动人。

【原诗】 李白乘舟将欲行，忽闻岸上踏歌声；
桃花潭水深千尺，不及汪伦送我情。

桃花嫣然出篱笑，似开未开最有情。

【出处】宋·汪藻·春日。

【解析】桃花开得十分灿烂，伸出篱外的枝杈似乎在对人微笑，它那种含苞待放的姿态最富风情。

桃花一簇开无主，可爱深红间浅红。

【出处】唐·杜甫·江畔独步寻花。

【解析】一簇桃花自在地盛开着，尽管没有人照料，但那深红夹杂着浅红的颜色，却是十分鲜艳可爱。这两句诗描写江边无人的旷野，盛开的桃花艳丽可爱，颇有意境。

【原诗】 黄师塔前江水东，春光懒困倚微风；
桃花一簇开无主，可爱深红间浅红。

桃花一树鱼三尺，不醉月明船不归。

【出处】明·陈继儒·春日雨霁泛舟。

【解析】岸边桃花开得灿烂，湖中鱼儿肥美，不等到醉人的明月出现，我的船是不肯靠岸的。

桃李春风一杯酒，江湖夜雨十年灯。

【出处】宋·黄庭坚·寄黄几复。

【解析】黄几复是黄庭坚年轻时代的朋友，黄庭坚写这首诗的时候，两人南北遥隔，思念情深。回想当年，正是桃李争艳，春风撩人的时候，我们在一起共同喝酒，其乐无穷。如今沦落江湖，天各一方，在这凄风苦雨的夜里，独自面对着一盏孤灯，思念老友，内心凄苦万分。"桃李春风一杯酒，江湖夜雨十年灯"这两句诗是描写诚挚友谊的名句。

【原诗】 我居北海君南海，寄雁传书谢不能；
桃李春风一杯酒，江湖夜雨十年灯。
持家但有四立壁，治病不蕲三折肱；
想见读书头已白，隔溪猿哭瘴溪藤。

天不老，情难绝；心似双丝网，中有千千结。

【出处】宋·张先·千秋岁。

【解析】天不会衰老，情很难断绝；满怀深情的一颗心，就像是两个蜘蛛网交互重叠，其中有着千千万万难以解开的情结。“心似双丝网，中有千千结”形容男女间爱情的难分难舍，任凭地老天荒，永不断绝。“太上忘情，最下不及情，情之所钟，正在吾辈。”从古到今，有多少人为情所迷，为爱所苦；却又有多少人歌颂爱情、赞美爱情！

【原词】数声鶗鴂，又报芳菲歇，惜春更把残红折。雨轻风色暴，梅子青时节。永丰柳，无人尽日花飞雪。莫把幺弦拨，怨极弦能说。天不老，情难绝；心似双丝网，中有千千结。夜过也，东窗未白孤灯灭。

天苍苍，野茫茫，风吹草低见牛羊。

【出处】南北朝·民歌·敕勒歌。

【解析】天色苍凉，四野茫茫；在那广阔的草原上，一阵风吹过，草浪低伏，到处都可以看到成群的牛羊。原诗描写塞外草原广阔雄浑的景象，气势恢宏，动人心魄。“风吹草低见牛羊”句，充分展露出茫茫大草原上勃勃的生机。

【原诗】

敕勒川，阴山下，天似穹庐，笼盖四野；
天苍苍，野茫茫，风吹草低见牛羊。

天长地久有时尽，此恨绵绵无绝期。

【出处】唐·白居易·长恨歌。

【解析】原诗是一首长篇叙事诗，写唐明皇与杨贵妃的爱情故事。这两句诗是结句，表达了诗人对两人荡气回肠的一世真情的遗憾。

【原诗】见“后宫佳丽三千人，三千宠爱在一身”。

天地有寒燠，母心随时深。

【出处】清·王匣成·秋浦晚归。

【解析】世间有四时寒暑的区别，母亲的关心也充分流露在嘘寒问暖之中。借自然界的冷暖表达母爱的真挚伟大。

天地有正气，杂然赋流形。

【出处】宋·文天祥·正气歌。

【解析】天地间有一股正气，纷杂地散布在各种形体上。这便是浩然正气，它无所不在，无所不包。这股浩然正气，历久弥新，亘古长存，永远在史册上展现出万丈的光芒。宋人文天祥写下这首《正气歌》表明自己不肯屈辱降元的心志，他这种节操，不仅为自己留下了万古称颂的美名，更为“正气”二字作了最好的阐释！

【原诗】天地有正气，杂然赋流形；下则为河岳，上则为日星。于人曰浩然，沛乎塞苍冥。皇路当清夷，含和吐明庭；时穷节乃见，一一垂丹青。在齐太史简，在晋董狐笔，在秦张良椎，在汉苏武节。为严将军头，为嵇侍中血，为张睢阳齿，为颜常山舌。或为辽东帽，清操厉冰雪；或为出师表，鬼神泣壮烈；或为渡江楫，慷慨吞胡羯；或为击贼笏，逆竖头破裂。是气所磅礴，凛烈万古存；当其贯日月，生死安足论？地维赖以立，天柱赖以尊；三纲实系命，道义为之根。嗟予遘阳九，隶也实不力；楚囚缨其冠，传车送穷北。鼎镬甘如饴，求之不可得。阴房阒鬼火，春院闷天黑；牛骥同一皂，鸡栖凤凰食。一朝蒙雾露，分作沟中瘠。如是再寒暑，百沴自辟易。哀哉沮洳场，为我安乐国！岂有他谬巧，阴阳不能贼。顾此耿耿在，仰视浮云白；悠悠我心悲，苍天曷有极！哲人日已远，典型在夙昔；风檐展书读，古道照颜色。

天光云影共徘徊。

【出处】宋·朱熹·观书有感。

【解析】此诗寓深刻的哲理于生动形象的比喻之中。借用景物描写喻指读书的境界。“天光云影共徘徊”一句，以池水清澈能反映广阔的天光云影来比喻心智的广阔和鉴理的明晰。

【原诗】

半亩方塘一鉴开，天光云影共徘徊；
问渠那得清如许？为有源头活水来。

天寒翠袖薄，日暮倚修竹。

【出处】唐·杜甫·佳人。

【解析】黄昏时分，天气已经转寒了，美人穿着单薄的翠衫，静静地倚靠在修竹的旁边。描写佳人孤芳自赏，韵味脱俗、清雅。“天寒翠袖薄，日暮倚修竹”两句诗，有时也比喻个性的孤高以及怀才不遇的惆怅。

【原诗】见“但见新人笑，那闻旧人哭”。

天阶月色凉如水，卧看牵牛织女星。

【出处】唐·杜牧·秋夕。

【解析】清凉如水的月色底下，人们悠闲地躺卧在露天的石阶上，仰起脸看着天上的牵牛与织女星。原诗描写皇宫中妇女们闲适的生活，笔调清丽，情趣宜人。

【原诗】

银烛秋光冷画屏，轻罗小扇扑流萤。
天阶月色凉如水，卧看牵牛织女星。

天恐文章中道绝，再生贾岛在人间。

【出处】唐·韩愈·赠贾岛。

【解析】这两句诗显示出韩愈对贾岛的赞美与重视。韩愈认为孟郊是一代名家，孟郊死后，上天担心文章会随之而中断，所以必须再生下一个贾岛到人间来，以延续文章的命脉。后人常用“天恐文章中道绝，再生贾岛在人间”这两句诗来赞美一代文豪的卓越成就。

【原诗】
孟郊死葬北邙山，日月星辰顿觉闲。
天恐文章中道绝，再生贾岛在人间。

天阔愁孤鸟，江流悯断槎。

【出处】金·高士谈·秋晚书怀。

【解析】这两句诗的意思是：广阔的天空使失群的鸟发愁，临江欲归，却叹无船可渡。

天若有情天亦老。

【出处】唐·李贺·金铜仙人辞汉歌。

【解析】原诗中的“茂陵刘郎秋风客”：茂陵刘郎，指汉武帝刘彻，汉武帝陵墓称茂陵。秋风客，犹言悲秋之人。汉武帝写过《秋风辞》，其中有“欢乐极兮哀情多，少壮几时兮奈老何”的话。本诗写的是发生在秋天的事，诗中衰兰、桂树都点明秋景。“夜闻马嘶晓无迹”：这一句写汉武帝的魂魄出入汉宫，夜间有人听到马嘶。土花：苔。魏官：魏明帝派去迁移俸露盘铜人（金铜仙人）的官吏。“东关酸风射眸子”：东关，指所去的方向。酸风射眸子，意指迎风落泪。将：携带。“忆君清泪如铅水”：君，指汉武帝。“魏官牵车指千里，东关酸风射眸子，空将汉月出宫门，忆君清泪如铅水”：写铜人出宫景况。魏已代汉，唯与旧时明月相伴出宫，思君泪下。客：指铜人。“天若有情天亦老”：天公不断看到这种兴亡盛衰变化，如果它是有情感的，也会因为常常哀伤而衰老了。“渭城已远波声小”：铜人离开渭城（即秦咸阳）远了，渭水的波声也渐渐听不见了。此诗写魏明帝派人往渭城拆迁汉朝建章宫的露盘铜人，诗人以极其丰富的想象描写当时铜人辞别汉宫的情景，描写出神入化，凄婉动人。“空将汉月出宫门，忆君清泪如铅水。衰兰送客咸阳道，天若有情天亦老”四句尤为感人。

【原诗】
茂陵刘郎秋风客，夜闻马嘶晓无迹。
画栏桂树悬秋香，三十六宫土花碧。
魏官牵车指千里，东关酸风射眸子。
空将汉月出宫门，忆君清泪如铅水。

衰兰送客咸阳道，天若有情天亦老。
携盘独出月荒凉，渭城已远波声小。

天生我才必有用，千金散尽还复来。

【出处】唐·李白·将进酒。

【解析】上天生下我这样的人才，必定有他的作用。千金散尽以后，仍然可以再赚回来。“天生我才必有用”这句诗充分流露出李白豪放飞扬的神采，以及对自己才华的肯定。“千金散尽还复来”一方面是劝人及时行乐，另一方面是劝人别把一时的得失放在心上；即使遭遇困顿，仍旧豪放高歌。有诗仙之称的大诗人李白，性格旷达不羁，这篇《将进酒》是其最具代表性的作品。他感叹生命短促，劝人及时行乐。但他并不是消极地逃避人生，由诗中还可以看出他积极进取的态度。

【原诗】见“古来圣贤皆寂寞，唯有饮者留其名”。

天外黑风吹海立，浙东飞雨过江来。

【出处】宋·苏轼·有美堂暴雨。

【解析】远方吹来的狂风让海水竖立了起来；浙东的暴雨，也在狂风的挟带下，越过江水向这边飞来。这两句诗描写海上的狂风暴雨；也体现出作者豪放奔腾的气概。

【原诗】

游人脚底一声雷，满坐顽云拨不开；
天外黑风吹海立，浙东飞雨过江来。
十分潋滟金尊凸，千杖敲铿羯鼓催；
唤起谪仙泉洒面，倒倾鲛室泻琼瑰。

天无涯兮地无边，我心愁兮亦复然。

【出处】汉·蔡琰·胡笳十八拍。

【解析】我内心的忧愁，如同天地一样，无边无际。

天下英雄谁敌手？曹、刘，生子当如孙仲谋！

【出处】宋·辛弃疾·南乡子·登京口北固亭有怀。

【解析】细数天下英雄，又有谁能成为孙仲谋的敌手呢？只有曹操与刘备两人罢了。若要生子，就应当生个像孙仲谋这样的英雄人物。辛弃疾有很多首词表现他对孙仲谋的仰慕与怀念。这首词同样是以古讽今，流露出作者的爱国情怀。曹刘：指曹操、刘备。

【原词】何处望神州？满眼风光北固楼。千古兴亡多少事？悠悠，不尽长江滚滚流！年少万兜鍪，坐断东南战未休。天下英雄谁敌手？曹、刘，生子当如孙仲谋！

天涯地角有穷时，只有相思无尽处。

【出处】宋·晏殊·木兰花。

【解析】天涯地角，终有穷尽的时候；而我对你的相思，却永远没有断绝的一天。这两句词由白居易《长恨歌》"天长地久有时尽，此恨绵绵无绝期"变化而来，二者的意境极为相似。作者以天地尚且"有穷时"反衬自己相思情意的绵绵不绝，永不休止。借此说明多情人为情而苦，为情而愁的深长哀痛。

【原词】绿杨芳草长亭路，年少抛人容易去；楼头残梦五更钟，花底离愁三月雨，无情不似多情苦，一寸还成千万缕；天涯地角有穷时，只有相思无尽处！

天涯倦客，山中归路，望断故园心眼。

【出处】宋·苏轼·永遇乐。

【解析】我这流浪天涯、身心疲倦的旅客，一心怀念故园，痴迷地望着山中那条通往家乡的归路，几乎把眼都给望穿了。异乡羁旅、天涯漂泊的流浪客痴痴地望着山中归路，思念故园亲友。苏轼此词情真意切，感人至深，将游子渴望归乡的情怀淋漓尽致地表达出来。

【原词】见"明月如霜，好风如水，清景无限。"

天涯流落思无穷，既相逢，却匆匆。

【出处】宋·苏轼·江城子·别徐州。

【解析】天涯沦落，内心有无限的愁思悲痛；难得与故人相逢，却又要匆匆分手。

【原词】天涯流落思无穷，既相逢，却匆匆。携手佳人，和泪折残红。为问东风余几许？春纵在，与谁同？隋堤三月水溶溶，背归鸿，去吴中，回首彭城，清泗与淮通。欲寄相思千点泪，流不到，楚江东。

天涯犹有未归人。

【出处】明·徐熥·寄弟。

【解析】在这遥远的天涯，还有漂泊流浪未曾归去的人。作者描写在春日怀念故乡却不能归去的思乡之情，表达即使面对美好春景也没有心情去欣赏的惆怯。"天涯犹有未归人"也可用来表示对远方游子的挂念。

【原诗】春风送客翻官愁，客路逢春不当春；寄语莺声休便老，天涯犹有未归人。

清邓廷桢《好事近》也有一句"天涯犹有未归人。"其词曰：云母小窗虚，窗滤金波疑湿;摇曳柳烟如梦,荡一丝寒碧。天涯犹有未归人,遥夜耿相忆;料得平沙孤艇,听征鸿嘹呖。

天意怜幽草,人间重晚晴。

【出处】唐·李商隐·晚晴。

【解析】上天最爱怜清幽的草木,人间最珍重晴美的黄昏。原诗描写黄昏景色,草幽天晴,恬静淡美,意境高雅,是隐者居士最欣赏的境界。

【原诗】

深居俯夹城,春去夏犹清;
天意怜幽草,人间重晚晴。
并添高阁迥,微注小窗明;
越鸟巢乾后,归飞体更轻。

天子呼来不上船,自称臣是酒中仙。

【出处】唐·杜甫·饮中八仙诗。

【解析】这首诗描写饮中八仙——八位喜好杯中物者的事迹。"天子呼来不上船,自称臣是酒中仙"这两句诗是作者对李白的描述,从中可以看出,诗仙李白性情的豪放与潇洒。

【原诗】知章骑马似乘船,眼花落井水底眠;汝阳三斗始朝天,道逢曲车口流涎,恨不移封向酒泉。左相日兴贵费钱,饮如长鲸吸百川,衔杯乐圣称世("世"或作"避")贤。宗之潇洒美少年,举觞白眼望青天,皎如玉树临风前。苏晋长斋绣佛前,醉中往往爱逃禅。李白斗酒诗百篇,长安市上酒家眠;天子呼来不上船,自称臣是酒中仙。张旭三杯草圣传,脱帽露顶王公前,挥毫落纸如云烟。焦遂五斗方卓然,高谈雄辩惊四筵。

田夫荷锄立,相见语依依。

【出处】唐·王维·渭川田家。

【解析】农夫扛着锄头站在一起,大家欢声笑语,谈论家常琐事。"田夫荷锄立,相见语依依"两句,描写农人傍晚收工回来,和谐快乐的情景,闲逸中带有浓厚的乡野风情。全诗读来,给人一种安详而亲切的感觉。王维是唐代一位擅长丹青的诗人,苏轼曾以"诗中有画,画中有诗"两句来赞美他。

【原诗】

斜光照墟落,穷巷牛羊归;
野老念牧童,倚仗候荆扉。
雉雊麦苗秀,蚕眠桑叶稀;
田夫荷锄立,相见语依依。
即此羡闲逸,怅然吟式微。

停车坐爱枫林晚，霜叶红于二月花。

【出处】唐·杜牧·山行。

【解析】黄昏时分，我停下车来，只是因为喜爱那傍晚时候的枫林；那积满寒霜的枫叶，比二月里的春花还要红艳。这两句诗描写秋日枫林红叶的美艳可爱，“霜叶红于二月花”一句将“霜叶”和“二月花”对比，着重于表述枫叶经过霜雪洗礼更为红艳的意义。

【原诗】　远上寒山石径斜，白云生处有人家；
停车坐爱枫林晚，霜叶红于二月花。

庭树不知人去尽，春来还发旧时花。

【出处】唐·岑参·山房春事。

【解析】庭院里的树木并不知道人已经走光了；当春天来到时，还是如同往日一样绽开着美丽的花朵。这两句诗借景言情，表达物是人非之悲。

【原诗】　梁园日暮乱飞鸦，极目萧条三两家；
庭树不知人去尽，春来还发旧时花。

同是天涯沦落人，相逢何必曾相识？

【出处】唐·白居易·琵琶行。

【解析】都是漂泊异乡，沦落天涯的失意之人，流浪的感受也大致相同，既然有缘相逢，又何必要求曾经相识呢？“同是天涯沦落人”常用来表示彼此的遭遇相同，也都同样对现实感到失望；“相逢何必曾相识”则用来形容萍水相逢的缘分。

【原诗】见“千呼万唤始出来”。

同心而离居，忧伤以终老。

【出处】汉·无名氏·涉江采芙蓉。

【解析】我们虽分居两地，却彼此怀着同样思念的心情，终此一生只有忧伤到老了。

童孙未解供耕织，也傍桑阴学种瓜。

【出处】宋·范成大·田家。

【解析】小童孙们还不懂耕田织布，看到大人们在工作，就在桑树的树荫下学着种瓜。原诗描写农家勤劳朴实的生活场景，恬淡中自有一番乐趣。

【原诗】　昼出耘田夜绩麻，村庄儿女各当家；
童孙未解供耕织，也傍桑阴学种瓜。

痛饮狂歌空度日，飞扬跋扈为谁雄？

【出处】唐·杜甫·赠李白。

【解析】整天痛快地饮酒，狂放地高歌，日子就这样白白地过去了；你意气风发，举止飞扬跋扈，又是在向谁称雄呢？李白喜击剑，好任侠，意兴风发，因怀才不遇而痛饮狂歌，行为放荡不羁。杜甫的赠诗，隐含有一种规劝老友的意思。

【原诗】 秋来相顾尚飘蓬，未就丹砂愧葛洪；
痛饮狂歌空度日，飞扬跋扈为谁雄？

投我以木桃，报之以琼瑶。

【出处】诗经·卫风·木瓜。

【解析】他送我鲜桃，我以琼瑶还报他。这其中的意义并不真是为了还报，而是表示永远与他相好。琼琚、琼瑶、琼玖：都指佩玉。这是一首情人间相互赠答的诗。“投我以木桃，报之以琼瑶”两句诗，现在常用来表示自己对他人盛情的回报。

【原诗】 投我以木瓜，报之以琼琚。
匪报也，永以为好也。
投我以木桃，报之以琼瑶。
匪报也，永以为好也。
投我以木李，报之以琼玖。
匪报也，永以为好也。

挽弓当挽强，用箭当用长。

【出处】唐·杜甫·前出塞。

【解析】前出塞：出塞、入塞是汉朝乐府歌曲旧有的曲名，以歌唱边塞战斗生活为题材。杜甫曾作《出塞曲》多首。先写的九首称“前出塞”，后写的五首为“后出塞”。疆：疆界。原诗意思是：善拉弓的拉强弓，会射箭的用长箭。想射人，先要把马射倒；想捉贼，先要把贼王捉住。杀人应该有所节制，各国都有自己的疆界。如果能够制止侵略，又何必多杀人呢？本诗反映当时社会上人们对战争的态度。唐初不断对外用兵，一直到天宝安史之乱以前，人民从军戍边的劳役都没有间断。杜甫在这组《出塞曲》的第一首中，就明确地反对君王扩张领土：“君已富土境，开边一何多！弃绝父母恩，吞声行负戈！”后人常引用“射人先射马，擒贼先擒王”两句诗说明办事必须先抓住最主要的环节。

【原诗】 挽弓当挽强，用箭当用长；
射人先射马，擒贼先擒王。

杀人亦有限，列国自有疆；
苟能制侵陵，岂在多杀伤？

万古乾坤此江水，百年风雨几重阳。

【出处】明·李东阳·九日渡江。

【解析】历尽天地间长久的变化，江水依然存在；人生不过百年风雨的历程，又度过几次重阳？

万里归心对月明。

【出处】唐·卢纶·晚次鄂州。

【解析】身在异乡，面对着天上明月，不禁想起在万里外的故乡还有亲人，无限乡愁不断涌上心头，徒增万千忧思与惆怅。

【原诗】
云开远见汉阳城，犹是孤帆一日程；
估客昼眠知浪静，舟人夜语觉潮生。
三湘愁鬓逢秋色，万里归心对月明；
旧业已随征战尽，更堪江上鼓鼙声！

万里无人收白骨，家家城下招魂葬。

【出处】唐·张籍·征妇怨。

【解析】战场在遥远的边关，死难者的尸体不能被运回家乡安葬，家人只好遥招死者的魂魄来祭奠。本诗反映战争的残酷。

【原诗】
九月匈奴杀边将，汉军全没辽水上。
万里无人收白骨，家家城下招魂葬。
妇人依倚子与夫，同居贫贱心亦舒。
夫死战场子在腹，妾身虽存如昼烛。

万里一身难独任，百年多事共谁论。

【出处】明·杨一清·山丹题壁。

【解析】万里江山一人难以独自支撑，百年来的世事要与谁谈论呢？

万柳阴中系客船，桑条如竹叶如钱。

【出处】宋·叶茵·泊舟溪口。

【解析】茂密的柳阴下，系着一条小船，岸边的细桑像竹子，叶子则如同铜钱一样。

万人丛中一握手，使我衣袖三年香。

【出处】清·龚自珍·投宋于庭(宋翔凤)。

【解析】在成千上万的人群中，很幸运地与你握了一下手，这一握使我的衣袖直到三年后还留有香气。表达对某人的敬仰尊崇，一次握手，衣袖三年留有余香。

【原诗】　游山五狱东道主，拥书百城南面王；
　　　　万人丛中一握手，使我衣袖三年香。

万事不如身手好，一生须惜少年时。

【出处】民国·王国维·浣溪沙。

【解析】人生在世，再也没有什么比拥有一副好身手更重要了，所以人的一生最值得珍惜的就是少年时代。身手好，代表身体健康强壮；少年时代，应该及时努力，不要辜负这难得的好身手。

【原词】草偃云低渐合围，雕弓声急马如飞，笑呼从骑载禽归。
　　　　万事不如身手好，一生须惜少年时，那能白首下书帷。

万事从来风过耳。

【出处】宋·苏轼·无愁可解。

【解析】万般世事，从来就像那轻风吹过耳边一样。原词题作“无愁可解”，旨在说明万事就像过耳轻风，成败得失，转眼尽成虚空，又何必太过计较？

【原词】光景百年便一世，生来不识愁味，问愁何处来，更开辟个甚底？万事从来风过耳，何用不着心里，你唤做眉却眉头，便是达者也则恐未。此理本不通言，何曾道欢游胜如名利，道即浑是错，不道如何即是。这里元无我写你，甚唤做物情之外，若须待醉了方开解时，问无酒怎么醉？

万事到头都是梦，休！休！明日黄花蝶也愁。

【出处】宋·苏轼·南乡子·重九涵辉楼呈徐君猷。

【解析】不论你如何争取营求，世间万事到头来都只是一场梦而已。罢了！罢了！明天不存在的菊花连蝶儿也会发愁的。黄花：即菊花。此词感叹人生悲凉凄苦，一切虚空得都像梦一样。

【原词】霜降水痕收，浅碧鳞鳞露远洲；酒力渐消风力软，飕！飕！破帽多情却恋头。佳节若为(“若为”在此含有“如何、怎样”和“哪堪、怎奈”的两种意味)酬？但把清樽断送秋！万事到头都是梦，休休！明日黄花蝶也愁。

万物静观皆自得，四时佳兴与人同。

【出处】宋·程颢·偶成。

【解析】万事万物，只要静下心来观察都能自得其乐；而一年四季的美景逸趣也与人的兴致相合。这两句诗反映诗人与社会、自然冥合后怡然自得的生活。

【原诗】
闲来无事不从容，睡觉东窗日已红；
万物静观皆自得，四时佳兴与人同。
道通天地有形外，思入风云变态中；
富贵不淫贫贱乐，男儿到此是豪雄。

万帐穹庐人醉，星影摇摇欲坠。

【出处】清·纳兰性德·如梦令。

【解析】草原上散落着众多的庐帐，牧人全都喝得醉眼蒙眬；只觉得满天的星星摇摆不定，就像要坠落下来似的。穹庐：塞外游牧人圆形的帐幕。这两句词描写塞外风光与草原夜色在一片苍茫寂寥中带有几分原始、浪漫的美。

【原词】万帐穹庐人醉，星影摇摇欲坠。归梦隔狼河，又被河声搅碎。还睡！还睡！解道醒来无味。

王师北定中原日，家祭无忘告乃翁。

【出处】宋·陆游·示儿。

【解析】原诗是诗人陆游写给儿子们的绝笔诗。此诗深刻地表达作者的爱国精神和对当政者屈辱投降政策的悲愤。原诗中的九州同：古时中国分为九州，九州即指中国。同：统一起来。意指将沦陷于金人的北方土地收复。乃翁：作者自谓。

【原诗】
死去原知万事空，但悲不见九州同。
王师北定中原日，家祭无忘告乃翁。

往事已成空，还如一梦中！

【出处】五代·李煜·子夜歌。

【解析】多少往事，已经化作一场空；却还若有似无地萦绕心头，仿佛是在梦中。这两句词描写作者对往事的眷恋，表达他追忆往事时无比伤感的情绪。

【原词】见“人生愁恨何能免”。

微雨过时松路黑，野萤飞出照青苔。

【出处】宋·赵师秀·玉清夜归。

【解析】诗句摹写雨夜的景致：微雨过后，松树林里，一片漆黑；荒野中的萤火虫，飞出来照亮了地上的青苔。

微云淡河汉，疏雨滴梧桐。

【出处】唐·孟浩然·断句。

【解析】淡淡的云雾，漂浮在银河边；清冷的小雨，稀疏地滴落在梧桐上。这两句诗描写秋夜的静谧淡雅，是孟浩然的名句。

【原诗】《全唐诗》只录此二句。

惟将终夜长开眼，报答平生未展眉。

【出处】唐·元稹·遣悲怀之三。

【解析】现在我只能整夜一直睁着眼睛思念你，以此作为你一生都不能展眉欢笑，长年为我受苦的偿谢。长，或作常。元稹因思念亡妻而哀痛万分，于是写下了这首《遣悲怀》。同甘共苦的夫妻常用"报答平生未展眉"这句诗来表示对另一半诚挚的感谢。

【原诗】

闲坐悲君亦自悲，百年都是几多时？
邓攸无子寻知命，潘岳悼亡犹费词。
同穴窅冥何所望？他生缘会更难期；
惟将终夜长开眼，报答平生未展眉。

惟有南风旧相识，偷开门户又翻书。

【出处】宋·刘颁·新晴。

【解析】只有那南风是过去就相识的，它经常偷偷地吹开我的房门，又翻动我正在看的书。这两句诗描写夏日雨后初晴的悠闲意趣。与唐朝薛能"老圃堂诗"中的"昨日春风欺不在，就床吹落读残书"意境颇为相似。

【原诗】

青苔满地初晴后，绿树无人昼梦余；
惟有南风旧相识，偷开门户又翻书。

为爱梅花月，终宵不肯眠。

【出处】宋·戴敏·观梅。

【解析】为了欣赏梅梢的月痕，一整夜不肯入睡。意趣盎然，淡雅别致。

为国为民皆是汝，却教桃李听笙歌。

【出处】明·解缙·桑。

【解析】为国效忠、为民尽瘁的都是你；可是，享尽人们歌颂赞美的却是那些只知争奇斗艳，毫不关心国事的桃和李。“为国为民皆是汝，却教桃李听笙歌”两句诗，含有强烈的讽刺意味。

【原诗】　一年两度伐枝柯，万木丛中苦最多；
为国为民皆是汝，却教桃李听笙歌。

为求一字稳，耐得半宵寒。

【出处】清·顾文炜·苦吟·随园诗话卷五。

【解析】为求诗中一字写得更为贴切，便得忍受大半夜的寒冷，费尽心血，才有收获。这句诗描写诗人写作的艰辛，遣词造句力求慎重贴切，与“二句三年得，一吟双泪流”“句断数茎须”的意境相似。

【原诗】常州顾文炜有苦吟一联云：“不知功到处，但觉诵来安。”又云：“为求一字稳，耐得半宵寒。”

未见功名已白头。

【出处】唐·杜牧·冬日题智门寺北楼。

【解析】年轻时，为了追求功名，长年在外奔波忙碌，如今，还不曾得到功名，却已是满头白发了。作者感叹自己一生失意，一事无成，借这首诗，来发泄内心悒郁感伤的情怀。现在常引用这句诗，来形容那些一生追求功名利禄，到最后却一无所获的人，面对满头白发，回想前尘往事，顿觉浮生若梦。

【原诗】　满怀多少是恩酬，未见功名已白头；
不为寻山试筋力，岂能寒上背云楼。

未容君王得见面，已被杨妃遥侧目。

【出处】唐·白居易·上阳人。

【解析】原诗是一首著名的政治讽喻诗。作者通过一位老宫女一生的悲惨遭遇，极形象地揭示“后宫佳丽三千人”的悲惨命运，揭露了封建统治者骄奢淫逸的生活。“未容君王得见面，已被杨妃遥侧目。”描写十六岁的上阳女入宫后，连君王的面也未得见，就被当时专宠、嫉妒的杨妃瞒着皇帝暗地里打入冷宫。

【原诗】　上阳人，红颜暗老白发新。
绿衣监使守宫门，一闭上阳多少春。
玄宗末岁初选入，入时十六今六十。
同时采择百余人，零落年深残此身。
忆昔吞悲别亲族，扶入车中不教哭；
皆云入内便承恩，脸似芙蓉胸似玉。

未容君王得见面，已被杨妃遥侧目。
妒令潜配上阳宫，一生遂向空房宿。
宿空房，秋夜长，夜长无寐天不明；
耿耿残灯背壁影，萧萧暗雨打窗声。
春日迟，日迟独坐天难暮；
宫莺百啭愁厌闻，梁燕双栖老休妒。
莺归燕去长悄然，春往秋来不记年。
唯向深宫望明月，东西四五百回圆。
今日宫中年最老，大家遥赐尚书号。
小头鞋履窄衣裳，青黛点眉眉细长；
外人不见见应笑，天宝末年时世妆。
上阳人，苦最多。
少亦苦，老亦苦，少苦老苦两如何？
君不见昔时吕向《美人赋》；
又不见今日上阳白发歌！

未知身死处，何能两相完！

【出处】三国·魏·王粲·七哀诗。

【解析】原诗描写汉末天下大乱，人民流离失所。诗人出行途中所见白骨蔽野，弃子哭号的悲惨景象。而“未知身死处，何能两相完”，语含无穷的悲哀，读之，令人同情下泪。

【原诗】

出门无所见，白骨蔽平原。
路有饥妇人，抱子弃草间；
顾闻号泣声，挥涕独不还。
未知身死处，何能两相完；
驱马弃之去，不忍听此言。

文籍虽满腹，不如一囊钱。

【出处】汉·赵壹·疾邪诗。

【解析】虽然有满腹文章，但还不如一袋金钱有用。语含讽意，发人深省。

文章本天成，妙手偶得之。

【出处】宋·陆游·文章。

【解析】作者认为好文章都是自然天成的，它在于诗人作家借着高妙的技巧捕捉那瞬间的灵感。妙手：指各人的文章造诣与技巧。偶得之：即平常所说的灵感。

【原诗】

文章本天成，妙手偶得之；
粹然无疵瑕，岂复须人为。
君看古彝器，巧拙两无施；
汉最近先秦，固已殊淳漓。
胡部何为者，豪竹杂哀丝；
后夔不复作，千载谁与期？

文章千古事，得失寸心知。

【出处】唐·杜甫·偶题。

【解析】写文章是千古不朽的大事，文章的好坏、得失，只有自己内心明白。寸心：就是内心。从中可以看到诗人对自己的作品和个人的才华相当自信。这两句诗也表达了他对文学与人生社会的关系的深刻认识。

【原诗】文章千古事，得失寸心知；作者皆殊列，名声岂浪垂？骚人嗟不见，汉道盛于斯；前辈飞腾入，余波绮丽为。后贤兼举列（"列"或作"制"，或作"利""例"），历代各清规；法自儒家有，心从弱岁疲。永怀江左逸，多病（"病"或作"谢"）邺中奇；騄骥皆良马，骐驎带好儿。车轮徒已斫，堂构惜（"惜"或作"肯"）仍亏，漫作潜夫论，虚传幼妇碑（"碑"或作"词"）。缘情慰漂荡，抱疾屡迁移；经济惭长策，飞栖假一枝。尘沙傍蜂虿，江峡绕蛟螭；萧瑟唐虞远，联翩楚汉危。圣朝兼盗贼，异俗更喧卑；郁郁星辰剑，苍苍云雨池。两都开幕府，万寓插军麾；南海残铜柱，东风避月支，音书恨乌鹊，号怒怪熊罴；稼穑分诗兴，柴荆学士宜。故山迷自阁，秋水隐（"隐"或作"忆"）黄陂，不敢要佳句，愁来赋别离。

文章已满行人耳，一度思卿一怆然。

【出处】唐·唐宣宗·怀白居易。

【解析】你的诗句文章早已遍传于天下行人的耳中，随时都可以听到有人在吟唱你的作品。每一次想起你，总感觉万分凄苦悲怆。诗人白居易去世后，唐宣宗以这两句诗表示他对白居易的哀悼怀念。"文章已满行人耳"是赞美白诗的浅切动人，无论妇孺都能随口吟诵。"一度思卿一怆然"则表达对白居易的思念与哀悼。

【原诗】

缀玉联珠六十年，谁教冥路作诗仙；
浮云不系名居易，造化无为字乐天。
童子解吟长恨曲，胡儿能唱琵琶篇，
文章已满行人耳，一度思卿一怆然。

文章憎命达。

【出处】唐·杜甫·天末怀李白。

【解析】杜甫怀念流放中的李白，想到他文章绝代、才华盖世，可惜却命运不济，不禁感叹说：一般以文章成名的人，命运都不好，难道是文章本身憎恶命运的通达？杜甫借此诗为李白叹息，也为自己困顿的命运而悲痛。后来这句诗常被失意的文人用作牢骚语，表达生不逢时、怀才不遇的愤懑。

【原诗】

凉风起天末，君子意如何？
鸿雁几时到？江湖秋水多。
文章憎命达，魑魅喜人过；
应共冤魂语，投诗赠汨罗。

文字缘同骨肉深。

【出处】清·龚自珍·杂诗。

【解析】朋友聚在一起谈心论道，由于对文字的共同爱好而结成知己，这份情意就像兄弟骨肉间的感情一样真挚、深厚。文友相交，文字结缘，意气相投，情同骨肉，这句诗表达了诗人对文友真诚的态度。

【原诗】

多君媕雅数论心，文字缘同骨肉深；
别有樽前挥涕语，英雄迟暮感黄金。

问君能有几多愁？恰似一江春水向东流。

【出处】五代·李煜·虞美人。

【解析】此词是李煜在被宋朝俘虏后的第二年春天所作。词中回忆他做南唐国主时的富贵繁华岁月，“雕栏玉砌”的宫殿虽然仍在金陵，自己却做了俘虏到了汴京，住进“小楼”，所以大兴“故国不堪回首”之叹。原词中的春花秋月：指时光流转，岁月悠悠。故国：指南唐。问君：其实是自问。李煜从君王沦为俘虏，故词作中多有故国之思，亡国之痛，本篇尤甚。“问君能有几多愁，恰似一江春水向东流”一语，运用比喻手法写尽了词人的愁怀。

【原词】春花秋月何时了，往事知多少？小楼昨夜又东风，故国不堪回首月明中！雕栏玉砌应犹在，只是朱颜改。问君能有几多愁？恰似一江春水向东流。

问渠那得清如许，为有源头活水来。

【出处】宋·朱熹·观书有感。

【解析】朱熹是宋代的大理学家，他这首诗表达了他做学问的过程，源头有活水，池塘里的水才能清澈透底；也就是说，把最难弄懂的道理弄通了，其他问题就可以迎刃而解。

【原诗】 半亩方塘一鉴开，天光云影共徘徊；
问渠那得清如许，为有源头活水来。

问世间情是何物？直教生死相许。

【出处】金·元好问·摸鱼儿。泰和五年乙丑岁，赴试并州，道逢捕雁者云:今日获一雁杀之矣，其脱网者悲鸣不能去，竟自投于地而死。予因买得之，葬之汾水之上，累石为识，号曰雁丘。时同行者多为赋诗，予亦有《雁丘词》。旧所作无宫商，今改定之。

【解析】请问人世间的感情，究竟是怎样的一种东西？那最真、最美的爱情，足以令人生死相许。醉过方知酒浓，爱过才知情重。真正的“有情人”，身在情在，“生死相许”，是非常令人感动的。

【原词】问世间情是何物？直教生死相许。天南地北双飞客，老翅几回寒暑。欢乐趣，离别苦，就中更有痴儿女。君应有语，渺万里层云，千山暮雪，只影向谁去？横汾路，寂寞当年箫鼓，荒烟依旧平楚，招魂楚些何嗟及，山鬼暗啼风雨。天也妒，未信与，莺儿燕子俱黄土。千秋万古，为留待骚人，狂歌痛饮，来访雁丘处。

问余何意栖碧山？笑而不答心自闲；
桃花流水窅然去，别有天地非人间。

【出处】唐·李白·山中问答。

【解析】你问我为什么隐居在这山林中，我只是笑一笑，没有回答你，内心却是一片自在悠闲。但看那鲜艳的桃花，瓣瓣随着流水远去，这是另一种美好天地，绝非庸俗烦扰的人间所能比拟。窅:读作咬，是指悠远的意思。李白幽居在山林中，太守闻名去拜访他，李白于是写下这首答客诗。诗作描写诗人在青山绿水间怡然自得，舒适悠闲的意趣。

【原诗】原诗只此四句。

我观人间世，无如醉中真。

【出处】宋·苏轼·饮酒。

【解析】我仔细观察人间世事，发觉人只有在喝醉酒时，才是最坦率、最真诚的。古来文人大多嗜酒，在酒中陶醉忘我，表达自己的真性情。苏轼这两句诗富含理趣，表达了他对人生的看法。

【原诗】 我观人间世，无如醉中真；
虚容为锁殒，况乃百忧身。

惜哉知此晚，坐令华发新；
圣人骤难得，日且致贤人。

我寄愁心与明月，随君直到夜郎西。

【出处】唐·李白·闻王昌龄左迁龙标遥有此寄。

【解析】我把一片愁心寄给天上的明月，让它随着你一直到那遥远的夜郎西边。李白听说王昌龄被贬到龙标，内心颇为好友担心，想要对他诉说自己的深切关怀，于是要求明月做信差，代为转达自己的一片心意。“左迁”代表贬官，降级。龙标：在今湖南省。夜郎：汉代南方的一个小国，在今贵州省西部。这里是以夜郎代表遥远的西南方。原诗的想象丰富，感情真挚，脍炙人口。后人常引用“我寄愁心与明月，随君直到夜郎西”两句诗，来表达对远方挚友的慰问之意。

【原诗】

杨花落尽子规啼，闻道龙标过五溪；
我寄愁心与明月，随君直到夜郎西。

我生功名付樽酒，衣如枯荷马如狗。

【出处】元·陈孚·河间府。

【解析】我这一辈子的功名都葬送在酒中，只见衣服旧如枯败的荷叶，马瘦如狗。

我是清都山水郎，天教懒慢带疏狂。

【出处】宋·朱敦儒·鹧鸪天。

【解析】我是天上管理山水的郎官，天性懒慢还带有几分疏狂。郎：官职的名称。清都：道家所说的紫薇，天帝居住的地方，即天庭。清都山水郎：天上管山水的官。作者以这两句词说明自己天性散漫，放荡不羁，爱好游山玩水，对世事不闻不问。

【原词】我是清都山水郎，天教懒慢带疏狂。曾批给露支风敕，累奏留云借月章。诗万首，酒千觞，几曾著眼看侯王？玉楼金阙慵归去，且插梅花醉落阳。

我手写我口。

【出处】清·黄遵宪·杂感。

【解析】用我的手随意写下我口中要说的话。后世文人常用“我手写我口”来表示创作的自由；也可以形容文思畅达，意到笔随。

【原诗】

我手写我口，古岂能拘牵？
即今流俗语，我若登简编，

五千年后人，惊为古烂斑。

我思君处君思我。

【出处】宋·苏轼·蝶恋花。

【解析】作者以这句词描写自己对友人的深刻思慕，当我正在思念你的时候，你也一定是在思念我。苏轼性情坦荡，为人直率，此词借景言情，表达他对友人的真挚情感。

【原词】簌簌无风花自堕，寂寞园林，柳老樱桃过。落日有情还照坐，山青一点横云破。路尽河回入转舵，系缆渔村，月暗孤灯火，凭仗飞魂招楚些，我思君处君思我。

我欲与君相知，长命无绝衰。

【出处】汉·无名氏·上邪。

【解析】我不但和你相亲相爱，而且还要让这份爱情永远不绝不衰。

我自横刀向天笑，去留肝胆两昆仑。

【出处】清·谭嗣同·绝命诗。

【解析】我握着刀，仰天大笑，我的一片肝胆忠心，只有那两位英雄最了解。谭嗣同是戊戌变法中遇害的六君子之一。梁启超是他的至交好友，变法失败后，梁启超劝他一起逃走，他却决心留下，以死报答君恩，并劝梁启超暂时远走以图他日。谭嗣同此诗洋溢着一片慷慨激昂的豪情。

【原诗】

望门投止思张俭，忍死须臾待杜根；
我自横刀向天笑，去留肝胆两昆仑。

我醉欲眠卿且去，明朝有意抱琴来。

【出处】唐·李白·山中与幽人对酌。

【解析】我已经不胜酒力沉沉欲眠，你姑且先回去，若想饮酒，明日再带着琴来。李白是位伟大的浪漫主义诗人。他的许多小诗表现了他率真的一面。此诗便是最鲜明的代表。

【原诗】

两人对酌山花开，一杯一杯复一杯。
我醉欲眠卿且去，明朝有意抱琴来。

无边落木萧萧下，不尽长江滚滚来。

【出处】唐·杜甫·登高。

【解析】原诗中的渚：水中的小块陆地。萧萧：指草木摇落的声音。百年：

犹言一生。新停浊酒杯:重阳节登高,按惯例饮酒,当时杜甫因肺病戒酒。原诗意思是:秋风瑟瑟,天高气爽,猿猴发出哀鸣,清渚白沙上面有鸟儿来回盘旋。无边无际的树木在劲烈秋风的吹打下,叶子飒飒地落下,没有尽头的长江波涛滚滚而来。前四句描绘秋天萧瑟悲凉的景致,衬托出诗人对唐朝当时的动乱衰败和他自己的穷途潦倒感到无可奈何的情绪。"无边落木萧萧下,不尽长江滚滚来"这两句诗用比喻的手法描写了个人与社会的关系。表达作者要将个体有限的生命融入永恒的天道中的愿望。

【原诗】风急天高猿啸哀,渚清沙白鸟飞回,无边落木萧萧下,不尽长江滚滚来。万里悲秋常作客,百年多病独登台。艰难苦恨繁霜鬓,潦倒新停浊酒杯。

无可奈何花落去,似曾相识燕归来,小园香径独徘徊。

【出处】宋·晏殊·浣溪沙·春恨。

【解析】原词感叹好花凋谢,流水无情,是惜春也是依恋旧情。满树盛开的花朵已经无可奈何地纷纷飘落而去;那似曾相识的燕子又从南方归来;痴情的人儿惆怅心伤,独自在那小园花径上寂寞地徘徊。"无可奈何花落去"常用来感叹无法阻止美好事物逝去的无奈。

【原词】一曲新词酒一杯,去年天气旧亭台,夕阳西下几时回。无可奈何花落去,似曾相识燕归来,小园香径独徘徊。

无情最是台城柳,依旧烟笼十里堤。

【出处】唐·韦庄·台城。

【解析】六朝的繁华往事已成过去,只有鸟儿在那里悲啼;最无情的是那台城的杨柳,对六朝的兴衰毫不关心,依旧如往日般绿蒙蒙地笼罩着十里长堤。台城:南京古城墙的一部分,在玄武湖边。诗人借六朝的兴衰来抒发人世的愁苦。

【原诗】

江雨霏霏江草齐,六朝如梦鸟空啼;
无情最是台城柳,依旧烟笼十里堤。

无人信高洁,谁为表予心?

【出处】唐·骆宾王·在狱咏蝉。

【解析】没有人相信我的高洁情怀,还有谁肯为我来表明内心的坦荡光明呢?此诗是作者被冤屈关在狱中的时候所作,诗人借蝉的高洁来表明自己心地的光明。诗作托物言情,借物喻人,虽名为咏物,但寓意颇深。

【原诗】西陆蝉声唱,南冠客思侵;哪堪玄鬓影,来对白头吟。露重飞难进,风多响易沉;无人信高洁,谁为表予心?

无言独上西楼，月如钩。

【出处】五代·李煜·相见欢。

【解析】在凄冷的夜晚，独自静默地走上西楼，只见天上的月亮像钩一样弯曲。这两句词，描写一个人的孤独寂寞，虽然含蓄，却别有一番风味。

【原词】见“剪不断，理还乱”。

无意带将花数朵，竟挑蝴蝶下山来。

【出处】清·朱景素·樵夫词。

【解析】无意中夹带了数朵花，竟把蝴蝶吸引过来，一起挑下山了。这两句诗清丽可人，富有情趣。

无意苦争春，一任群芳妒。

【出处】宋·陆游·卜算子·咏梅。

【解析】本来就没打算在春天里跟群花争奇斗艳；因此任凭群花的排斥妒忌也毫不在意。陆游借梅花来比喻自己无意与人争名夺利，却仍受到他人的恶意排挤。

【原词】见“零落成泥碾作尘，只有香如故”。

无欲自然心如水，有营何止事如毛。

【出处】宋·赵师秀·呈蒋薛二友。

【解析】一个人在没有争夺欲望的时候，自然心如止水，一片平静；一旦想要钻营追求，那么事情之多，岂止有如牛毛而已。这两句诗表达的是“事能知足心常惬，人到无求品自高”的意思。

【原诗】

中夜清寒入蕴袍，一杯山茗当香醪；
乌飞竹声霜初下，人立梅花月正高。
无欲自然心如水，有营何止事如毛；
春来拟约萧闲伴，重上天台看海涛。

五更鼓角声悲壮，三峡星河影动摇。

【出处】唐·杜甫·阁夜。

【解析】星河：指星光、银河。这两句诗的意思是：五更的时候天寒霜冷，军中号角的声音听来是那样悲壮；天上的银河映照在三峡的河水上，只见星辰的倒影不停地在水面上摇动。“五更鼓角声悲壮，三峡星河影动摇”描写寒夜景色，显出一股悲凉苍茫的韵味。

【原诗】 岁暮阴阳催短景，天涯霜雪霁寒宵；
五更鼓角声悲壮，三峡星河影动摇。
野哭千家闻战伐，夷歌数处起渔樵；
卧龙跃马终黄土，人事音书漫寂寥。

五更千里梦，残月一城鸡。

【出处】宋・梅尧臣・梦后寄欧阳永叔。

【解析】梅尧臣的这首诗之所以为人称道，就因为这两句。这两句被后人誉为“状难写之景，含不尽之意”的范例。

【原诗】 不趁常参久，安眠向旧溪。
五更千里梦，残月一城鸡。
适往言犹在，浮生理可齐。
山王今已贵，肯听竹禽啼。

物是人非事事休，欲语泪先流。

【出处】宋・李清照・武陵春。

【解析】原词中的尘香：尘土里有落花的香气。双溪：在今浙江金东区。其上游一名东港，一名南港，至金华合流称为婺港，又名双溪。舴艋舟：一种小船。词人李清照后半生颠沛流离，写作此词时，丈夫赵明诚已去世。“物是人非事事休，欲语泪先流”是李清照晚年凄凉景况的真实写照。

【原诗】风住尘香花已尽，日晚倦梳头。物是人非事事休，欲语泪先流。闻说双溪春尚好，也拟泛轻舟。只恐双溪舴艋舟，载不动许多愁。

溪边小立苦待月，月知人意偏迟出。

【出处】宋・杨万里・钓雪舟中霜夜望月。

【解析】独自站在溪边，想要等待月亮出来；哪知等了许久，月亮却好像知道我的心意似的，偏偏不肯出来，我一气之下回到家里，把门窗关上不想看了，这时候，却见那明月已经飞升上了千峰的顶端。

【原诗】溪边小立苦待月，月知人意偏迟出；归来闭户闷不看，忽然飞上千峰端。却登钓雪聊一望，冰轮正挂松梢上；诗人爱月爱中秋，有人问侬侬掉头。一年月色只腊里，雪汁揩磨霜水洗；八荒万里一青天，碧潭浮出白玉盘。更约梅花作渠伴，中秋不是欠此段？

溪回谷转愁无路，忽有梅花一两枝。

【出处】宋·杨万里·晚归遇雨。

【解析】溪水回旋，山谷绕转，我正担心没有去路了，却忽然看见前头有一两枝绽放的梅花。这两句诗带有“山重水复疑无路，柳暗花明又一村”的意味，给人一种绝处逢生的喜悦。

【原诗】　　略略烟痕草许低，初初雨影伞先知；
　　　　　　溪回谷转愁无路，忽有梅花一两枝。

夕阳牛背无人卧，带得寒鸦两两归。

【出处】宋·张舜民·村居。

【解析】这两句诗是描写农村的黄昏时分乡人放牧归来的生活图景。与宋人苏迈的“叶随流水归何处？牛带寒鸦过别村”意境颇为相似。

【原诗】　　水绕陂田竹绕篱，榆钱落尽槿花稀；
　　　　　　夕阳牛背无人卧，带得寒鸦两两归。

夕阳劝客登楼去，山色将秋绕郭来。

【出处】清·黄景仁·都门秋思。

【解析】美好的夕阳景象劝诱旅客登楼去观赏；山色萧条，悄悄地把一片秋意绕着城郭送过来。此诗借景抒怀，表达诗人秋日登楼眺望引发的缕缕愁怀。

【原诗】五剧车声隐若雷，北邙惟见冢千堆；夕阳劝客登楼去，山色将秋绕郭来。寒甚更无修竹倚，愁多思买白杨栽；全家都在风声里，九月衣裳未剪裁。

夕阳无限好，只是近黄昏。

【出处】唐·李商隐·乐游原。

【解析】原诗中的适：是舒适。古原：指“乐游原”，乐游原即乐游苑，在今西安城南，为唐代游览胜地。原诗意思是：临近傍晚，心绪烦闷不舒畅，便驾起车子去“乐游原”游逛。夕阳斜照，原野风光无限美好；只是黄昏已到，这样的大好风光瞬间即逝。诗人李商隐透过了当时唐帝国的暂时繁荣表象预见到社会的严重危机。而“夕阳无限好，只是近黄昏”两句诗也表示迟暮者对美好人生的眷恋。作者有感于生命的伟大与不可超越，借此抒发内心的无奈感受。这两句诗也用来形容景象暂时还繁荣和兴盛，但很快就要衰弱、没落下去了。

【原诗】　　向晚意不适，驱车登古原。
　　　　　　夕阳无限好，只是近黄昏。

夕阳西下，断肠人在天涯。

【出处】元·马致远·天净沙·秋思。

【解析】夕阳西斜，羁旅之人，却仍然远离故乡，浪迹天涯，眼见小桥流水，徒增思乡之情、漂泊之感。此曲表达了作者的羁旅愁怀。

【原曲】枯藤老树昏鸦，小桥流水平沙（“小桥流水平沙”或作“小桥流水人家”），古道西风瘦马。夕阳西下，断肠人在天涯。

夕阳西下几时回。

【出处】宋·晏殊·浣溪沙。

【解析】请问天边的夕阳，你向西方落下以后，几时才能再回来呢！这句感叹时光流逝，人生短暂，表达了词人对景伤情、物是人非之悲。

【原词】见“无可奈何花落去，似曾相识燕归来，小园香径独徘徊。”

西风残照，汉家陵阙。

【出处】唐·李白·忆秦娥·秋思。

【解析】在萧瑟的秋风中，斜阳映照着汉朝帝王留下的荒芜墓冢与破败城楼。这首词描写战乱后长安的萧条荒芜，景色悲凉，其中含有对历代兴衰的感叹。

【原词】箫声咽，秦娥梦断秦楼月；秦楼月，年年柳色，灞陵伤别！乐游原上清秋节，咸阳古道音尘绝。音尘绝，西风残照，汉家陵阙。

西施若解倾吴国，越国亡来又是谁？

【出处】唐·罗隐·西施。

【解析】如果说西施真的能使吴亡国，那么使越亡国的又是谁呢？诗人罗隐客观地分析国家兴亡的原因，历史地看待西施使吴国灭亡的史事。

【原诗】

家国兴亡自有时，吴人何苦怨西施？
西施若解倾吴国，越国亡来又是谁？

昔年有狂客，号尔谪仙人；
笔落惊风雨，诗成泣鬼神。

【出处】唐·杜甫·寄李白二十韵。

【解析】当年有位狂客，外号叫作谪仙，他的才华十分卓越，每每落笔，风雨为之震惊；每成一诗，鬼神为之哭泣。杜甫与李白友谊深厚，李白被放逐以后，杜甫写了不少思念李白的诗。这是其中的一首，表现出诗仙狂放不羁的豪情与震撼天地的盖世才华。“笔落惊风雨，诗成泣鬼神”后用来形容那些伟大作家的伟大作品。

【原诗】昔年有狂客,号尔谪仙人;笔落惊风雨,诗成泣鬼神。声名从此大,汩没一朝伸;文彩承殊渥,流转必绝伦。龙舟移棹晚,兽锦夺袍新;白日来深殿,青云满后尘。乞归优诏许,遇我宿心亲;未岁幽栖志,兼全宠辱身,剧谈怜野逸,嗜酒见天真;醉舞梁园夜,行歌泗水春。才高心不展,道屈善无邻;处士祢衡俊,诸生原宪贫。稻粱求未足,薏苡谤何频?五岭炎蒸地,三危放逐臣。几年遭鹏鸟,独泣向麒麟;苏武先还汉,黄公岂事秦?楚筵辞醴日,梁狱上书辰;已用当时法,谁将此义陈?老吟秋月下,病起暮江滨;莫怪恩波隔,乘槎与问津。

昔去雪如花,今来花如雪。

【出处】南北朝·范雪·别诗。

【解析】上次离去时,雪像花一样地飘落;如今再度前来,花开得像雪一样的白艳。这两句诗是感叹聚少离多,每次分别总要经过许久才能再见。

【原诗】

洛阳城东西,长作经时别。
昔去雪如花,今来花如雪。

昔日芙蓉花,今成断肠草。

【出处】唐·李白·妾薄命

【解析】昔日共赏芙蓉花,今日看到芙蓉花,却徒增伤感,犹如看到断肠草一般。表达物是人非之悲。

昔时人已没,今日水犹寒。

【出处】唐·骆宾王·于易水送人。

【解析】当年的英雄荆轲早已逝去,那条易水直到今天仍带着几许寒意。战国时代,荆轲受命刺杀秦王,出发前燕太子丹在易水为他送行,荆轲慷慨悲歌:"风萧萧兮易水寒,壮士一去兮不复还。"作者骆宾王在易水边送行,想起荆轲的故事,抚今追昔,生发无限感慨。

【原诗】

此地别燕丹,壮士发冲冠;
昔时人已没,今日水犹寒。

喜鹊寒鸦噪晚田,山前茅舍起炊烟。

【出处】宋·林彖·龙华晚望。

【解析】在傍晚的田野上,喜鹊和乌鸦胡乱地叫着,而山前的茅舍已升起几缕炊烟。

细雨鱼儿出，微风燕子斜。

【出处】唐·杜甫·水槛遣心。

【解析】原诗中的去郭：离开城郭。这里是说远离城市。眺望赊：赊，长，远，眺望得远。此诗写乡间临河小村的风光幽雅动人。“细雨鱼儿出，微风燕子斜”摄取鱼儿在细雨中跳出水面，燕子迎风飞舞的一瞬，给读者展示一幅生动的风景画。诗中洋溢着一种浓郁的生活情调。

【原诗】去郭轩楹敞，无村眺望赊。澄江平少岸，幽树晚多花。细雨鱼儿出，微风燕子斜。城中十万户，此地两三家。

贤愚千载知谁是？满眼蓬蒿共一丘。

【出处】宋·黄庭坚·清明。

【解析】原诗上承“人乞祭余骄妾妇，士甘焚死不公侯”。“骄妾妇”指的是《孟子齐人章》里所说的齐人，他每天到坟场里乞食，回家后却骄傲地对妻妾说他是与富贵者共餐。“士甘焚”是指春秋时代晋国隐居在绵山的介之推，他情愿被火烧死也不肯出来做官。这两句诗意思是：像那位齐人与介之推，千百年后有谁知道究竟谁贤谁愚？如今一眼看过去，满地都是蓬蒿，同样不过是一堆土丘而已！人生无常，无论是贤是愚，到最后都将化为一抔黄土，令人感慨万千。

【原诗】

佳节清明桃李笑，野田荒垅自生愁；
雷惊天地龙蛇蛰，雨足郊原草木柔。
人乞祭余骄妾妇，士甘焚死不公侯；
贤愚千载知谁是？满眼蓬蒿共一丘。

闲来就写青山卖，不使人间造业钱。

【出处】明·唐寅·言志。

【解析】我既不炼丹祈求长生，也不坐禅盼望出世；既不学商人做生意，也不做农人去耕田。闲来无事，就画些青山绿水来卖，即使生活穷苦，也绝不使用人间一分半毫不义的造业钱。此诗作者唐寅以卖画为生，高风亮节，清贫自守，绝不贪取一文不义之财。造业：佛教注重因果报应，在现世多一分罪恶，便是为来生多添一分罪业，“不使人间造业钱”常用来表示一个人对金钱的淡然态度。

【原诗】不炼金丹不坐禅，不为商贾不耕田；闲来就写青山卖，不使人间造业钱！（此诗见顾无庆夷白斋诗话，“造业”一般写作“造孽”，“青山”写作“丹青”。）

闲云潭影日悠悠，物换星移几度秋！

【出处】唐·王勃·滕王阁。

【解析】那天上飘飞的闲云，倒映在清澈的潭水中，每一天都是如此的悠然娴静。世上人事景物的更换，天上星辰岁时的改变，不知已经历了多少个年头。风光依旧，人事已非，岁月一去便不再来，唯有那悠悠的闲云潭影是永远不变的。

【原诗】见“阁中帝子今何在？槛外长江空自流！”

羡他无事双蝴蝶，烂醉东风野草花。

【出处】宋·周密·野步。

【解析】羡慕蝴蝶的款款双飞是何等悠闲自在；野草、野花在春风吹拂中显出盎然的醉意。摹写野外山景，清新动人。

香稻啄余鹦鹉粒，碧梧栖老凤凰枝。

【出处】唐·杜甫·秋兴八首之八。

【解析】碧梧：就是梧桐，传说凤凰都栖息在梧桐上。这两句诗是倒装句，顺序为“鹦鹉啄余香稻粒，凤凰栖老碧梧枝”。意思是：地上到处都是鹦鹉啄食后所剩余的米粒和凤凰经常栖息停留的梧桐树。原诗描写昆吾到御宿地方物产的富庶。

【原诗】

昆吾御宿自逶迤，紫阁峰阴入渼陂。
香稻啄余鹦鹉粒，碧梧栖老凤凰枝。
佳人拾翠春相问，仙侣同舟晚更移。
彩笔昔曾干气象，白头吟望苦低垂。

乡泪客中尽。

【出处】唐·孟浩然·早寒江上有怀。

【解析】作者常年漂泊在外，对家乡的思念十分殷切，但却始终不能回家。满怀思乡的眼泪全都在作客异乡的流浪生涯中流光了。

【原诗】

木落雁南度，北风江上寒；
我家襄水曲，遥隔楚云端。
乡泪客中尽，孤帆天际看；
迷津欲有问，平海夕漫漫！

相逢却道空辛苦，抽得丝来还别人。

【出处】宋·翁卷·东阳路旁蚕妇。

【解析】东阳：在今浙江省。蚕妇们工作回来，路上相逢，都说自己的辛苦忙碌全是一场虚空；好不容易养蚕成茧抽出丝后，那些丝最后全给别人拿去了。描写蚕妇工作的辛苦，表达对农民艰难困苦生活的无比同情。

【原诗】 两鬓椎风一面尘，采桑桑上露沾身；
相逢却道空辛苦，抽得丝来还别人。

相恨不如潮有信，相思始觉海非深。

【出处】唐·白居易·浪淘沙。

【解析】看到海水就想起你，恨你的无情，恨你比不上潮水的来去有期；几番相思之后，才发觉海并不如人们所说的那么深，因为海根本就比不上我对你的思念的深刻。“相恨不如潮有信，相思始觉海非深”两句诗，描写女子怨恨与期盼交加的复杂心情。

【原诗】 借问江潮与海水，何似君情与妾心？
相恨不如潮有信，相思始觉海非深。

相见或因中夜梦，寄来多是隔年书。

【出处】唐·罗邺·途中寄友人。

【解析】即使我们能够相见，也只是在中夜的梦境里，每次收到你寄来的信，也经常是隔年写的了。罗邺是唐朝诗人罗隐的弟弟。这首诗寄友人，表达他对友人深切思念但彼此却无缘相见的痛苦情绪。

【原诗】秋庭怅望别君初，折柳分襟十载余；相见或因中夜梦，寄来多是隔年书。携樽座外花空老，垂钓江头柳渐疏；裁得诗凭千里雁，吟来宁不忆王卢？

相见时难别亦难，东风无力百花残。

【出处】唐·李商隐·无题。

【解析】相见固然困难，分别也不容易，只因为难得相见，离别时怎能不依恋难舍呢？更何况在这暮春时节，东风已经疲惫无力，百花也已凋零残落，这种情景更是令人伤感难受。这首诗描写一份刻骨铭心，难以忘怀的恋情。“相见时难别亦难”形容情人不能长相聚守的痛苦情境；“东风无力百花残”则描写暮春时分，百花日渐凋谢的情景。

【原诗】见“春蚕到死丝方尽，蜡炬成灰泪始干”。

相见争如不见，有情还似无情。

【出处】宋·司马光·西江月。

【解析】未曾见面以前只想见上一面，见面以后又觉得不如不见；说是有情，又觉得似乎毫无情意。这是描写恋爱中的人患得患失，不知如何是好的矛盾心情。

【原词】宝髻松松挽就，铅华淡淡妆成；红烟翠雾罩轻盈，飞絮游丝无定。相见争如不见，有情还似无情；笙歌散后酒微醒，深院月明人静。

相看两不厌，只有敬亭山。

【出处】唐·李白·独坐敬亭山。

【解析】敬亭山：一名昭亭山，在今安徽宣城市北。原诗的大意是：鸟儿都高飞向远方了，天空中只有一片云荡来荡去。唯一能给我慰藉的，只有眼前这座敬亭山了。诗人把山人格化，说是彼此相看不厌，真是神来之笔。“相看两不厌，只有敬亭山”两句诗，一方面是描写远离红尘，与山对看的无穷乐趣；另一方面也暗含内心对世俗感到厌烦，渴望能从大自然中得到一些心灵慰藉之意。

【原诗】

众鸟高飞尽，孤云独去闲。
相看两不厌，只有敬亭山。

相思难表，梦魂无据，惟有归来是。

【出处】宋·欧阳修·青玉案。

【解析】想念伊人，无限的相思之情，不知如何表达；梦境虚无缥缈，也无从依凭；只有伊人早日归来，才能为我解脱相思之苦。这三句词描写与伊人分别后，满怀相思无从排遣的寂寞痛苦心情。

【原诗】见“一年春事都来几”。

相思相见知何日？此时此夜难为情！

【出处】唐·李白·三五七言诗。

【解析】想念你，想见你，却不知要到哪一天才能见到你。此时此夜，我心我情，为了你是多么的不能自禁！这两句诗描写秋日夜好月明，想念伊人，相见无因，满怀愁绪，情何以堪？

【原诗】秋风清，秋月明，落叶聚还散，寒鸦栖复惊；相思相见知何日？此时此夜难为情！

相望知不见，终是屡回头。

【出处】唐·皇甫曾·淮口寄赵员外。

【解析】离别已成事实，明知再也看不到，却还是一次又一次地回头远望。这两句诗描写离情难耐，一步一回头，魂伤肠欲断。诗中流露出诚恳真挚的情意，十分感人。

【原诗】　欲逐淮潮上，暂停鱼子沟；
相望知不见，终是屡回头。

想当年，金戈铁马，气吞万里如虎。

【出处】宋·辛弃疾·永遇乐·京口北固亭怀古。

【解析】回想当年，刘裕拿着金戈，骑着战马奔驰在战场上，气吞万里，就像猛虎一般雄伟英武。今人常用这三句词来怀念自己年轻时候的豪情壮志。

【原词】见“凭谁问，廉颇老矣，尚能饭否”。

向来枉费推移力，此日中流自在行！

【出处】宋·朱熹·观书有感。

【解析】江边停泊着一艘大战舰，想要推开它，却怎样也推不动；昨天夜里江水上涨，只见大船就像鸡毛一样轻飘飘地浮在水面上。回想当初水浅时想要推船，实在是白费力气；今天水涨，大船不是在水中央自在漂流吗？作者朱熹以泛舟隐喻哲理，一方面表达悟道时内心的畅快；一方面说明凡事必须等到时机成熟时，才能收到事半功倍之效果。

【原诗】　昨夜江边春水生，艨艟巨舰一毛轻；
向来枉费推移力，此日中流自在行！

萧萧梧叶送寒声，江上秋风动客情。

【出处】宋·叶绍翁·夜昼所见。

【解析】风吹过梧桐树萧萧的声音，传出了寒意；江上的秋风，撩起游子思乡的情怀。

萧萧远树疏林外，一半秋山带夕阳。

【出处】宋·寇准·书河上亭壁。

【解析】樯：桅杆，这里指船。这句意思是，诗人登上重楼，望见远处的一片疏林，疏林之外，“一半秋山带夕阳”。诗人从纷繁的人事烦恼中暂时解脱出来，寄情于自然。

【原诗】　岸阔樯稀波渺茫，独凭危槛思何长。
萧萧远树疏林外，一半秋山带夕阳。

小荷才露尖尖角，早有蜻蜓立上头。

【出处】宋·杨万里·小池。

【解析】原诗中泉眼：泉水出口。晴柔：晴天的柔美风光。尖尖角：指刚出水面的嫩荷叶的尖端。原诗的意思是：泉眼无声慢慢地淌着，好像舍不得细细的水流；水面上树荫掩映，加上晴空、柔风，显得非常幽静。荷叶的一个小小叶角刚刚露出水面，却早有蜻蜓伏在上头。“小荷才露尖尖角，早有蜻蜓立上头”这两句诗原是写泉池风光的，现在用来形容人们对新的事物的好奇。新生事物刚一露头，就加以扶植。

【原诗】　泉眼无声惜细流，树阴照水爱晴柔。
小荷才露尖尖角，早有蜻蜓立上头。

小时不识月，呼作白玉盘。

【出处】唐·李白·古朗月行。

【解析】小时候天真可爱，幼稚无知，不知道月亮是什么；只知道月亮浑圆美丽，晶莹明亮，就把它称为白玉盘。这两句诗是吟咏月亮的名句，作者以孩童的口吻描写月亮的晶莹透彻，充分表现出孩童的天真无邪和对大自然的天真幻想。

【原诗】小时不识月，呼作白玉盘，又疑瑶台镜，飞在青云端。仙人垂两足，桂树何团团；白兔捣药成，问言谁与餐？蟾蜍蚀圆影，大明夜已残。羿昔落九乌，天人清且安；阴精此沦惑，去去不足观，忧来其如何，凄怆摧心肝。

小屋平头墟落里，炊烟起处是人家。

【出处】金·赵秉文·北都雪望。

【解析】布满小屋的村落中，有炊烟飘起的地方就有人家居住。

小舟从此逝，江海寄余生。

【出处】宋·苏轼·临江仙。

【解析】驾着小船从此离去，就到江海中度过未来的岁月吧！人在失意时，总会盼望脱离旧环境，到一个新地方去享受自由逍遥的人生。这两句描写作者对归隐江湖、泛舟水面的逍遥生活的向往。

【原诗】夜饮东坡醒复醉，归来仿佛三更，家童鼻息已雷鸣。敲门都不应，倚杖听江声。长恨此身非我有，何时忘却营营？夜阑风静縠纹平。小舟从此逝，江海寄余生。

笑渐不闻声渐悄，多情却被无情恼。

【出处】宋·苏轼·蝶恋花。

【解析】伊人的笑语逐渐远去，再也听不到她的声音；多情的行人，却被那无情的佳人搅得心烦意乱。全词寓情于景，于感伤中流露出旷达豪放的人生态度。

【原词】花褪残红青杏小；燕子飞时，绿水人家绕。枝上柳绵吹又少，天涯何处无芳草？墙里秋千墙外道；墙外行人，墙里佳人笑。笑渐不闻声渐悄，多情却被无情恼。

写得家书空满纸，流清泪，书回已是明年事。

【出处】宋·陆游·渔家傲·寄仲高。

【解析】仲高：陆游的堂兄。陆游离家万里，向东遥望山阴故乡，不禁感慨万千。这两句词大意是：我在这里把家书写满在整张纸上，想起家园，忍不住伤心地流下泪来。等我收到回信的时候，只怕那已是明年的事了！作者陆游借此诗表达自己对故乡的深切思念。

【原词】东望山阴何处是？往来一万三千里；写得家书空满纸，流清泪，书回已是明年事。寄语红桥桥下水，扁舟何日寻兄弟？行遍天下真老矣！愁无寐，鬓丝几缕茶烟里！

心宁身自安，身安室自宽。

【出处】宋·邵雍·心安吟。

【解析】心里宁静，身体也就平安；身体平安，便觉居室十分宽敞。

心在天山，身老沧洲。

【出处】宋·陆游·诉衷情。

【解析】我的心还在天山，希望能立功边塞，成名封侯；我的人却已退隐到南方的沙洲江边，身体也已经衰老无力了。沧洲：水边沙洲。"心在天山，身老沧洲"这两句词抒发词人"身在草野，心存国事"的愤慨；表达自己空有满腔豪情却没有报国机会的无奈。

【原词】当年万里觅封侯，匹马戍梁州。关河梦断何处？尘暗旧貂裘，胡未灭，鬓先秋，泪空流！此生谁料？心在天山，身老沧洲。

新来瘦，非干病酒，不是悲秋。

【出处】宋·李清照·凤凰台上忆吹箫。

【解析】近来又消瘦了许多，不是因为喝酒而伤身，也不是因为秋的到来而悲痛，原因何在？其实是为情而愁，为情所苦。

【原词】香冷金猊，被翻红浪，起来慵自梳头，任宝奁尘满，日上帘钩。生怕离怀别苦，多少事，欲说还休。新来瘦，非干病酒，不是悲秋。休休，这回去也，千万遍阳关，也则难留。念武陵人远，烟锁秦楼，惟有楼前流水，应念我、终日凝眸，凝眸处，从今又添、一段新愁。

新松恨不高千尺，恶竹应须斩万竿。

【出处】唐·杜甫·将赴成都草堂途中有作，先寄严郑公五首。

【解析】江槛：江边防水的栏杆，杜甫亲手修筑。生理：生计，生活。黄阁老：杜甫对严武的尊称；严武当时是黄门侍郎。紫金丹：道家的所谓仙丹，吃了可以长生不老。全诗意思是：经常苦于沙滩崩塌损坏了种药地边的栏杆，又听凭江槛倒落于疾风、湍水而无能为力。新松恨不能快长高千尺，恶竹就是吹掉万枝也不吝惜。生计只有依靠严公了，衰弱的身体还要靠紫金丹来维持。全诗是作者向严武表白自己的穷困潦倒以及对他的感激心情。“新松恨不高千尺，恶竹应须斩万竿”这两句诗表示一个人要爱憎分明，对好的事物要无比热爱、积极扶持，对腐朽、不好的东西要坚决反对。

【原诗】

常苦沙崩损药栏，也从江槛落风湍；
新松恨不高千尺，恶竹应须斩万竿！
生理只凭黄阁老，衰颜欲付紫金丹；
三年奔走空皮骨，信有人间行路难。

新笋已成堂下竹，落花都上燕巢泥。

【出处】宋·周邦彦·浣溪沙。

【解析】新生的竹笋都已长成堂下的颀长的竹枝。坠落地上的花朵也都成了燕巢上的窝泥。作者感叹岁月无情，借景物的变化反映人事的变迁。

【原词】楼上晴天碧四垂，楼前芳草接天涯，劝君莫上最高梯。
新笋已成堂下竹，落花都上燕巢泥，忍听林表杜鹃啼！

新月如佳人。

【出处】宋·苏轼·宿望湖楼再和吕察推诗。

【解析】苏轼这首诗描写新月的美丽可爱，本句则把“新月”比作“佳人”，意境上颇为清新雅致。

【原诗】新月如佳人，出海初弄色；娟娟到湖上，潋潋摇空碧。夜凉人未寝，山静闻响屐；骚人故多感，悲秋更寥栗。君胡不相就，朱墨纷黝赤，我行得所嗜，十日忘家宅。但恨无友生，诗病莫诃诘，君来试吟味，定作鹤头侧，改罢心愈疑，满纸蚊虻墨。

新月似银钩，弯弯挂客愁。

【出处】明·于谦·见新月有感。

【解析】新月有如银钩，弯弯地高挂在天空中，勾起羁旅之人无限的乡愁。

新妆宜面下朱楼，深锁春光一院愁。

【出处】唐·刘禹锡·春词。

【解析】宫女把容貌重新妆饰得很美丽，然后从红色的高楼上走下来；森严的宫门把春光深深锁住，院子里充满了百无聊赖的闲愁。

星垂平野阔，月涌大江流。

【出处】唐·杜甫·旅夜书怀。

【解析】星光垂照着大地，原野是那样的平阔；月亮从江面涌出，江水浩荡不停地向前奔流。“星垂平野阔，月涌大江流”这两句诗描写江边夜色，气势雄浑，视野开阔，与李白的“山随平野尽，江入大荒流”两句诗同样是千古传诵的名句。

【原诗】见“飘飘何所似？天地一沙鸥。”

行到水穷处，坐看云起时。

【出处】唐·王维·终南别业。

【解析】走到溪水的尽头，就坐下来欣赏那片片白云冉冉地浮游升空。王维晚年隐居山林，一心向佛，写了许多禅诗。本句就通过描写山间景致，阐明佛理。

【原诗】

中岁颇好道，晚家南山陲；
兴来每独往，胜事空自知。
行到水穷处，坐看云起时；
偶然忆林叟，谈笑无还期。

行尽滩光溪路黑，隔林灯火夜深明。

【出处】金·郦权·郊行。

【解析】走完光亮的沙滩，溪边的小路变得幽黑；树林那边的灯火在深夜中显得格外明亮。

行人莫上长堤路，风起杨花愁杀人。

【出处】唐·李益·汴河曲。

【解析】奉劝行人不要上长堤观望，因为春风吹舞着杨花时的情景真会令人惆怅万分。诗句借杨花飘飞，抒发离愁别绪。

行云流水一孤僧。

【出处】民国·苏曼殊·过若松町有感示仲兄。

【解析】苏曼殊描写自己出家为僧，一个人孤独流浪，就像行云流水般地漂泊天涯，心情痛苦凄凉。本句诗自有一番飘逸洒脱的出尘之美。

【原诗】契阔死生君莫问，行云流水一孤僧；
无端狂笑无端哭，纵有欢肠已似冰！

杏花村馆酒旗风，水溶溶，扬残红。

【出处】宋·谢逸·江神子。

【解析】杏花村酒馆的旗帜随着轻风任意地飘荡；到处春水溶溶，四处飘飞的落花留下片片的红艳。这首词描写杏花村的春日风光。词人抓住风轻、水柔、旗舞、花红等富有特征的景物，把大好春景摹写得柔美动人。

【原词】杏花村馆酒旗风，水溶溶，扬残红；野渡舟横，杨柳绿阴浓。望断江南山色远，人不见，草连空。夕阳楼外晚烟笼，粉香融，淡眉峰；记得年时，相见画屏中。只有关山今夜月，千里外，素光同。

修竹万竿松影乱，山风吹作满窗云。

【出处】元·萨都剌·道遇赞善庵。

【解析】那修长高耸的万千竹林中夹杂着几株松树；山风把树影吹得摇摆不定，仿佛满窗都是云雾。这两句诗描写风吹竹摇，松影满窗的优美画面，充满了诗情画意。胡适有一首诗："山风吹乱了窗纸上的松痕，吹不散我心头的人影。"其意境与"修竹万竿松影乱，山风吹作满窗云"两句诗十分相似。

【原诗】夕阳欲下少行人，绿偏苔茵路不分；
修竹万竿松影乱，山风吹作满窗云。

玄都观里桃千树，尽是刘郎去后栽。

【出处】唐·刘禹锡·玄都观桃花。

【解析】玄都观里有千棵桃树，全都是刘郎离去以后才栽种的。原诗表面上写人们去玄都观看桃花的情景，实际上是在讽刺当时的权贵。

【原诗】紫陌红尘拂面来，无人不道看花回；
玄都观里桃千树，尽是刘朗去后栽。

雪后春生人未觉，弄丝喜子独先知。

【出处】宋·杨万里·日午。

【解析】雪融之后，春天就来了，但人们都未曾察觉，只有那摆弄丝网的蜘蛛最先知道。

寻芳不觉醉流霞，倚树沉眠日已斜。

【出处】唐·李商隐·花下醉。

【解析】写诗人怀着殷切的心情去寻芳踪，并为之吸引、为之陶醉，不觉因迷醉而倚树；由倚树而又沉眠；醒来时发现日已西斜。刻画顺序井然，层层深化，写出诗人身心俱醉的沉湎境界。

【原诗】　寻芳不觉醉流霞，倚树沉眠日已斜。
客散酒醒深夜后，更持红烛赏残花。

寻寻觅觅，冷冷清清，凄凄惨惨戚戚。

【出处】宋·李清照·声声慢。

【解析】李清照这首词以残秋的景物为依托，倾诉夫亡家破、饱经忧患和离乱生活的哀愁。词作巧妙而自然地运用铺叙手法，概括了日常生活的诸般景物。同时这三句词还创造性地运用了大量叠字。

【原词】见“守着窗儿，独自怎生得黑！”

衙斋卧听萧萧竹，疑是民间疾苦声。

【出处】清·郑板桥·潍县署中画竹呈年伯包大中丞括。

【解析】睡在官衙中听到萧萧的竹声，错以为是民间百姓申诉生活疾苦的声音。

嫣然摇动，冷香飞上诗句。

【出处】宋·姜夔·念奴娇。余客武陵，湖北宪治在焉。古城野水，乔木参天。余与二三友，日荡舟其间，薄荷花而饮。意象幽闲，不类人境。秋水且涸，荷叶出地寻丈。因列坐其下，上不见日，清风徐来，绿云自动。间于疏处窥见游人画船，亦一乐也。朅来吴兴，数得相羊荷花中。又夜泛西湖，光景奇艳。故以此句写之。

【解析】这两句词是姜夔描写荷花的名句，意思是：美丽的荷花有如女子轻盈的微笑，在它轻轻的摇曳中，清冷芬芳的花香已经悄悄地飞入了诗人的句子里。嫣然：女子微笑时可爱的样子。这首词原是诗人闻到荷花香而作的，而诗人却把它说成是荷香飞到诗人的句子中来，新颖别致。

【原词】闹红一舸，记来时常与鸳鸯为侣。三十六陂人未到，水佩风裳无数。翠叶吹凉，玉容销酒，更洒菰蒲雨，嫣然摇动，冷香飞上诗句。日暮，青盖亭亭，情人不见，争忍凌波去！只恐舞衣寒易落，愁入西风南浦。高柳垂阴，老鱼吹浪，留我花间住。田田多少，几回沙际归路？

雁尽书难寄，愁多梦不成。

【出处】唐·沈如筠·闺怨。

【解析】鸿雁都已飞尽了，书信写成要托谁寄呢？太多的愁绪使我辗转难眠，就连梦也做不成。

雁字回时，月满西楼。

【出处】来·李清照·一剪梅。

【解析】雁群排成整齐的队伍飞回来的时候，月光照满西楼。原词描写闺怨，雁儿再来，不见锦书，思念伊人，不胜愁苦，明丽的月光照满西楼，倍增寂寞与惆怅。雁字：雁鸟飞翔的时候通常都成群排列成"一"或"人"字形，称为"雁字"或是"雁行"。

【原词】见"此情无计可消除，才下眉头，却上心头。"

燕子不来花又落，一庭风雨自黄昏。

【出处】宋·赵孟頫·绝句。

【解析】在这凄寒的春日里，燕子还不曾归来，花儿却已纷纷飘落；整个庭院里风雨不断。唉！又是黄昏了！原诗描写春日黄昏的庭院景色，凄风苦雨，落花飘零，满怀浓浓的春愁。"燕子不来花又落，一庭风雨自黄昏"两句诗意境淡雅，别有一番凄凉的美。

【原诗】　春寒恻恻掩重门，金鸭香残火尚温；
燕子不来花又落，一庭风雨自黄昏。

杨花点点是春心。

【出处】宋·张炎·西子妆慢。

【解析】那点点的杨花正是春神的心啊！柳絮杨花，在春天里随风飞扬，景致十分迷人。"杨花点点是春心"是借杨柳迎风飞舞来描写春日的繁花似锦。

【原词】吴梦窗自制此曲，余喜其声调妍雅，久欲述而未能。甲午春，寓罗江与景良野游江上，绿阴芳草，景况离离，因填此解。惜旧谱零落，不能依声而歌也。白浪摇天，青阴涨地，一片野怀幽意。杨花点点是春心，替风前，万花吹泪。遥岑寸碧，有谁识。斜阳外，隐约孤村，隔坞闲门闭。渔舟何似莫归来，想桃源，路通人世，危桥靖倚，千年事，都消一醉。谩依依，愁落鹤声万里。

仰天大笑出门去，我辈岂是蓬蒿人。

【出处】唐·李白·南陵别儿童入京。

【解析】我抬起头来，大笑着走出门去；像我这样的人，难道会是个永远埋没在草野中毫无用处的人吗？这两句诗充分展示了诗人李白狂放自信、豪气冲天的一面。

【原诗】

白酒新熟山中归，黄鸡啄黍秋正肥；
呼童烹鸡酌白酒，儿女歌笑牵人衣。
高歌取醉欲自慰，起舞落日争光辉；
游说万乘苦不早，着鞭跨马涉远道。
会稽愚妇轻买臣，余亦辞家西入秦；
仰天大笑出门去，我辈岂是蓬蒿人。

窈窕淑女，君子好逑。

【出处】春秋·诗经·周南·关雎。

【解析】那女孩既美丽又贤惠，男孩子都想追求她，与她结成美好的姻缘。逑：追求以作配偶。窈窕：是指女孩美丽又贤惠，通常用来形容女子身材的苗条。这是一首情歌，描写一位男子对一位采荇菜的女子的爱慕之情。后人常用“窈窕淑女，君子好逑”这两句诗来形容青年男子热切地追求爱情。

【原诗】关关雎鸠，在河之洲；窈窕淑女，君子好逑。参差荇菜，左右流之；窈窕淑女，寤寐求之。求之不得，寤寐思服；悠哉悠哉，辗转反侧。参差荇菜，左右采之；窈窕淑女，琴瑟友之。参差荇菜，左右芼之，窈窕淑女，钟鼓乐之。

遥知湖上一樽酒，能忆天涯万里人。

【出处】宋·欧阳修·春日西湖寄谢法曹歌。

【解析】“遥知湖上一樽酒，能忆天涯万里人”描写好友彼此思念的真挚友情。

【原诗】西湖春色归，春水绿于染；群芳烂不收，东风落如惨。参军春思乱如云（谢君有“多情未老已白发，野思到春如乱云”之句），白发题诗愁送春；遥知湖上一樽酒，能忆天涯万里人。万里思春尚有情，忽逢春至客心惊；雪消门外千山绿，花发江边二月晴。少年把酒逢春色，今日逢春头已白。异乡物态与人殊，惟有东风旧相识。

野渡无人舟自横。

【出处】唐·韦应物·滁州西涧。

【解析】郊野的渡口没有人影，只有渡船独自横靠在水边，这句诗上承："春潮带雨晚来急"，描写荒野渡口的清幽寂静，生动而富意趣。宋朝寇准《春日登楼怀归》中的"野水无人渡，孤舟尽日横。"就是由"野渡无人舟自横"这句诗衍化而来。

【原诗】

独怜幽草涧边生，上有黄鹂深树鸣；
春潮带雨晚来急，野渡无人舟自横。

野火烧不尽，春风吹又生。

【出处】唐·白居易·赋得古原草送别

【解析】原诗中的离离：分片丛生的样子。王孙：贵族。这里指诗人的朋友。又送王孙去，萋萋满别情：借用楚辞"王孙游兮不归，春草生兮萋萋"的典故。萋萋：草长得茂盛的样子。原诗意思是：古原上的青草一丛接着一丛，一年一度地枯槁和茂盛；无情的野火烧不尽，温暖的春风一来，又唤醒它们的生命。"野火烧不尽，春风吹又生"这两句诗本是描写小草坚韧刚强的生命力，现今常用来比喻新生事物的勃勃生机。

【原诗】

离离原上草，一岁一枯荣；
野火烧不尽，春风吹又生。
远芳侵古道，晴翠接荒城；
又送王孙去，萋萋满别情。

野旷天低树，江清月近人。

【出处】唐·孟浩然·宿建德江。

【解析】田野空旷开阔，远远看过去，天比树还要低；江水清澈透明，倒映在水中的明月仿佛与人接近了不少。"野旷天低树"描写荒野景色的苍茫悠远。"江清月近人"描写江边明月的清新可人。

【原诗】

移舟泊烟渚，日暮客愁新；
野旷天低树，江清月近人。

野水无人渡，孤舟尽日横。

【出处】宋·寇准·春日登楼怀归。

【解析】这两句诗是由唐朝韦应物的"野渡无人舟自横"衍化而来，意思是说：荒野江边没有人要渡河，一条渡船整日孤零零地横靠在那里。这两句诗本是描写江边景物的苍凉，现今也有人用这两句诗来比喻人心境的落寞凄楚。

【原诗】

高楼聊引望，杳杳一川平；
野水无人渡，孤舟尽日横。
荒村生断霭，古寺语流莺；
旧业遥清渭，沉思忽自惊。

叶上初阳乾宿雨，水面清圆，一一风荷举。

【出处】宋·周邦彦·苏幕遮。

【解析】初升的太阳晒干了昨夜残留在叶上的雨滴；滢沏的水面上到处是又圆又大的荷叶，随着风的轻拂，一叶叶地掀了起来。这几句词描写夏日清晨的荷塘景致，清新宜人。

【原词】燎沉香，消溽暑；鸟雀呼晴，侵晓窥檐语。叶上初阳乾宿雨，水面清圆，一一风荷举。故乡遥，何日去？家住吴门，久作长安旅。五月渔郎相忆否？小楫轻舟，梦入芙蓉浦。

夜窗父子共煎茶，一点青灯冷结花。

【出处】宋·陆游·初冬杂咏。

【解析】入夜，父子俩在窗前一起烹茶而饮，微弱的烛光因天冷而结下灯花。

夜来风雨声，花落知多少？

【出处】唐·孟浩然·春晓。

【解析】《春晓》这首诗是孟浩然的代表作。昨夜的风声雨声，曾使诗人失眠，他惦记着庭院的花儿，不知又谢了多少。心中生出一片惜春的情绪。人们常用“夜来风雨声，花落知多少？”两句诗来形容大好春光的消逝无踪。

【原诗】

春眠不觉晓，处处闻啼鸟。
夜来风雨声，花落知多少。

夜来似与君相见，明月一窗梅影横。

【出处】宋·谢枋得·寄谢叔鲁。

【解析】入夜之后，好像见到了你；明月照在窗上，窗上映着梅花的影子。

夜凉吹笛千山月，路暗迷人百种花。

【出处】宋·欧阳修·梦中作。

【解析】月光映照着千山，在这清凉的夜晚，一个人孤独地在月下吹笛；路上一片昏暗，千百种花儿散落满地，把人的视线都给弄模糊了。

【原诗】　　夜凉吹笛千山月，路暗迷人百种花；
棋罢不知人换世，酒阑无奈客思家。

夜深风竹敲秋韵，万叶千声皆是恨。

【出处】宋·欧阳修·玉楼春。

【解析】在这夜深人静的时候，晚风不停地吹着竹林；那万叶千声，是在为我诉说着满怀的怨恨。这是一首闺怨词，着重渲染闺中人秋夜悬想的苦境。

【原词】别后不知君远近，触目凄凉多少闷；渐行渐远渐无书，水阔鱼沉何处问？夜深风竹敲秋韵，万叶千声皆是恨。故攲单枕梦中寻，梦又不成灯又烬。

夜深更饮秋潭水，带月连星舀一瓢。

【出处】清·郑燮·访青崖和尚·和壁间晴岚学士虚亭侍读原韵。

【解析】清澈的潭水倒映着天上的星辰与明月；在这宁静的夜里，忍不住拿起瓢来舀一瓢潭水喝，水中的星月也一块给舀了起来。诗句意境脱俗清逸，别有一种迷人的韵味。

【原诗】　　渴疾由来亦易消，山前酒旆望非遥；
夜深更饮秋潭水，带月连星舀一瓢。

夜闻最雁生乡思，病入新年感物华。

【出处】宋·欧阳修·对答元珍。

【解析】晚上听到大雁归来的声音，勾起了我的思乡之情；一直到新年病体乃未康复，更感觉世事的多变。

夜月一帘幽梦，春风十里柔情。

【出处】宋·秦观·八六子。

【解析】就像月夜里帘幕下的一场幽梦；也像那春风轻轻吹过十里路的一片柔情。这两句词描写：思念伊人，轻轻入梦，柔情无限。“春风十里柔情”是由杜牧诗“春风十里扬州路，卷上珠帘总不如”衍化而来。

【原诗】见“恨如芳草，萋萋铲尽还生”。

一川碎石大如斗，随风满地石乱走。

【出处】唐·岑参·走马川行奉送出师西征。

【解析】作者通过描写恶劣的环境，来反衬官兵不畏艰险的乐观精神，进而表现将士高昂的爱国情绪。狂风像发疯的野兽般咆哮、怒吼，以至飞沙走石。作者用极度夸张的手法来描写边塞的险恶环境。

【原诗】君不见走马川，雪海边，平沙莽莽黄入天。轮台九月风夜吼，一川碎石大如斗，随风满地石乱走。匈奴草黄马正肥，金山西见烟尘飞，汉家大将西出师。将军金甲夜不脱，半夜军行戈相拨，风头如刀面如割。马毛带雪汗气蒸，五花连钱旋作冰，幕中草檄砚水凝。虏骑闻之应胆慑，料知短兵不敢接，车师西门伫献捷。

一丛深色花，十户中人赋。

【出处】唐·白居易·买花。

【解析】原诗的田舍翁：老农夫。无人喻：没有人了解。“一丛深色花，十户中人赋”这两句诗是说：这一丛深颜色的牡丹花，它的价值相当于十户中等人家一年所缴纳的赋税啊！诗人借一个老农民之口，揭露长安城官员地主们生活的奢侈浪费。由“一丛深色花，十户中人赋”这两句诗，可以看出：他们挥金如土的奢侈生活，源自广大百姓的血汗。

【原诗】

有一田舍翁，偶来买花处；
低头独长叹，此叹无人喻；
一丛深色花，十户中人赋！

一道残阳铺水中，半江瑟瑟半江红。

【出处】唐·白居易·暮江吟。

【解析】铺：铺洒。瑟瑟：碧绿的颜色。这句诗的意思是，斜阳照在缓缓流动的江水中，江面泛起细小的波纹，光亮的地方呈现出一片红色，暗淡的地方呈现出碧绿色。诗人抓住景物的特征，用江水在夕阳映照下呈现出的两种不同颜色来表现波光粼粼、千变万化的景象。

【原诗】

一道残阳铺水中，半江瑟瑟半江红。
可怜九月初三夜，露似真珠月似弓。

一点浩然气，千里快哉风。

【出处】宋·苏轼·水调歌头·黄州快哉亭赠张偓佺。

【解析】胸中保有一股浩然之气，迎着吹拂千里的雄风，胸怀是多么坦荡豪放。后人常引用“一点浩然气，千里快哉风”来形容自己志在千里的豪情壮志。

【原词】落日绣帘卷，亭下水连空。知君为我，新作窗户湿青红。长记平山堂上，欹枕江南烟雨，杳杳没孤鸿，认得醉翁语，山色有无中。一千顷，都镜净，倒碧峰。忽然浪起，掀舞一叶白头翁。堪笑兰台公子，未解庄生天籁，刚道有雌雄。一点浩然气，千里快哉风！

一朵忽先变，百花皆后香。

【出处】宋·陈亮·梅花。

【解析】梅花开放，正当寒冬，在万花沉睡之际，梅花最先苏醒。这句诗的意思是只要有一朵梅花先绽放，接着就是满园百花飘香。所以见到梅花，人们便觉春已归来。作者暗含盛赞梅花不怕风霜摧折之意。

【原诗】　　疏枝横玉瘦，小萼点珠光。
一朵忽先变，百花皆后香。

一番桃李花开尽，惟有青青草色齐。

【出处】宋·曾巩·城南。

【解析】在桃李花开尽以后，剩下的就只是一片青青的绿草了。

一夫当关，万夫莫开。

【出处】唐·李白·蜀道难。

【解析】这两句诗原是描写蜀道剑阁的天险地势，只要有一个人把守着山路的关口，纵有千军万马，也冲不破这道难关。现在这两句诗常用来指地势险峻、易守难攻。

【原诗】噫吁嚱，危乎高哉！蜀道之难，难于上青天。蚕丛及鱼凫，开国何茫然！尔来四万八千岁，不与秦塞通人烟。西当太白有鸟道，可以横绝峨嵋巅；地崩山摧壮士死，然后天梯石栈相钩连。上有六龙回日之高标，下有冲波逆折之回川。黄鹤之飞尚不得过，猿猱欲度愁攀缘（不与或作始与，缘或作援）。青泥何盘盘，百步九折萦岩峦。扪参历井仰胁息，以手抚膺坐长叹；问君西游何时还？畏途巉岩不可攀。但见悲鸟号古木，雄飞雌从绕林间。又闻子规啼夜月，愁空山。

蜀道之难，难于上青天，使人听此凋朱颜。连峰去天不盈尺，枯松倒挂倚绝壁。飞湍瀑流争喧豗，砯崖转石万壑雷！其险也若此，嗟尔远道之人胡为乎来哉！剑阁峥嵘而崔嵬，一夫当关，万夫莫开。所守或匪亲，化为狼与豺。朝避猛虎，夕避长蛇，磨牙吮血，杀人如麻。锦城虽云乐，不如早还家！蜀道之难，难于上青天，侧身西望长咨嗟！

一个西湖一才子。

【出处】清·赵翼·西湖晤袁子才喜赠。

【解析】这首诗是作者赵翼赠给随园主人袁子才（枚）的，由于子才当时住在西湖，于是赵翼便称他是西湖才子。原诗是借西湖的美来衬托袁枚的才华；景致美，人才华出众，真可谓地灵人杰，相映生辉。“一个西湖一才子”这句诗，常被后人用来形容江山人物，彼此烘托辉映，共同出名。

【原诗】　　不曾识面平相知，良会真成意外奇；
才可必传能有几，老犹得见未嫌迟。
苏堤二月春如水，杜牧三生鬓有丝；
一个西湖一才子，此来端不枉游资。

一顾倾人城，再顾倾人国。

【出处】汉·李延年·佳人歌。

【解析】“一顾倾人城，再顾倾人国”，这两句诗是说：这位美人回眸一顾盼，千娇百媚，使得全城全国的人无不扭转头来看她一眼。“倾国倾城”的典故就出自这首歌。汉武帝统治时，李延年为了将他妹妹进呈给汉武帝，特地教人在汉武帝面前唱这首歌。当武帝想见这么一个“一顾倾人城，再顾倾人国”的美人时，李延年就让妹妹朝见。果然，这位李家小姐冰肌玉骨，国色天香，舞艺超群，深得汉武帝宠幸，随即被封为李夫人。

【原诗】北方有佳人，绝世而独立。一顾倾人城，再顾倾人国。宁不知倾城与倾国，佳人难再得。

一壶酒，一竿身，世上如侬有几人？

【出处】五代·李煜·渔父。

【解析】带着一壶好酒，拿着一支钓竿，一个人独自在河边，一边喝酒，一边钓鱼，世上像我这样自在逍遥的人能有多少呢？这首词描写词人在江边独钓，远离了尘俗的干扰，独自拥有一片宁静的天地，逍遥与闲适的情怀自字里行间流露出来。

【原词】浪花有意千重雪，桃李无言一队春。一壶酒，一竿身，世上如侬有几人？

一壶浊酒喜相逢，古今多少事，都付笑谈中。

【出处】明·杨慎·临江仙。

【解析】老友难得相逢，来一壶浊酒，彼此痛快地喝酒庆祝一番；古往今来，历经多少世事，管它是非成败，全部拿来作为谈笑的话题。这三句词描写老友相逢，饮酒作乐的欢娱场面。后来这首词被罗贯中引用做了《三国演义》的卷头词。

【原词】滚滚长江东逝水，浪花淘尽英雄。是非成败转头空，青山依旧在，几度夕阳红。白发渔樵江渚上，惯看秋月春风。一壶浊酒喜相逢，古今多少事，都付笑谈中。

一怀愁绪，几年离索，错！错！错！

【出处】宋·陆游·钗头凤。

【解析】几年来我一直在为我们的分离而心绪索然、沉痛。想到过去的分手，真是悔恨无穷，实在是错了！错了！太错了！这首词相传是陆游与前妻唐婉在沈园偶遇后所作。它表现了作者因爱情遭到破坏而产生的痛苦、怨愤和无可奈何的心情。

【原词】红酥手，黄縢酒，满城春色宫墙柳。东风恶，欢情薄，一怀愁绪，几年离索，错！错！错！春如旧，人空瘦，泪痕红浥鲛绡透。桃花落，闲池阁，山盟虽在，锦书难托。莫！莫！莫！

相传唐氏见此词而感伤不已，和有一词曰：

世情薄，人情恶，雨送黄昏花易落。晓风干，泪痕残，欲笺心事，独倚斜栏，难！难！难！人成各，今非昨，病魂常似秋千索。角声寒，夜阑珊，怕人寻问，咽泪装欢。瞒！瞒！瞒！

一骑红尘妃子笑，无人知是荔枝来！

【出处】唐·杜牧·过华清宫。

【解析】诗名《过华清宫》中的华清宫：在骊山脚下，杨贵妃经常游乐的地方。"长安回望绣城堆"这句是说：从骊山回头望长安城的宫殿树木，好像一堆锦绣。"山顶千门次第开"这句指：华清宫的宫门一个接一个敞开着。"一骑红尘妃子笑，无人知是荔枝来"这两句诗是说：传送荔枝的差官飞快地把荔枝送到宫中，他们千辛万苦换得的只是杨贵妃嫣然一笑，而人们看见飞奔而来的驿马，只当是传送紧急公文，无人知道是送荔枝的！杜牧游华清宫，想到当年杨贵妃得宠时的情形，感慨万千，于是写下三首绝句，此诗是第一首。杜牧借此诗讽刺唐玄宗为了博取贵妃的欢心，不惜劳民伤财，去采买贵妃爱吃的荔枝。

【原诗】 长安回望绣成堆，山顶千门次第开。
一骑红尘妃子笑，无人知是荔枝来！

一间茅屋何所值？父母之乡去不得！

【出处】唐·王建·水夫谣。

【解析】并不是我舍不得那间茅屋，其实那间破茅屋又能值多少钱呢？只因为这里是父母生我养我的家乡，也是世代祖先居住的地方，我怎能离开它呢？水夫谣：是拉纤人的歌。纤：音欠，指拉船前进的绳子。原诗描写水夫虽然生活困苦，却不愿离开家乡到新地方去谋生。作者把水夫对故园的眷恋情怀表露无遗！

【原诗】苦哉生长当驿边，官家使我牵驿船；辛苦日多乐日少，水宿沙行如海鸟。逆风上水万斛重，前驿迢迢后淼淼；半夜缘堤雪和雨，受他驱遣还复去。夜寒衣湿披短蓑，臆穿足裂忍痛何？到明辛苦无处说，齐声腾踏牵船歌；一间茅屋何所值？父母之乡去不得！我愿此水作平田，长使水夫不怨天。

一叫一回肠一断，三春三月忆三巴。

【出处】唐·李白·宣城见杜鹊花。

【解析】原诗的子规鸟又名杜鹃，因鸣声凄厉，动人乡思，故俗称断肠鸟，蜀地最多，传说是古蜀王杜宇死后所化。杜鹃花：即映山红，每年春末盛开，正是杜鹃鸟啼之时，故名杜鹃花。三春：指春季。三巴：巴郡、巴东、巴西三都，即指蜀国，今四川。作者在宣城看到杜鹃花盛开，联想起幼年在四川常听到子规鸟的啼叫。“一叫一回肠一断，三春三月忆三巴”写尽了旅人思乡的情绪。

【原诗】

蜀国曾闻子规鸟，宣城还见杜鹃花。
一叫一回肠一断，三春三月忆三巴。

一卷离骚一卷经，十年心事十年灯；芭蕉叶上听秋声。

【出处】清·吴藻·浣溪沙。

【解析】吴藻是清代有名的女词人，她是浙江人。自古佳人多薄命，吴藻在三十岁以前的生活十分美满，后来却历尽折磨，痛苦之余皈依佛门。这三句词意思是：十年的痛苦生涯，陪伴我的只是一卷离骚与一卷佛经；十年来的忧愁心事，就像那十年的古灯；心中感伤凄苦就像在风雨的夜晚倾听芭蕉叶上萧索的秋声。作者描写自己面对经卷、青灯，回想十年往事，表达不堪回首的无奈与辛酸。

【原词】一卷离骚一卷经，十年心事十年灯；芭蕉叶上听秋声。欲哭不成翻强笑，讳愁无奈学忘情；误人枉自说聪明。

一面东风百万军，当年此处定三分。

【出处】清·袁枚·赤壁。

【解析】一阵东风强似百万大军，当年刘备、孙权、曹操就是因为赤壁之战演出连台好戏：孔明智借东风火烧曹操的连环船，从此天下三分，成为魏、蜀、吴三国。

【原诗】

一面东风百万军，当年此处定三分；
汉家火德终烧贼，池上蛟龙竟得云。
江水自流秋渺渺，渔灯犹照荻纷纷；
我来不共吹箫客，乌鹊寒声静夜闻。

一年春事都来几？早过了三之二。

【出处】宋·欧阳修·青玉案。

【解析】一年的春天能有多久呢？转眼之间，早已过了三分之二了。这首词用字浅显，但意在言外，是为佳作。三分春色，已逝其二，是惜春，是恋春，也是伤春。

【原词】一年春事都来几？早过了三之二。绿暗红嫣浑可事，绿杨庭院，暖风帘幕，有个人憔悴。买花载酒长安市，又争似家山见桃李？不枉东风吹客泪，相思难表，梦魂无据，惟有归来是。

一年好景君须记，最是橙黄橘绿时。

【出处】宋·苏轼·赠刘景文。

【解析】"最是橙黄橘绿时"是指秋天。这两句诗的意思是：你可要记住，一年当中最美好可爱的景色正是那橙子已黄、橘子尚绿的时候。"一年好景君须记"常用来嘱咐他人要特别记住某一段意义不寻常的日子，或是景色最美好的时光。

【原诗】　　荷尽已无擎雨盖，菊残犹有傲霜枝。
　　一年好景君须记，最是橙黄橘绿时。

一年将尽夜，万里未归人。

【出处】唐·戴叔伦·除夕夜宿石头驿。

【解析】在这一年将尽的除夕夜晚，只有我孤独地沦落在异乡，不能回到那万里外的家园。除夕夜，本该是合家团聚的日子，作者却羁旅异乡，独对寒灯，感叹自己一生飘零，孤独无依，而这首诗恰抒发了他内心的苦闷。

【原诗】旅馆谁相问？寒灯独可亲；一年将尽夜，万里未归人。寥落悲前事，支离笑此身；愁颜与衰鬓，明年又逢春。

一年明月今宵多，人生由命非由他，有酒不饮奈若何！

【出处】唐·韩愈·八月十五夜赠张功曹。

【解析】一年中的明月唯有今夜最圆。人生的遭遇就像月圆与月缺一样，一切都是命中注定，并不是任何人所能安排做主的；今朝有酒为何不今朝就喝呢？

【原诗】纤云四卷天无河，清风吹空月舒波；沙平水息声影绝，一杯相属君当歌。君歌声酸辞且苦，不能听终泪如雨；"洞庭连开九疑高，蛟龙出没猩鼯号；十生九死到官所，幽居默默如藏逃。下床畏蛇食畏药，海气湿蛰薰腥臊。昨者州前捶大鼓，嗣皇继圣登夔皋。赦书一日行万里，罪从大辟皆除死。迁者追回流者还，涤瑕荡垢清朝班。州家申名使家抑，坎坷只得移荆蛮。判司官卑不堪说，未免捶楚尘埃间。同时流辈多上道，天路幽险难追攀！”君歌且休听我歌，我歌今与君殊科。一年明月今宵多，人生由命非由他。有酒不饮奈若何！

一年又过一年春，百岁曾无百岁人。

【出处】唐·宋之问·宴城东庄。

【解析】一年过去，马上又是另一年的春天；人们总是向往长命百岁，可是却不曾听说有活过百岁的人。这两句诗中作者叹惜春光流逝迅疾，因而感伤人生在世，岁月有限，短促的生命又经得起几番蹉跎呢？

【原诗】一年又过一年春，百岁曾无百岁人；
能向花间几回醉？十千沽酒莫辞贫。

一鸟不啼山更幽。

【出处】宋·王安石·钟山即事。

【解析】正因为听不见鸟的啼叫声，所以整座山显得更为幽静了。南北朝的王籍有一首《入若耶溪》诗，吟出这样的句子："蝉噪林逾静，鸟鸣山更幽。"这首诗的写法与王安石诗恰相反，但二者却有异曲同工之妙。

【原诗】涧水无声绕竹流，竹西花草弄春柔；
茅檐相对坐终日，一鸟不啼山更幽。

一片冰心在玉壶。

【出处】唐·王昌龄·芙蓉楼送辛渐。

【解析】这首诗是王昌龄在芙蓉楼送别其朋友辛渐的作品。芙蓉楼：故址在江苏镇江城西北隅。芙蓉即荷花。吴：指古代吴国地区。芙蓉楼所在地镇江即在吴国境内。冰心：有两种说法，一说作者用以表示自己光明磊落，清廉自守；一说作者表示自己心境冷清。这诗是王昌龄有名的赠别诗，末两句"洛阳亲友如相问，一片冰心在玉壶"是诗人转托朋友辛渐向洛阳亲友致意之词，富有深意。今人引用"一片冰心在玉壶"这句诗表示自己志趣高洁。

【原诗】寒雨连江夜入吴，平明送客楚山孤。
洛阳亲友如相问，一片冰心在玉壶。

一丘一壑也风流。

【出处】宋·辛弃疾·鹧鸪天。

【解析】意思是即使只是一座山丘，一道沟壑，也一样充满着无尽的情趣，使人悠然神往。风流:代表无尽的情趣。任何人只要有闲情雅兴,并有玲珑剔透的心灵,懂得欣赏美的意境,那么任何一山、一丘、一溪、一壑都隐藏着不尽的情趣。

【原诗】枕簟溪堂冷欲秋,断云依水晚来收。红莲相倚浑如醉,白鸟无言定自愁。书咄咄,且休休,一丘一壑也风流。不知筋力衰多少,但觉新来懒上楼。

一曲离歌两行泪,不知何地再逢君?

【出处】唐·韦庄·江上别李秀才。

【解析】唱一首离歌,不禁泪流满面;此刻一别,真不知何时何地才能再与你相见。情深的挚友,依依的离情,真是"别时容易见时难"。"一曲离歌两行泪,不知何地再逢君"两句诗,可以说是至情的流露。

【原诗】

千山红树万山云,把酒相看日又曛;
一曲离歌两行泪,不知何地再逢君?

一去紫台连朔漠,独留青冢向黄昏。

【出处】唐·杜甫·咏怀古迹五首之三。

【解析】明妃:即王昭君。紫台:紫宫,皇帝所居。朔漠:北方沙漠之地。青冢:昭君墓,在今内蒙古呼和浩特市南。相传塞外一片荒芜,只有昭君墓旁有片青草,故名青冢。画图省识春风面:传说汉元帝命画师画宫女容貌,宫女多贿赂画师。王昭君貌美,不肯行贿,画师故意将她画丑,因此得不到青睐。元帝没有见过她,直到她被遣嫁匈奴召见时,元帝才发现她容光焕发,是后宫第一美人,于是知为画师所欺,怒斩画师。此句说,元帝只能在画图中约略地看到她的青春美貌。环佩空归月夜魂:昭君死在匈奴,不得归汉,唯魂魄月夜归来。琵琶:琵琶原是西域胡人的乐器。分明怨恨曲中论:今琵琶曲有《昭君怨》乐曲。王昭君的故事千百年来在民间流传。人们同情绝代美人王昭君不得志于帝王之家,远嫁异域的寂寞凄凉。杜甫此诗突出地将王昭君的怨恨写出来。

【原诗】

群山万壑赴荆门,生长明妃尚有村。
一去紫台连朔漠,独留青冢向黄昏。
画图省识春风面,环佩空归月夜魂。
千载琵琶作胡语,分明怨恨曲中论。

一人独钓一江秋。

【出处】清·王士祯·题秋江独钓图。

【解析】一个人孤独地在江边垂钓,钓的是一江的秋意。这首诗描写秋江边渔人独钓的乐趣。一个渔人、一件蓑衣、一顶斗笠、一叶轻舟、一支钓竿,渔人一面唱歌一面喝酒，逍遥中却又深藏着几许萧瑟、孤寂。

【原诗】 一蓑一笠一扁舟，一丈丝纶一寸钩。
一曲高歌一樽酒，一人独钓一江秋。

一身转战三千里，一剑曾当百万师。

【出处】唐·王维·老将行。

【解析】一个人驰骋战场三千里，一把剑抵抗雄兵百万。这两句诗是描写老将"少年十五二十时"的英勇善战、威猛无敌的形象。当年那种气吞山河的万丈豪情似乎就在眼前。

【原诗】少年十五二十时，步行夺得胡马骑。射杀山中白额虎，肯数邺下黄须儿。一身转战三千里，一剑曾当百万师。汉兵奋迅如霹雳，虎骑奔腾畏蒺藜。卫青不败由天幸，李广无功缘数奇。自从弃置便衰朽，世事蹉跎成白首。昔时飞箭无全目，今日垂杨生左肘。路旁时卖故侯瓜，门前学种先生柳；苍茫古木连穷巷，寥落寒山对虚牖。誓令疏勒出飞泉，不似颍川空使酒。贺兰山下阵如云，羽檄交驰日夕闻；节使三河募年少，诏书五道出将军。试拂铁衣如雪色，聊持宝剑动星文。愿得燕弓射大将，耻将越甲鸣吾君；莫嫌旧日云中守，犹堪一战立功勋。

一声何满子，双泪落君前。

【出处】唐·张祜·宫词。

【解析】倾听了一曲《何满子》过后，不禁在你面前伤心落泪。原诗描写宫人的哀怨。

【原诗】 故国三千里，深宫二十年；
一声何满子，双泪落君前。

一树春风千万枝，嫩于金色软于丝。

【出处】唐·白居易·永丰坊园中垂柳。

【解析】春风轻柔地吹拂着每一棵柳树，千万条柳枝都低低地垂下头来；柳色嫩黄似金，柳枝轻细柔软如丝。"一树春风千万枝，嫩于金色软于丝"两句诗描写的是春日柳枝轻拂的秀丽、迷人景致。

【原诗】 一树春风千万枝，嫩于金色软于丝。
永丰西角荒园里，尽日无人属阿谁？

一双冷眼看世人，满腔热血酬知己。

【出处】清·袁枚·随园诗话·卷十六。

【解析】袁枚的父亲曾在南方担任幕府,他的主管去世以后因案牵连妻子入狱,袁枚的父亲仗义救她出狱。一位名叫杨朗溪的太史感佩他的侠义心肠,于是便送他这首诗。后袁枚将这首诗收入自己的诗集中。“一双冷眼看世人,满腔热血酬知己”这两句诗的意思是:以一双冷漠的眼睛看待世人,也不在意世上的一切是非;可是满腔热血豪情却随时准备用来报答知己的知遇恩情。

【原诗】袁夫子当今真义士,一双冷眼看世人,满腔热血酬知己。恨我相见今犹迟,湘江倾盖缔兰芝(原文只录五句)。

一丝柳,一寸柔情。

【出处】宋·吴文英·风入松。

【解析】柳条随风轻摇,又是离别的时刻,折下一枝放进伊人手里,那细柔的柳丝,就是情人片片的相思与刻骨铭心的真情。古人爱好折柳相赠,也爱好在柳下桥边送别,只因为寸寸细丝,便代表寸寸情意与不尽的依恋。

【原词】听风听雨过清明,愁草瘗花铭。楼前绿暗分携路,一丝柳,一寸柔情。料峭春寒中酒,交加晓梦啼莺。西园日日扫林亭,依旧赏新晴。黄蜂频扑秋千索,有当时,纤手香凝。惆怅双鸳不到,幽阶一夜苔生。

一天星点明归路,十里荷香送出城。

【出处】宋·杨万里·六月将晦出夜凝归门。

【解析】一天的星光照亮了我回家的道路,一路的荷香送我步出城门。这两句诗对仗工稳,情趣盎然。

一溪绿水皆春雨,两岸青山半夕阳。

【出处】清·端木国湖·沙湾放船。

【解析】满溪碧绿的流水都是畅快的春雨,两岸的青山夹峙着半边落日。

一叶叶,一声声,空阶滴到明。

【出处】唐·温庭筠·更漏子。

【解析】一片片的树叶,一声声的雨滴,不断地滴落在空空的台阶上,一直到天明。本词用含蓄的笔法刻画出一位为离情所苦而通宵未眠的女子的形象。梧桐夜雨的描写更增加了凄怆的气氛。

【原诗】玉炉香,红蜡泪,偏照画堂秋思。眉翠薄,鬓云残,夜长衾枕寒。梧桐树,三更雨,不道离情正苦。一叶叶,一声声,空阶滴到明。

一朝春尽红颜老，花落人亡两不知。

【出处】清·曹雪芹·红楼梦·黛玉葬花辞。

【解析】这首《黛玉葬花辞》以丰富而奇特的想象，浓烈而忧伤的情调，展示了林黛玉的精神世界，诗中有执着的爱怜、热烈的追求和强烈的愤慨、抗议与控诉，其中更多的是悲观的感伤，无可奈何的哀怨。"一朝春尽红颜老，花落人亡两不知"两句诗，痛惜落花，伤悼自己，哀叹花落人亡的悲惨结局。

【原诗】花谢花飞飞满天，红消香断有谁怜？游丝软系飘春榭，落絮轻沾扑绣帘。闺中女儿惜春暮，愁绪满怀无著处；手把花锄出绣帘，忍踏落花来复去。柳丝榆荚自芳菲，不管桃飘与李飞；桃李明年能再发，明年闺中知有谁？三月香巢初垒成，梁间燕子太无情；明年花发虽可啄，却不道人去梁空巢已倾。一年三百六十日，风刀霜剑严相逼；明媚鲜妍能几时？一朝漂泊难寻觅！花开易见落难寻，阶前愁杀葬花人；独把花锄偷洒泪，洒上空枝见血痕。杜鹃无语正黄昏，荷锄归去掩重门；青灯照壁人初睡，冷雨敲窗被未温。怪侬底事倍伤神？半为怜春半恼春；怜春忽至恼忽去，至又无言去不闻。昨夜庭外悲歌发，知是花魂与鸟魂！花魂鸟魂总难留，鸟自无言花自羞。愿侬此日生双翼，随花飞到天尽头。天尽头，何处有香丘？未若锦囊收艳骨，一抔净土掩风流，质本洁来还洁去，不教污淖陷渠沟。尔今死去侬收葬，未卜侬身何日丧？侬今葬花人笑痴，他年葬侬知是谁？试看春残花渐落，便是红颜老死时。一朝春尽红颜老，花落人亡两不知！

一折青山一扇屏，一湾碧水一条琴。

【出处】清·刘嗣绾·自钱塘至桐庐舟中杂诗。

【解析】那一座青山，苍翠欲滴，有如一扇优美的画屏；那一湾碧绿的溪水，流声淙淙，悦耳得好像一张弹奏着的乐琴。桐庐：在今浙江省钱塘江中游。一折：代表一座、一重，指山与山相接处。屏：屏风。原诗描写桐庐秀丽的景色：青山如屏，水鸣如琴，诗中有画，意趣无限。

【原诗】
一折青山一扇屏，一湾碧水一条琴；
无声诗与有声画，须在桐庐江上寻。

一自西施采莲后，越中生女尽如花。

【出处】清·朱彝尊·越江词。

【解析】越：现今江浙一带。原诗是吟咏当年西施泛轻舟采莲花的故事。这两句诗的意思是：自从西施在越江采莲以后，当地的女孩便全都是貌美如花了。因此，后人称西施当年采莲的地方叫采莲泾。

【原诗】
山围江郭水平沙，过雨轻舟泛若耶；

一自西施采莲后，越中生女尽如花。

衣不如新，人不如故。

【出处】汉·佚名·古艳歌。

【解析】这是一首弃妇诗。原诗共有四句，前两句借兔子的孤独无依、东走西顾来比喻自己被遗弃的彷徨无助；后两句诗是说衣服是旧的不如新的，而人却是新的不如旧的；这表明弃妇盼望故人能够回心转意。今人常用“衣不如新，人不如故”这两句诗表示旧人的可爱是值得珍惜的，也用来劝诫人不可见异思迁。

【原诗】

茕茕白兔，东走西顾；
衣不如新，人不如故。

衣穿江风冷，笠败山雨急。

【出处】宋·陆游·放牛儿。

【解析】衣服破了便觉江风寒冷；蓑笠坏了便觉山雨急促。

衣带渐宽终不悔，为伊消得人憔悴。

【出处】宋·柳永·凤栖梧。

【解析】衣带渐宽：是指人逐渐消瘦，衣带都变得宽了。为伊消得：为了她值得。想念伊人而逐渐消瘦，为伊憔悴不堪，原本合身的衣带现在已觉宽松了，这一份真心真情却永不改变，绝不后悔。这两句词描写有情人愿意为爱情而牺牲一切。“为伊消得人憔悴”常用来形容一个人为情所困、为爱所苦，失意伤心，憔悴不堪。王国维先生曾以这两句词来比喻人成就大学问、大事业所必经的第二境界：由于对理想的执着而信心十分坚定，虽然饱受挫折，尝尽风霜，仍旧坚持到底，始终不变。

【原词】伫倚危楼风细细，望极春愁，暗暗生天际。草色烟光残照里，无言谁会凭阑意？拟把疏狂图一醉，对酒当歌，强乐还无味。衣带渐宽终不悔，为伊消得人憔悴！

倚剑长歌一杯酒，浮云西北是神州。

【出处】金·元好问·横波亭

【解析】舞着心爱的宝剑，痛快地喝下一杯酒，心胸舒畅，不禁放声高歌，那浮云飘飞的西北啊！就是我日夜思念的神州中原。仗剑饮酒，慷慨高歌，志士豪侠，念念不忘故国山河。现今常用“倚剑长歌”两句诗来表达对故国神州的想念与眷恋。

【原诗】孤亭突兀插飞流，气压元龙百尺楼；万里风涛接瀛海，千年豪杰壮山丘。疏星澹月鱼龙夜，老木清霜鸿雁秋；倚剑长歌一杯酒，浮云西北是神州。

易求无价宝，难得有心郎。

【出处】唐·鱼玄机·赠邻女。

【解析】即使是极为珍贵的无价之宝也还容易求得到；而人世间最难得到的便是那有真心真情的男子。古代女子毫无地位，常遭男子抛弃，所以古代女子对无情男子所发出的不满与怨恨是很多的。鱼玄机十六岁嫁给李亿为妾，原先甚得丈夫的宠爱，后来却无故遭到冷落，于是玄机写下这首诗，表达自己对薄情丈夫的怨恨。

【原诗】羞日遮罗袖，愁春懒起妆；易求无价宝，难得有心郎。枕上潜垂泪，花间暗断肠；自能窥宋玉，何必恨王昌。

忆君泪落东流水，岁岁花开知为谁？

【出处】唐·李颀·体卢五旧居。

【解析】一想起你，伤心的眼泪就像那东流的江水不停；花儿每年都定时开放，又是为了谁呢？岁岁花开，可是伊人却年年不来。本诗表达的是物是人非的悲切之情。

【原诗】

物在人亡无见期，闲庭系马不胜悲；
窗前绿竹生空地，门外青山如旧时。
怅望秋天鸣坠叶，巑岏枯柳宿寒鸱；
忆君泪落东流水，岁岁花开知为谁？

因过竹院逢僧话，又得浮生半日闲！

【出处】唐·李涉·登山。

【解析】路过一间满是竹林的院子，无意间与一个和尚相谈许久，这才发觉自己在浮沉奔波的人生中又得到了半日的清闲。终日奔走忙碌的人在人海中浮沉，偶尔抽空偷闲散心便觉得到意外惊喜。诗人借这两句诗表达自己闲适的心情。

【原诗】

终日昏昏醉梦间，忽闻春尽强登山；
因过竹院逢僧话，又得浮生半日闲！

吟安一个字，捻断数茎须。

【出处】唐·卢延让·苦吟。

【解析】每次作诗，总是一面捻抚胡须，一面殚思苦虑，为了吟成一个字，常常捻断了数根胡须。“吟安一个字，捻断数茎须”这两句诗描写诗人在吟诗对句时，苦苦思索的情形。通常用来形容人的文思不畅，好字佳词不易写成，也可用来赞赏作家写作时苦思熟虑的认真态度。

【原诗】莫话诗中事，诗中难更无；
吟安一个字，捻断数茎须。
险觅天应闷，狂搜海亦枯；
不同文赋易，为着之者乎。

幽怀谁共语，远目送归鸿。

【出处】金·元好问·临江仙。

【解析】满怀幽怨的深情又能诉说给谁听呢？只有远远地站在一边，目送那飞翔远去的鸿鸟。描写人在困顿失意中，望着飞去的归鸿，满腔愁苦无人诉说，心绪落寞而惆怅。

【原词】见“浩歌一曲酒千樽，男儿行处是，未要论穷通”。

游人不管春将老，来往亭前踏落花。

【出处】宋·欧阳修·丰乐亭游春。

【解析】那些游人毫不关心春天就快要过去了，只是在亭前来来往往，不停地践踏着满地落花。本诗感叹游人不知春光将逝，还在那里任意地践踏落花。

【原诗】红树青山日欲斜，长郊草色绿无涯；
游人不管春将老，来往亭前踏落花。

游子魂销青塞月，美人肠断翠楼烟。

【出处】明·杨慎·柳。

【解析】对着塞外明月的清辉，游子不禁神魂迷乱；翠楼烟雾凄迷，美人触景生情，不禁断肠。

有花堪折直须折，莫待无花空折枝。

【出处】唐·佚名·金缕衣。

【解析】花开的时候，要趁早去折取；不要等到花儿凋落后，才去折取无花的空枝。金缕衣：金线所织成的衣服，比喻华丽贵重的衣服。“有花堪折直须折，莫待无花空折枝”这两句诗劝勉世人要珍惜少年时光，否则等到青春消逝，任何追悔都无济于事了。

【原诗】劝君莫惜金缕衣，劝君惜取少年时；
有花堪折直须折，莫待无花空折枝。

有梅无雪不精神，有雪无诗俗了人。

【出处】宋·卢梅坡·雪梅。

【解析】光有梅花而没有雪来陪衬的话，就感觉不出一丝神韵；光有雪没有诗可吟咏的话，那只不过是个俗人。作者一方面吟咏梅雪的争艳，一方面描写自己赏雪作诗的高雅逸兴。

【原诗】
有梅无雪不精神，有雪无诗俗了人；
日暮诗成天又雪，与梅并作十分春。

有情风，万里卷潮来，无情送潮归。

【出处】宋·苏轼·八声甘州·寄参寥子。

【解析】参寥子：僧人道潜的号，道潜是苏轼的好友，他有“禅心已作沾泥絮，不逐东风上下狂”的名句，深得苏轼的赏识。有情的风，从万里外把水卷来，却又无情地把潮水送了回去。有情潮来，无情潮去，苏轼的这首词，充满着对宦海浮沉的感慨与无奈。

【原诗】有情风，万里卷潮来，无情送潮归。问钱塘江上，西兴浦口，几度斜晖？不用思量今古，俯仰昔人非。谁似东坡老，白首忘机。记取西湖西畔，正春山好处，空翠烟霏。算诗人相得，如我与君稀，约它年，东还海道，愿谢公，雅志莫相违。西州路，不应回首，为我沾衣。

有约不来过夜半，闲敲棋子落灯花。

【出处】宋·赵师秀·有约。

【解析】约好相见的朋友，过了半夜还不来；一个人穷极无聊，就在灯下随意轻敲棋子，不觉间已散落了一地的灯花。诗人与朋友相约，朋友过时不来，一直到深夜，诗人的满怀无聊愁绪不知如何排遣。此诗以细腻的笔调描写一个人愁闷无聊的心境。

【原诗】
黄梅时节家家雨，青草池塘处处蛙；
有约不来过夜半，闲敲棋子落灯花。

有道难行不如醉，有口难言不如睡。

【出处】宋·苏轼·醉睡者。

【解析】既然有路难行，不如大醉一回；既然有口难言，不如大睡一场。不论是昏醉或是沉睡，都不必为路的难走与话的难说而烦忧。作者怀才不遇的痛苦无人了解，于是便在伤心寂寞之余，写下了这首诗来抒发心志。睡去固然可以忘忧，可是醒来却更加无奈，本来盼望能得到暂时的解脱，可是内心却更加的空虚寂寞。

【原诗】　有道难行不如醉，有口难言不如睡；
先生醉卧此石间，万古无人知此意。

于今腐草无萤火，终古垂杨有暮鸦。

【出处】唐·李商隐·隋宫。

【解析】原诗中的隋宫：指江都宫苑。隋炀帝开凿大运河，从洛阳西苑可坐船直达江都，沿河筑离宫四十余所，江都的离宫尤为壮丽。炀帝游江都乘坐的龙舟高四十五尺，长二百尺，伴随的船只大小数千艘，二十万骑兵夹岸护送，旌旗蔽天。原诗中紫泉，指长安。玉玺：皇帝的印，代表帝位。日角：相术用语，指帝王的贵相。《旧唐书·唐俭传》说：李渊（唐高祖）"日角龙庭"，"日角"指李渊。"玉玺不缘归日角，锦帆应是到天涯"意思是说，如果不是由于政权转至李渊手上，杨广（炀帝）的游船就不会到江都为止，而是要开到更远的地方去了。"于今腐草无萤火，终古垂杨有暮鸦"：据说炀帝好夜游，在洛阳景华宫时曾征求萤火数斛，夜游时放出，光照山谷。他在江都也常这样夜游，江都有"放萤院"。这两句是说，隋宫在兵火之后，废墟上虽有腐草，但无萤火，以此说明隋亡。大运河两旁植有许多垂杨，炀帝游江都时，河上锦帆林立，岸上千乘万骑，乐声远扬，灯火照耀，乌鸦自然不敢在堤边杨树上栖息。如今隋亡了，乌鸦自然飞到堤杨上过夜了。后庭花：即"玉树后庭花"。南朝的陈为隋所灭，当时挂帅灭陈的是杨广（炀帝）。依据传说：炀帝在江都，曾在梦中与陈后主相遇，令后主爱妃张丽华舞"玉树后庭花"。此诗以隋亡为历史教训，对炀帝劳民伤财以供个人玩乐招致灭亡大加讽刺。末两句："地下若逢陈后主，岂宜重问后庭花"尤其冷峻。

【原诗】　紫泉宫殿锁烟霞，欲取芜城作帝家。
玉玺不缘归日角，锦帆应是到天涯。
于今腐草无萤火，终古垂杨有暮鸦。
地下若逢陈后主，岂宜重问后庭花？

与君别后泪痕在，年年著衣心莫改。

【出处】唐·元稹·夜别筵。

【解析】还记得与你分手的时候，我的眼泪滴落在你的衣服上；与你分别后，这些泪痕应该还在。希望你每年穿这件衣服时看到泪痕，会永远记得我对你的深情。这两句诗描写妇人思念游子，衷心祈盼游子永不变心。原诗作者元稹将思妇挂念伊人的心境刻画得细致入微，令人读后留下极深刻的印象。

【原诗】　夜长酒阑灯花长，灯花落地复落床；

似我别泪三四行，滴君满坐之衣裳；
与君别后泪痕在，年年著衣心莫改。

雨笠烟蓑归去也，与人无爱亦无嗔。

【出处】民国·苏曼殊·寄调筝人。

【解析】我只信仰禅宗，情愿忍受多情女子的怨恨；佛家说怨恨的产生，就是因为有爱有情。带着雨笠，披着蓑衣，归向迷茫的烟雨中，我的心湖平静无波，与人无所爱恋，也不会发生嗔恨。苏曼殊早年出家，曾经写过“不向情田种爱根”的绝情诗。

【原诗】
禅心一任蛾眉妒，佛说原来怨是亲；
雨笠烟蓑归去也，与人无爱亦无嗔。

雨歇林间凉自生，风穿径里晓逾清。

【出处】宋·杨万里·桧径晓步。

【解析】雨停了之后，树林里凉气自生；风吹过小径，清晨的空气更显得清新。

雨中黄叶树，灯下白头人。

【出处】唐·王维·秋夜独坐。

【解析】屋外的雨不断地落在叶子已经枯黄的树上；屋内灯火照耀的是满头白发的老人。现今常用“雨中黄叶树，灯下白头人”两句诗来形容容颜衰老的凄凉愁苦。

【原诗】静夜四无邻，荒居旧业贫；雨中黄叶树，灯下白头人。以我独沉久，愧君相见频；平生自有分，况是蔡家亲。

雨中山果落，灯下草虫鸣。

【出处】唐·王维·秋夜独坐。

【解析】山中下着雨，树上的果子颗颗滚落在地上；屋里点着灯，草丛里的秋虫不停地唧唧鸣叫。“雨中山果落，灯下草虫鸣”这两句诗是描写山林中雨夜的情景。果落、虫鸣洋溢着盎然的生趣。

【原诗】独坐悲双鬓，空堂欲二更；雨中山果落，灯下草虫鸣。白发终难变，黄金不可成；欲知除老病，惟有学无生。

雨足桔槔声暂歇，翠畦瓜豆已成行。

【出处】清·周再勋·溪阴。

【解析】大雨过后雨水充足,水车打水的声音暂时停歇下来;青翠的菜畦和瓜棚豆架已经长成行列。

语不惊人死不休。

【出处】唐·杜甫·江上值水如海势聊短述。

【解析】原诗中的为人性僻:杜甫自我解剖之词。漫与:相当于“随便对付”的意思,自谦之词。浮槎:木筏。陶谢:陶渊明、谢灵运。令渠:叫他们。此诗意思是:我为人性情孤僻,醉心于作诗,写出来的诗句一定要惊人,否则不肯罢休。到老来作诗还是很平庸,就不用再为春花秋鸟增添愁怀了。前不久门前修了个水槛,供凭栏垂钓之用,有时也把木筏子当作小船用。真希望能找到像陶渊明和谢灵运这一类人作朋友,跟他们一起吟诗,同游山水!后人引用“语不惊人死不休”一句表明自己对自己作品严格要求。

【原诗】

为人性僻耽佳句,语不惊人死不休!
老去诗篇浑漫与,春来花鸟莫生愁。
新添水槛供垂钓,故著浮槎替人舟;
焉得知如陶谢手,令渠述作与同游。

欲把西湖比西子,淡妆浓抹总相宜。

【出处】宋·苏轼·饮湖上初晴后雨。

【解析】若是把西湖的美景比做西施的容貌,任凭她是淡妆还是浓抹,都能恰到好处,美丽动人。西子:即春秋时代越国的美女西施。周济《介存斋论著》:“王嫱西施,天下美妇人也,浓妆佳,淡妆亦佳,粗服乱头,不掩国色。”这两句诗是赞美西湖的名句,意思是说:西湖的景色,或晴或雨,一年到头,永远明丽动人。

【原诗】

水光潋滟晴方好,山色空蒙雨亦奇;
欲把西湖比西子,淡妆浓抹总相宜。

欲待曲终寻问取,人不见,数峰青。

【出处】宋·苏轼·江城子·湖上与张先同赋,时闻弹筝。

【解析】作者在江上听人弹筝,那卓越的技巧令人着迷。本想等待曲终再去寻访弹筝的人,可是他却飘然远去,于是作者只能呆呆地望着那几座青翠的山峰。这首词源自唐朝钱起的《省试湘灵鼓瑟诗》:“曲终人不见,江上数峰青”。

【原词】凤凰山下雨初晴,水风清,晚霞明;一朵芙蕖,开过尚盈盈。何处飞来双白鹭,如有意,慕娉婷。忽闻江上弄哀筝,苦含情,遣谁听?烟敛云收,依约是湘灵。欲待曲终寻问取，人不见，数峰青。

欲寄相思千点泪，流不到，楚江东。

【出处】宋·苏轼·江城子·别徐州。

【解析】想要为你寄上千万点相思的眼泪，只怕那深情的眼泪流不到你那遥远的楚江东。知交天涯遥隔，纵有千万点相思泪水也无从传递，满怀的惆怅落寞之情有谁会明白呢？这两句诗里含有绵绵深情，读来令人十分感动。从这首词可以看到苏轼作为一位豪放派词人感情真挚细腻的一面。

【原词】见“天涯流落思无穷”。

欲将心事付瑶琴，知音少，弦断有谁听？

【出处】宋·岳飞·小重山。

【解析】付瑶琴：借弹奏瑶琴来诉说心事。这两句诗的意思是：原本想借瑶琴来诉说满腹心事，无奈知音太少，即使把琴弦都弹断了，又有谁会来听呢？作者感叹自己空有一腔抱负理想，却得不到知音的赏识。

【原诗】昨夜寒蛩不住鸣，惊回千里梦，已三更。起来独自绕阶行，人悄悄，帘外月胧明。白首为功名，旧山松竹老，阻归程，欲将心事付瑶琴，知音少，弦断有谁听？

欲作家书意万重。

【出处】唐·张籍·愁思。

【解析】洛阳城又吹起阵阵秋风，拿起笔来想要写封家信，内心却思绪万千不知从何说起。作者张籍远居洛阳，因秋风吹起而引发乡愁无限。

【原诗】　洛阳城里见秋风，欲作家书意万重；
　　复恐匆匆说不尽，行人临行又开封。

园丁傍架摘黄瓜，村女沿篱采碧花。

【出处】宋·陆游·秋怀。

【解析】诗句摹写秋日农村生活小景：园丁在瓜架旁采摘黄瓜；村中的少女沿着竹篱采取香花。

愿得此身长报国，何须生入玉门关！

【出处】唐·戴叔伦·塞上曲。

【解析】我只希望这一生能够永远镇守边疆，报效国家，又何必一定要活着回到玉门关呢？汉朝时候，班超奉命出使西域，在当地留守了三十一年，年老时上疏皇帝请求归来，疏中说："臣不敢望到酒泉郡，但愿入玉门关。"戴叔伦这首诗反用班超之意，描写爱国将士誓守边疆，情愿牺牲报国，不求生还的决心。

【原诗】 汉家旌旗满阴山，不遣胡儿匹马还；
愿得此身长报国，何须生入玉门关！

愿为西南风，长逝入君怀。

【出处】三国·曹植·七哀诗。

【解析】原诗中的流光正徘徊：指整夜月光流转。"清路尘"与"浊水泥"：比喻泥土本是同一物，现在却一个飞扬在上，一个沉到水底。愿为西南风：愿意化作一阵西南风。长逝入君怀：一直吹到远方你的怀中。曹丕即位之后，曹子建（植）在政治上被猜忌，一直受到压制。此诗，有人认为是作者以"愁思妇"自喻，表达自己对朝廷（曹丕）的思念，愿有所报，借诗以寄意。

【原诗】明月照高楼，流光正徘徊。上有愁思妇，悲叹有余哀。借问叹者谁？言是客子妻。君行逾十年，孤妾常独栖。君若清路尘，妾若浊水泥。浮沉各异势，会合何时谐。愿为西南风，长逝入君怀。君怀良不开，贱妾当何依。

愿我如星君如月，夜夜流光相皎洁。

【出处】宋·范成大·车遥遥篇。

【解析】这是一首情诗，描写一位女子对浪迹天涯的游子的思念。这两句的意思是：但愿我是那天上的星星，你是那天上的明月，好让我们皎洁的光辉能够永远相随。字里行间流露出欢欣期盼之情。

【原诗】车遥遥，马憧憧，君游乐山东复东，安得奋飞逐西风。愿我如星君如月，夜夜流光相皎洁；月暂晦，星常明，留明待月复，三五共盈盈。

月到天心处，风来水面时。

【出处】宋·邵雍·清夜吟。

【解析】邵雍是北宋有名的理学家，他的诗大多寓意深刻，耐人寻味。这首诗描写作者伫立月下，此时月亮正走到天心，微风正吹拂着水面，那种清静怡人的境界，令人陶醉。

【原诗】 月到天心处，风来水面时；
一般清意味，料得少人知。

月光如水水如天。

【出处】唐·赵嘏·江楼感旧。

【解析】月光清凉如水映照着江面，水色微蓝恰似天光。此诗写江边夜景，月光、水色相映成趣，蕴含着神秘、动人的意味，让人心为之醉。

【原诗】　独上江楼思悄然，月光如水水如天；
同来玩月人何在？风景依稀似去年！

月落乌啼霜满天，江枫渔火对愁眠。

【出处】唐·张继·枫桥夜泊。

【解析】枫桥：在旧时江苏吴县阊门西七里。原诗中的姑苏：吴县在隋朝时是苏州府治，因境内有姑苏山，所以又叫姑苏。寒山寺：在阊门西十里。这首诗描写旅人夜泊愁眠的心情。千百年来读者吟诵此诗一直为"月落乌啼霜满天，江枫渔火对愁眠"所描写的无限凄凉景致陶醉。这种萧瑟、淡雅的美震撼人心。

【原诗】见"姑苏城外寒山寺，夜半钟声到客船。"

云横平野近人低，似絮如纱只隔溪。

【出处】宋·杨万里·明发曲坑。

【解析】淡淡的云影，横在原野上，隔着山溪，看起就像柳絮和轻纱一样。

云开见山高，木落知风劲。

【出处】明·卞同·倪云林画。

【解析】云气浮开才看见山势的高峻，树叶凋落才知风力的强劲。

云漫漫兮白日寒，天荆地棘行路难。

【出处】明·刘永锡·行路难。

【解析】云气迷漫遮蔽了太阳的光芒，因此觉得十分寒冷；天地间布满了荆棘，行路十分艰难。

云破月来花弄影。

【出处】宋·张先·天仙子。

【解析】月亮破云而出，在月光的照耀下，花影随风不停地摇摆着。云淡风轻，月照花拂，春天的夜色，是何等地醉人！

【原词】见"风不定，人初静，明日落红应满径"。

云山藏客路，烟树记人家。

【出处】金·蔡珪·雪川道中。

【解析】云浓山深掩藏了行人的去路，只好在烟雾凄迷的树林中辨认人家。

云想衣裳花想容。

【出处】唐·李白·清平调。

【解析】看见天上的云彩，就想起她那美丽的衣裳；看见园中的花朵，就想起她那动人的容颜。唐玄宗与杨贵妃在“沈香亭”中观赏牡丹，特别把李白召来作清平调三首，以便歌唱助兴。这句诗描写的是杨贵妃的美丽。

【原诗】
云想衣裳花想容，春风拂槛露华浓；
若非群玉山头见，会向瑶台月下逢。

栽花忙处儿呼饭，夜读深时妾屏灯。

【出处】清·袁枚·遣兴杂诗。

【解析】我在花园里栽花，正在忙乱的时候，儿女们呼唤我过去吃饭；夜里在灯下看书，读到深夜的时候，侍妾却把灯火拿走了。原诗描写读书人田园幽居，耕读自得的生活。作者自然的语调，给人一种十分亲切的感觉。

【原诗】
小步闲拖六尺藤，空山来往健如僧；
栽花忙处儿呼饭，夜读深时妾屏灯。

在天愿作比翼鸟，在地愿为连理枝。

【出处】唐·白居易·长恨歌。

【解析】比翼鸟：雌雄比翼而飞的鸟。连理枝：两棵树木不同根而枝干却合生在一起。这两句诗是唐玄宗与杨贵妃相爱时两人所立下的誓语。意思是：我们俩人如在天上，愿意化作那比翼双飞的小鸟；若在地下，愿意变为枝干相连的树枝。比翼双飞形容男女的恩爱相依；树枝连理比喻夫妻同心相连。后世情侣常把“在天愿作比翼鸟，在地愿为连理枝”两句诗当作誓词，表达真心相爱永不变心之意。

【原诗】见“后宫佳丽三千人，三千宠爱在一身”。

沾衣欲湿杏花雨，吹面不寒杨柳风。

【出处】南唐·僧志安·绝句。

【解析】春天杏花绽放，飘飞的雨丝轻轻地沾在衣服上，却不曾把衣服完全湿透；杨柳不停地摆动，凉风徐徐地吹在脸上，并不觉得寒冷。这两句诗描写春日美景，杏花小雨、杨柳微风，景致异常柔美动人。

【原诗】
古木阴中系短蓬，杖藜扶我过桥东。
沾衣欲湿杏花雨，吹面不寒杨柳风。

战士军前半死生，美人帐下犹歌舞。

【出处】唐·高适·燕歌行。

【解析】这两句诗的意思是：战士们在沙场上与敌人打得天昏地暗，不知生死如何；而那些将官们却躲在营帐里，尽情地欣赏女人的歌唱与舞蹈。此诗描写战士奋勇杀敌，不顾生死，将官却是贪恋女色，荒淫颓败。

【原诗】汉家烟尘在东北，汉将辞家破残贼；男儿本自重横行，天子非常赐颜色，拟金伐鼓下榆关，旌旗逶迤碣石间；校尉羽书飞瀚海，单于猎火照狼山。山川萧条极边土，胡骑凭陵杂风雨；战士军前半死生，美人帐下犹歌舞！大漠穷秋暮草衰，孤城落日斗兵稀；身当恩遇恒轻敌，力尽关山未解围。铁衣远戍辛勤久，玉箸应啼别离后；少妇城南欲断肠，征人蓟北空回首。边风飘摇那可度？绝域苍茫更何有？杀气三时作阵云，寒声一夜传刁斗。相看白刃血纷纷，死节从来岂顾勋！君不见沙场征战苦？至今犹忆李将军。

丈夫志四海，万里犹比邻。

【出处】魏·曹植·赠白马王彪。

【解析】大丈夫志在四海，万里的距离就像比邻而居。

照花前后镜，花面交相映。

【出处】唐·温庭筠·菩萨蛮。

【解析】佳人在镜子里前后照，看看花戴得是否恰到好处，花与人面在镜子里互相辉映。“照花前后镜，花面交相映”描写女子对镜妆扮的情景，娇美动人，自然而逼真。

【原词】小山重叠金明灭，鬓云欲度香腮雪，懒起画蛾眉，弄妆梳洗迟。照花前后镜，花面交相映；新贴（“贴”或作“帖”）绣罗襦，双双金鹧鸪。

折取一枝入城去，使人知道已春深。

【出处】元·贡性之·涌金门见柳。

【解析】折下一枝翠绿的柳枝带进城，好告诉人们春天已经来很久了！这首诗描写春到人间柳条垂青的美景。“折取一枝入城去，使人知道已春深”两句诗可用来表示大好消息的传报。

【原诗】　涌金门外柳垂金，三日不来成绿荫；
折取一枝入城去，叫人知道已春深。

珍重主人心，酒深情亦深。

【出处】唐·韦庄·菩萨蛮。

【解析】你要珍惜主人的一片心意，酒味深浓，主人的情意也是那样。这两句词描写出外作客，主人真挚的情意令人感动。“珍重主人心，酒深情亦深”这两句词也常用来劝人切莫辜负他人的一片真心诚意。

【原诗】劝君今夜须沉醉，樽前莫话明朝事；珍重主人心，酒深情亦深。须愁春漏短，莫诉金杯满；遇酒且呵呵，人生能几何？

枕上诗篇闲处好，门前风景雨来佳。

【出处】宋·李清照·摊破浣溪沙。

【解析】悠闲地靠在枕上，随意地阅读诗篇，心情无比舒适美好；下雨的时候，门前的风景显得更加优美了。这两句诗描写闲居吟诗赏雨的闲情逸致，境界高远而幽雅。

【原诗】病起萧萧两鬓华，卧看残月上窗纱，豆蔻连梢煎熟水，莫分茶。枕上诗篇闲处好，门前风景雨来佳，终日向人多蕴藉，木犀（“木犀”或作“木樨”）花。

争知我倚栏干处，正恁凝愁！

【出处】宋·柳永·八声甘州。

【解析】她怎么会知道远方的我也正在倚着栏杆为相思愁苦呢！情侣两地相隔，我思君，但愿君亦念我。这两句词常表达对伊人满怀思念却不被伊人所知的痛苦与怅惘。

【原诗】对潇潇暮雨洒江天，一番洗清秋，渐霜风凄紧，关河冷落，残照当楼，是处红衰翠减，苒苒物华休。惟有长江水，无语东流。不忍登高临远，望故乡渺邈，归思难收，叹年来踪迹，何事苦淹留？想佳人妆楼颙望，误几回天际识归舟！争知我倚栏干处，正恁凝愁！

征夫怀远路，游子恋故乡。

【出处】汉·佚名·别诗。

【解析】远征在外的戍卒怀念着没有尽头的归路；迟迟不归的游子眷恋着自己的故乡。“征夫怀远路，游子恋故乡”这两句诗，描写远行在外的征夫游子对故乡家园的深切想念。流浪天涯、漂泊异乡的人常借这两句诗抒发内心对远方故乡的思念。

【原诗】烛烛晨明月，馥馥秋兰芳，芳馨良夜发，随风闻我堂。征夫怀远路，游子恋故乡；寒冬十二月，晨起践严霜。俯观江汉流，仰视浮云翔；良友远别离，各在天一方。山海隔中州，相去悠且长；嘉会难再遇，欢乐殊未央。愿君崇令德，随时爱景光。

正是江南好风景，落花时节又逢君。

【出处】唐·杜甫·江南逢李龟年。

【解析】作者在流离颠沛中与故人相逢，抚今追昔，无限感伤。这两句诗的意思是：如今流落江南，正是江南风景美好的时候；没想到在这好花凋落的暮春时节竟能与你相逢。

【原诗】

岐王宅里寻常见，崔九堂前几度闻；
正是江南好风景，落花时节又逢君。

知否？知否？应是绿肥红瘦！

【出处】宋·李清照·如梦令。

【解析】你知道吗？经过一夜的风雨，海棠的绿叶应该是越发的肥厚了，只是红花反而显得消瘦了。原词描写春日深闺的寂寞情怀。“应是绿肥红瘦”一句，以花来比拟人，含有一种年华消逝、青春不再的伤感。

【原词】昨夜雨疏风骤，浓睡不消残酒。试问卷帘人，却道海棠依旧。知否？知否？应是绿肥红瘦！

知我意，感君怜，此情须问天。

【出处】五代·李煜·更漏子。

【解析】你知道我的心意，我也十分感激你对我的怜爱！但是，这份深爱浓情是否能如愿？只能去问默默无言的苍天了！这几句词描写情侣两心相许却不知是否能长相厮守。词中流露出一种哀怨无奈的情绪。

【原词】金雀钗，红粉面，花里暂时相见。知我意，感君怜，此情须问天。香作穗，蜡成泪，还似两人心意。山枕腻，锦衾寒，觉来更漏残。

枝上柳绵吹又少，天涯何处无芳草。

【出处】宋·苏轼·蝶恋花。

【解析】树枝上的柳絮被风吹得越来越少，然而天涯广阔无边，何处看不到可爱的芳草呢？“天涯何处无芳草”现在常用来慰勉、鼓舞那些情场失意的人，失去的恋情就让它过去，不必太过伤心；遍地都有芳草，到处都可寻得真情。

【原词】见“笑渐不闻声渐悄，多情却被无情恼”。

只觉当初欢侍日，千金一刻总蹉跎。

【出处】清·袁枚·伤心。

【解析】回想当初侍奉慈亲的欢乐日子，真有如一刻千金般的珍贵，但是当时我却让它蹉跎而过。这是追念慈亲的伤心诗，作者袁枚是一位孝子，“子欲养而亲不待”，慈亲已逝，回忆当时情景，不禁痛苦万分。

【原诗】 伤心六十三除夕，都在慈亲膝下过；
今日慈亲成永诀，又逢除夕恨如何？
素琴将鼓光阴速，椒酒虚供涕泪多；
只觉当初欢侍日，千金一刻总蹉跎！

只恐双溪舴艋舟，载不动许多愁。

【出处】宋·李清照·武陵春。

【解析】舴艋：指小船。这两句词的意思是，原想在江上泛舟寄情，却怕双溪中的舴艋小舟载不动我内心许多的深愁。情愁的深重，竟连舴艋舟都负荷不住，那么人的心灵又怎能承受呢？原词作者李清照是宋代著名女词人，她的作品无论写情写景多半细腻、生动，感人至深。“只恐双溪舴艋舟，载不动许多愁”便是李清照描写情愁的名句，后人常用这两句词来形容内心无限的愁苦。

【原词】见“物是人非事事休，欲语泪先流。”

只有多情流水伴人行。

【出处】宋·苏轼·南歌子。

【解析】多情的流水，伴着我悠闲地行走。这句词意境高妙，韵味悠长。全词表达了词人酒醒时分惆怅迷惘的情绪。

【原词】雨暗初疑夜，风回便报晴，淡云斜照着山明，细草软沙溪路马蹄轻。卯酒醒还困，仙村梦不成，蓝桥何处觅云英，只有多情流水伴人行。

只愿君心似我心，定不负相思意！

【出处】宋·李之仪·卜算子。

【解析】只希望你的心能像我一样，就一定不会辜负我这一份深浓的相思情意。这首词借悠悠江水表达情人绵绵不尽的相思之情。

【原词】我住长江头，君住长江尾；日日思君不见君，共饮长江水。此水几时休？此恨何时已？只愿君心似我心，定不负相思意！

只在此山中，云深不知处。

【出处】唐·贾岛·寻隐者不遇

【解析】我在松下向童子询问先生的去处，童子说先生上山采药去了；只知道他在这座山上，但是山中的云雾深浓，却不知他到底在哪里。原诗的语意隽永，别富禅机，颇能发人深省。“只在此山中，云深不知处。”两句诗更是将隐者清逸高妙的生活通过山间的自然景致反映出来。

【原诗】　　松下问童子，言师采药去；
　　只在此山中，云深不知处。

志士凄凉闲处老，名花零落雨中看。

【出处】宋·陆游·病起。

【解析】壮士在困顿中老去，景况的凄凉就如同名花在雨中零落萎谢一般。诗句融情于景，借景抒情，透露出诗人怀才不遇的抑郁情绪。

中年岁月苦风飘。

【出处】清·黄遵宪·海上杂感。

【解析】作者感叹自己长年浪迹天涯，奔波忙碌，大好岁月白白度过，漂泊的人生实在是痛苦不堪。

【原诗】　　中年岁月苦风飘，强半光阴客里抛；
　　今日破愁编日记，一年却得两花朝。

中庭月色正清明，无数杨花过无影。

【出处】宋·张先·木兰花。

【解析】夜晚庭院中，月色一片清明，无数杨花从空中飞掠而过，不曾留下一丝花影。"中庭月色正清明，无数杨花过无影。"两句诗描写夜色清幽、静寂，意境高远淡雅。

【原词】龙头舴艋吴儿竞，笋柱秋千游女并；芳洲拾翠暮忘归，秀野踏青来不定。行云去后遥山暝，已放笙歌池院静。中庭月色正清明，无数杨花过无影。

终年无客常闭关，终日无心长自闲。

【出处】唐·王维·答张五弟。

【解析】由于常年都没有客人来拜访，所以我常把大门关闭；由于整天都没有烦心的事，所以内心总是闲散自得。作者描写自己的隐居生活，悠游自在，不惹尘俗。诗中充满怡然洒脱的悠闲意趣。

【原诗】终南有茅屋，前对终南山，终年无客常闭关，终日无心长自闲；不妨饮酒复垂钓，君但能来相往还。

众里寻他千百度，蓦然回首，那人却在灯火阑珊处。

【出处】宋·辛弃疾·青玉案·元夕。

【解析】在人群里寻找伊人千百次，总是见不着伊人，猛然回头一看，却发觉伊人正在那灯火暗淡的地方。阑珊：指灯火幽暗。王国维在“人间词话”中以这三句词来比喻古今成大事业、大学问者的三种境界中的第三境界：描写人在那艰苦追寻的过程中常常饱经风霜，而一旦理想目标终于出现在眼前时便无限欢欣与喜悦。这三句词也含有“踏破铁鞋无觅处，得来全不费工夫”的意思。

【原词】见“东风夜放花千树”。

众志成城，众口铄金。

【出处】国语。

【解析】只要大家志向一致便可像城墙一样坚固；只要众人都出言指斥，那话语便可以消融金子。

种桃道士归何处？前度刘郎今又来。

【出处】唐·刘禹锡·再游玄都观。

【解析】种植桃树的道士到哪里去了呢？上次来过的刘郎今天又来了。刘禹锡游玄都观诗只二首，诗前还题有一小序，序文说诗人因写看花诗讽刺权贵，所以二度遭贬，直到十四年后，方又被召回长安任职。因而他写此诗的目的是向打击他的权贵挑战，表明他决不屈服的决心。

【原诗】

百亩庭中半是苔，桃花净尽菜花开；
种桃道士归何处？前度刘郎今又来。

舟人那识伤心地，遥指前程是马关。

【出处】民国·佚名·佚题。

【解析】船夫一点也不知道那是个令人伤心痛苦的地方，仍然不停地指向遥远的前方，说那里就是马关了。中日甲午战争以后，清廷战败，李鸿章被迫在马关签下了丧权辱国的马关条约。爱国志士每次想起这件往事，总是伤痛万分。原诗作者途经马关，船夫不停地加以说明，勾起他对这段历史悲剧的无限感伤，于是写下了这首诗，来抒发内心的悲叹。

【原诗】

万顷云涛出海滩，天风浩荡白鸥闲；
舟人那识伤心地，遥指前程是马关。

朱门酒肉臭，路有冻死骨。

【出处】唐·杜甫·自京赴奉先县咏怀五百字。

【解析】原诗中的朱门：指地主豪门贵族之家。荣枯：树木的繁荣和枯槁，比喻富贵与贫贱。咫尺：比喻距离很近。咫，古周制八寸。惆怅：失意，哀伤。原诗意思是：豪门贵族家里酒肉多到吃不完，发臭了，而路上却暴露着冻饿致死的白骨。咫尺之间，荣华富贵和贫贱穷困的差别多么悬殊，使我痛苦得不忍心再说下去了。这首诗以如椽的巨笔客观地反映当时社会的情况。“朱门酒肉臭，路有冻死骨。”两句内容精警，深刻地揭露了盛唐社会浮华表象下人民深重的苦难。

【原诗】杜陵有布衣，老大意转拙，许身一何愚，窃比稷与契。居然成濩落，白首甘契阔。盖棺事则已，此志常觊豁，穷年忧黎元，叹息肠内热；取笑同学翁，浩歌弥激烈。非无江海志，潇洒送日月，生逢尧舜君，不忍便永诀。当今廊庙具，构厦岂云缺？葵藿倾太阳，物性固难夺。顾惟蝼蚁辈，但自求其穴；胡为慕大鲸，辄拟偃溟渤？以兹悟生理，独耻事干谒；兀兀遂至今，忍为尘埃没。终愧巢与由，未能易其节，沉饮聊自适，放歌破愁绝。岁暮百草零，疾风高冈裂，天衢阴峥嵘，客子中夜发。霜严衣带断，指直不能结，凌晨过骊山，御榻在嵽嵲。蚩尤塞寒空，蹴踏崖谷滑；瑶池气郁律，羽林相摩戛。君臣留欢娱，乐动殷胶葛；赐浴皆长缨，与宴非短褐。彤庭所分帛，本自寒女出，鞭挞其夫家，聚敛贡志阙。圣人筐篚恩，实愿邦国活。臣如忽至理，君岂弃此物？多士盈朝庭，仁者宜战栗。况闻内金盘，尽在卫霍室。中堂舞神仙，烟雾蒙玉质。煖客貂鼠裘，悲管逐清瑟，劝客驼蹄羹，霜橙压香桔。朱门酒肉臭，路有冻死骨！荣枯咫尺异，惆怅难再述。北辕就泾渭，官渡又改辙。群水从西下，极目高萃兀；疑是崆峒来，恐触天柱折。何梁幸未拆，枝撑声窸窣；行旅相攀援，川广不可越。老妻寄异县，十日隔风雪；谁能久不顾，庶往共饥渴。入门闻号啕，幼子饥已卒；吾宁舍一哀，里巷亦呜咽。所愧为人父，无食致夭折。岂知秋禾登，贫窭有仓卒。生当免租税，名不隶征伐；抚迹犹酸辛，平人固骚屑；默思失业徒，因念远戍卒。忧端齐终南，澒洞不可掇。

朱颜今日虽欺我，白发他时不放君。

【出处】唐·白居易·戏答诸少年。

【解析】你们这些红光满面的年轻人，今天虽然仗着年轻气盛来欺压我这老头子，但是你们可别忘记，等到将来白发也是一样不会放过你们的！诗句感叹岁月如梭，韶华易逝。语调幽默诙谐，别有一番风味。

【原诗】
愧我长年头似雪，饶君壮岁气如云；
朱颜今日虽欺我，白发他时不放君。

煮豆燃豆萁，豆在釜中泣；本是同根生，相煎何太急？

【出处】魏·曹植·七步诗。

【解析】煮豆的时候，釜下燃烧着豆萁，豆子在釜中哭泣；那豆萁与豆子本来都是同一豆根生出来的，那豆萁想要煎害豆子，又何必那么急迫呢？这首七步诗是曹植所作，曹植是曹操的小儿子，曹丕的弟弟。曹丕即位以后，嫉恨曹植文才出众，于是借故要曹植在七步内作出一首诗来，否则就要处死他。曹植立刻就作出这首诗来讽刺曹丕，说："手足兄弟都是同一母亲所生，你身为兄长，为什么毫不顾惜骨肉之情，为什么要这么急迫地加害于我呢?"这四句诗是吟咏兄弟手足之情的名句，常被后人用来讽刺那些不知友爱兄弟的人，刘义庆的《世说新语》记载《七步诗》共有六句："煮豆持作羹，漉菽以为汁。萁在釜下燃，豆在釜中泣；本是同根生，相煎何太急！"这里所录四句是由《世说新语》所记的六句缩减而成，见《三国演义》第七十九回。

【原诗】原文仅此四句。

庄生晓梦迷蝴蝶，望帝春心托杜鹃。

【出处】唐·李商隐·锦瑟。

【解析】庄子在梦中化为蝴蝶，一觉醒来还以为自己真是蝴蝶，却不知那只是一场梦幻而已；望帝死去后，把那一片春心寄托在泣血哀啼的杜鹃身上。诗人借这两个典故寄托心曲，表达对如烟往事的追忆和对爱情的执着。

【原诗】见"此情可待成追忆"。

浊酒不妨留客醉，好山常是被云遮。

【出处】元·叶颙·题幽居。

【解析】希望这浊酒能使你开怀畅饮，巍峨的山峦常为白云遮蔽。

字字看来皆是血，十年辛苦不寻常。

【出处】清·曹雪芹·自题《红楼梦》(甲戌本)。

【解析】曹雪芹这两句诗的意思是：自己花了十年时间写成这部书，费尽心力，因此字字看来都是血泪，意义用心颇为不寻常。《红楼梦》被世人推许为中国文学史上最伟大的小说，全书血泪交融，感人至深，堪称是曹雪芹呕心沥血之作！这两句诗与曹雪芹另一首题《红楼梦》的五言绝句："满纸荒唐言，一把辛酸泪，都云作者痴，谁解其中味?"意义十分相似。

【原诗】

浮生著甚苦奔忙？盛席华筵终散场；
悲喜千般同幻梦，古今一梦尽荒唐。
慢言红袖啼痕重，更有情痴抱恨长！
字字看来皆是血，十年辛苦不寻常。

自古佳人多命薄。

【出处】宋·苏轼·薄命佳人。

【解析】自古以来，美人大多命薄。命薄：即命运不佳。欧阳修“再和明妃曲”末两句是：“红颜胜人多薄命，莫怨春风当自嗟。”因此俗语也云“自古红颜多薄命”。

【原诗】

双颊凝酥发抹漆，眼光入帘珠的皪；
故将白练作仙衣，不许红膏污天质。
吴音娇软带儿痴，无限闲愁总未知；
自古佳人多命薄，闭门春尽杨花落。

自古圣贤皆贫贱，何况我辈孤且直。

【出处】南北朝·鲍照·拟行路难。

【解析】自古以来，圣贤大多出身贫苦，地位低贱；圣贤尚且如此，何况我们这些出身卑微、脾气刚直的凡人呢？孤：指出身寒微。鲍照所处的时代，兴门阀制度，处于下僚的文人因地位低下没有仕进的机会，很难有所作为。因而作者借圣贤的大多贫贱，感叹自己人生道路的困顿与艰难。

【原诗】对案不能食，拔剑击柱长叹息。丈夫生世会几时？安能碟躞垂羽翼？弃置罢官去，还家自休息。朝出与亲辞，暮还在亲侧。弄儿床前戏，看妇机中织。自古圣贤皆贫贱，何况我辈孤且直。

自去自来堂上燕，相亲相近水中鸥。

【出处】唐·杜甫·江村。

【解析】此诗为杜甫居住在成都草堂时所作。棋局：棋盘。诗作描写杜甫闲居家中，怡然自得的村居生活，虽不像陶渊明“采菊东篱下，悠然见南山”那样超然出世，亦给人一种闲适之感。“自去自来堂上燕，相亲相近水中鸥”这两句诗中充分流露出活泼畅快的生机，情趣盎然。

【原诗】

清江一曲抱村流，长夏江村事事幽。
自去自来堂上燕，相亲相近水上鸥。
老妻画纸为棋局，稚子敲针作钓钩。
多病所须唯药物，微躯此外更何求？

自是人生长恨水长东。

【出处】五代·李煜·乌夜啼。

【解析】人生有太多的憾事，无穷无尽，就像那滔滔江水，总是向东长流不尽。作者描写自己对人生感到无奈，因无力承担太多痛苦而感到凄凉的心境。

【原词】见“林花谢了春红，太匆匆！”

自在飞花轻似梦,无边丝雨细如愁。

【出处】宋·秦观·浣溪沙。

【解析】在空中随风飞扬的落花,轻灵得好像夜里的梦;满天飘落无尽的雨丝,细致得好像心里的愁。此词描写春天里飞花飘雨的景致,轻婉柔美,纤细幽雅,情趣盎然。

【原词】漠漠轻寒上小楼,晓阴无赖似穷秋,淡烟流水画屏幽。自在飞花轻似梦,无边丝雨细如愁。宝帘闲挂小银钩。

走来窗下笑相扶,爱道画眉深浅入时无?

【出处】宋·欧阳修·南歌子(闺情)。

【解析】这首词从唐朝朱庆馀《近试上张水部》衍化而来:"洞房昨夜停红烛,待晓堂前拜舅姑;妆罢低声问夫婿,画眉深浅入时无?"原诗描写一位新嫁娘亲昵新婚夫婿的娇媚情态。这两句词的意思是:伊人正在窗前梳妆打扮,夫婿在一旁静静地欣赏;伊人装扮妥当以后,就笑着走过来依偎在丈夫身边说:"我画的眉毛颜色的深浅是否时髦好看?"此词描写夫妻闺中情趣,俏皮动人。

【原词】凤髻金泥带,龙纹玉掌梳。走来窗下笑相扶,爱道画眉深浅入时无?弄笔偎人久,描花试手初;等闲妨了绣功夫,笑问双鸳鸯字怎生书?

最恨多才情太浅。

【出处】宋·赵德麟·蝶恋花。

【解析】才华卓越的人往往薄情寡恩,为求功名而与伊人远别。"最恨多才情太浅"现在常用来指责有才男子的无情负恩。唐朝元稹作"莺莺传",宋朝赵德麟将原文分成十段,在每段之前又谱上一首商调"蝶恋花"来说明这段事迹。这首词是十首中的第一首。

【原词】丽质仙娥生月殿,谪向人间,未免凡情乱。宋玉墙东流美盼,乱花深处曾相见。蜜意浓欢方有便,不夸浮名,旋遣轻分散。最恨多才情太浅,等闲不念离人怨。

最是仓皇辞庙日,教坊犹奏别离歌,挥泪对宫娥。

【出处】五代·李煜·破阵子。

【解析】最令人伤心难忘的就是那天京城沦陷,仓皇告别祖庙的时候,乐队还在演奏着别离的笙歌,忍不住泪流满面地看着满宫的嫔妃侍女。李后主这首词描写国家沦陷,身为囚虏的凄楚伤痛。

【原词】四十年来家国,三千里地山河,凤阁龙楼连霄汉,玉树琼枝作烟萝,几曾识干戈?一旦归为臣虏("臣虏"或作"臣仆"),沈腰潘鬓销磨。最是仓皇辞庙日，教坊犹奏别离歌，挥泪（“挥泪”或作“垂泪”）对宫娥！

最是人间留不住，朱颜辞镜花辞树。

【出处】民国·王国维·蝶恋花。

【解析】人间最叫人无法挽留的就是那镜里逐渐衰老的美丽红颜和树上纷纷凋谢飘零的花朵。诗人王国维感叹青春无可挽留，岁月已在匆忙中悄悄溜走。这两句诗的寓意深刻，耐人寻味。

【原词】阅尽天涯离别苦，不道归来，零落花如许；花底相看无一语，绿窗春与天俱暮。待把相思灯下诉，一缕新欢，旧恨千千缕；最是人间留不住，朱颜辞镜花辞树。

醉里插花花莫笑，可怜春似人将老。

【出处】宋·李清照·蝶恋花。

【解析】醉醺醺地去插花，花儿请别笑我！可怜的春天，也像人一般的即将老去了！可怜：也可解作可爱。醉里插花，是感叹春逝，哀怜人老。

【原词】永夜恹恹欢意少，空梦长安，认取长安道。为报今年春色好，花光月影宜相照。随意杯盘虽草草，酒美梅酸，恰称人怀抱。醉里插花花莫笑，可怜春似人将老。

醉里挑灯看剑。

【出处】宋·辛弃疾·破阵子·为陈同甫赋壮词以寄。

【解析】挑亮灯火，带着几分醉意，在朦胧的灯下欣赏自己的宝剑。具有一腔报国热忱、无时不在为国家民族担忧的热血青年，常用“醉里挑灯看剑”来表示自己满怀雄心，随时准备为国牺牲的万丈豪情。

【原词】醉里挑灯看剑，梦回吹角连营。八百里分麾下炙，五十弦翻塞外声，沙场秋点兵。马作的卢飞快，弓如霹雳弦惊。了却君王天下事，赢得生前身后名。可怜白发生！

昨夜松边醉倒，问松：“我醉何如？”
只疑松动要来扶，以手推松曰：“去！”

【出处】宋·辛弃疾·西江月·遣兴。

【解析】心情抑郁不平，便要借酒浇愁，而酒醉失态，恰是心中痛苦的曲折反映。这首词构思奇特，下片写：昨夜又喝了许多酒，就地醉倒在松树边；迷迷糊糊地问松树说：“我醉得怎样了？”醉眼蒙眬中，只觉得被风吹动的松枝，仿佛是要过来扶我一把，立刻以手推开松树说：“去！去！我不需任何人来扶持。”

作者空有满腔报国热忱而无表现之机，内心充满失意愤激的情怀，不时借酒消愁。而其酒醉后的狂态，又是其内心愤激之情的外现。此词豪放中略带沉郁，以淡语写深情，是辛词极具代表性的作品。

【原词】醉里且贪欢笑，要愁那得工夫。近来始觉古人书，信著全无是处！昨夜松边醉倒，问松："我醉何如？"只疑松动要来扶，以手推松曰："去！"

昨夜西风凋碧树，独上高楼，望尽天涯路。

【出处】宋·晏殊·蝶恋花。

【解析】昨夜秋风起处，青绿的树叶纷纷凋落；我独自走上高楼，痴痴地望着那远处直通天涯的路。原词描写萧瑟苍茫的秋景，以此引发词人对恋人的思念之情，表现出他对幸福强烈执着的追求。王国维以这三句词比喻古今成大功立大业者必经的第一境界，说明在追求理想的过程中，必须有坚定执着的信念，并且要有勇气忍受一切寂寞、孤独与辛酸。

【原词】槛菊愁烟兰泣露，罗幕轻寒，燕子双飞去。明月不谙离别苦，斜光到晓穿朱户。昨夜西风凋碧树，独上高楼，望尽天涯路。欲寄彩笺兼尺素，山长水阔知何处？